Winona LaDuke LAST STANDING WOMAN

Winona LaDuke

LAST STANDING WOMAN

Eine indianische Saga von 1862 – 2018

Aus dem Amerikanischen
von Ursula Wolf und Wolfgang Streit

FREDERKING & THALER

CIP-Einheitsaufnahme

LaDuke, Winona:
Last standing woman ; eine indianische Saga von
1862–2018 / Winona LaDuke. [Übers.: Ursula Wolf;
Wolfgang Streit]. - München : Frederking und Thaler, 1998
Einheitssachtitel: Last standing woman <dt.>
ISBN 3-89405-385-2

Fotografien: Minnesota Historical Society Collection,
Minneapolis Public Library Special Collections, sowie im 4. Bildteil
Dick Bancroft (4), Claus Biegert (3), Tim Kjos (1), John Ratzloff (2);
Lektorat: Claus Biegert, München
Übersetzung: Ursula Wolf und Wolfgang Streit, München
Typographie, Herstellung und Satz: Caroline Sieveking, München
Umschlaggestaltung: 2005 Werbung, München
Reproduktion: PHG Lithos, Martinsried
Druck und Bindung: Grafische Kunstanstalt & Verlag Jos. C. Huber KG,
Dießen/Ammersee

Printed in Germany

ISBN 3-89405-385-2

Umwelthinweis:
Das Papier wurde aus chlorfrei gebleichtem Zellstoff hergestellt und
enthält keine Aufheller. Die Einschweißfolie – zum Schutz vor
Verschmutzung – ist aus umweltfreundlicher und recyclingfähiger
PE-Folie.

Die Vignetten sind nach präkolumbianischen Felszeichnungen gestaltet.

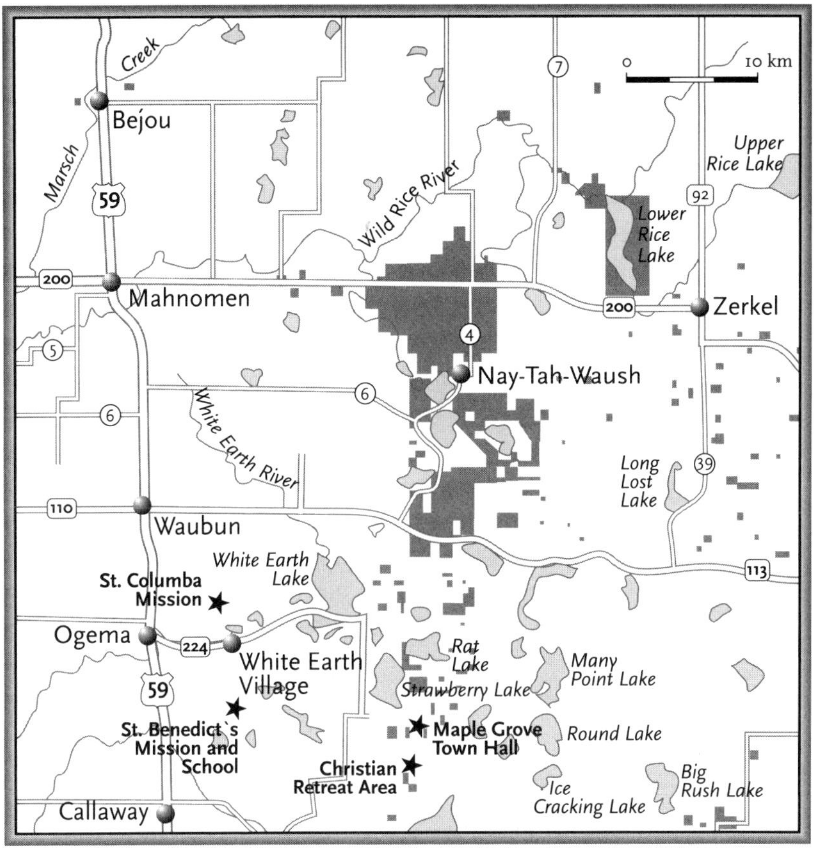

WHITE EARTH RESERVATION

Verbliebenes Indianerland.

Von dem ursprünglichen, 1867 von der US-Regierung zugewiesenen Reservat gehören den Anishinaabeg von White Earth heute nur noch 7 Prozent.

Fast die ganze Landbasis wechselte die Besitzer durch Betrug: 93 Prozent sind heute weißer Privatbesitz, sowie Pacht- und Staatsland.

DANKSAGUNG

Ich habe vielen Menschen für ihre Hilfe beim Entstehen dieses Buchs zu danken: Mein Sohn Ajuawak und meine Tochter Waseyabin begannen diese Geschichte und spornten mich an, sie zu erzählen. Meine Eltern Betty LaDuke Westigard und Vincent »Sun Bear« LaDuke und mein Stiefvater Peter Westigard lehrten mich, an mich selbst zu glauben. Paul Bogart, Faye Brown, Amy Ray, Lori Pourier und die Frauen des Indigenous Women's Network halfen mir mit ihrer Liebe und Ermutigung, mühsame Zeiten durchzustehen. Ich danke außerdem Teresa LaDuke, Ingrid Washinawatok, Audrey Thayer, Lisa Jackson, Eddie Benton Benai, Judy Fairbanks, Andrew Favorite, Florence Goodman, Reverend John Lee und Reverend George Ross, die mir mit Sprache, Ideen und Recherche halfen. Zu den immer hilfsbereiten Freunden und Übersetzern zählen ferner David »Niib« Aubid (Ojibwe), Earl Nyholm (Ojibwe) und Brent Dershowitz (Dakota). Für sprachliche Fehler im Buch bin jedoch nur ich verantwortlich. Die Mitarbeiter des White Earth Land Recovery Project, darunter Geraldine Bellanger, Donna Smith, Pamela Kay Ellis, Sandra Thompson, Theresa Stewart und Merrie Butcher, sahen Rohentwürfe durch und leisteten erhebliche Hilfe beim Tippen und Transkribieren meiner handschriftlichen Vorlagen. Dank an Jeffrey Chapman und Juanita Espinoza für ihre graphischen Beiträge. Zu guter Letzt *chimiigwech* an meinen Verleger Michael Dregni bei Voyageur Press für Geduld, Verständnis und Engagement.

Winona LaDuke

Dies ist eine erfundene Geschichte, wenngleich die äußeren Gegebenheiten, geschichtlichen Ereignisse und überlieferten Erzählungen wie auch einige der Personen tatsächlich existierten und existieren.

Gewidmet dem Andenken von Fred Weaver, Dick LaGarde, George Aubid, Charlotte Jackson und Elaine Kier, und all jenen, die für Gerechtigkeit und die Menschen von White Earth kämpfen.

»Ich möchte sterben, bevor alle Indianer Polyester tragen und alle Gringos indianische Kleidung. ...«

Franz Blom

DIE PERSONEN

ab 1860:

Bugonaygeeshig (Hole in the Day der Ältere): Kriegshäuptling der südwestlichen Anishinaabeg
Bugonaygeeshig (Hole in the Day der Jüngere): Sohn des älteren Bugonaygeeshig, einer der Führer der White Earth Anishinaabeg
Cantetinza (Firm Fist): Dakota, Situpiwins Mann, in Mankato gehenkt
Chi Makwa (Big Bear): Selam Big Bears Großvater
Philomene St. Clair: Jim Nordstroms Mutter, Alanis Nordstroms Großmutter; Wolfclan
Equayzaince (Little Girl, aka Mary): Mesabes Frau
Boodoo Graves: Fred Graves's Vater, Frances Graves's Großvater
Ishkwegaabawiikwe (Last Standing Women): Namaybin Minnogeeshigs Frau, Situpiwins Freundin; Moose Hanfords Urgroßmutter.
Mesabe: Enkel Mindemoyens, Geraldine Mandamins Vater, Elaine Mandamins Großvater; militanter Ältester
Mindemoyen: Mesabes Großmutter, Ururgroßmutter Elaine Mandamins
Namaybin Minnogeeshig: Ishkwegaabawiikwes und Situpiwins Ehemann; Urgroßvater Moose Hanfords
Myeengun: Enkel Mindemoyens, Bruder Mesabes
Charlotte Oshkinnah: Waise, später militante Älteste
Margaret Oshkinnah: Schwester Charlotte Oshkinnahs, starb an der »Hustenkrankheit«
Izola Pemberton: Schwester Philomene St. Clairs; Mitarbeiterin der Kirchengemeinde
Shingobay: höchster Kriegshäuptling der Anishinaabe zur Zeit von Little Crow's War
Situpiwin (Tailfeathers Woman): Dakota, Ehefrau Cantetinzas, Freundin Ishkwegaabawiikwes, Ehefrau Namaybin Minogeeshigs
Wabunoquod: Häuptling auf White Earth
Wazhaashkoons: Bruder Ishkwegaabawiikwes

ab 1960:

George Agawaateshkan: Enkel eines Kriegshäuptlings, verantwortlich für die Midewiwin-Zeremonie
George Ahnib, sen.: Ehemann Janine Littlewolfs, George Ahnibs Vater
George Ahnib: Sohn von Janine Littlewolf und George Ahnib, sen.
Selam Big Bear: Enkel Chi Makwas
John Brown: Veteran des Korea-Kriegs, Hausmeister und Hüter der Trommel
Lucy St. Clair: Cousine Jim Nordstroms; versiert in Liebesmedizin und die Amorette von White Earth; erhielt den Namen Ishkwegaabawiikwe
Maura Coningham: Englischlehrerin, Jim Nordstroms Frau, Alanis Nordstroms Mutter
Moose Hanford: Urenkel von Namaybin Minnogeeshig und Ishkwegaabawiikwe, Vietnamveteran, bester Freund Willie Schneiders; Marderclan
Ishkwegaabawiikwe (Last Standing Woman): Name, der Lucy St. Clair gegeben wurde
Maggie Jourdain: Matriarchin des Dorfes White Earth
Janine Littlewolf: George Ahnib, sen.s Frau, George Ahnibs Mutter
Elaine Mandamin: Ururenkelin Mindemoyens, Enkelin Mesabes, Tochter Geraldine Mandamins
Geraldine Mandamin: Tochter Mesabes, Elaine Mandamins Mutter
Alanis Nordstrom: Journalistin, Enkelin Philomene St. Clairs, Jim Nordstroms und Maura Coninghams Tochter, Mutter von Ishkwegaabawiikwe, der Erzählerin; Bärclan
Jim Nordstrom (Jim Good Fox): Hollywoodfilmkomparse, Sohn von Philomene St. Clair, Alanis Nordstroms Vater; Bärclan
Willie Schneider: Vietnamveteran, bester Freund Moose Hanfords, Vater Ishkwegaabawiikwes, der Erzählerin; Eistaucherclan
Browning Teaman: Comanche, Freund Alanis Nordstroms; Powwow-Zeremonienmeister
Danielle Wabun: die Königin der Altkleidersammlung; Warren Wabuns Tochter
Warren Wabun: politischer Führer auf White Earth, einer der Führer des American Indian Movement; Kranichclan
Lance Wagosh: Vorsitzender des White Earth-Stammesrats

ab 1990:

Georgette Big Bear: Ehefrau Selam Big Bears
Claire St. Clair: Tochter von Jim Nordstroms Kusine; Bingospielerin und Lotterie-Gewinnerin
Kway Dole: Fischerin und Jägerin
Fred Graves: Stammesratsmitglied, Boodoo Graves's Sohn, Francis Graves's Vater
Hawk Her Many Horses: Vietnamveteran, getötet bei der Besetzung der Stammesbüros
Jim Vanoss: Roy Orbinson-Doppelgänger

ab 1994:

D-Day: Veteran des 2. Weltkriegs und Bisonjäger
Frances Graves: Enkelin von Boodoo Graves, Tochter von Fred Graves
Ishkwegaabawiikwe (Last Standing Woman): Die Erzählerin der Geschichte, Tochter von Alanis Nordstrom und Willie Schneider; Eistaucherclan

PROLOG

DIBAAJIMOKWE

DIE ERZÄHLERIN

2018

Ich wurde genau acht Jahre nach dem Tag geboren, an dem George Ahnib dem Maschinenpark der Holzfäller den Garaus machte. Ich wurde zwei Wochen nach dem Tag geboren, an dem der alte Mann Mesabe auf dem Pfad der Seelen zur nächsten Welt ging.

Als Kind war ich wagemutig – ein Charakterzug, den ich, glaube ich, vom Clan meiner Mutter geerbt habe, dem *Makwa Doodem*, dem Bärclan der Mississippi. Mein offizieller Clan ist jedoch der meines Vaters, Eistaucher. Er paßte prächtig zu ihm, der Eistaucher. Mein Vater war ein Mann, der über Wörter stolperte und respektlos mit ihnen umging, wenn er sie benutzte. Doch gelegentlich kam der Eistaucher durch, und seine Stimme hallte dann laut wider und trug weit.

Die vom Bärclan sind anders. In der Vergangenheit waren sie Krieger, *ogichidaa*, die Verteidiger unseres Volkes. Manchmal sind sie das immer noch. Wir sind, was wir sein sollen, wenn wir die drei Dinge haben, die uns die Richtung weisen – *unser Name, unser Clan und unsere Religion.*

Mein Name wurde mir von Lucy St.Clair gegeben. Es ist auch ihr Name, genauso wie der Name von einer unserer Ahninnen. Ich heiße *Ishkwegaabawiikwe*, Last Standing Woman.

Es gab einmal zwei Frauen, vor langer Zeit. Eine war eine *Bwaanikwe*, eine Dakota, mit dem Namen *Situpiwin*, Schwanzfedern-Frau. Sie war aus dem Westen und fand auf White Earth eine neue Heimat. Eine andere Frau nahm sie auf, eine *Anishinaabekwe*, eine Ojibwe-Frau von White Earth. Die Frau von White Earth nahm Situpiwin auf, weil sie beide Witwen waren. Eine war Witwe des Krieges des Weißen Mannes, die andere Witwe des Krieges eines Mannes mit sich selbst – des Krieges eines Narren. Irgendwie überlebten beide. Sie überlebten durch ihre eigene Stärke – und auch, weil sie einen Freund hatten, der ihnen half, einen Freund, der später ihr Ehemann wurde – ihrer beider gemeinsamer Ehemann.

Die Anishinaabekwe war eine starke und stolze Frau. Sie hatte ein großzügiges Herz, das sie sich durch alle schweren Zeiten hindurch bewahrte. Und ich spüre sie in meinem eigenen Herzen. Sie war eigentlich keine Blutsverwandte von mir, doch sie war meine Verwandte durch Name und Geist. Man gab ihr den Namen Ishkwegaabawiikwe, Last Standing Woman, die Frau, die bis zum Ende stehen bleibt.

Die Geschichte war jedoch unser aller Geschichte. Lucy St.Clair, die mir meinen Namen gab, fürchtete, wir würden vergessen. Doch als die Geschichte in meine Ohren wehte, ließ sie in meinem Geist ein Bild entstehen, das ich nie vergessen könnte. Ein Bild davon, wie stark diese Menschen damals waren. Und ein Bild von diesen Gaben, die wir hatten und die wir bewahren sollten.

Der Januar ist eine Zeit der Kargheit. *Gichi Manidoo Giizis*, der Großer-Geist-Mond. Die Kargheit schneidender Kälte; Bäume und Zweige und der ganze Wald eingehüllt in dickes Eis und Schnee, der sich immer höher türmt, bis er die Formen des Waldes, der Bären, Bisons und Elche annimmt. Doch in Wirklichkeit schlafen sie. Wenn alle Tiere und Geister schlafen, sprechen wir. Wir erzählen Geschichten von ihnen, wenn sie schlafen.

Es hat immer Geschichten gegeben. In den Prophezeiungen, die das Handeln der *Anishinaabeg* lenkten, war bereits vom Kommen der hellhäutigen Menschen und den schweren Zeiten für die Anishinaabeg die Rede. Und jene Prophezeiungen sprachen auch von den *Oshki Anishinaabeg*, den neuen Menschen, die später kamen. Doch die Geschichte, die ich hier erzähle, beginnt an einem anderen Punkt.

TEIL 1

ORT DER ZUFLUCHT

WHITE EARTH

Die Menschen waren lange gewandert, bis sie schließlich hier angekommen waren. *Omaa, omaa,* hier. Hier an dem Ort, wo die Nahrung im Wasser wächst. *Anishinaabeg Akiing,* das Land der Menschen, das Land, wo *manoomin,* der wilde Reis, die Ufer der Seen säumt. Vor vielleicht tausend Jahren hatten die *Anishinaabeg* die großen Wasser im *Waaban aki,* dem Land des Ostens, verlassen und sich *Ningaabii'anong,* nach Westen, gewandt.

Jeden Tag erschien die Migis-Muschel am Himmel, und jeden Tag folgten ihr die Menschen. Die Muschel war voller Licht, schimmerte am Himmel. Zu Fuß und mit dem Kanu zogen die Menschen über das Land und die Flüsse entlang, zogen immer weiter nach Westen, bis sie ihr Zuhause fanden. *Giiwedahn.* So kamen die Familien, die Clans und die Führerschaft der *Anishinaabeg* zu den Quellflüssen des Mississippi. Hier, *Gaawaawaabiganikaag,* White Earth (*Weiße Erde*), so benannt nach dem weißen Ton, der sich hier findet. White Earth ist wirklich wunderschön. Hier blieben die Menschen. In dem guten Land, das jetzt ihres war.

Die Welt der *Anishinaabeg* bewegte sich zwischen greifbaren und geistigen Schatten, und es war nie klar, welcher von ihnen wann die größere Rolle spielte. Es war, als würde die Welt in jenen Schattenzeiten ruhen und nicht im Tageslicht. Morgendämmerung und Abenddämmerung, *biidaaban, mooka'ang.* Das Grau von Himmel und Erde war das gleiche, und der Unterschied zwischen den Welten war kaum auszumachen.

Im Kreis der Jahreszeiten planten die *Anishinaabeg* ihre Jagd mit Hilfe von Traum und Erinnerung, füllten ihre *makakoons,* Birkenrindekörbe, bis zum Rand mit Wildreis, Ahornzucker, Beeren, getrocknetem Mais und Flaschenkürbis. Mit Schneeschuh, Kanu oder Hundeschlitten bewegten sie sich durch die Wälder, über Flüsse und Seen. Das Leben wurde nicht von Uhr, Stempel, Zaun oder Straße eingegrenzt.

Dennoch gab es ein Gesetz: das Gesetz des Schöpfers, das bis heute gilt. Und zu diesem Gesetz gehört die Gegenwart von Ahnen, Geistern und Magie. Immer Magie. Jagdzauber, Liebeszauber, Kampfzauber, und der Zauber, den Menschen zwischen sich entstehen ließen. Geister und Magie begleiteten die Ojibwe zu ihren Jagdgründen, den Gebieten, in denen sie Fallen aufstellten, zu Zuckerahornsträuchern, über Seen und in die kleinen Wigwams, die von Feuern und Geschichten erwärmt wurden.

Wenn du das Gesetz und die Magie vergißt, werden sie sich dir in Erinnerung bringen. Heiße Finger berührten dein Gesicht und brannten ein Mal in die Haut, das so lange blieb, bis dir einfiel, warum es gekommen war. Knochige Finger reckten sich aus dem Eis, um einen habgierigen Jäger hinunterzuziehen zu *Mishinameginebig,* dem Großen Stör.

»*Gaawiin wan endam gin asemaa*«, flüsterten diese alten Geister. »*Denk immer an dein* asmaa, *deinen Tabak.*«

Das Gesetz des Weißen Mannes war anders. Das Gesetz des Weißen Mannes bestand aus Papier. Eine Folge von ungefähr zwanzig Verträgen bis zu den sechziger Jahren des neunzehnten Jahrhunderts ließ die *Anishinaabeg* mit weniger Land und mehr Priestern zurück. Einer der Verträge nahm ihnen das Kupfer und den großen Kupferfelsen. Durch einen anderen verloren sie das Eisenerz. Durch wieder einen anderen ihre Bäume. Die *Anishinaabeg* verhandelten in gutem Glauben und um des Überlebens willen. Der Weiße Mann verhandelte, um mehr zu bekommen als das, was er brauchte. Die alten Leute – Marderclan, Kranichclan, Bärclan, Eisvogelclan – gingen alle zum Weißen Mann und sprachen mit ihm. Der Weiße Mann gab ihnen »Garantien«. Doch am Ende waren die Garantien nur Papier, nur Wörter. Allerdings gelang es den alten Leuten tatsächlich, White Earth den *Anishinaabeg* zu sichern. Diese Reservation sollte der Zufluchtsort für all diese Clans sein. Es war gutes Land.

Die *Anishinaabeg* staunten über den Appetit der hellhäutigen Männer. Und über ihre Torheit. Seltsame Worte und noch seltsamere Ideen. Die Regierung des Weißen Mannes hätte die *Anishinaabeg* am liebsten weggewischt, alle von ihnen weggewischt mit einem Federstrich auf einem Blatt Papier. Doch *masiniaigin,* das Papier, war nicht das Land, und es war nicht die Menschen, und es war nicht die Magie. Es war nur Papier.

DIE GRENZE

1862

Sie war eine Frau, die es zur Grenze zog. Es zog sie zum Kampf, hinein in diesen Kreislauf von Krieg und Rache. Sie hätte nie behauptet, Krieg zu verstehen oder Rache zu verstehen. Für sie als Frau war diese Raserei ein Rätsel, doch etwas in ihr zog sie dorthin. Sie hatte keine Erklärung dafür. Es war ihr ins Herz gebrannt, brannte dort wie ein Feuer, das kein Schnee, kein Eis, keine Kälte löschen konnte. Vielleicht hatte die Anziehungskraft der Grenze und der Kämpfe anderer ihren Ursprung darin, daß sie eine Veteranin ihres eigenen Kampfes, ihres eigenen Krieges war.

Ishkwegaabawiikwe reiste mit ihrem Bruder Wazhaashkoons zur Grenze von *Anishinaabe Akiing*, dort, wo das Land der *Anishinaabeg* auf das Land der Dakota, *Bwaan Akiing*, traf. Die Geschwister waren mit ihrem aus der Rinde zweier Birken gefertigten Kanu unterwegs. Sie paddelten den Ottertail River entlang zum Pelican River, und dann krochen sie bäuchlings den Hang eines kleinen Hügels hoch und blickten auf das Dakotalager. Sie hätten diese *Bwaanag* töten können, doch das taten sie nicht. Statt dessen beobachteten sie.

Das Lager der Dakota mit den Tipis aus Bisonhäuten und die Pferdeherde waren für ihre *Anishinaabeg*-Augen, die an Wigwams aus Baumrinde, Hundeschlitten und Kanus gewöhnt waren, eine Welt der Wunder. Es war das erste Mal, daß Ishkwegaabawiikwe das *mishtadim*, das Pferd, von den *Anishinaabeg* »großer Hund« genannt, aus der Nähe sah, und der Anblick hypnotisierte sie. Leichtfüßig, mit fließenden Bewegungen tänzelten die Tiere stolz im Sonnenschein, der ihre Mähnen glitzern ließ.

Dann sah Ishkwegaabawiikwe sie – eine Dakotafrau, groß wie ein Mann, mit Zöpfen, die ihr bis zu den Hüften reichten. Schnell und kraftvoll waren ihre Schritte.

Die Frau ging zur Pferdeherde und glitt zwischen den Tieren hindurch, als wäre sie ihre Freundin. Dann beugte sie sich vor und legte den Kopf an eines der Pferde. Es stellte die Ohren auf und hob den Kopf. Die Frau schwang die Beine über seinen Rücken, und Ishkwegaabawiikwe sah sie reiten. Sie sah sie reiten und konnte die Augen nicht von ihr wenden. Die Frau schien über dem hohen Gras durch die Luft zu schweben. Ishkwegaabawiikwe und ihr Bruder konnten ihre Freude spüren. Dann sahen sie ein Kind ihr nachlaufen, einen Buben von etwa zehn Jahren. Er rannte schnell, um seine Mutter einzuholen. Sie brachte das Pferd zum Stehen und half dem Jungen beim Aufspringen.

Schwester und Bruder lagen lange da und sahen zu, beobachteten in *giimooj*, Heimlichkeit, wie sie das gelernt hatten. Und sie genossen es. Sie würden zu Hause berichten, daß die Grenze sicher war, daß die am höchsten geachteten Feinde der *Anishinaabeg* Frieden hielten, und daß sie schöne Pferde und schöne Frauen hatten.

Ishkwegaabawiikwe war eine Frau, die es zur Grenze und zum Kampf zog, und sie führte dies auf ihren Ehemann zurück. Auf sein Verhalten.

Sie war von einem Narren geheiratet worden. Nicht ungewöhnlich im Spiel des Lebens, aber dennoch beklagenswert. Er war ein Mann, der ständig mit sich selbst im Krieg lag, im Krieg lag mit den Geistern, dem Schöpfer, und seiner Frau. Er war ein Mann, dessen gesunder Menschenverstand dadurch beeinträchtigt wurde, daß er drei Hoden hatte. Ishkwegaabawiikwe schrieb seine Handlungen und Charakterzüge seiner engen Verbundenheit mit seinem Clan zu, dem Wolfsclan, *Ma'iingan*.

Er war vom Norden gekommen, hatte Ishkwegaabawiikwe bei einer Zusammenkunft von Händlern und Händlerinnen getroffen und sie sich als Ehefrau gesichert. Es hatte mehrere Männer in ihrem eigenen Dorf gegeben, die gern mit ihr gelebt hätten, doch sie war nicht interessiert gewesen. Es gab für so etwas eine Zaubermedizin. Das war es, was dieser Wolfsclan-Mann benutzte, Zauberei. Und auf diese Weise entflammte sie für einen Narren. Er hatte sie mit Zauberei eingefangen, doch er wollte sie nicht wirklich. Er hatte sie gern an seinem Feuer und in seinem Bett. Doch ihm lag nichts an ihrer Seele, lag nicht wirklich an ihr. Sie war nur etwas, was er besaß, wie er auch vieles andere besaß.

Es war nicht richtig, eine Frau zu schlagen. Niemand hätte das damals gewagt. Niemand außer ihm. In seiner Torheit kümmerte ihn das nicht, und er schien auch keine Reue zu spüren.

Sie hatte einst ein zartes Gesicht. Feine Knochen, und Augen, die einen Bogen nach oben beschrieben. Sie hatte dieses Gesicht, bis er sie schlug. Vom Whiskey betrunken, riß er ihr in seiner Wut das Gesicht mit einem spitzen Stecken und einem Beil auf, das er von den Händlern des

Weißen Mannes bekommen hatte. Er schlug sie und zerschnitt ihr die Haut. Schlug sie, bis sie nicht mehr sehen konnte und nicht mehr fühlen konnte.

Sie zog sich in sich selbst zurück, und in ihrem Schmerz machte sie sich über ihren Mann lustig, setzte ihn herab. Sie wußte, daß er etwas Wesentliches eingebüßt hatte, wußte, daß der Schwache er war. Anfangs erwog sie, einfach seine Habseligkeiten aus ihrem Wigwam zu werfen, doch sie besann sich anders. Sie erinnerte sich, daß jedes Mal im Gesicht einen Grund hatte und jedes dieser Male entfernt werden mußte.

In jenen Zeiten war es üblich, daß die Verwandten der Frau eine solche Tat rächten. Der Ehemann wäre verbannt worden, in eine entlegene Gegend oder zur *Bwaanag*-Grenze geschickt worden. Doch Ishkwegaabawiikwe und ihr Mann lebten in jenem Winter mitten im Wald, und deshalb hatte sie lange keinen Kontakt zu ihrer Familie.

Zu einem Wiedersehen mit ihren Verwandten kam es erst im Frühling, *ziigwan*, als Schnee und Eis weniger tückisch waren. Jetzt gingen alle zum Zuckerahornwäldchen, besuchten einander und tauschten Neuigkeiten aus. Doch inzwischen waren Ishkwegaabawiikwes Schnittwunden geheilt, auch wenn sie jetzt anders aussah, weniger zart. Und da sie schwieg, wußten ihre Verwandten nicht, was ihr zugestoßen war. Sie hatte ihren Stolz, und sie bewahrte Schweigen. Doch ihre Seele heilte nicht.

Sie sagte zu ihrem Mann: »Du wirst mich nie wieder anrühren. Du wirst allein bleiben und dich an deinen Heldentaten wärmen müssen.« Und sie zeigte ihm ihr Messer, das sie zum Häuten von Tieren benutzte.

Sie hatte das Messer vor langer Zeit bei dem weit entfernten Handelsposten erworben, bezahlt mit Fellen von Tieren, die sie gehäutet hatte. Das Messer war so scharf wie der Winter kalt, und sie bewahrte es in einem von ihrer Mutter mit Perlen verzierten Futteral auf. Ishkwegaabawiikwe hatte beides in die Ehe mitgebracht. Das Messer war ihr ganzer Stolz.

Sie hielt das Messer hoch und zeigte ihm die lange Schneide, als sie zu ihm sagte: »Wenn du mich noch mal anrührst, wirst du ein Kaninchen sein, ein *waabooz*. *Aababishkaw*, ich werde dir die Haut abziehen.«

Danach ging Ishkwegaabawiikwe ihre eigenen Wege. Er versuchte, sie zurückzugewinnen, doch er hatte bereits genug Schaden angerichtet. Er hatte sie mit Liebeszauber gestohlen, hatte das genommen, was er nicht haben konnte und sollte. Und sich dann nicht darum gekümmert. Und so nahm sie sich wieder in Besitz.

Als erstes gewann sie ihre Hände zurück, die weiche Berührung. Mokassins stellte sie immer noch für ihn her: Das war Pflicht einer Ehefrau, Beispiel für die Familie. Doch Hosen und Hemden konnte er selbst anfertigen. Und die Muster ihrer Perlenstickereien änderten sich ein wenig, die Blumen wurden traurig und spitz. Er merkte es nicht, doch sie wußte es. Jeder Frau fiel so etwas auf.

Dann nahm sie langsam auch alles andere wieder in Besitz. Fleisch, Jagen, Fischen, den Ahornsirup. Sie konnte ihre eigenen Fallen aufstellen, und ihre Fallen waren immer voll, da sie Jagdmagie besaß. Sie hatte eine Menge Trockenfleisch, Beeren und süßes Gebäck, und all das gehörte ihr.

Er hatte seinen Platz verloren. Sie nahm ihn ihm weg. Und er gewann ihn nie zurück, wie mutig er auch sein mochte, wie sehr er auch bettelte.

Immer wieder kam er nachts zu ihr, bat sie, mit ihm zu schlafen. Sie lachte ihn nur aus. Schickte ihn weg mit einem schnellen Blick ihrer Augen, die im Feuerschein des Wigwams glühten. Einmal wachte sie auf und spürte seine Hände auf ihrem Kleid. Sie holte schnell wie eine Schlange aus, packte das Messer und hielt es ihm an den Hals. Langsam, langsam wie ein Mann, der einen Bären sieht und keine Waffe hat, zog er sich zurück, zurück ans Feuer.

Er war ein Narr, und er starb wie ein Narr. Er war ein anmaßender und prahlerischer Jäger, jemand, der mit seinen Geschenken protzte. Er gab immer Fleisch ab: den Alten, den ärmsten Clanangehörigen, den Witwen. Doch er nahm immer zuviel aus den Wäldern und behielt zuviel für sich selbst. Und er sprach zu laut über die Tiere. Er prahlte, er könnte den *Wiindigoo*, den Kannibalen vom Round Lake, töten. Er prahlte, er würde ihn ohne Mühe töten, mit der Zaubermedizin. Das sagte sich leicht, aber es zu tun war sehr viel schwerer. Der *Wiindigoo* hatte Macht, und der *Wiindigoo* hatte eine Vereinbarung mit dem See und dem *Mishinameginebig*, dem Großen Stör.

Niemand sah ihn je wieder. Er gelangte nie zum *Wiindigoo*, nicht einmal in dessen Nähe. Eisige Finger reckten sich aus der Tiefe des Sees und zogen ihn hinunter. Round Lake sprach zu ihm, lauter und lauter, brüllte in seine Ohren. Bis er *Mishinamaginebig* sah. Er sah ihn und erkannte ihn.

Ishkwegaabawiikwe weinte nicht über seinen Tod. In ihrem Herzen war sie bereits fast zwei Jahre lang Witwe gewesen. Sie schnitt sich zur Trauer die Haare ab und bewahrte ihr Geheimnis. Dann verbrannte sie seine Habe, seine Mokassins und Hosen, und sie hob nur ein paar seiner besten Jagdwaffen auf. Hob sie auf für den eigenen Gebrauch. Sie hatte ihren Schmerz mit seinen Sachen verbrannt und ihre Seele gereinigt.

Daher kam es, da war sie sich sicher. Die Anziehungskraft, die die Grenze, die anderen, auf sie ausübten, und ihr Interesse an den Kämpfen anderer kam aus ihrem eigenen Kampf. Ihr Bruder Wazhaashkoons war mitfühlend und hilfsbereit. Er hatte die Disharmonie ihrer Ehe gespürt, doch er war zu höflich, um nachzuforschen. Und sie selbst hielt den Grund dafür nach wie vor geheim.

Ihr Bruder spürte ihre Ruhelosigkeit und schlug ihr vor, zusammen mit ihm die Grenze zu den Dakota auszukundschaften. Sie war einverstanden, und wieder fuhren sie mit dem Kanu den Ottertail entlang nach Westen, *Ningaabii'anong*.

Die *Anishinaabeg* wußten alle von Little Crow's Krieg. Wem hätte das auch entgehen können? Die *Gichimookomaanag*, die weißen Männer, oder die Großen Messer, wie man sie nannte, verachteten die *Bwaanag*, die Dakota. Die weißen Männer schätzten auch die *Anishinaabeg* nicht, die Dakota jedoch haßten sie.

Wie viele Winter, *biiboonag*, die Weißen schon hier waren, wußte Ishkwegaabewiikwe nicht, nur, daß sie das Jahr 1862 nannten. Bis zu diesem Jahr hatten die Santee-Gruppen der Dakota viel aus fünfzig Wintern des Verträgeschließens mit den Anführern des Weißen Mannes gelernt. Die *Anishinaabeg* beobachteten sie und lernten ebenfalls, doch manche Dinge wollte niemand glauben.

Die Dakota hatten die Beziehung zwischen Geld und Land kennengelernt. Für einen der Nickel des Weißen Mannes im Austausch gegen jeden »Morgen« ihres Landes hatten die Dakota über dreißig Millionen Morgen von Iowa, Minnesota und dem Dakota-Territorium abgetreten. Plötzlich hatten die Santee die Nickel des Weißen Mannes, doch der Großteil dieses Geldes ging an Händler, Männer, die praktischerweise immer dann auf Bezahlung von Schulden bestanden, wenn die vertraglich vereinbarten Zahlungen für die Dakota eintrafen. Am Ende blieb den Dakota nichts, außer Einsichten in den Zusammenhang zwischen ihrer Armut und dem Reichtum des Weißen Mannes. Von ihrem Land hatten sie sich nur eine sechzehn Kilometer breite und zweihundertvierzig Kilometer lange »Reservation« am Rand des Minnesota River bewahren können. Und was sie sich auch bewahrten, wie die Glut unter der Asche eines Feuers, das man für erloschen hält, war eine tiefe und glühende Abneigung gegen die Anführer des Weißen Mannes, gegen die Händler und die Siedler.

Ishkwegaabawiikwe wollte nicht glauben, daß irgendwer je auf den Weißen Mann wartete, doch es hieß, die Dakota hätten in jenem Jahr tatsächlich gewartet. Es hieß, sie hätten die jährliche Bisonjagd bis nach *Aabita Niibino Giizis*, dem Mittsommer-Mond Juli, verschoben, während die Menschen auf das Eintreffen und die Verteilung der vertraglich vereinbarten Warenlieferungen bei der Agentur warteten. Der Weiße Mann hatte damit begonnen, die Bisons abzuschlachten, und so hatte sich ein Schatten auf die Prärie gesenkt. Ishkwegaabawiikwe war nicht überrascht zu hören, daß die Waren – gepökeltes Schweinefleisch, Mehl, Stoffballen und Zucker – auf sich warten ließen. Noch überraschte es sie, daß die Dakota hungrig wurden. Ein ortsansässiger Händler weigerte sich, ihnen Lebensmittel auf Kredit zu verkaufen, und sagte ihnen ins Gesicht: »Eßt doch einfach Gras.«

Die *Anishinaabeg* kannten die Dakota als stolzes Volk. Und die Dakota waren es nicht gewohnt, auf eigenem Boden schlecht behandelt zu werden. Eine Gruppe junger Dakota war nicht länger willens, die Eindringlinge in ihr Land und den Haß der weißen Händler widerstandslos zu ertragen. Sie brachen die Tür eines Warenlagers auf und begannen, säckeweise Mehl, Zucker und andere Güter herauszutragen. Die Soldaten des Weißen Mannes feuerten auf die Dakota und töteten sie. Als Vergeltung töteten andere Krieger fünf weiße Siedler.

Die Dakota trafen sich zu einer Ratsversammlung im Haus des Santee Tahoahtadoota, Little Crow. Es gab eine hitzige Debatte. Die Menschen wollten Frieden, doch sie wußten aus Erfahrung, daß viele Dakota für die Taten einiger weniger bestraft werden würden. Deshalb beschlossen sie, als erste anzugreifen, in der Hoffnung, der Weiße Mann würde es nicht wagen, einen größeren Krieg anzufangen.

Nach diesem Treffen schickten die Dakota Boten zu ihren am höchsten geachteten Feinden, jetzt strategisch wichtigen Verbündeten, den *Anishinaabeg* des Nordens. Die Dakota-Boten überquerten die Grenze zu den Seen und Wäldern der *Anishinaabeg*, brachten ihnen die Kriegspfeife und baten um Hilfe. Sie erzählten von Auseinandersetzungen bei Fort

Snelling, dem großen Fort am Zusammenfluß von Mississippi und Minnesota. Die *Anishinaabeg* waren nicht überrascht. Forts waren Orte des Hasses.

Als erstes wurde die Pfeife zu Bugonaygeeshig, Hole in the Day, gebracht, mit der Bitte, sich den Dakota beim Kampf gegen den Weißen Mann anzuschließen. Bugonaygeeshig hörte respektvoll zu und dachte darüber nach. Dann rauchte er die Pfeife und willigte ein. Andere Häuptlinge folgten Bugonaygeeshig, der ein geachteter Veteran der Kriege zwischen den Dakota und *Anishinaabeg* war. Dieses Mal jedoch brauchten die Dakota ihre Hilfe.

Es lag allerdings nicht in Bugonaygeeshigs Macht, die *Anishinaabeg* zu irgend etwas zu verpflichten. Nur Shingobay, ihr ältester Kriegshäuptling, hatte die Autorität, einen Krieg zu beschließen. Sein Wigwam war in der Nähe von Mille Lacs, wo die geräumigen Wigwams seiner Großfamilie dicht nebeneinanderstanden. Als seine Kundschafter zum Dorf zurückkamen und berichteten, daß sich eine Gruppe friedlicher Dakota näherte, ging Shingobay zum Gemeinschaftshaus, um sie zu erwarten. Die Dakota, vier Männer, gingen vorsichtig auf den großen Kriegshäuptling zu.

Sie legten die Kriegspfeife vor dem Führer nieder und brachten mit ernster Stimme ihre Bitte vor. Shingobay schwieg würdevoll, bis sie zu Ende gesprochen hatten, und nahm die Art ihres Auftretens, ihren Rang und die Schwere des Problems aufmerksam zur Kenntnis. Er konnte sich in ihre Lage hineinfühlen. Schließlich wies er sie an, die Pfeife zu *Eshkebugesoshe* (Flatmouth) und den anderen Unterhäuptlingen zu bringen, während er über ihre Bitte nachdenken würde. Die Dakota sollten am folgenden Tag zurückkommen.

Wie Ishkwegaabawiikwe hörte, ließ Shingobay danach seinen *jiisakiiwinini* rufen, den Mann, der in die Zukunft sehen konnte. Zwei Helfer kamen zu dem *jiisakiiwinini* und schnürten ihn von Kopf bis Fuß fest in Decken ein. Sogar sein Gesicht wurde zugedeckt. Die Helfer trugen den alten Mann in das *jiisakiiwigamig*, ein kleines dreieckiges Wigwam aus Häuten, das man »bebendes Zelt« nannte. Sie legten den Seher auf den Boden und ließen ihn dort, während Shingobay draußen wartete. Die Lieder begannen. Singend rief der *jiisakiiwinini* seine vertrauten Geister und Clanverwandten herbei und ersuchte sie, die Zukunft zu enthüllen. Langsam begann das Zelt sich zu bewegen. Trommeln, Stimmen, schrille Schreie und Gebrumm drangen nach außen. Shingobay hörte die von

Trommeln begleitete Stimme des *jiisakiiwinini* aus dem Gemisch der Töne heraus. Es dauerte zwei Stunden, bis das Singen, Trommeln und Brummen endete und das bebende Zelt zur Ruhe kam.

Shingobay blickte erwartungsvoll zur Zeltöffnung. Der *jiisakiiwinini* kam heraus, von Schnüren und Decken befreit. Alle Anwesenden nickten beifällig, und der Häuptling ging mit seinem Berater langsam zum Wigwam zurück, wo Hirschfleisch, Maissuppe und Tee die Männer erwarteten. Nach dem Essen berieten sie sich mehrere Stunden lang. Shingobay befragte respektvoll den alten Mann und hörte mit geneigtem Kopf konzentriert zu. Dann legte er sich schlafen.

Als die Dakota früh am nächsten Morgen zurückkamen, ließ Shingobay sie in das Gemeinschaftshaus kommen. Ishkwegaabawiikwe erfuhr später, welche Antwort der große Häuptling den Dakota gab:

«Ich werde nicht kämpfen«, sagte er fest. »Ich habe gesehen, was geschehen wird. Wenn wir kämpfen, werden alle Verträge, die wir mit dem Weißen Mann geschlossen haben, null und nichtig sein. Und falls wir die Schlacht verlieren, werden sie das Land bekommen. Sie sind zu zahlreich, sie kommen über das Wasser und schwimmen bis zu unserem Land. Und wenn sie uns besiegen – denn das werden sie sicher, mit ihrer Überzahl und den Gewehren –, wer wird dann weitermachen? Wer wird dasein für die Generationen, die uns folgen werden?« Er sprach feierlich und mit großem Schmerz. Schließlich hielt er inne. »Ich werde die Pfeife zurückweisen.«

Er schüttelte den Kopf und gab den Dakota die Pfeife zurück.

Die Dakota gingen bedrückt fort. Dies war ein schlechtes Omen. Die *Anishinaabeg* zählten mehr Menschen als die Dakota und hätten deren Chancen beträchtlich vergrößert. Shingobays Entscheidung bedeutete, daß es keine bewaffnete Unterstützung der *Anishinaabeg* für den Kampf geben würde.

Doch auch für die *Anishinaabeg* standen die Zeichen schlecht. Trotz der Neutralität der *Anishinaabeg* berichteten Regierungsspitzel, daß die Dakota die Kriegspfeife zu den *Anishinaabeg* gebracht hatten, und mutmaßten, daß die *Anishinaabeg* Krieg wollten. Als Beweis führten sie an, daß Bugonaygeeshig die Pfeife geraucht und Shingobay darüber nachgedacht hatte, was auch immer das Ergebnis seiner Überlegungen gewesen sein mochte.

Häuptling Bugonaygeeshig hatte einen Sohn, der ebenfalls Bugonaygeeshig, Hole in the Day, genannt wurde. Dieser Häuptlingssohn teilte die Verärgerung der Dakota über die Weißen Männer, die Indianer wie Kinder behandelten. Eines Morgens bei Tagesanbruch besetzten er und eine Gruppe *ogichidaaweg*, seiner Krieger das Landverwaltungsbüro von White Earth und später St. Columba Mission, die neue Enklave der Episkopalkirche. Sie waren es müde, von Washington ignoriert zu werden, und wollten zeigen, daß auch sie die Weißen Männer wegschicken konnten. Bugonaygeeshigs Überfall geschah zur gleichen Zeit wie die Angriffe der Dakota in Little Crow's Krieg.

Zunächst ging die Regierung des Weißen Mannes nicht gegen White Earth vor, doch innerhalb des folgenden Jahres löste sie nacheinander die *Anishinaabeg*-Reservationen von Gull Lake, Pokegama, Oak Point und andere auf. All diese Maßnahmen wurden von den *Anishinaabeg* als Strafe für ihre Gespräche mit den Dakota und für Bugonaygeeshigs Überfall aufgefaßt. Und den *Anishinaabeg* war auch klar, daß diese Maßnahmen nichts Gutes für die Zukunft verhießen.

Am frühen Morgen – nach dem Kalender des Weißen Mannes war es der 18. August 1862 – griffen die Dakota Lower Agency am Minnesota River an. Noch bevor es richtig hell war, hatten sie die Oberhand. Als erstes töteten sie die Händler, darunter einen mit Namen Andrew Myrick, der bei den Dakota jetzt »Let Them Eat Grass«* hieß. Myrick sprang aus dem Fenster seines Ladens und suchte unter ein paar Bäumen in der Nähe Schutz. Doch eine Kugel fand ihn und durchbohrte ihn. Die Dakota rissen eine Handvoll Präriegras aus dem Boden und stopften es ihm in den toten Mund. Und so begann er, Little Crow's Krieg. In diesen blutigen Tagen starben über fünfhundert Siedler und viele Dakota.

Eineinhalb Monate später marschierte Colonel Henry Hastings Sibley mit einer Armee von über tausend Soldaten das Tal des Minnesota hoch, um den Widerstand der Dakota zu zerschlagen. Innerhalb von vier Wochen entvölkerte Sibley die Dakota-Dörfer. Er hatte vor, alle erwachsenen männlichen Dakota zu verhaften, die auch nur irgendwie zum Widerstand fähig schienen, und am Ende hatte er über zweitausend Gefangene in seiner Hand.

Ishkwegaabawiikwe wollte wissen, was sich an der Grenze tat. Also schloß sie sich jetzt ihrem Bruder an, als dieser wieder zur Grenze aufbrach. Die *Anishinaabeg* wußten, daß der Weiße Mann alle Indianer für die Taten einiger weniger bestrafen würde – der Weiße Mann zog es vor,

Unterschiede nicht wahrzunehmen. Die *Anishinaabeg* wußten auch, daß die Dakota Hilfe brauchen würden, daß es Flüchtlinge geben würde. Sie waren die am höchsten geachteten Feinde der *Anishinaabeg*, und Jahrhunderte einer gemeinsamen Grenze bedeuteten Generationen von Krieg, Vergeltung, Handel, Geiseln, Liebe und Ehe. Ein Leid für die Dakota würde ein Leid für die *Anishinaabeg* sein. An der Grenze zum Dakotaland, so hofften Ishkwegaabawiikwe und Wazhaashkoons, würden sie sich ein besseres Bild von der Lage machen können.

In dieser Zeit des Krieges mußten die Geschwister ihre Route mit Bedacht wählen. Sie orientierten sich am Sternbild des Fischer, beobachteten den Pfad der Seelen beim Weg über den nächtlichen Himmel. Soweit es möglich war, wanderten sie bei Tageslicht, tief in den Wäldern und entlang der Flüsse, den Augen des Weißen Mannes verborgen. Sie hatten ihrem Vater versichert, sie würden nicht in Gefahr sein, hatten versprochen, offenes Gelände zu meiden. In den Wäldern waren sie unsichtbar, und sie reisten bis zum Ende der *Anishinaabeg*-Welt hin zu der offenen Ebene, die die Welt der Dakota war.

Die Geschwister krochen bäuchlings auf den gleichen Hügel, um heimlich, *giimooj*, auf das gleiche Dorf zu schauen. Es war verschwunden. Von den vielen Bisonhaut-Tipis war nichts übrig außer verkohlten Resten, die überall in dem kleinen Tal verstreut lagen. Es gab nicht das geringste Lebenszeichen: Alle Menschen und alle Pferde, *mishtadimag*, waren fort.

Angst und Mitleid für die Dakota drehten den Geschwistern den Magen um, als sie den Hügel wieder hinunterkletterten. Sie sahen sich um und fragten sich, wohin sie wohl alle gegangen waren. Langsam und schweigend gingen sie zu ihrem Kanu zurück und tauchten die Paddel ins Wasser, um die Heimreise anzutreten.

Ishkwegaabawiikwe war nicht überrascht, als sie sie wiederfand, die *Bwaanikwe*, der sie vor langer Zeit zugesehen hatte.

Sibleys Truppen hatten das Land vom Pferderücken aus durchkämmt, waren die Routen entlanggaloppiert, von denen sie wußten, daß die Dakota sie benutzten. Immer wenn die Soldaten auf Dakota trafen, nahmen sie sie gefangen, um sie in ihre Stadt Mankato zu bringen. Oder sie töteten sie an Ort und Stelle.

Als Ishkwegaabawiikwe die *Bwaanikwe* entdeckte, hielt sie sie zunächst für tot. Unter einem Baum am Fluß zusammengekauert, hatte sich die Dakotafrau nur notdürftig versteckt.

»Ich werde sie mitnehmen«, sagte Ishkwegaabawiikwe entschlossen, bevor sie überhaupt wußte, ob die Frau noch lebte.

Ihr Bruder sah sie überrascht an.

»Ich werde sie mit uns mitnehmen«, wiederholte Ishkwegaabawiikwe. »Ich werde sie aufnehmen.«

Ihr Bruder steuerte das Kanu dicht neben die Dakota-Frau und stieß sie sanft mit dem Paddel an. Sie bewegte sich und stöhnte. Mit jetzt weit aufgerissenen Augen sah Wazhaashkoons das Blut, das ihre Brust bedeckte.

»Hilf mir«, sagte Ishkwegaabawiikwe zu ihrem Bruder, während sie ihren Arm unter den der Dakotafrau und um ihre Schultern schlang. Ihr Bruder hob die Frau an der Hüfte hoch, und sie luden sie in das Kanu. Blutüberströmt und erschöpft murmelte sie etwas und versank dann wieder in Bewußtlosigkeit. Ishkwegaabawiikwe brachte sie zu sich nach Hause, über die Grenze, in die Wälder, an den See, zum Ort der Zuflucht.

Ishkwegaabawiikwe war der Kriege müde, der Kämpfe zwischen den Dakota und den *Anishinaabeg*, der Kämpfe zwischen den Indianern und den Weißen Männern, des Krieges in ihrem eigenen Wigwam. Den einen Krieg hatte sie enden sehen, beendet durch Zermürbung, ihres Mannes eigene Torheit. Vielleicht mußte sie einen weiteren Krieg beenden, mit einer kleinen Geste. Ishkwegaabawiikwe nahm die Dakotafrau auf, ihre am höchsten geachtete Feindin, ihre Kriegstrophäe, ihre Schwester.

* Laß sie doch Gras essen

DIE GEFANGENEN

1862

Der Name der *Bwaanikwe* war Situpiwin, Tailfeathers Woman (Schwanzfedern-Frau). Ihre vier Söhne waren von Sibleys Soldaten getötet worden, auch der jüngste von ihnen, der damals rittlings auf ihr Pferd gesprungen und vergnügt mitgeritten war. Ihr Ehemann Cantetinza, Firm Fist (Starke Faust), war von Sibley gefangengenommen worden. Jetzt hatte sie niemanden. Sie war eine Ehefrau, die bald eine Witwe sein würde.

Situpiwin tat sich schwer mit der Sprache der *Anishinaabeg*, doch sie ließ sich davon nicht entmutigen. In langsamen Worten erzählte sie Ishkwegaabawiikwe, was geschehen war.

Situpiwins Söhne hatten geschlafen, als die Soldaten kamen. Mit brennenden Fackeln und Gewehren waren die Soldaten nachts über das Dorf hergefallen und hatten nach Gutdünken Männer herausgegriffen und verhaftet. Viele andere hatten sie an Ort und Stelle getötet und achtlos liegengelassen. Situpiwin hatte ihr jüngstes Kind bis zu seinem letzten Atemzug fest umschlungen gehalten, doch dann mußte sie um ihr Leben rennen. Das tote Kind konnte sie nicht mitnehmen, es hätte ihre Flucht behindert.

Die Soldaten hatten die Überlebenden erbarmungslos gejagt, doch es war Situpiwin gelungen, sich im Wald zu verstecken, bis die Soldaten vorbeigezogen waren. Danach hatte sie sich beim Fluß verborgen.

Ob noch andere überlebt hatten, wußte Situpiwin nicht. Doch sie wußte, daß ihr Ehemann Cantetinza Gefangener einer Regierung war, die keine Gefangenen machte. Sibleys Gericht, so hieß es, war so effizient, daß er einen Prozeß in fünf Minuten abwickeln konnte. Kuriere berichteten, die festgenommenen Dakota seien dafür verurteilt worden, Dakota zu sein. Niemand mußte ihre Unschuld beweisen oder ihre Verbrechen. Niemanden interessierte das. Cantetinza war einer der Festgenommenen. Jetzt sollte er gehenkt werden.

Situpiwin wollte dort sein und ihren Mann ein letztes Mal sehen. Ishkwegaabawiikwe betrachtete sie jetzt nicht mehr als Gefangene, fühlte sich aber trotzdem für sie verantwortlich. Als Situpiwin sie inständig bat, nach Mankato zu gehen, willigte sie ein.

Ishkwegaabawiikwes Bruder Wazhaashkoons begleitete die beiden Frauen. Da es zu kalt für eine Kanufahrt war, reisten sie mit Hundeschlitten und Schneeschuhen, dann von Little Falls aus mit einem Pferdewagen. Es war noch immer gefährlich, in dieser Gegend unterwegs zu sein, doch Ishkwegaabawiikwe hatte die Orden dabei, die ihr Großvater beim Abschluß das LaPointe-Vertrags von 1837 bekommen hatte. Diese Orden sollten ihre Sicherheit bei möglichen Begegnungen mit Soldaten sein. Sie lieh Situpiwin einen der Orden und ein Kleid, in dem die *Bwaanikwe* wie eine *Anishinaabekwe* aussehen würde.

In Little Falls gingen sie zu Bugonaygeeshigs Lager und ruhten sich dort einen Tag lang aus. Häuptling Hole in the Sky schickte zwei Männer als Begleitung für die schwierige und strapaziöse Fahrt nach Süden mit.

Schließlich kamen sie in Mankato an. Es war der Tag nach dem heiligen Christfest des Weißen Mannes und nur wenige Wochen vor dem Tag, an dem der Oberste der Weißen, Präsident Abraham Lincoln, die Proklamation unterzeichnen sollte, die die schwarzhäutigen Menschen befreite. Rings um einen freistehenden Richtplatz, einem hohlen rechteckigen Aufbau, versammelte sich die Zuschauermenge, um die achtunddreißig verurteilten Dakota hängen zu sehen.

Es war kein Ort für Indianer, doch hier standen sie nun, Ishkwegaabawiikwe, Wazhaashkoons und Situpiwin – die kleine Frau mit Narben im Gesicht, der Stammesführer und die hochgewachsene schöne Frau. Sie standen dicht nebeneinander, ein gutes Stück hinter der Rückseite des Richtplatzes. Auch andere Indianer waren gekommen: ein paar Dakota, die ihre Ehemänner und Väter sehen wollten; ein paar Winnebago und andere *Anishinaabeg*. Situpiwin musterte die Menge, auf der Suche nach einem vertrauten Gesicht, einem Verwandten.

Dann holten die Soldaten die Dakotakrieger und führten sie zu dem Gestell mit den hängenden Schlingen. Die Menge johlte und warf mit Steinen nach den gefesselten Gefangenen. Situpiwin preßte Ishkwegaabawiikwes Hand so heftig, daß sich ihre Nägel in die Handfläche der Anishinaabekwe gruben, und reckte den Hals, um die ankommenden Männer zu sehen. Ihr Kopf zuckte zurück, als sie ihren Mann erkannte, und sie stöhnte auf.

Sie begann, sich durch die Menge der weißen Schaulustigen nach vorne zu kämpfen. Ishkwegaabawiikwe wollte sie daran hindern, denn die Menge war aufgebracht und angriffslustig, von Rachedurst erfüllt. Sie hielt Situpiwin am Ärmel fest, doch die Dakotafrau schob sich unerschrocken weiter vorwärts. Sie konnten ihr nichts antun, was sie ihr nicht schon angetan hätten. Ishkwegaabawiikwe wagte es nicht, loszulassen, und so folgte sie Situpiwin, als diese sich einen Weg zum Galgen bahnte. Ein weißer Mann stieß Situpiwin grob zur Seite, und sie suchte sich einen anderen Weg nach vorne. Immer noch blieb Ishkwegaabawiikwe dicht bei ihr, die Hände an ihr Kleid geklammert.

Dann schrie Situpiwin auf Dakota so laut sie konnte: »Cantetinza, Cantetinza! *Ded mawazin*, ich bin hier!«

Mit nichts als Lumpen bekleidet, die Hände hinter dem Rücken gefesselt, die Haare zerzaust, stand Cantetinza auf der Plattform. Er ließ den Blick über die Menge wandern und hörte die Stimme seiner Frau über dem Lärm der Menschen.

Doch die Schaulustigen in Situpiwins Nähe hörten ihre Rufe ebenfalls. Eine weiße Frau funkelte die beiden Indianerinnen mit einer Mischung von Angst und Rachsucht an. Ein großer Mann drehte sich um und schrie: »Ruhe, du verdammte Squaw!« Doch ein anderer Mann, betrunken vom Whiskey und der Vorfreude auf das Spektakel einer Hinrichtung, lachte laut, packte Situpiwins und Ishkwegaabawiikwes Arm und zog die beiden durch die Menge.

»Platz da, Platz da!« schrie er mit lallender Stimme. »Diese zwei Squaws wollen die Hinrichtung sehen.«

Ishkwegaabawiikwe wehrte sich, doch Situpiwin folgte dem Mann, als die Menge, überwältigt von Neugier und der wilden Entschlossenheit des Betrunkenen, sich wie von Zauberhand vor ihnen teilte.

»Platz da!« grölte er noch einmal. Dann drehte er sich um und grinste die beiden Frauen anzüglich an. »Ihr müßt die Hinrichtung gut sehen können, damit sie euch eine Lehre ist.«

Jetzt standen sie ganz vorne. Ishkwegaabawiikwe stockte der Atem, als sie den Galgen, die Soldaten und die verurteilten Männer aus der Nähe sah, und über allen die Flagge des Weißen Mannes, die im Wind wehte.

Situpiwin schenkte dem Haß der Menge keine Beachtung, doch Ishkwegaabawiikwe spürte ihn wie die Hitze eines heißen Sommertags, die in sie eindrang.

Wieder rief Situpiwin Cantitinza zu: »*Ded mawazin, ded mawazin*, ich bin hier, ich bin hier.«

Seine Augen fanden die ihren und wollten sie nicht mehr loslassen; sein Gesicht voll Erstaunen über ihre Erscheinung: ein Schatten voll Trauer. Doch er war dankbar für ihre Gegenwart.

»*Tehikecide,* ich liebe dich, ich liebe dich von ganzem Herzen«, rief sie, als existierte die Menge nicht. »*Ake wanciyake kte,* ich werde dich wiedersehen.«

Die Soldaten ließen jetzt Schlingen zu den Köpfen der achtunddreißig Dakota herunter, und die Schaulustigen stießen Situpiwin und ihre Begleiterin zurück, um nichts zu verpassen. Situpiwin stemmte sich gegen den Ansturm der Menge und wich nicht von der Stelle, als Ishkegaabawiikwe an ihr zog. Ihre Augen blickten unverwandt auf ihren Mann, dem jetzt das schwere Seil um den Hals gelegt wurde. Noch einmal hielt er verzweifelt nach ihr Ausschau, und seine Augen trafen die ihren. Dann wurde ihm ein Sack über den Kopf gestülpt.

»Jetzt geht's an Hängen«, verkündete der Betrunkene der Menge.

Die Stimmen der verurteilten Dakota erhoben sich zu ihrem Todesgesang. *Hi yi hi yi hi yi hi yi, hi yi hi yi hi yi.* Ishkwegaabawiikwe sah, wie die Männer nach den Händen ihrer Kameraden tasteten, als das Ende kam. Die Podeste kippten nach unten, und es war totenstill.

Dann begannen die Zuschauer zu brüllen, feierten ihre Rache, ihren Sieg. Situpiwin stand noch immer starr da, die Füße wie angewurzelt, die Knie fest aneinandergepreßt, die Augen auf die Füße ihres Mannes geheftet, die sich durch die Luft bewegten wie der Geist eines Grastänzers. Das Brüllen schwoll jetzt an, während die Körper der Dakotamänner schaukelten und ihr Geist in den Himmel aufstieg. Da wich alle Kraft aus Situpiwin, und ihr wurden die Knie weich. Ishkwegaabawiikwe zog sie am Arm, und sie kam mit. Eine leere Hülle.

Sie gingen zu ihrem Wagen zurück, und Situpiwin legte sich im Wageninneren nieder, die Hand über den Augen, vom Schmerz überwältigt. Wazhaashkoons lenkte das Pferdegespann aus der Stadt.

Von ihrem Lager an der Rückwand des Wagens sprach Situpiwin schließlich, rief Ishkwegaabawiikwe auf Dakota zu sich.

»*Bawakihankte.*« Sie bedeutete ihr, ihr die Haare abzuschneiden.

Ishkwegaabawiikwe verstand sie sofort. Sie hatte das gleiche getan, nach dem Tod ihres Mannes. Sie nahm die hüftlangen Zöpfe in die Hand. Sie fühlten sich weich an, weich wie ein Nerzfell. Mit ihrem scharfen Messer, das sie so oft zum Häuten von Tieren benutzt hatte, schnitt sie der Dakotafrau die Zöpfe ab. Der Wagen fuhr weiter nach Norden, fort vom Mankato des Weißen Mannes, zurück zur Grenze, *giiwedahn,* heim.

Ishkwegaabawiikwe bewahrte Situpiwins lange, dicke Zöpfe auf, hob sie auf für ihre Freundin.

DIE TROMMEL

1862

Es war zu dieser Zeit, daß Ishkwegaabawiikwe von der Trommel träumte. Sie sah diese Trommel im Traum, und die Trommel kam zu ihr. Gelb und blau, mit Donnervögeln bemalt. Die Alten sagten, es sei eine Donnervogel-Trommel. Zu ihr gehörten Lieder, und die Trommellieder hörte sie auch in dem Traum.

Sie sah eine alte Frau. Ihr Gesicht war ebenfalls gelb und blau mit Donnervögeln von einer Seite zur anderen, und sie hatte Glasperlen und glänzende silberne Metallkegel auf ihrem Kleid, dem Schulterstück und in den Haaren. Ishkwegaabawiikwe sah sie, und dann hob die alte Frau die Trommel – es war eine Handtrommel – und zeigte sie der jüngeren Frau. Die Trommelhaut war zunächst nackt, dann war, während sie hinsah, das bemalte Gesicht der Frau nackt, und die Trommel war bemalt. Einfach so. Sie hatte ein Gesicht.

Ishkwegaabawiikwe erzählte ihren Traum Namaybin Minnogeeshig. Er war seit längerer Zeit ihr Freund. Und er war ein wahrer Freund. Er verlangte keine Gegenleistung, nur ihre Gesellschaft. Er half ihr, diese Trommel zu bauen, und er redete mit den anderen darüber, den Älteren, die sehen konnten: Chi Makwa, ihr Bruder Wazhaashkoons, Mindemoyen – die Menschen, die noch immer im Wald lebten, die nicht in die Stadt gezogen waren, die dem Weißen Mann oder dem Gott des Weißen Mannes nicht folgten; die Familien, die Trommeln hatten. Immer mehr Familien gingen diesen Weg, und ihre Stärke wuchs. Sie waren entschlossen zu überleben, ihre Lebensweise, ihre Lieder, ihre Medizin zu bewahren. Den *wiindigo*, den Weißen Mann, zu überlisten.

Auch Ishkwegaabawiikwe und Situpiwin lebten dort, tief im Wald. Namaybin Minnogeeshig war mutig genug, allen beiden den Hof zu machen. Sie waren für ihn eine gewaltige Herausforderung.

Anfangs machten sich Ishkwegaabawiikwe und Situwipin im stillen über ihn lustig, machten sich lustig über sein ehrgeiziges Vorhaben. Doch er eroberte sie, dieser so beharrliche Namaybin Minnogeeshig. Er eroberte sie mit Willenskraft. Und mit Perlen und Fleisch. Handelsgüter, damit hatte es angefangen. Jemand hat einmal gesagt, die Liebe zu

Stoffen sei das Verhängnis der Ojibwe-Frauen. Meterware, schwarzer Samt, Ballen von Händler-Wolle, all dies liebten die Finger der *Anishinaabekwewag.* Weich wie ein Nerz- oder Biberpelz, weich wie ein mit Hirn gegerbtes Fell. Weich und schmeichelnd. Dazu die kleinen Glasperlen, die so gut zu Stachelschweinstacheln und Elchfellbüscheln paßten. Die Vielfalt an Farben und die komplizierten Muster, die sich damit herstellen ließen, erweiterten ihr künstlerisches Universum. Und die glitzernden Kupfertöpfe lockten die dunklen Krähenaugen der *Anishinaabekwewag* ebensosehr, wie die Stahlmesser und Gewehre die Jäger anzogen.

Ishkwegaabawiikwe und Situpiwin betrachteten diese Perlen voller Bewunderung, als Namaybin Minnogeeshig sie ihnen zum ersten Mal als Geschenk überreichte. Er platzte fast vor Stolz. Er deutete auf das Gelb, das Dunkelrot, das Blau, das Grün. Vor ihrem Auge erschienen Hagebutten, Astern, Wildrosen, leuchtendgrüne Blätter, alle Arten von Beeren. Sie strichen mit den Fingern über die glatten Perlen, ohne Hemmungen, und sie sahen alles in diesen Perlen. Sie dankten Namaybin Minnogeeshig für das Geschenk, wohl wissend, daß er damit ihre Zuneigung gewinnen wollte. Ishkwegaabawiikwe und Situpiwin ließen sich seinen Antrag durch den Kopf gehen.

Dann brachte er Fleisch.

Wiiyaas, Fleisch. Namaybin Minnogeeshig setzte auf Fleisch, denn die *Anishinaabeg* sind ein Volk, dessen Kultur sich um Fleisch dreht. Eine Jagdkultur, eine Kultur des Nordens. Karibu, Bison, Elch, Hirsch, Kaninchen, Biber, Stachelschwein, Gans, Ente, Schildkröte. Wenn es eßbar ist, essen es die Menschen, essen alles davon. Einer Indianerin Fleisch zu bringen heißt, ihr ein hochgeschätztes Geschenk zu machen. Namaybin war ein guter Fallensteller, und er brachte den beiden Frauen sehr viel. Eines Tags streckte er den Arm in eine Biberburg am Ottertail River und zählte die Biber. Dann baute er seine Falle für den größten Biber. Er baute die Falle und er wartete.

Situpiwin würde keine Kinder mehr haben. Sie konnte es nicht mehr. Ishkwegaabawiikwe wollte Kinder, und manchmal war sie voller Sehnsucht danach. Sie sah ihren Nichten und Neffen zu, spürte ihre Brüste schmerzen, wenn sie ein Baby weinen hörte, und ihre Hände zittern, wenn sie das Wiegenbrett, *dikinaagan,* mit dem Baby ihrer Schwester schaukelte. Es war zwei Jahre her, daß ihr Ehemann zum *Wiindigoo* gegangen war, und jetzt war sie dabei zu heilen.

Namaybin Minnogeeshig gefiel ihr. Er war so zurückhaltend, wie ihr toter Mann anmaßend gewesen war, so sanft wie jener grob, und damit fiel er ihr immer wieder auf. Das war kein Wunder, denn er besaß auch Magie, einen Zauber, der ihn unwiderstehlich machte, und einen eigenartigen entgegengerichteten Zauber, der sich nur manchmal zeigte. Manchmal sprach er in Gegensätzen. Besessen von der Macht, *Ayaagonwewaadizid*. Bei solchen Gelegenheiten sagte er zu ihr, er verachte sie, und legte ihr ein Geschenk von verfaultem Fleisch hin. Dann lachte Ishkwegaabawiikwe. She liebte ihn nicht in jenen Monden, sie machte sich über ihn lustig. Lachte manchmal laut, manchmal leise über den Dummkopf. Dann befreite er sich immer, ohne Mühe.

Die Krönung der Brautwerbung war der große Biber. Namaybin hatte ihn in seiner Falle gefangen, herausgezogen und stolz Ishkwegaabawiikwe gebracht. Er muß gewußt haben, daß dieses Geschenk ihre Zuneigung besiegeln und ihre Narben heilen würde.

Jetzt zog ihre linke Hand langsam am Biberpelz, während die rechte Hand das Messer vorsichtig vor und zurück bewegte, um die Haut des Tieres von Fettschicht und Körper zu trennen. Es war ein stattlicher Biber, gefangen am Ottertail, direkt beim Südufer des Round Lake. Kleine Fettstückchen spritzten Ishkwegaabawiikwe in die Haare, und sie lächelte.

Als nächstes nahm sie sich die kurzen Beine vor. Sie schnitt die Haut um die Fußgelenke in einem genauen Kreis auf und zog die kleinen schwarzen Schwimmfüße durch die Öffnung, als würde sie sie entkleiden. Zog ihnen die Haut ab, *aababishkaw*.

Sie griff mit den Händen tief in die Körperhöhle und zog vorsichtig die Organe heraus: Herz, Lunge, Magen, Eingeweide. Dann hielt sie inne und blickte in ihre Hand.

»*Howaa ... nisaaginishiwag.*« Er hatte drei Hoden.

Sie dachte über dieses ungewöhnliche Organ nach und war erleichtert. Langsam und bedächtig nahm sie den Biber ganz aus, brachte ihn wieder in ihre Hütte und briet ihn. Briet ihn lange und langsam, sah zu, wie das Fett heraustropfte. Sie sah zu, wie der Biber vom Round Lake, der Biber mit den drei Hoden, langsam gar wurde.

Sie, Situpiwin und Namaybin aßen diesen Biber. Er schmeckte gut.

Als der junge Häuptling Bugonaygeeshig im Sommer 1868 ermordet wurde, war es, als senkte sich ein Schatten auf White Earth, ein Schatten, der sich fast hundert Jahre lang nicht mehr hob. Bugonaygeeshig wurde beim Leech Lake erschossen, und Wazhaashkoons und die anderen berichteten, es sei das Werk von Holzfällern und Landräubern gewesen, Männern, die einen guten Preis für die Ermordung des Häuptlings bezahlt hatten. Bugonaysheeg war der am meisten gefürchtete der *Anishinaabe*-Häuptlinge – ein großer Redner, der die Dinge beim Namen nannte und sich nicht einschüchtern ließ, Ehemann von vier Frauen, darunter einer Weißen, und ein Mann mit gutem Geschmack bei Kleidung und Pferden. Die *wiindigooweeg* hatten ihn in der Hoffnung getötet, damit allem ein Ende zu setzen, was zu den *Anishinaabeg* gehörte: ihre Lebensweise, ihr Land und ihre Trommeln. Doch die *wiindigooweeg* unterschätzten die *aanikoobijigan*, die Alten, und sie unterschätzten die Trommeln. Die Alten zogen sich tiefer in die Wälder zurück, und sie nahmen auch die neue Trommel mit, die Ishkwegaabawiikwe geträumt hatte. Sie bewahrten die Trommel bei sich auf.

Doch der Krieg des Gottes tobte am Rand der Wälder und hielt jetzt im Dorf Einzug. Der Krieg des Gottes.

Sie bewahrten Schweigen über den ersten Priester, dem sie begegnet waren. Der neue allerdings, Father Gilfillian, hatte eine Rüstung. Er war wie eine Schildkröte. Ishkwegaabawiikwes Bruder Wazhaashkoons konnte ihm nichts anhaben.

Jetzt in fortgeschrittenem Alter, hatte ihr Bruder entschieden, daß es nicht lohnte, seine Zeit mit dem Kampf gegen den Priester zu vergeuden. Der Priester würde sich der Schwachen trotzdem bemächtigen. Wenn sie den Gott des Weißen Mannes brauchten, mochten sie ihm folgen. Irgendeine Macht mußte dieser Gott wohl haben, wenn die Weißen Männer so erfolgreich waren.

Die anderen behielten ihren Gott und ihre Lebensweise, die *Midewiwin*, das bebende Zelt, die großen Trommeln, jede einzelne. Sie hatten ihre eigene Macht.

Jene Männer behielten die Trommeln. Namaybin Minnogeeshig hatte eine, Chi Makwa eine andere und Wazhaashkoons eine dritte. Sie behielten jene Trommeln, gaben ihnen zu essen und sorgten für sie. Sie hielten die Priester fern. Die Priester konnten jenen Menschen nichts anhaben. So blieben sie, tief im Wald beim Round Lake, beim Many Point Lake. Sie blieben und folgtem ihrem Pfad, ohne je von ihm abzukommen.

WEMITIGOOZHI

Die Menschen sahen die seltsamen Männer kommen. Sie nannten sie *wemitigoozhi,* jene ersten, die kamen.

Der *wemitigoozhi* marschierte entschlossen ins Dorf und fuchtelte mit einem kreuzförmigen Stock vor den Menschen herum. Die Menschen waren nicht überrascht, den *wemitigoozhi* zu sehen; nichts überraschte sie, und schon gar nicht ein blaßhäutiger Mann. Seine Schritte waren kraftvoll und selbstsicher, sein Gesicht behaart wie das eines Tiers. Er trug lange, schwarze, schwere Kleidung, sogar in der Sommerhitze.

Der *wemitigoozhi* war mit Stichen übersät. *Zagimeg,* die Stechmücken, liebten ihn. Sie nippten sein Blut mit Vergnügen. *Zagimeg* waren der *wiindigoo* in Insektengestalt.

Im stillen machten sich die Menschen über sein Elend lustig. Er schlug mit den Armen nach den Stechmücken und wedelte mit seinem Stock, seinem kreuzförmigen Stock, wenn er ins Dorf marschierte. Und die Menschen erörterten sein Benehmen. Entweder war er ein unglaublicher Dummkopf, daß er so dreist in ein Lager voller Krieger ging, oder er hatte einen besonders starken Zauber.

Ishkwegaabawiikwes Hund schoß hinter ihrem Bein hervor und stürzte sich auf die Füße des *wemitigoozhi.* Der Hund biß nicht zu, und der korpulente haarige Mann in Schwarz blieb stehen, die Augen weit geöffnet, doch ohne Angst. Er wirkte zufrieden darüber, daß er die Aufmerksamkeit der Menschen hatte. Das war allerdings keine Kunst. Er war bereits den meisten unliebsam aufgefallen.

»Ich bin ein Freund eures Großen Geistes«, verkündete er in selbstsicherem Ton. »Ich bin ein Freund eures Großen Geistes, und ich bin hier, um euch zu lehren.«

Die Menschen hörten ihm zu, diesem Anführer, der gar nicht mehr zu reden aufhörte. Er hatte von irgend jemandem die Ojibwe-Sprache gelernt, wenngleich sein Ojibwe für die Ohren der Menschen fremd klang: Es war zwar die Ojibwe-Sprache, aber die aus dem Norden, eine Sprache der Muskeg. Doch die Menschen beschlossen, ihn zu verstehen. Das bedeutete jedoch nicht, daß sie ihm glaubten. Er war unterhaltsam, dieser seltsame haarige Mann. Er unterhielt sie, und dann töteten sie ihn. Es war am besten so, das war ihnen klar.

Die Menschen wußten seit geraumer Zeit von ihm und seinesgleichen. Die *wemitigoozhi* waren lange zuvor zu den anderen gekommen, doch nie in dieses Dorf, nie so weit in die Wälder, so tief in das Territorium der *Anishinaabeg*. Verschiedene Geschichten erzählten von ihrer Magie und ihrem Einsiedlerdasein, ihrer Dreistigkeit und ihrem seltsamen Verhalten.

Manche Dörfer blühten nach dem Kommen der *wemitigoozhi* auf, andere wiederum verschwanden. Die Menschen zogen woanders hin, ließen ihre Wigwams, ihre Trommeln und ihre Otterfelle zurück und folgten den seltsamen haarigen Männern. Andere Geschichten berichteten von Krankheiten, die mit den *wemitigoozhi* kamen, die Hustenkrankheit und die Pocken. Krankheiten, die die Dörfer genauso töteten.

Bei den *Anishinaabeg* tauchten die Männer, die mit Kreuzen wedelten, die *wemitigoozhi*, nicht auf. Später kamen die *makadewikonayewininiwag*, die anderen schwarzgewandeten Männer, die eine andere Sprache sprachen, aber ebenfalls mit ihren kreuzförmigen Stöcken herumfuchtelten; und auch diese ließen sich bei den *Anishinaabeg* nicht blicken. Nicht bis jetzt. Vielleicht hielt sie die Magie der Menschen in Schach. Vielleicht schreckte sie deren Ruf als skrupellose Wachposten an der Grenze zu den *Bwaanag* ab. Oder vielleicht lag es einfach an der Abgelegenheit ihres Territoriums. Sie lebten einfach zu tief in den Wäldern, zu weit von den Flüssen entfernt, zu weit von den Pfaden der Männer, die zuvor gekommen waren.

Doch letztendlich fand der *wemitigoozhi* die Anishinaabeg, fand sie und amüsierte sie eine Zeitlang.

Es war Ishkwegaabawiikwes Bruder Wazhaashkoons, der zur Tat schritt. Er hörte dem Mann mit dem kreuzförmigen Stock zu, er hörte ihm zu und traf seine Entscheidung. Ihr Bruder glaubte dem *wemitigoozhi* nicht. Er erschoß ihn, durchbohrte ihm die Brust mit einem Pfeil.

»Kein so guter Freund meines Großen Geistes«, sagte Wazhaashkoons spöttisch. »Er hilft dir ja gar nicht.«

Der Mann schaute verdutzt auf und stieß Worte in einer Sprache hervor, die die Menschen nicht verstanden. Dann starb er.

Die Menschen schickten ihn in einem Kanu, einem ihrer besten Birkenrindenkanus, den Ottertail River flußabwärts. Sie schickten ihn fort, als Warnung an die *wemitigoozhi*, nicht zurückzukommen.

ABFALL VOM KREUZ

1898

Vorwärts, Christen-Soldaten
Madjag enamiayeg,
Nundobuniyuk,
'Ga-widokag Jesus,
Ani-nigani.
Christ au kid ogimam
'Ga-migadamag,
Umbe mamaquiyok
Wabum enosed.

Die Priester der Episkopal- und katholischen Kirche waren außer sich. Zwei Vorposten hatten die großen christlichen Glaubensgemeinschaften auf White Earth: Father Gilfillian und Father Benoit. Ihre Kirchen hatten sich aktiv an den Umsiedlungen nach White Earth beteiligt, und sie kannten viele der Familien und Stammesgruppen. Die Priester fanden, sie seien recht erfolgreich gewesen, was die Bekehrung der Indianer anbetraf. Obwohl Gilfillian seine Bemühungen wie ein nie endender Kampf vorkamen, war seine Herde gewachsen. An die zweihundertfünfzig Seelen umfaßte seine Episkopal-Gemeinde von Bekehrten, und Father Benoit hatte vermutlich dreihundert Seelen für den katholischen Glauben gewonnen. Dennoch gab es immer jene, die das Wort Gottes hören mußten – zum ersten Mal oder immer wieder; denn anscheinend waren viele Indianer schwerhörig. Die Priester mußten also jeden einzelnen Stein auf der Straße zum Königreich Gottes auf Erden aus dem Weg räumen. Es war Gottes Wort und Plan.

Father Joseph Gilfillian hielt sich für einen geduldigen Mann. Ohne Zweifel würden sich die Ojibwe im Lauf der Zeit die Tugenden des Christentums voll zu eigen machen; doch bis dahin war unendliche Geduld erforderlich. Die Indianer schienen zwar dankbar für die ewige Geborgenheit, die ihnen der Glaube bot, doch sie blieben unberechenbar. Auf so etwas konnte einen kein Priesterseminar vorbereiten.

Die Kirche war am Anfang des neunzehnten Jahrhunderts zu den

Anishinaabeg gekommen, und sie hatte ihnen sowohl die Bibel als auch die Pocken gebracht. Vor allem der Jesuitenpater Frederick Baraga aus Michigan zog unermüdlich durchs Land und verbreitete überall seine Lehren und die Krankheiten seiner Kultur. Zweckmäßigerweise machte er die Erstellung eines Ojibwe-Wörterbuchs und, nicht überraschend, die Übersetzung der Bibel in die Ojibwe-Sprache zu seinem Lebenswerk. Hunderte wurden durch seine Worte bekehrt und Hunderte starben an den Krankheitserregern. Dennoch war er einer der sanftesten der Männer gewesen, die wie Krähen aussahen. Die *Anishinaabeg* gaben ihnen den Namen *Makadewikonayewinini*: die Männer mit der schwarzen Kleidung.

Während die Katholiken und Mormonen die südliche und westliche Abteilung von »Indian Country« übernahmen, teilten sich die Jesuiten und die Episkopalkirche die nördliche Hälfte des Kontinents. Die Männer mit der schwarzen Kleidung kamen ungeladen zu den indianischen Dörfern und suchten und fanden Leute, die sich von ihnen bekehren ließen. Sie folgten den Indianern gemäß der Vorgaben der Politik der Bundesregierung und linderten den durch die Hand der weltlichen Regierung zugefügten Schmerz mit Skapulier und Kreuz.

Jetzt stand Gilfillian an seinem Pult und strich sich den Talar glatt. Er hatte am Freitag seinen monatlichen Bericht an die Indianeragentur fertiggestellt und am Samstag noch ein paar Ojibwe-Übersetzungen für seine Predigt vorgenommen. Letzteres war eine der großen Herausforderungen der Missionstätigkeit, denn die Ojibwe-Sprache war voller Feinheiten und Spitzfindigkeiten. Zum Beispiel konnte sich ein ahnungslos übersetztes Wort bei falscher Aussprache auf einen Penis statt eine Pfeife beziehen. Er hatte diesen Fehler einmal gemacht, als er die Gemeinde für die Verwendung ihrer Pfeifen ausschalt. Ungläubiges Kichern war die Reaktion gewesen. Das hatte seiner Predigt ein Stück Glaubwürdigkeit genommen, doch er hatte einfach seine schwarze Robe enger gezogen und weitergesprochen.

Auf Geheiß Gilfillians trafen zwei Frauen bereits die Vorbereitungen für den Gottesdienst. Philomene St. Clair war eine drahtige Frau, die kräftiger war, als ihre geringe Körpergröße vermuten ließ. Sie gehörte zum Wolf-Clan, und ihr Gesicht spiegelte ihr *doodem*, ihren Clan, wider: nach vorne gerichtete Augen dicht über einer kräftigen Nase – Augen, die alles sahen und beobachteten und dann schnell wegblickten. Sie war eine brave Seele und eine ausgezeichnete Haushälterin, und Gilfillian hatte sich immer voll und ganz auf sie verlassen können. Philomenes Schwester Izola Pemberton hatte gestern die Kirche auf Händen und Knien gescheuert. Izola war ein neues Mitglied des Frauenkreises der Kirche, und sie sorgte gemeinsam mit ihrer Schwester dafür, daß alles seine Ordnung hatte.

Die St.-Columba-Kirche der Episkopalen war ein Steingebäude, von den Getreuen im Schweiß ihres Angesichts Stein für Stein errichtet. Sie war Gilfillians ganzer Stolz, das sichtbare Zeugnis seines Erfolges und der vielversprechenden Zukunft der Gemeinde. *Man würde sich an ihn erinnern.* Sein Vermächtnis würde sicherstellen, daß seine Nachfolger seine Arbeit fortsetzten.

Gilfillian ging los, um seine Gemeindemitglieder zu begrüßen. Er sah sie aus ihren Einspännern steigen und den Hügel hochkommen. Die weiblichen Mitglieder seiner Herde trugen hochgeschlossene Kattunkleider und Hauben; zum Teil noch mit Perlenstickereien. Ein paar der Männer hatten Schulterpatronengurte, die großen, mit verschlungenen Mustern aus Perlen verzierten Gurte, die bei gesellschaftlichen und zeremoniellen Veranstaltungen und Tänzen getragen wurden. Er würde eine Predigt schreiben müssen über die Notwendigkeit, solchen Zierat als Relikt der Vergangenheit aufzugeben.

Als die Gemeindemitglieder die Kirche betraten, schüttelte Gilfillian ihnen die Hand und nickte anerkennend. Manche der Indianer hatten Gesichter voller Hoffnung, andere schlurften ergeben zu ihren Bänken. Für Gilfillian zählte nur, daß sie gekommen waren. Doch fast alle vermieden es, ihm in die Augen zu blicken – ein Zeichen von Respekt und ein Zeichen von Angst.

Während Gilfillian ihnen nachsah, hörte er seinen Chor einen sehr schönen Choral anstimmen, den er selbst in die Ojibwe-Sprache übersetzt hatte.

»Heilig, Heilig, Heilig! Herr Allmächtiger Gott!
Pinzi, Pinzi, Pinzi! Enamiajig,
Ki wawigenimigog waseyaziwining;
Kakina ishpiming meshkawizijig,
Kaginig ki wawijenimigog.
Pinzi, Pinzi, Pinzi! Ano Kushkidibik,
Agosin jiwabudaming kiwase yas-win,
Kin su paniziyun; kin gaye go eta,

Kin mayamawi, pinadiziyun.
Pinzi, Pinzi, Pinzi! Kije-Manido!
Kidun-kiwinun kidowijenimigonun:
Pinzi, Pinzi, Pinzi! aadebeniged!
Gaye dush au Panizid Ojichag.«

Erst als er zu predigen begann, fielen Gilfillian die leeren Bänke auf. Er blickte zu der Stelle, wo Häuptling Mayzhuckegeeshigs Familie gewöhnlich saß, und stellte fest, daß sie fehlte, genauso wie Wabunoquod, ein anderer Häuptling. Dann bemerkte er, daß mehrere Pembertons nicht da waren, ebensowenig wie die Familie von Chi Makwa und andere. Wie es aussah, war fast ein Drittel der traditionellen und ein Viertel der Halbblutfamilien abwesend. Es kostete Gilfillian große Mühe, sich davon nicht ablenken zu lassen und sich ganz auf seine Predigt zu konzentrieren. Doch bald merkte er, daß sein Ärger ihn andere Worte wählen ließ. Mit jetzt scharfem Ton klagte er jene an, die abtrünnig geworden waren. Er sprach von Schmach und dem Zorn, der über sie kommen würde. Sein Gesicht verzerrte sich zunehmend, und seine Armbewegungen wurden heftiger. Er deutete mit dem Finger auf die leeren Plätze und forderte die Anwesenden auf, nach diesen Leuten zu suchen und ihnen, diesen Heiden, das Handwerk zu legen. Philomene bekam langsam Angst, er könnte an seinem Zorn ersticken, und sie umklammerte den Rand ihres Skapuliers und ging besorgt auf ihn zu. Gilfillian holte tief Luft. Fürs erste hatte er seine Selbstbeherrschung wiedergefunden.

Es war ein weit weniger beherrschter Gilfillian, der nach der Predigt Philomene am Arm packte.

»Wo sind unsere Leute?« wollte er wissen.

Schweigen und ein verängstigter Blick waren die einzige Antwort.

»Gibt es Krankheit im Dorf?«

Wieder Schweigen. Philomene fürchtete sich.

»Nein, Sir«, antwortete sie schließlich widerstrebend. »Ich glaube nicht, daß irgendeine schwere Krankheit umgeht, obwohl viele Kinder Grippe haben.«

«Gibt es eine Zahlung der Regierung?«

»Nein, Sir«, sagte sie, ohne auch nur einmal den Blick vom Boden zu wenden. »Ich glaube, im Augenblick gibt es keine Zahlungen.«

Er fuhr fort nach allem zu fragen, was ihm als mögliche Erklärung in den Sinn kam, und langsam überkam ihn eine böse Vorahnung. Er stellte sich dem Unvermeidlichen: »Finden zur Zeit Ojibwe-Zermonien statt?«

Philomene war unter dem Ansturm seiner Fragen in eine Ecke zurückgewichen, wo sie jetzt geduckt dastand.

»Ja, Herr Pfarrer, da sind einige.« Sie war erleichtert, daß er endlich zum richtigen Schluß gekommen war, erkannte jedoch gleichzeitig die Konsequenzen.

Er bebte jetzt, und sie wagte es nicht, ihn anzusehen. »Welche Zeremonien sind das?«

Philomene war fast fünfzig, eine Mutter von vier Kindern und Großmutter von neun. Doch in diesem Augenblick fühlte sie sich selbst wie ein Kind, das von einem Erwachsenen gescholten wird. Pfarrer Gilfillian war ein freundlicher Mann. Sie wußte, er würde sie nicht schlagen, aber trotzdem hatte sie Angst. Sie haßte es, ihm etwas sagen zu müssen, was ihn zutiefst enttäuschen würde.

»*Ogichidaa-dewe-igan* Zeremonien«, sagte sie schließlich.

»Was?« bellte Gilfillian, wieder einmal verärgert über die Kompliziertheit der Ojibwe-Sprache.

»Zeremonien der Großen Trommeln«, wiederholte Philomene. Sie hielt kurz inne. »Sie dauern vier Tage. Da einige der Menschen arbeiten, halten sie diese Zeremonien jetzt an den Wochenenden ab.«

Bei ihren Worten verhärtete sich sein Gesicht.

»Wer hat diese Trommeln hierhergebracht?« Er hatte nie zuvor von diesen Ritualen gehört, und der Gedanke, daß ein neuer Kult unbemerkt in seine Reservation eingedrungen sein könnte, versetzte ihn in helle Wut.

»Es war eine Vision der Geister«, sagte sie, als würde das alles erklären.

»Es gibt keine Visionen der Geister, außer den Visionen unseres Erlösers«, schnauzte er. »Und dies wird nicht geschehen. Die Familien werden bestraft werden. Wer ist beteiligt?« Der Priester trat näher an sie heran. Sie spürte seinen heißen Atem an ihrem Gesicht.

Sie antwortete hastig, bemühte sich, all ihre Worte so schnell wie möglich herauszubringen, um ihm zu entkommen. »Mehrere Familien von White Earth. Es gibt jetzt einige Trommeln im Dorf. Es sind Familien dabei, die in die Kirche gehen, genauso wie *Midiwiwin*-Familien. Es macht keinen Unterschied. Eine Trommel ist bei Chi Makwa, eine andere Trommel ist bei Minnogeeshig und noch eine andere bei Mindemoyen.« Sie bedauerte, daß sie das wußte.

»Das reicht«, sagte er. Dann entließ er Philomene mit einer Handbewegung und reckte das Kinn hoch.

Philomene war sehr dankbar, wieder allein zu sein.

Danach fand der Priester keinen Frieden. Die Missionstätigkeit bei diesen Leuten hatte ihn von Anfang an auf eine harte Probe gestellt, doch diese neue Mißachtung des Sonntagsgottesdiensts verdroß ihn über alle Maßen. Es war ein Schritt zurück auf dem Weg zur Erlösung. Er sah seine monatlichen Berichte an die Verwaltung in Washington und an seine Kirchenoberen durch. Bis jetzt hatte er Fortschritte melden können – mehr Kirchgänger, Zunahme des Schulbesuchs und andere Anzeichen für fortschrittliches Verhalten. Dies würde keinen guten Eindruck machen, bei niemandem. »*Hoffen wir, daß es schnell vorbeigeht*«, flüsterte er bitter.

Joseph Gilfillian wartete und hielt die Augen offen. Viele der Familien kamen am nächsten Sonntag wieder und saßen in der Kirche, als hätten sie nie einen Sonntag ausgelassen. Doch nach einiger Zeit fehlten wieder Familien. Er nahm Philomene St. Clair noch einmal ins Gebet und fand heraus, daß eine neue Trommel der in Naytahwaush lebenden Littlewolf-Familie gegeben worden war und andere Familien gekommen waren, um die Trommel in der Gemeinde willkommen zu heißen. Nach traditioneller Sichtweise waren die Trommeln Verwandte, und als solche kamen andere Trommel-Familien zu Festen und Zeremonien mit verwandten Trommeln. Gilfillian konnte nicht länger warten. Er mußte dieser Sache nachgehen.

Mit einer unglücklichen Philomene auf dem Sitz neben ihm fuhr er mit seinem Einspänner zum Spirit Lake, wo sich das Blockhaus von Häuptling Wazhaashkoons befand. Es stand neben einem alten Wigwam, den die Familie aufgegeben hatte, als sie in das neue Haus zog. Doch kürzlich war der alte Wigwam wieder aufgebaut worden. Er bestand aus Birkenrinde und Weide, mit frischer Borke an den Seiten und bunten Stoffen, die an verschiedenen Stellen festgebunden waren. Gilfillian hatte diesen Stoff nie zuvor gesehen, und bei dem Anblick lief es ihm kalt über den Rücken.

Er brachte sein Pferd mit einem harten Ruck an den Leinen zum Stehen. Ohne sich um Philomene zu kümmern, stieg er aus dem Einspänner und marschierte auf das Blockhaus des Häuptlings zu. Als er den Hof zur Hälfte durchquert hatte, trat Wazhaashkoons plötzlich aus der Tür: ein großer, schwerer Mann, bekleidet mit Kattunhemd und perlenbesticktem Schurz. Der Häuptling begrüßte den *Makadewikonayewinini* mit einem Nicken. Father Gilfillian blieb auf der Veranda stehen und blickte seinem Gegenüber unverhohlen in die dunkelbraunen Augen. Doch Wazhaashkoons sah an dem Priester vorbei in den Wald. Der Priester bewegte den Kopf schnell nach rechts und links, ganz wie eine Krähe, und versuchte, einen Blickkontakt herzustellen.

»Warum waren deine Leute letzten Sonntag nicht in der Kirche?« fragte der Mann in Schwarz den Mann in perlenbestickter Kleidung.

Wazhaashkoons schwieg kurz. Er sprach zuerst in Anishinaabe. »Wir hatten etwas zu tun.« Seine Augen waren ruhig, abgewandt.

Father Gilfillian atmete tief durch. *Es könnte eine Beerdigung, eine Geburt, vieles sein,* überlegte er. Hoffnungsvoll.

Dann sagte Wazhaashkoons: »Wir haben eine neue Trommel. Ich sorge für sie.«

Wazhaashkoons dachte an den ersten Priester, den *wemitigoozhi*. Vielleicht hätte er diesen hier ebenso mit dem Pfeil durchbohren sollen, als er zum ersten Mal auftauchte. *Nein,* überlegte er. *Dieser Priester versorgt manche, die ihn brauchen, und er wird mich nie anrühren. Er kann reden und wünschen was immer er will, aber sein Gott wird immer nur sein eigener sein.*

Wazhaashkoons' Augen blickten immer noch an dem Priester vorbei; es war respektlos, eine Person direkt anzusehen.

Der Priester stand wie angewurzelt. Warum wollte Wazhaashkoons ihn nicht ansehen; war er auf Streit, auf einen Kampf aus? Seine Gedanken schlugen Purzelbäume, bis sie sich heillos verhedderten. Er würde keine weiteren Fragen stellen.

»Guten Tag«, sagte Gilfillian, nickte und trat von der Veranda herunter. Philomene sah den *Makadewikonayewinini* auf sich zukommen. Sie hatte das ganze Gespräch mitgehört, so entzückt wie verängstigt von der Begegnung der zwei Götter. Ihr Priester war stark, doch der Häuptling war das auch. Ein Hauch von Stolz erwachte in ihr beim Anblick von Wazhaashkoons.

Als seine Getreuen ihm von anderen Trommeln und anderen verirrten Schafen der Herde berichteten, wuchs die Gereiztheit des Priesters von Tag zu Tag. »*Sie schreien und tanzen um die Trommel herum, genau wie Wilde*«, schrieb er in seinen Bericht an die Diözese. »*Dies ist eine wahre Orgie, die über Wochen hinaus Nacht und Tag zu einem Greuel macht.*«

Joseph Gilfillian hatte alle Geduld verloren. Nach sorgfältiger Überlegung schritt er zur Tat. Er trat er aus dem Gotteshaus der Episkopalkirche und ging die Hauptstraße des Dorfes White Earth entlang zur katholischen Kirche, einem großen weißen Schindelbau, der mit Wachsamkeit und Hoffnung über dem Powwowplatz thronte. Gilfillian betrat die Kirche, ignorierte den Hochaltar mit seinem bunten Kreuz, beleuchteten Heiland und samtenen Gepränge, und ging schnurstracks nach vorne, um seinem katholischen Kollegen gegenüberzutreten.

»Seid gegrüßt, Father Benoit.« Er nickte dem korpulenten Mann mit dem dicken, von schwarzem Haar bedeckten Kopf zu.

»Seid gegrüßt, Father Gilfillian«, erwiderte der katholische Priester.

Für zwei Männer in einem so scharfen Wettbewerb der spirituellen Kopfjagd war es nur natürlich, daß zwischen ihnen eine unterschwellige Spannung bestand. Dennoch gab es eine Übereinkunft. Jeder hatte seine Familien von Gläubigen, und Plündern war nicht erlaubt. Oberste Priorität für beide sollte die Bekehrung der noch verlorenen Schafe und das Zusammenhalten der Herden haben. Gilfillian glaubte, daß Father Benoit ein ähnliches Problem wie er hatte, und daß sie es gemeinsam lösen sollten.

Er kam direkt zur Sache: »Ich bin darauf aufmerksam geworden, daß Satan auf dieser Reservation an Boden gewonnen hat. Heidnische Praktiken greifen um sich. Sie bestehen aus Tanzen um eine Trommel und anderem schamlosem Benehmen.«

Father Benoit hob die Augenbrauen und zeigte Bestürzung.

»Ja, ich habe von dieser Barbarei gehört. Mehrere Familien haben diese Praktiken von den Dakota gelernt.« Unausgesprochen stand die Verachtung für die Dakota im Raum, in der sich beide Priester einig waren. Sie betrachteten die Dakota als weniger zivilisiert als die Ojibwe, und sie glaubten, daß manche dieser Zeremonien von einem Stamm zum anderen übertragen worden waren. Wie eine ansteckende Krankheit.

Gilfillians Neugier gewann die Oberhand über seine Würde.

»Haben Sie viele Gemeindemitglieder verloren?« fragte er.

»Nun, ich muß zugeben, daß es so aussieht, als ob in diesem Monat weniger zur Kirche kommen als im letzten, obwohl sie durchaus wiederkommen, aber nur, um wieder zu verschwinden«, antwortete Benoit. »Und wie ist das bei Ihrer Kirche, Herr Pfarrer?«

»Ja, auch ich vermisse einige Gemeindemitglieder. Ich fürchte, etwas muß getan werden, bevor es noch schlimmer wird.«

»Haben Sie einen Vorschlag, Herr Pfarrer?«

Gilfillian hatte seinen Plan sorgfältig erwogen. Er wußte, daß dies großen Einsatz erfordern würde, daß jedoch unbedingt dem Wahnsinn Einhalt geboten werden mußte, bevor er überall um sich griff. Die Gefahr, Bekehrte zu verlieren, war groß. Nach einer kurzen Pause sagte er: »Wir müssen die heidnischen Rituale verbieten.«

Father Benoit atmete tief ein und sah seinen Kollegen an. Das würde nicht leicht sein, fürchtete er, dennoch war es vielleicht die einzige Lösung.

Der Indianerbeauftragte Simon Michelet empfing die beiden Geistlichen mit großem Interesse. Nur ein Anliegen größter Wichtigkeit würde ein solch mächtiges Ensemble zu seinem Büro gebracht haben. Michelet war ein praktischer Mann. Er wußte, daß beide Kirchen ein unverzichtbarer Teil einer erfolgreichen Indianerpolitik waren, und daß man auf jedes Ersuchen der Priester äußerst zuvorkommend reagieren sollte. Er gab beiden die Hand und rückte zwei Sessel für sie zurecht. Sein Mitarbeiter brachte eine Kanne Tee.

Father Gilfillian berichtete über die Vorkommnisse, die ihn und seinen Kollegen hergeführt hatten. Michelet hörte ohne Gemütsbewegung zu. Sein Gesicht erinnerte an ein Reptil: Kleine Augen, die weit auseinander auf einem großen Kopf saßen, über einem breiten Mund und kantigen Kinnladen. Seine dünnen Lippen öffneten sich schließlich, nachdem Gilfillian fertig war. »Oh«, sagte er, sonst nichts.

Michelet war in letzter Zeit häufig in Washington gewesen, um neue Mittelzuweisungen an Indianer in die Wege zu leiten und politische Maßnahmen vorzustellen. Daß es ein paar neue heidnische Tänze auf der Reservation gab, war ihm nicht entgangen, bislang hatte er sie aber nicht als ernsthaftes Problem betrachtet. Doch als Gilfillian erklärte, der Tanz sei von den Dakota gekommen, wurde er hellhörig. »Wie sind die Sioux auf unsere Reservation gekommen?« Ohne Frage hatte auch er sich eine Abneigung gegenüber den Sioux bewahrt.

»Es war während des Sioux-Aufstands«, berichtete Gilfillian. »Eine Frau kam von den Dakota und nahm Zuflucht auf dieser Reservation. Es war etwa um die Zeit ihres Kommens, daß auch die Trommel kam. Sie lebt jetzt bei der Minnogeeshig-Familie.«

Joseph Gilfillian verstand es, seinen Trumpf geschickt auszuspielen, den Trumpf der Verachtung: »Die Tänze haben anscheinend große Verbreitung gefunden, und jetzt haben viele Dörfer eine dieser Trommeln.«

»Tatsächlich geben sie sich nicht damit zufrieden, ihren eigenen Zeremonien beizuwohnen«, fügte Benoit hinzu, »sondern sie müssen auch die Zeremonien der anderen Trommeln besuchen, die sie ›Verwandte‹ nennen.«

Michelet begriff endlich den Umfang des Problems. »Und dies hat Auswirkungen auf die Kirchen, nehme ich an.«

Beide Priester nickten wie Kraniche.

Nach einer angemessenen Denkpause präsentierte Gilfillian seine Empfehlung. »Wir würden uns wünschen, daß sich die Agentur dafür entscheidet, die Teilnahme an allen nichtchristlichen Zeremonien für Personen unter fünfzig Jahren zu verbieten.«

Michelet verstand.

»Dies würde die älteren Indianer zufriedenstellen, die dazu neigen, die alte Lebensweise fortzusetzen, und so würden sie uns nicht zürnen«, fuhr der Priester fort. »Gleichzeitig würde es die Jüngeren von solchen Praktiken abhalten. Binnen zwanzig Jahren wird es dann hoffentlich keine lebenden Personen mehr geben, die sich an die Zeremonien erinnern.«

Father Benoit begleitete Gilfillians Worte mit heftigem Kopfnicken.

»Wie klug«, lobte sie der Indianerbeauftragte. Die Macht der zwei Priester, die ihm, dem kleinwüchsigen Mann, schon allein durch ihre stattliche Gestalt Respekt einflößten, hatte ihn immer zutiefst beeindruckt. »Sie möchten, daß die Indianeragentur ein Gesetz erläßt«, resümierte er seine Rolle bei dieser Aktion. Ihnen allen war die Notwendigkeit von Zusammenarbeit und Diplomatie in einer solchen Situation klar. Dies war natürlich immer der beste Weg, etwas zu erreichen – daß jede Seite ihren eigenen Beitrag leistet. Je mehr Michelet darüber nachdachte, desto besser gefiel ihm die Idee. »Ja, ich kann ein solches Gesetz erlassen. Ich bin mir auch sicher, daß es Unterstützung von Washington geben wird – das Problem besteht genauso auf anderen Reservationen. Bei der Sioux-Agentur hatten sie blutige Aufstände, zum größten Teil Folge, glaube ich, dieser Tänze und Trommeln.«

»Und die Durchsetzung?« fragte Father Benoit gespannt. Er hatte ein besonderes Interesse an der Rolle von Disziplin in der Gemeinde.

»Wir haben die Rationen«, sagte Michelet.

Die Priester nickten wissend.

»Und wir haben eine Polizei«, bot Michelet an. »Sie wird ermächtigt werden, Verhaftungen vorzunehmen. Das wird wahrscheinlich die meisten Indianer abschrecken.«

»Ja, das sollte genügen«, pflichtete Father Gilfillian ihm bei, zufrieden, daß er sich einmal mehr die Kooperation der Agentur gesichert hatte. »Wir werden sehen, welche Familien wieder zur Kirche kommen und wer fehlt, und dies Ihrem Büro melden.«

»Sehr gut. Ich bin sicher, daß wir diese Angelegenheit bald zu den Akten legen können«, sagte der Mann mit dem Reptiliengesicht und lächelte wieder. Dann erhob er sich aus seinem Sessel, um sich von den Priestern per Handschlag zu verabschieden.

»Danke, Mr. Michelet«, sagte Father Benoit und stand auf.

Father Gilfillian fügte dankbar hinzu: »Wir werden Sie auf dem laufenden halten.«

Die zwei Priester waren zufrieden mit ihrem Werk. Vor dem Büro der Agentur gaben sie sich die Hand und gingen auseinander. In einem nahegelegenen Garten landeten zwei große Krähen und stürzten sich auf ein glänzendes Stück Blech, das jemand weggeworfen hatte. Nach einem kurzen Disput rissen sie das Stück in zwei Teile und flogen getrennt ihrer Wege.

Anishinaabe-Familie am Leech Lake; 1902

Links: Anishinaabe-Krieger Nah-bon-a aush (Der nur auf einer Seite siegt) in einem Photostudio in St. Paul; um 1860
Rechts: Anishinaabe-Krieger Sha-bosh-sgun (Der durch alles hindurchgeht) in einem Photostudio in St. Paul; um 1860

Links: Anishinaabe-Krieger Nah-gun-e-gah-bow
(Der vorne steht); 1863 in St. Paul
Rechts: Anishinaabe-Häuptling Flat Mouth; um 1860

Oben: Anishinaabe-Ehepaar in Zeremonialtracht; 1918
Unten: Drei alte Frauen posieren für die Ethnologin Francis Densmore

Ein Priester der Episkopalkirche, umgeben von konvertierten Dakota; 1862

Han-ye-tu-was-te (Schöne Nacht) vom Stamm der Dakota in einem Photostudio in St. Paul; 1863

Links: Geshi-ato-ya-ba-wig (Hell wie das Licht) aus Nett Lake; 1946
Rechts: Traditionelles Wiegenbrett, auf das die Kleinkinder die ersten vier Monate gebunden werden; 1946

Eine Frau bindet Manomin-Halme zusammen; die Ethnologin Francis Densmore versäumte, den Grund anzugeben; um 1930

DER ANGRIFF

1898

Die Vergeltung ließ nicht lange auf sich warten. Simon Michelet begegnete der neuen Herausforderung mit bemerkenswertem Eifer. Er ernannte zehn *Anishinaabeg* zu Agentur-Polizisten und schickte Patrouillen in die Dörfer. Er hängte die neue Verordnung aus und benachrichtigte *The Progress*, die indianische Zeitung von White Earth. Es gab keine Ausrede für weitere Zeremonien – alle mußten den Befehl kennen. Zu den Familien, die kein Englisch sprachen, wurden Dolmetscher geschickt, damit auch sie informiert waren. Michelet erwartete, daß alle sich an die Verordnung hielten, und war nicht gewillt, Ungehorsam zu tolerieren.

Michelet genoß seine Aufgabe und den Status, der mit jedem Erfolg verbunden war. In bundesstaatlichen Kreisen begegnete man der Duldung religiöser Praktiken der Urbewohner im günstigsten Fall mit Naserümpfen. In der Tat war es kaum zehn Jahre her, daß die Kavallerie den Geistertanz-Zeremonien bei Wounded Knee den Garaus gemacht hatte.

Sein Kollege in der Dakota-Agentur hatte eine glänzende Strategie entwickelt, um die Michelet ihn beneidete: Der neue Indianerbeauftragte hatte in Pierre eine Nervenheilanstalt für die sogenannten »Medizinmänner« aller Präriestämme gebaut. Seine einfache – und zugegebenermaßen brillante – Philosophie war, es sei einfacher, diejenigen einzusperren, die angebliche »Visionen« hatten, als die ganze Gemeinde polizeilich überwachen zu müssen. Michelet hatte mit großem Interesse die Berichte der Dakota-Agentur gelesen und fand, er sollte ein paar Gesetzesbrecher dorthin schicken – Chi Makwa würde der aussichtsreichste Kandidat sein. Jeder *jiisakiiwinini*, der angeblich ein Zelt zum Beben brachte, könnte problemlos als *geisteskrank* eingestuft werden. Und vielleicht diese Ishkwegaabawiikwe: Auch sie schien eine seltsame Macht zu haben, sie und ihre Busenfreundin, diese Dakotafrau. Es war ihm nicht gelungen, die beiden auseinanderzubringen und die Dakotafrau zur Rückkehr auf ihre eigene Reservation zu zwingen. Und zur Strafe hatte er jetzt diesen Ärger am Hals.

Doch genaugenommen würde es noch besser sein, wenn er die Probleme seiner Agentur eigenständig lösen könnte. Seine Vorgesetzten in Washington hatten ihm freie Hand gegeben, besonders seit er so erfolgreich die »land allotment«-Politik auf White Earth durchgesetzt hatte, bei der die Reservation in Privatgrund für Einzelpersonen aufgeteilt und ein beträchtlicher Teil davon der lohnenden Nutzung durch die Holzwirtschaft zugeführt wurde. Vorläufig würde er es also mit seinen eigenen Mitteln versuchen, doch die Einrichtung in South Dakota oder wahlweise die Nervenheilanstalt des Staates Minnesota in Fergus Falls, direkt am Rand der White Earth Reservation, könnten sich als nützlich erweisen.

Die Lebensmittelrationen würden der Schlüssel zur Kontrolle sein. Michelet wußte, daß inzwischen eine Reihe von Familien auf die Nahrungszuteilungen der Regierung angewiesen waren, besonders einige der älteren Familien, die Kinder durch Krankheit oder Umsiedlung verloren hatten. Bei jeder Verteilungsstelle erklärte er das neue Gesetz und betonte, daß jede Familie, die man bei einem Verstoß entdeckte, keine Rationen mehr bekommen würde. Im Gegenzug würden Familien, die Gesetzesbrecher meldeten, zusätzliche Rationen erhalten.

Dann wartete er ab und hielt die Augen offen. Auch er verstand sich aufs Fallenstellen.

Der Winter trat in seine kälteste Phase, und mit der Erweiterung der nördlichen Handelsrouten fiel der Preis für Pelze. Die Familien, die jetzt ohnehin wenig Waren für den Handel hatten, sahen sich großer Not gegenüber und waren noch mehr auf die Güter angewiesen, die die Agentur zur Verfügung stellte. Als nächstes drängte Michelet die Handelsposten, die von ihnen gewährten Kredite einzufordern. Es dauerte nicht lange, bis einige Indianer sich gegen andere wandten und die Trommeln meldeten. Als die Menschen zu den Frühlingszeremonien zusammenkamen, kam auch die Polizei. Unbekehrbare Indianer wurden rasch bestraft. Über hundert Personen wurden verhaftet. Andere Familien versteckten einfach ihre kleinen Kinder und brachten sie dann heimlich zu den Zeremonien. Das Gesetz brachte die Trommel nicht zum Verstummen, es zwang nur die Menschen zum Rückzug in die Wälder.

Der alte Chi Makwa sang gerade das zweite Lied in Folge. Seine kräftige tiefe Stimme führte die anderen Sänger, der Schlag der Trommel akzentuierte die Melodie. Mehrere Mitglieder der Minnogeeshig-Familie begannen neben der Trommel mit langsamen, schlurfenden Schritten im

Kreis zu tanzen; andere tanzten auf der Stelle. Das schwankende Licht der Kerosinlaternen spiegelte sich auf den Perlenverzierungen der Trommel und wanderte weiter zu den tanzenden *Anishinaabeg*.

Philomene St. Clair stand versteckt hinter den Bäumen und umklammerte ihren Rosenkranz, die Knöchel weiß, alle Muskeln angespannt, ein Dröhnen im Kopf. Nur die Wolke ihres Atems in der kalten Luft wies auf ihr Versteck im Schnee hin. Als sie hörte, daß die Trommellieder wieder begannen, drehte sie sich um und ging schnell zum Dorf zurück.

Eine Stunde später kamen die zwei indianischen Agentur-Polizisten im Einspänner zu der Hütte, die für die Trommelzeremonien benutzt wurde. Sie brachten die Pferde mit einem harten Ruck an den Leinen zum Stehen und stiegen schnell aus ihrem Gefährt. Mit ihren marineblauen Uniformen, schwarzen Hüten und Sternen boten sie einen recht eleganten Anblick, als sie durch den Schnee zum Hütteneingang stapften. Nach kurzem Zögern öffneten sie die Tür.

Der Klang von Chi Makwas Stimme füllte den Raum. Andere Stimmen fielen ein – bis ein kleines Mädchen beim Anblick der Polizisten schrill aufschrie, hinter ihre Mutter huschte und deren langen Wollrock um sich schlang.

Chi Makwa sang weiter. Er sah zu den beiden *dakoniwewinini* – »Die Männer, die einen festhalten« – mit grimmiger Verachtung auf und blickte dann durch sie hindurch, als wären sie nicht vorhanden. Immer weiter sang der alte Mann, und die *dakoniwewinini* blieben stehen, verwirrt von dem Ältesten, der sie dazu brachte, ihren Angriff zu unterbrechen.

Als das Lied zu Ende war, gingen die Polizisten schnell auf den alten Mann zu und packten ihn rüde. Wazhaashkoons und Namaybin Minnogeeshig sprangen vor, um die Trommel zu retten und die Polizisten von Chi Makwa wegzuziehen. Der eine Polizist schwang seinen Knüppel gegen Namaybin Minnogeeshig. Namaybin zuckte zusammen, drehte sich um, riß den Knüppel aus der Hand des Polizisten und warf ihn auf den Boden. Währenddessen packte Ishkwegaabawiikwe den Trommelstock und floh mit Situpiwin und den anderen Frauen und den Kindern in den Wald.

Da Personen über fünfzig Jahren, die Ältesten, von dem Gesetz ausgenommen waren, konnten die Polizisten nur zwei Geiseln nehmen: Chi Makwas Sohn und einen etwa neunzehnjährigen Oshkinnah. Die Jungen wehrten sich mit Händen und Füßen, doch die Männer der Agentur hielten sie mit eisernem Griff fest, einem Griff, der sich nicht einmal lockerte, als sie mit ihren Knüppeln wild um sich schlugen, um die anderen abzuwehren. Wazhaashkoons wurde von einem Schlag getroffen und stürzte auf einen Tisch. Eine dort stehende Kerosinlaterne kippte um, zerbrach und fing zu brennen an, und die Männer im Raum mühten sich, die Flammen zu löschen. Die Polizisten nutzten die Aufregung, um die zwei jungen Männer zu ihrem Einspänner zu befördern.

Chi Makwa stellte sich vor die Tür, drohte den Polizisten mit seinem Trommelstock und schrie mit heiserer Stimme hinter ihnen her. »Ihr solltet euch schämen! Wo ist euer indianisches Herz? Wo sollen eure Enkel leben? In den Dörfern von Weißen?«

Einer der *dakoniwewinini* funkelte ihn an, halb in Angst, halb stolz auf seine Macht über den Ältesten.

»Sei ruhig, alter Mann«, heulte er, fast hysterisch. »Alter Mann, bleib du nur im Wald mit deinen Decken und Perlen. Alter Mann, die Zeiten ändern sich. Neue Zeiten. Dies ist das neue Gesetz.« Hastig lenkten die Polizisten ihre Pferde auf die Straße zurück.

Trotz seines Alters rannte Chi Makwa ihnen nach, so schnell ihn seine alten Beine trugen. Seine Stimme dröhnte in ihren Ohren.

»Eure Zeit hier ist kurz. Unsere ist ewig. Ihr könnt uns nicht stoppen. Ihr könnt uns nicht niederhalten. Ihr könnt uns nicht lange festhalten.«

Die Pferde galoppierten jetzt die Straße entlang, und Chi Makwas Stimme erreichte die *dakoniwewinini* nicht mehr.

Aus dem Wald kamen langsam die Männer, Frauen und Kinder der Trommel-Gesellschaft zurück. Der alte Mann bebte vor Zorn, und Tränen traten ihm in die Augen. Namaybin Minnogeeshig legte ihm die Hand auf die Schulter und führte ihn zu seinem Stuhl zurück. Das Feuer war inzwischen gelöscht, und die Männer brachten die Trommel vom Wald zurück. Die Frauen weinten um die zwei entführten Kinder, doch sie wußten, daß die Trommelzeremonie beendet werden mußte, bevor sie etwas unternehmen konnten.

Ishkwegaabawiikwe drückte Chi Makwa den Trommelstock in die Hand, und er fing zu singen an. Langsam kamen die Menschen wieder zusammen, stiegen über zerbrochene Stühle, inmitten des Geruchs verbrannten Holzes. Es gab noch zwei Lieder, bevor die Zeremonie abgeschlossen sein würde, und alle begannen zu singen.

PIMA-INDIANER, AFRIKANER UND AFFEN

1915

Eines schönen Sommermorgens kam Dr. Ales Hrdlicka nach White Earth. Er war ein kleingewachsener Mann mit grauen Schläfen, schwarzen Haaren und durchdringenden Augen – und als Vertreter der physischen Anthropologie war er besessen von der Suche nach unvermischten Exemplaren der verschiedenen Menschentypen und der genauen Bestimmung ihrer Herkunft.

In einer Welt, die von Zusammenstößen zwischen Zivilisationen und Völkern widerhallte, hatte Hrdlicka sein Eldorado gefunden. Mit Hilfe mehrerer selbstentworfener Instrumente konnte er sowohl die »Vollblütigen« als auch die »anderen« erfassen, letztere eine Mischung aus den drei großen Gattungen der Menschheit: Weiße, Gelb-Braune und Schwarze oder *negritos*. Diese Leidenschaft hatte ihn von der Pariser Universität zu den Grabkammern der meisten Museen und den wichtigsten Militärhospitälern geführt. Im Anschluß daran war er gereist, mit schwerbepackten Maultieren, mit dem Dampfschiff den Amazonas stromaufwärts, mit Zug, mit Hundeschlitten, zu Fuß; und auf diesen Reisen hatte er viele Dörfer in Mexiko, Peru, Grönland und einem großen Teil des Indianerlandes aufgesucht.

Hrdlickas Einfallsreichtum und Tüchtigkeit kannten keine Grenzen. Er hatte sich mit den meisten menschlichen Gattungen ausgiebig befaßt, hatte Tausende von Messungen vorgenommen und ausgewertet, hatte Tabellen und Diagramme erstellt, Durchschnittswerte und Verteilungen errechnet. Die Arbeit, die ihm vielleicht am meisten bedeutete, waren seine vergleichenden Untersuchungen von Pima-Indianern, Afrikanern und verschiedenen Affenarten: eine Analyse von Schädelvolumen und Überaugenwülsten, die seiner Ansicht nach unwiderlegbare Beweise für Evolution lieferte. Noch bis vor kurzem war sein liebster Forschungsort die grandiose Smithsonian Institution in Washington, zu der er eine besondere Beziehung unterhielt, als er Tausende überall in der Welt von Archäologen ausgegrabene oder als Kriegsbeute gestiftete Leichname und Skelette untersuchte. Doch obwohl sich von den Toten viele Ausgangsdaten gewinnen ließen, bedurfte es für wirklich schlüssige Ergebnisse der Lebenden. Also sehnte er sich danach, lebende Menschen zu untersuchen: Schädelvolumen, Breite der Scheidewand, Beschaffenheit und Erhalt der Haare ebenso wie die persönliche Geschichte von Individuen und deren Behauptungen über ihre Abstammung.

White Earth versprach die beste Ernte. Unter dem Nelson Act von 1887 war die Reservation in Einzelareale von je achtzig Morgen aufgeteilt worden, um die White-Earth-*Anishinaabeg* durch das Erlernen der amerikanischen Vorstellungen von Landbesitz und Privateigentum zu zivilisieren. Die einzelnen Landzuweisungen richteten sich außerdem auf unerklärliche Art nach den Grenzlinien, die sorgfältig von Holzunternehmen notiert worden waren, die jetzt in den nördlichen Wäldern prosperierten. Nachdem alles Land auf White Earth aufgeteilt worden war, mit Ausnahme von vier Bezirken mit bester Weymouthskiefer, die praktischerweise der Gerichtsbarkeit des Staates unterstellt wurden, genehmigten neue Gesetze den Verkauf nicht nur von Bäumen, sondern auch des Landes selbst – doch nur von Land im Besitz derer, die als »mischblütig« definiert wurden. Anscheinend waren Halbblutindianer in den Augen des Indianerbeauftragten Simon Michelet und seiner Vorgesetzten bei der Agentur dazu »befähigt«, die neuen Anforderungen ohne fremde Hilfe zu meistern. Vollblutindianer konnten das natürlich nicht, das wußte doch jeder. Die nächste Aufgabe für Personen mit geschäftlichen Interessen war nun, die Anzahl der Mischlinge zu erfassen.

Nach Hrdlickas Theorie waren die Pima-Indianer von Arizona »die indianischsten aller Indianer«, und auf der Grundlage der bei ihnen gewonnenen Forschungsergebnisse stellte er eine Norm für körperliche Merkmale von »Vollblut«-Indianern auf, an dem man die *Anishinaabeg* messen könnte. *Große* und *wichtige* Stämme, erklärte er, sind bereits so vermischt, daß ein Anthropologe manchmal Mühe haben kann, eine ausreichende Zahl Vollblutindianer für seine Untersuchungen zu finden. Unter diesen Umständen war es mehr denn je nötig, den Körpertyp der wichtigsten Stämme zu bestimmen. Hrdlicka hatte sich auf seine Arbeit bei den Chippewa gefreut, die, wie er fand, »ziemlich typische, gewöhnliche Indianer, ohne irgendwelche besonderen Eigenheiten« waren. Ihren Gesichtsausdruck fand er »freundlich, ihr Verhalten fröhlich und freundlich, aber nicht zu aufdringlich«.

Es war *zigwan*, Frühling, der Frühling vor dem Besuch des braven Doktors, als Mindemoyen zum ersten Mal ihren Traum hatte. Er kam dann öfter und war immer gleich. Niemand konnte ihn erklären. *Sie trug ihr dunkelblaues gutes Kleid, ein Ärmel hochgerollt. Sie hatte sich mit ihrem Messer in den Arm geschnitten. Und jetzt floß das Blut unaufhörlich. Sie hielt den Arm über eine Holzschale, die ihr Vater geschnitzt hatte. Sie ließ das Blut in die Schale tropfen, bis diese zur Hälfte gefüllt war. Dann umwickelte sie ihren Arm mit einem Stück Stoff, um die Blutung zu stoppen. Sie setzte sich, die Schale in der Hand, neben ihre Freundin Ishkwegaabawiikwe, die ebenfalls eine Schale voller Blut hielt. Jetzt gingen sie zusammen zu einem kleinen weißen Zelt. Als sie in alle Richtungen blickten, sahen sie, daß auch ihre Verwandten und Freunde alle auf das Zelt zugingen mit Schalen voll Blut in der Hand, die Arme mit weißem Verbandsmull umwickelt.*

Im Sommer kamen Dr. Hrdlicka und sein Kollege, der Anthropologe Dr. Albert E. Jenks von der University of Minnesota, ins Dorf. Sie fuhren immer mit dem Einspänner zu den Dörfern und stellten ein kleines weißes Zelt auf, in dem sie dann ihre Arbeit aufnahmen. Der Arbeitsplatz bestand aus ein paar Stühlen, einem Tisch und einer Vielzahl von Geräten, die Hrdlicka für seine wissenschaftliche Arbeit selbst hergestellt hatte – verschiedene Anthropometer, verstellbare Tastzirkel und ein Spezialgerät zur Messung des Schädelvolumens.

Die Indianeragentur gab einen Sondererlaß heraus, der bestimmte, daß Personen, die sich der famosen medizinischen Forschung der Doktoren zur Verfügung stellen würden, eine zusätzliche Ration gepökeltes Schweinefleisch erhalten würden. Inzwischen konnten die meisten Familien mehr Fleisch auf dem Tisch gut brauchen. Agent Michelet machte auch unmißverständlich klar, daß die Agentur bei den monatlichen Verpflegungsrationen an Familien, die nicht kooperierten, beträchtliche Lieferschwierigkeiten haben könnte.

In einer Reihe aufgestellt, wie Rinder mit Blechmarken in den Ohren bei einer Auktion, warteten die Leute von Pine Point gespannt auf die Verlautbarungen des »Doktors, der weiß, was Indianer sind«. In der Nacht zuvor hatte Mindemoyen wieder den Traum gehabt, und jetzt wartete auch sie in der Schlange. Sie sah, wie die zwei Essens-Brüder aus dem Zelt auftauchten, mit verwirrtem Gesichtsausdruck.

»Was ist passiert?« flüsterte sie. Alle Anwesenden reckten den Hals, um die Antwort mitzubekommen.

»Sie sind verrückt«, sagte der jüngere Bruder.

Als eine kleine Gruppe von *Anishinaabeg* sich um sie versammelte, öffneten die Brüder langsam ihre Hemden. Beide hatten einen Kratzer auf der Brust. Die Umstehenden rissen darüber erstaunt die Augen auf.

»Sind sie *wiindigoos*?« fragte eine der älteren Frauen des Dorfes angstvoll.

Manche bekreuzigten sich.

»Nein, sie sind keine *wiindigoos*«, sagte der ältere Bruder und zuckte dann die Schultern. »Sie sind einfach komische weiße Leute.«

Dann erzählte der andere Bruder: »Der Doktor-Mann sagt, ich bin ein Vollblut und mein Bruder ist ein Mischblut.«

Die Menge schwieg, verstört.

Der ältere Bruder setzte den Bericht fort: »Der Doktor hat auch das Blut von meinem Vaters wissen wollen, und das von dem seinem Vater. Ich hab gesagt: ›Er ist seit langem tot. Ich weiß nicht genau, was er war. Sie können zu seinem Grab gehen und ihn ausgraben, dann werden Sie es vielleicht herausfinden.‹ «

Der Doktor rief Mindemoyen auf. Die Schlange der mutmaßlichen Vollblut-*Anishinaabeg* war jetzt kürzer. Mindemoyen hielt Ishkegaabawiikwes Hand fest und blickte angstvoll nach vorne. Der Doktor rief noch einmal ihren Namen, dann trat er aus seinem kleinen Zelt und hielt nach ihr Ausschau.

»Mrs. Mindemoyen«, sagte er ruhig. »Dies wird nicht lange dauern, und es wird nicht weh tun.«

Sie dachte an die Kratzer auf der Brust der beiden jungen Männer und blickte ängstlich auf das Zelt. Dann fielen ihr die versprochenen Nahrungsmittel und ihre hungrige Familie ein. Sie stand auf und folgte dem Doktor ins Zelt.

Ihre Augen weiteten sich, als sie die seltsamen Gegenstände auf dem Tisch sah. Als erstes bat der Doktor sie, ihre Haube abzunehmen und sich auf den Stuhl zu setzen. Er notierte ihren Namen und begann, in sein Notizbuch zu schreiben.

Alter: 45, geschätzt
Augen: Leicht schräggestellt
Haar: Glatt, dicht, schwarz
Nase: unten füllig, Steg konkav, schwächer ausgebildet

Mindemoyen saß aufrecht und still da, die Augen auf eine Stelle der Zeltwand gerichtet, auf der sie sich ein Birkenrindenmuster vorstellte. Danach war ihr wohler. Der Doktor ging jetzt im Kreis um sie herum und gab glucksende Töne von sich, die beruhigend wirken sollten. »Dies wird nur eine Minute dauern, nur eine Minute, meine Dame, keine Angst.« Er hielt sein Gesicht direkt vor das ihre, sah ihr in die Augen und kam dann noch näher heran, das Notizbuch immer noch in der Hand. Sie sah ihn nicht an, sondern richtete den Blick wieder auf dieses Birkenrindenmuster.

Sie war entschlossen, ihre Angst vor dem Doktor zu verbergen, der sie jetzt anlächelte und sich ganz sachte dafür entschuldigte, falls er ihr mit irgend etwas Unbehagen bereiten sollte. Sie versuchte, nicht hinzusehen, und schloß die Augen, als sie sah, wie er ein Set von kreisförmigen Zangen hochhob, die für sie wie die Kinnladen eines riesigen Bären aus Metall aussahen, die sich über ihrem Kopf schlossen.

»Keine Sorge«, erklärte er. »Das ist nur ein geöffneter Tastzirkel.« Er legte die Metallzangen an ihrer Stirn an, und sie spürte die Kälte von Stahl wie eine Messerklinge auf der Haut. Er machte ein paar Notizen, dann bewegte er das Instrument zu ihrer Nase und den Wangen. Als nächstes untersuchte und maß er ihre Stirn, das Kinn und den Schädel aus mehreren unterschiedlichen Winkeln. Wieder schrieb er in sein Heft und fügte Listen von Meßergebnissen und Beobachtungen hinzu.

Wangenknochen: Ausgeprägt
Überaugen-Brauenwülste: Kräftig, primatentypisch
Stirn: Wirkt niedrig, große Vorwölbungen
Hinterhauptsbein: Groß, urmenschlisch
Schneidezähne: Schaufelförmig, scharf

Schließlich trat er zurück und bat sie ruhig, aufzustehen und ihr Kleid zu öffnen. Zögernd tat sie wie geheißen, den Blick weiter auf die Zeltwand gerichtet. Er zog ihr mit Daumen und Zeigefinger einen tiefen Kratzer quer über die Brust. Sie sprang schnell zurück. Heftig atmend zog sie ihr Kleid eng um sich zusammen.

Doch er hatte ihr bereits den Rücken zugewandt und schrieb wieder in sein Notizbuch. Über die Schulter sagte er zu ihr: »Sie dürfen jetzt Ihr Kleid schließen, Mrs. Mindemoyen.« Dann drehte er sich um, sah sie an und verkündigte seine Prognose wie eine Segnung: »Es wird Sie freuen zu hören, daß Sie von mischblütiger Abstammung sind.«

Schließlich und endlich kam Mindemoyen wieder aus dem weißen Zelt, den Kopf gesenkt, um der Eingangslasche auszuweichen. Sie eilte zu Ishkwegaabawiikwe, noch immer zitternd, noch immer mit dem Salzgeschmack ihrer Tränen auf den Lippen.

»*Chimookomaan geweenadis*«, keuchte sie. »Der Weiße Mann ist verrückt.«

Ishkwegaabawiikwe sah ihre Kusine an, während ihr eigener Name aus dem Zelt gerufen wurde.

»*Anish kah a way buck*? Was ist passiert?«

»*Ikido chimookomaanikwe, Indaaw*«, sagte Mindemoyen flüsternd, damit niemand außer Ishkwegaabawiikwe es hörte: »Er sagt, ich bin eine weiße Frau.«

WIINDIGOO

1915

Der alte Namaybin Minnogeeshig, seine Frauen Situpiwin und Ishkwegaabawiikwe und ihre Kinder lebten jetzt tief im Wald, denn sie zogen ihre angestammte Lebensweise einem Leben bei der Indianeragentur oder in den Ortschaften der Weißen vor. Der Abstand, den sie zu den Agentur-Indianern hielten, kam allerdings auch diesen recht gelegen: Manche von ihnen waren vor nicht allzulanger Zeit fürs Christentum entflammt und wollten von der traditionellen Religion und den Ehegebräuchen der *Anishinaabeg* nichts mehr wissen. Bei Namaybins seltenen Besuchen im Laden der Agentur kam es deshalb mehr als einmal zu hitzigen Debatten über die Zusammensetzung seiner Familie. Wäre es ihnen denn lieber, fragte er dann laut, wenn er eine seiner Frauen rauswerfen würde, damit sie sich allein durchschlagen oder unter den Fittichen der ach so barmherzigen weißen Kirchen in der Stadt und der guten Bürger der Grenzstädte Zuflucht suchen muß? Also blieben sie in ihrem Teil des Waldes, zufrieden mit dem selbstbestimmten Leben, das sie dort führen konnten.

Doch inzwischen mußten sie befürchten, auch im Wald nicht mehr so leben zu können, wie sie das schätzten.

Besorgt beobachtete die Minnogeeshig-Familie, daß Holzfäller immer weiter in ihre Jagdgründe eindrangen. Die Tiere verhielten sich jetzt anders, zogen näher zum Lager der Familie, aufgescheucht vom Schlagen der Äxte und dem Fallen der Bäume. Holzfällerlager wurden in der Nähe der Seen errichtet, und die Männer brachten mit Pferdegespannen die großen Kiefern zu den Seen, von wo aus sie die Flüsse stromabwärts zu den Sägewerken von Little Falls weiter im Süden und fern von der Reservation befördert wurden. Es war für die meisten – außer vielleicht für den Indianerbeauftragten und die Kapitäne, die die Stämme in Kähnen abtransportierten – ein Geheimnis, woher die Pillsburys, Weyerhaeusers, Steenersons und Walsh-Familien die Genehmigung hatten, die Bäume zu fällen, doch irgendwie hatten sie diese Papiere. Und sie fällten Baum um Baum.

Immer wenn der alte Namaybin Minnogeeshig mit seinen Pferden zur Stadt fuhr, sah er die Holzfäller Bäume schlagen, oder sah zumindest, was sie angerichtet hatten. Mit einem Kopfschütteln sagte er dann: »So viel Gier, so viel Gier.«

Namaybin war ein Bär von einem Mann, mit stämmiger Brust und Armen stark wie Pferdebeine. Seine Haare waren noch immer kohlrabenschwarz, nur an den Schläfen zeigten sich weiße Büschel. Seine tiefliegenden Augen konnten voller Freundlichkeit glänzen, wenn er seine Kinder und Frauen ansah, oder haßerfüllt funkeln, ein Blick, den *Anishinaabeg* selten einsetzten, da sie es im allgemeinen vorzogen, bei unlösbaren Meinungsverschiedenheiten durch ihren Gegner hindurchzusehen oder ihn gänzlich zu ignorieren. Namaybin hatte den haßerfüllten Blick nur bei wenigen Gelegenheiten einsetzen müssen, einmal, um den Direktor des Internats zu vertreiben, der nach Indianerkindern Ausschau hielt.

Jetzt hörte er wieder aus der Ferne Männerstimmen und den Ton der Sägen, das Keuchen der Arbeitspferde, die angestrengt die großen Stämme zogen. Er roch das frisch gefällte Holz in einem Windhauch, der zu seiner Hütte wehte. Die unbefestigte Straße zu Minnogeeshigs Hütte schlängelte sich durch den Wald, in weiten Bögen vorbei an Biberdämmen und Teichen und, mit respektvollem Abstand, zwischen den Weymouthskiefern hindurch, den Großvätern der *Anishinaabeg*.

Namaybin blickte auf die Straße und sah den Vorarbeiter der Holzfäller in einem kleinen, von einem Braunen gezogenen Einspänner in den Weg zu seiner Hütte einbiegen. Mit einem Ruck hielt das Gefährt an, und der kleine Mann im Anzug kletterte herunter, gefolgt von einem hochgewachsenen schlaksigen Indianer, ebenfalls im Anzug.

Namaybin setzte sich auf den Baumstumpf in seinem kleinen Hof und stocherte mit einem Stock in seinem Feuer. Eine Kanne Tee stand auf den Flammen. Ringsherum waren Felle auf kreisförmig gebogene Äste und Holzrahmen gespannt und bereiteten sich im Rauch des Feuers auf ihr neues Leben als Medizinbeutel oder Kleidungsstück vor.

Ohne aufzustehen, blickte Namaybin zu den Holzfällern. Der Vormann kam zögernd näher. Seine Augen registrierten die Lebensumstände des Indianers und speicherten alles im Kopf. Namaybin betrachtete den Holzfäller und seinen indianischen Begleiter. Er erinnerte sich, daß es einmal einen *wiindigoo* oder Kannibalen am Round Lake gegeben hatte, vor vielen Wintern. Es war lange her, daß der Kannibale dort gewesen war, doch Namaybin hatte ihn nicht vergessen.

Die kleine Hütte des wiindigoo *hatte am Nordende des Round Lake gestanden, einem See voller Biber, Fisch und wildem Reis. Doch diese Nahrung sagte dem Alten jetzt nicht zu. Der* wiindigoo *hatte einst gehungert, gehungert während eines kalten Winters mit zuviel Schnee und zuwenig Kaninchen. War fast verhungert. Bis er eine Familie fand, auch sie vom Winter geschwächt. Er tötete sie aus Hunger und auch aus Zorn. Seine eigene Frau und Familie waren vor langem den Pocken zum Opfer gefallen. Sein Groll auf jene, die die Krankheit gebracht hatten, hatte nicht nachgelassen. Er war allein, seine Familie fort. Sein Gesicht und seine Haare waren ungepflegt, die Mokassins hart vom ständigen Gebrauch. Er aß seine Besucher jetzt. Um nie wieder Opfer eines unsichtbaren Todes zu sein. Er aß jene, die sich verirrt hatten, die schwach waren oder einfach nur Pech hatten. Er aß die Tollkühnen und die Törichten, und er aß die Jungen. Er genoß das Böse in seinem Inneren, und er schmiedete einen Zauber, einen starken Zauber mit dem* Mishinameginebig, *dem Großen Stör, mit den Worten:* »Ninitim, ginitim. Ninitim, ginitim. *Jetzt ich, jetzt du.*«

Namaybin sah wieder zu dem Holzfäller hoch. *Der Kannibale ist wieder hier,* stellte er fest. Der Holzfäller blickte zu Namaybin hinunter.

Dann sprach der alte Mann: »Es ist zwecklos, mit einem Kannibalen ein Gespräch zu führen«, sagte er auf Ojibwe und hielt inne, mit einem Blick auf den Dolmetscher. Der Dolmetscher hatte den alten Mann eher gleichgültig betrachtet, doch jetzt holte er tief Luft und trat einen Schritt zurück, überrascht von der Schärfe in Namaybins Worten. Er zögerte, dann übersetzte er pflichtbewußt, und der Mann im Anzug trat unruhig von einem Fuß auf den anderen.

»Ein Indianer kann mit einem Kannibalen zusammensitzen und sich unterhalten, Witze machen, Geschichten erzählen, Tee trinken«, fuhr Namaybin in seiner Sprache fort, die Augen fest auf den Holzfäller gerichtet. »Doch sowohl der Indianer als auch der Kannibale wissen genau, was der Kannibale denkt.«

Namaybin hielt inne, drehte dem Holzfäller den Rücken zu und widmete sich einem der Biberfelle, die er noch bearbeiten mußte. Während er vorsichtig das Fleisch abschabte, hörte er mit einem Ohr zu. Der Dolmetscher sprach leise zu dem Holzfäller. Auf dem Gesicht des Indianers im Anzug, das vorher so verschlossen war, zeigte sich jetzt der Anflug eines heimlichen Lächelns. Es war ein indianisches Lächeln.

Der Holzfäller ergriff wieder das Wort. »Mr. Minnogeeshig«, sagte er schroff in seiner hölzernen Weißer-Mann-Sprache, verärgert von dem

Unsinn, den der Indianer da von sich gab – nichts als nebulöse Worte und Geheimniskrämerei. »Ich habe Papiere, die besagen, daß ich die Bäume von Ihrem Land entfernen kann. Ich habe die Papiere.«

Der Dolmetscher übersetzte für Namaybin. »Weißer Mann sagt, er kann die Bäume wegnehmen. Weißer Mann will die Bäume. Weißer Mann hat Papier.«

Namaybin sah beide Männer an und streckte eine Hand fordernd nach dem Papier aus. Der weiße Mann überreichte das Papier dem alten Indianer. Der Indianer blickte darauf, als grübelte er über die seltsamen Schriftzeichen der Weißen Männer nach. Er konnte nicht lesen, doch er verstand genau, was der Holzfäller wollte.

Der Holzfäller zuckte die Schultern. »Ich komme nur aus Höflichkeit hierher, Mr. Minnogeeshig«, sagte er. »Der Indianerbeauftragte hat die Genehmigung erteilt, Ihr Land abzuholzen.«

Der Dolmetscher übersetzte wieder, scheinbar unbeteiligt, und Namaybin funkelte die Männer an. Der Dolmetscher deutete auf die Unterschrift auf dem Papier. Namaybin hielt es an beiden Seiten fest und starrte aus nächster Nähe auf die Zeichen, die er nicht verstand. Er verstand die Absicht das Papiers. Er verstand den Kannibalen.

Namaybin zerriß das Papier und warf es in sein Feuer. Der Kannibale schnappte nach Luft und stürzte vor, um sein kostbares Dokument den Flammen zu entreißen. Das Feuer versengte ihm die Finger, während kleine verkohlte Papierreste von einem leichten Wind weggeweht wurden. Es war nichts mehr zu retten.

Der Indianer blickte auf sein Biberfell und ging mit dem Messer wieder ans Werk. Der Kannibale stieß unartikulierte Laute aus, schüttelte den Kopf und dann seinen Zeigefinger, den er drohend zu Namaybin ausstreckte.

»Deine Bäume gehören mir. Und deine Bäume fallen«, sagte er kalt. Er drehte sich auf dem Absatz um, ging zu seinem Einspänner zurück und überließ es dem verlegenen Dolmetscher, Worte zu übersetzen, die keiner Übersetzung bedurften.

Es war ein Fehler, Namaybins Zorn zu wecken. Das war, als würde man einen Bären vorzeitig aus seinem Winterschlaf reißen. Namaybin sah dem Kannibalen und seinem Helfer nach, als sie hastig davonfuhren, zurück zu ihrem Lager. Sobald der Kannibale verschwunden war, stand Namaybin auf, löschte sein Feuer und ging zu seinem Pferd.

Am Nachmittag besuchte er Mindemoyens Familie, Chi Makwa,

die Wabizi-Familie und andere in der Nähe des Round Lake und Many Point Lake. Er stellte allen die gleichen Fragen. Welche Familie hatte ihre Bäume verkauft? Welche nicht? Niemand hatte verkauft. Der Indianerbeauftragte hatte ihre Bäume an ihrer Stelle verkauft.

In der Nacht schlichen Namaybin, Ishkwegaabawiikwe, Situpiwin und andere in die Holzfällerlager und nahmen als Beute ihres Holzkriegs das Werkzeug ihrer Gegner mit – Sägen, Äxte, Ketten, Geschirre, Rollen und als Krönung des Ganzen das beste Gespann von Arbeitspferden, ein herrliches Paar von grauen Percherons. Anschließend holten sie ihre Waffen aus einem Versteck im Wald und paddelten leise mit ihren Kanus über den See zu dessen Ausfluß in den Ottertail River, und bis zur Morgendämmerung hatten sie dort stromabwärts direkt vor den im Wasser lagernden Stämmen Posten bezogen.

Als der Kannibale am Morgen zurückkam, war das Lager war ein einziges Chaos. »Verdammte Indianer!« schrie er in den Wald.

Trommelnde Pferdehufe näherten sich. Der Reiter, ein Vormann, sprang außer Atem ab und rannte auf den Holzfäller zu.

»Diese Indianer haben den See besetzt. Sie haben den See, sie haben den See«, wiederholte er immer wieder, fassungslos stotternd.

Der Holzfäller sah ihn skeptisch an.

»Das können sie nicht. Wie soll das denn gehen?« fragte er.

»Schaun Sie es sich selbst an. Sie haben die Stämme blockiert, alle Stämme, mit ihren Kanus und Flößen.«

»Verdammte Indianer!« brüllte er und setzte sein Pferd in Bewegung.

Am anderen Seeufer, hatte sich bereits eine große Schar verärgerter Holzfäller versammelt. Der Holzfäller bahnte sich den Weg zum vorderen Ende der Menge, um die Lage besser einschätzen zu können. Sein Blick wanderte über die Gesichter in den Kanus – vielleicht fünfzig Männer und Frauen, mit Winchester-Gewehren bewaffnet, unbezwingbar in ihren Kanus auf dem Fluß und entlang der Ufer. Seine Augen trafen die von Namaybin. Er zuckte zusammen. Die Augen des Indianers funkelten.

Der Holzfäller hörte die Stimme des alten Mannes vom Wasser her, klar und deutlich, als stünde dieser neben ihm. »Es ist zwecklos, mit einem Kannibalen ein Gespräch zu führen«, sagte Namaybin, jetzt in perfektem Englisch, und spannte den Hahn seines Gewehrs.

AGWAJIING

DAS SANATORIUM

1920

»*Ingiikaj, Nimisenh*«, flüsterte Margaret Oshkinnah ihrer Schwester Charlotte im Nachbarbett zu. »Ich friere so, Schwester.«

Es war Nacht, *Gichi Manidoo Giizis*, der Mond des Großen Geistes, des Weißen Mannes Januar. Von ihrem Bett aus blickte Charlotte Oshkinnah durch das offene Fenster zum Mond und den Sternen. Sie fühlte den eisigen Nordwind auf ihrem Körper. Alle Fenster des Sanatoriums waren nachts geöffnet, um dem frischen Wind die Möglichkeit zu geben, die Krankheit wegzublasen. Das weiße Licht des Mondes wurde vom verharschten Schnee zurückgeworfen und erleuchtete den riesigen Garten, die dunklen Bäume und die Anlagen von *Agwajiing*, wörtlich übersetzt »Draußen«, das *Anishinaabe*-Wort für das Sanatorium des Staates Minnesota in Walker. Auch Charlotte fror, doch sie fürchtete, daß das Frieren ihrer Schwester von anderer Art war.

Die Gebäude des Sanatoriums waren wenig mehr als Steinmauern mit meist offenen Fenstern, die Böden Holzplanken auf dem nackten Erdboden, darüber ein niedriges Bretterdach. *Agwajiing* war ein Abstellplatz für viele Indianerinnen und Indianer, die hier wieder zu Kräften kommen sollten oder einfach dahinsiechten. Zur Zeit beherbergte das große steinerne Hauptgebäude über dreihundert Seelen, mit einem ganzen Flügel für die Menschen der Reservationen White Earth, Red Lake und Leech Lake.

Charlotte und Margaret Oshkinnah schliefen in den kleinen Schlafsälen außerhalb des Hauptgebäudes. Als zuerst die neunjährige Margaret und dann die elfjährige Charlotte zu husten begonnen hatten, hatten alle das Schlimmste befürchtet: die Hustenkrankheit des Weißen Mannes. Beide Elternteile waren an den Krankheiten gestorben, die wie Feuer in den Dörfern um sich griffen. Ihr Vater war ein Oshkinnah, ein Little Boy; ihre Mutter eine Littlewolf. Eines Tages hörte der Indianerbeauftragte Michelet im Laden der Agentur von White Earth die Mädchen husten. Er hielt sich sofort ein Taschentuch vor den Mund und veranlaßte, daß sie nach *Agwajiing* gebracht wurden. Die weißen Ärzte hatten diese Kur verschrieben; sie hielten das für das Beste für ihre Patientinnen. Charlotte und Margaret war strikte Bettruhe verordnet, sie durften keinen Schritt gehen, ihr Bett nicht verlassen.

Charlotte hörte ihre kleine Schwester wieder flüstern, leise, aber beharrlich, flehend. »*Ingiikaj, Nimisenh.*«

Die weiße Krankenschwester schlief im Zimmer nebenan. Die Frau würde sie dafür ausschelten, daß sie das Bett verließ, doch Margaret rief wieder nach ihr. Der Boden war so eisig, daß Charlotte kaum wagte, ihre nackten Füße darauf zu setzen. Schließlich trotzte sie der Kälte, stieg aus ihrem Bett, rannte mit schnellen kurzen Schritten zum Bett ihrer Schwester und kletterte hinein. Schon die wenigen Schritte auf dem eisigen Boden hatten ihren Körper völlig abgekühlt, doch sie spürte, daß ihre Schwester noch kälter als sie war. Charlotte drückte Margaret eng an sich und versuchte, sie aufzuwärmen. Die Neunjährige war schmächtig für ihr Alter, und die Krankheit hatte sie noch schmaler werden lassen. Der Krankenschwester war ihr ernster Zustand noch nicht aufgefallen; Margaret hatte sich bemüht, sich nichts anmerken zu lassen, damit man sie nicht von ihrer Schwester trennte und auf eine andere Station verlegte, wo sie niemanden kannte. Die Patienten wurden nämlich nach der Schwere der Erkrankung aufgeteilt, nicht nach Familienzugehörigkeit.

Margaret preßte das Gesicht aufs Kissen und hustete wieder und wieder. Charlotte fühlte sie in ihren Armen zittern, zog sie eng an sich, wiegte und wiegte sie, küßte sie auf den Kopf.

Endlich hörte das kleine Mädchen zu zittern auf und flüsterte: »Was hat Mutter immer gesagt? Es fällt mir nicht ein.«

»Sie erzählte uns Geschichten. Es ist jetzt die Zeit zum Geschichtenerzählen«, flüsterte Charlotte ihrer Schwester ins Ohr.

Charlotte hielt ihre Schwester eng umschlungen, roch ihr Haar und spürte die kleine Hand in der ihren. Sie deutete durch das offene Fenster zum *jiibayag niimi'idiwag*, dem Nordlicht. Beide Mädchen blickten hinaus, über die weiße Schneefläche und ein paar junge Kiefern bis zum Rand des Horizonts, und sie sahen Lichter wie Pfeile vom Rand der Welt in die Nacht hochschießen. Die Lichter wogten und veränderten sich ständig in einem langsamen Tanz mit dem Himmel.

»*Kegosha iwedi jiibayag niimi'idiwag*«, sprach Charlotte ins Ohr ihrer Schwester. »Schau, das ist *jiibayag niimi'idiwag*, das Nordlicht. Das sind die Ahnen und diejenigen, die verschieden sind. Sie tanzen zur Trommel.«

»*Dibaujimowin*«, bettelte die Jüngere, entschlossen. »Erzähl eine Geschichte.«

Charlotte überlegte kurz und begann dann zu erzählen.

»*Es war vor langer, langer Zeit*«, sagte sie leise. »*Ein tapferer Mann namens* Kinaeu, *Kriegsadler, reiste zum Land der Seelen. Er wollte unbedingt dorthin. Und es war weit. Er ging lange. Schließlich kam er zu einem Pfad, dem er folgen konnte. Als er nach vorne blickte, weit nach vorne, konnte er eine dunkelgraue Kolonne von Schatten und Formen sehen. Sie gingen vor ihm auf dem Pfad. Sie waren Geister. Sie trugen ihre schönsten Kleidungsstücke, als wären sie zu einem großen Tanz und Festessen unterwegs. Dennoch waren sie alle grau wie Staub. Er folgte ihnen und hoffte, er könnte nahe genug an sie herankommen, um Gesellschaft auf seiner langen Reise zu haben. Endlich holte er sie ein und näherte sich ihnen voll Respekt. Sie zischten, wichen zurück und bedeuteten ihm mit einer Handbewegung, er solle verschwinden. ›Du gehörst nicht zu uns‹, sagte ein Junge-Frau-Geist. ›Geh weg.‹ Er hatte Angst. Er folgte langsam, in größerem Abstand, versuchte noch mehrere Male, näher heranzukommen, doch jedes Mal wurde er von den Geistern weggejagt. Am Ende fand er seinen eigenen Pfad.*«

Charlotte schob den Kopf ihrer Schwester behutsam zur Seite und spürte, wie die Wärme in das Mädchen zurückkehrte. Sie sprach weiter: »*Er ging lange diesen Pfad entlang. Auf beiden Seiten war ein herrlicher Wald. In der Ferne hörte er einen Fluß. Über ihm, direkt über den Wipfeln der Bäume, war eine Lichterreihe, dicht am Horizont. Das, wußte er, war sein Ziel,* jiibayag niimi'idiwag, *das Nordlicht. Er ging weiter darauf zu, doch es schien noch viele Tage entfernt zu sein. Er wurde viele Male von den Geistern herausgefordert und war viele Male versucht, im Land der Geister anzuhalten. Doch er war stark und ging weiter. Er verteidigte sich gegen Ungeheuer, gegen die Versuchung von schönen Frauen, die ihn baten, anzuhalten und bei ihnen zu liegen, und viele andere Hindernisse, die ihn aufgehalten hätten. Er ging weiter. Und endlich sah er vor sich ein Dorf, eine kleine Stadt unter diesem Nordlicht. Dies war der Ort, zu dem die Seelen unterwegs waren, er wußte es jetzt. Er ging so nah wie möglich zum Dorfrand und schaute vom Schutz der Schatten aus zu. Dort tanzten und feierten sie. Alle Geister, alle Seelen tanzten in ihren schönen Kleidern. Mit Freude, und Frieden, und Glück. Es gab keine Wunden, keine Verunstaltungen, keine Krankheit. All das war verschwunden, es gab nur noch Freude am Tanz.*«

Charlotte sah, daß Margaret zur Ruhe gekommen war und fast schlief. »Das ist das Nordlicht. Das ist es, wo unsere Mutter ist. Du wirst sie treffen. Du wirst sie zur Trommel tanzen sehen. Du wirst sie sehen, wie sie zu uns herunterschaut.«

»Kann sie uns sehen?« fragte Margaret schläfrig.

»Ja, sie kann uns sehen. Sie schaut uns zu.« Sie schwieg kurz und sagte dann fest: »Sie ist immer bei uns.«

Zufrieden schmiegte sich Margaret enger an ihre Schwester, den Kopf an deren Brust, die Arme eng um ihren Hals geschlungen. Charlotte küßte Margarets warmen Kopf und lauschte den unregelmäßigen Atemzügen, rasselnd, aber dennoch ruhig. Sie streichelte ihr sanft die Haare.

Früh am Morgen schreckte Charlotte aus dem Schlaf hoch und merkte, daß ihr sehr kalt war. Das Bett war kalt. Das Bett war feucht. Margarets Arm lag über der Brust. Kein Ton, überhaupt kein Ton. Margaret atmete nicht mehr.

»*Goshkozin, goshkozin.*« Charlotte schüttelte ihre Schwester sanft. »Wach auf, wach auf.«

Da war kein Atem, keine Wärme.

Charlotte keuchte in Panik und unterdrückte den Schrei, der in ihr aufstieg. Dann hielt sie Margarets Körper und sprach leise zu ihr. Sie wiegte sie vor und zurück, sang jetzt zu ihr, leise: »*Way hey hey, way hey hey, way hey her*«, immer wieder und wieder und wieder.

Es dauerte eine Weile, bis die korpulente Krankenschwester zu den beiden kam. Sie gluckerte bestürzt und streichelte zart Charlottes Kopf. Noch immer hielt Charlotte ihre Schwester in den Armen.

»Es ist gut, es ist gut«, sagte die Krankenschwester sanft, bot Hoffnung an in einer Situation ohne Hoffnung. Charlotte wiegte ihre Schwester weiter und sang jetzt leise ein Kirchenlied, das sie in der Religionsstunde von *Agwajiing* gelernt hatte:

»... *Kaginig minocumini*
minwa bigoninig
me eta go ni nibowin
Kebish kage makug
Kichji Misawinagut su Oiwedi agaming
Oma ondas nakakegam
Onza bundjigeshig. ...«

Die Krankenschwester drehte sich langsam um und ging hinaus. Andere Patientinnen verfolgten still die Vorgänge auf dem Bett, bis Charlotte Oshkinnah sich aus dem Deckenstapel und vom Körper ihrer Schwester löste. Sie ging über den kalten Boden und zur Tür hinaus, mit nichts und niemandem außer ihr selbst. Die Krankenschwester kam zurück und beugte sich wieder mit Gluckerlauten über Margaret.

»Sie ist von uns gegangen«, sagte die Krankenschwester zu den kleinen Kindern, die immer noch mit weit geöffneten Augen zuschauten. »Ich hätte nicht geglaubt, daß sie geht, sie war ein so starkes Mädchen.«

Charlotte blieb in der Tür stehen und betrachtete die korpulente Krankenschwester. Inzwischen hatte sie sich einen schweren Mantel, Hut und Fäustlinge angezogen. Die Krankenschwester wickelte Margarets Leichnam in eine Decke und trug sie dann durch die Tür zum mehrere Meter entfernten Hauptgebäude. Charlotte folgte, begleitete ihre Schwester mit einem kleinen sorgfältig eingewickelten Bündel.

So gut wie möglich half Charlotte bei den Vorbereitungen der Reise ihrer Schwester zum Land der Geister. Aus einem Koffer hatte sie geholt, was Margaret tragen würde: ein gemustertes Kleid mit einer perlenbestickten Passe und Mokassins aus Hirschfell und schwarzem Samt mit oben aufgenähten kleinen Glasperlen – Mokassins, die ihre Mutter vor ihrem eigenen Tod genäht hatte. Jetzt würden sie Margarets Reiseschuhe zur nächsten Welt sein.

Dann machte sich Charlotte auf die Suche nach einer Ältesten. Die Aufgabe, die Toten zu kleiden, war Frauen vorbehalten, die keine Kinder mehr bekommen würden. Charlotte war Waise. Sie hatte keine direkte Familie, doch im Sanatorium, an welchem Platz auch immer, gab es zumindest *ein* Mitglied jeder Familie von zu Hause, von White Earth.

Sie schlich an den Krankenschwestern vorbei in eine andere Station. Die Hygienevorschriften verboten den Patienten jeden näheren Kontakt mit anderen Patienten, doch das war ihr egal. Sie brauchte eine Älteste – das war alles, was sie wußte.

Langsam ging sie an den Betten im Schlafsaal entlang und sah auf Gesichter, hielt Ausschau nach einem Aufleuchten in den Augen, einem Lächeln, einem Blick des Erkennens. Ihre Augen verhielten bei einer alten Frau, die ihr irgendwie vertraut vorkam. Sie zögerte und trat dann leise neben das Bett. Die alte Frau blickte auf. Jetzt fiel es Charlotte wieder ein. Sie hatte sie bei den Trommelzeremonien gesehen.

»Boozhoo Nidanis.«

»Boozhoo Nookomis.«

»Nindizinikaaz Waywayeumigokie Nidanis.«

Charlotte erinnerte sich gut an sie. Sie hieß Waywayeumigokie. Eine korpulente und kräftige Frau, die tanzte und ihr über die Trommel hinweg zulächelte. Sie hatte immer Süßigkeiten aus Ahornzucker für die Kinder. Jetzt jedoch war sie nur noch eine Hülle ihres früheren Selbst. Die Haut hing ihr an den Knochen wie Sackleinenbeutel. Doch ihre Augen waren klar und ihre Stimme kräftig.

Charlotte trat näher an Waywayeumigokie heran.

»*Aseyma, Nookomis, Aseyma*«, sagte das Mädchen leise. »*Nishim neeboowin*. Meine kleine Schwester ist tot. Kannst du mir helfen?«

»Was brauchst du, *Nidasnis*?«

»Ich muß sie anziehen und auf die Reise schicken.«

»*Ahem.*«

Die alte Frau kletterte mit einiger Mühe aus dem Bett, und dann legten sie gemeinsam Margaret das Kleid an, flochten ihr die Haare und steckten ihre kleinen Füße in ihre Reiseschuhe. Zum Schluß legte Waywayeumigokie ihr den bestickten Medizinbeutel in die Hand und schloß die kleinen Finger darum.

In eine Decke gehüllt, wurde Margaret in ein flaches Grab bei *Agwajiing* hinuntergelassen – eine von denen, die nicht nach Hause zurückkehren würden.

Vier Tage lang tat Charlotte, was sie konnte, sang diejenigen der Lieder, an die sie sich erinnerte, und kam mit einem Teller Speisen für die Reise ihrer Schwester zum Grab. Dann war Margaret fort.

Spät in der Nacht wickelte Charlotte Oshkinnah ihre Decken eng um sich, um nicht zu frieren, und blickte durch ihr offenes Fenster über die weite Fläche mit dem Hof, den Gärten und den Bäumen von *Agwajiing* zum Himmel. Wenn sie genau hinsah, konnte sie ihre Schwester und ihre Mutter im Nordlicht tanzen sehen.

ONDENDI

DAS INTERNAT

1930

Der Priester kam mit einem Einspänner an, in dem sich bereits drei andere Jungen befanden. Boodoo Graves spähte aus dem Fenster des Blockhauses seiner Familie und beobachtete Father Benoit, den schwarzgewandeten Mann, der aussah wie eine Krähe und jetzt die Augen über das Haus wandern ließ. Als Boodoo merkte, daß der Priester ihn sah und erkannte, rannte er vom Fenster weg und kroch unter ein Bett, wo sich bereits sein kleiner Bruder versteckte. Der Priester stieg langsam vom Wagen und blickte dabei noch einmal kurz auf die Jungen, die bereits in seiner Hand waren.

»Ihr bleibt hier«, sagte er zu ihnen mit Nachdruck. Die Jungen blieben wie festgebunden sitzen und sahen ihm nach, wie er auf das Blockhaus zuging.

»*Bimibatoon, bimibatoon*«, flüsterten die Jungen unhörbar, als könnten sie Boodoo mit der Kraft ihrer Gedanken retten. »Lauf, lauf!«

In seinem Versteck hörte Boodoo die schweren Stiefel auf der Veranda. Er und sein jüngerer Bruder lebten mit einer Tante zusammen, da ihre Eltern und zwei Schwestern letztes Jahr an Tuberkulose gestorben waren. Die Söhne seiner Tante – beide älter als Boodoo – waren bereits von den Priestern nach Flandreau gebracht worden, ein mehrere Tagesreisen entferntes Internat der Regierung. Jetzt hatte seine Tante nur noch ihn und seinen vierjährigen Bruder. Sein Bruder würde noch ein Jahr lang vor dem wachsamen Auge des Priesters und der Indianerbeauftragten sicher sein, doch Boodoos Zeit war gekommen.

Seine Tante saß am Tisch und beobachtete den Priester durch das Fenster. Jetzt stand sie auf, nahm ihren Besen und fegte den Boden – mindestens zum fünften Mal an diesem Morgen. Sie hatte ihre eigenen Kinder und Boodoo bereits zweimal mit Erfolg versteckt, doch die Priester kamen jedes Mal wieder. Sie warf Boodoo einen Blick aus den Augenwinkeln zu und flüsterte: »*Bimibatoon, bimibatoon*. Lauf, lauf!« Als der Priester sich der Eingangstür näherte, kroch Boodoo aus der Seitentür und rannte schnell auf den Wald zu. Seine Tante fegte weiter. Es klopfte, und sie öffnete.

»*Mino geeshiguck*«, grüßte Father Benoit.

»*Mino geeshiguck*, Father Benoit«, sagte Mrs. Hand.

»Ich bin da, um den Jungen jetzt zur Schule zu bringen.« Er schwieg kurz und blickte suchend an ihr vorbei in den dunklen Raum.

Mrs. Hand sagte nichts.

»Wir müssen los. Die anderen Jungen warten im Wagen«, fügte der Priester hinzu.

Eine Augenbraue machte sich selbständig, als er ihr ins Gesicht sah. Sie blickte an ihm vorbei, auf die typische Art, um ihm nicht in die Augen zu sehen.

Ein Zweig zerbrach unter Boodoos Füßen. Der Priester schnellte herum und sah den Jungen in den Wald rennen. Boodoo drehte sich um.

Beide erstarrten eine Sekunde lang, Raubtier und Beute, und Boodoo hielt den Atem an, als er die Wut in Father Benoits Blick sah.

Diese Sekunde des Augenkontakts war eine Sekunde zuviel. Der Priester schoß schnell wie der Blitz von der Veranda herunter und auf den Jungen zu. Boodoo stürmte weiter, vorbei an Haselnußsträuchern, Schwarzlinden, Pappeln und Birken. Dann stolperte er, und der Priester bekam sein Bein zu fassen. Der Junge wand sich und versuchte, sich loszureißen, doch er hatte keine Chance gegen den großen Mann.

»*Wenshkaan*«, sagte Benoit zu dem Jungen. »Steh auf.«

Der Priester packte Boodoo am Arm und führte ihn so zum Einspänner, wo er ihn hochhob und neben die anderen Jungen setzte.

»Sitz«, befahl er dem Jungen, als wäre dieser ein Hund. Boodoo hielt den Kopf gesenkt und spürte mit Scham und Angst, wie ihm Tränen in die Augen stiegen. Der Priester holte seinen schwarzen Hut, der ihm im Hof heruntergefallen war, setzte ihn auf und tippte dann daran mit einem Blick zu Mrs. Hand, die in ihrer Tür stand, immer noch den Besen in der Hand. Nach einem kurzen Zögern ging sie ins Haus und kam mit einem kleinen Bündel zurück, das sie zu Boodoo trug und ihm in die Hand legte. Dann stellte sie sich auf die Zehenspitzen und küßte ihn auf die Wange. Sie schmeckte seine Tränen auf ihren Lippen, flüsterte ihm leise ins Ohr und küßte ihn noch einmal. Er sah sie ängstlich mit tränenumflortem Blick an und schaute wieder nach unten, zu dem Bündel. Der Priester nickte ihr ein zweites Mal zu, und sie ging. Als Boodoo den Kopf ein letztes Mal zu seiner Tante umdrehte, stand sie in der Tür, den Besen in der Hand, und sah dem Einspänner nach, der den Weg zur Flandreau Boarding School in South Dakota einschlug.

Zwei Wochen später waren alle Jungen beim Internat eingetroffen. Nachdem man sie aus den Karren, Einspännern oder Zugwaggons ausgeladen hatte, wurden sie unverzüglich in die dunklen Flure und grauen Räume der Schule getrieben. Alle Gespräche untereinander verstummten.

»Aufstellen, aufstellen«, befahl ein Priester. Die Männer in den schwarzen Umhängen umkreisten sie wie Rabenkrähen und stellten sie rasch in einer langen, nach Körpergröße geordneten Reihe auf.

Die Jungen rührten sich nicht von der Stelle. Die Reise hatte sie ermüdet, die Priester versetzten sie in tödliche Angst, aber dennoch versuchten sie, tapfer zu sein. Sie waren die Hoffnung ihrer Nationen – Anishinaabeg, Dakota, Lakota, Shawnee, Winnebago, Mandan, Hidatsa, Potowatami. Zöpfe und Skalplocken sorgfältig umwickelt. Perlenbestickte Westen im Stil der Waldland- oder Prärieindianer. Mokassins, Leggings. Mit aller Kraft hielten sie Medizinbeutel, Erinnerungen, und Gebete ihrer Mütter fest.

Die Priester musterten sie und machten ein paar Notizen in schwarze Hauptbücher. Dann kam ein Mann mit einem eigenartigen schwarzen Kasten und stellte sich vor die Jungen. Er tanzte um den Kasten herum wie ein Seher. Die Jungen starrten in das große Auge des Kastens, benommen von einer Angst, die sich nur schwer unterdrücken ließ. Priester kamen und stellten sich an beiden Enden der Reihe auf. Sie lächelten. Der Mann mit dem Kasten schlüpfte unter eine dunkle Decke, und dann kam ein blendender Blitz.

Die Priester hörten zu lächeln auf und trieben die Jungen einen Flur entlang zu einem anderen großen Raum. »Ausziehen«, befahl ein Priester. Andere Priester luden sich die perlenbestickten Westen, Leggings und Mokassins auf die Arme und verschwanden. In ihrer Nacktheit drängten sich die Jungen eng aneinander.

Da spürten sie kaltes Metall an ihren Hälsen. Riesige Scheren fuhren ihnen durch die Haare. Sie hielten die Haare verzweifelt fest, doch die Scheren schnitten alles ab. Und während sie noch nach verlorenen Zöpfen tasteten, schnappten kalte Metallklingen auf ihrer Kopfhaut und schoren sie kahl. Danach ließ man die Jungen wie geschorene Schafe inmitten glänzender schwarzer Haarhaufen stehen.

Sie wurden in einen weiteren Raum geführt. Aus den Mauern über ihnen kam siedendheißes Wasser. Priester bedeckten sie von Kopf bis Fuß mit beißender Seife und schrubbten sie mit harten Bürsten ab. Die kleineren Jungen schrien, die älteren hielten mit angsterfüllten Augen nach einem Fluchtweg Ausschau. Als kein Wasser mehr kam, wurden die Jungen von den Priestern abgetrocknet, mit Handtüchern, die sich wie Schmirgelpapier anfühlten.

Andere Priester tauchten auf und kippten Schachteln mit weißem antiseptischem Puder über den Jungen aus, was sie in weiße Geister ihres früheren Selbst verwandelte. Anschließend wurde die Kleidung ausgehändigt: Weiße Unterwäsche, marineblaue zweiteilige Anzüge und steife schwarze Lederschuhe.

Damit war die Verwandlung vollendet, und die Jungen wurden zu dem ersten Raum zurückgeschickt, wo man sie mit den neuen Kleidern und den neuen Gesichtern in eine Reihe aufstellte. Der Mann mit der Decke und dem dunklen Kasten kam wieder, und *mazinaakizigan*, die Kamera, schoß noch einmal ihren blendenden Blitz ab.

Dann gab es an langen Tischen Essen. Es war heiß und ohne Geschmack, und die Jungen hatten keine Ahnung, woraus es bestand. Nach dem Essen hieß es schlafen, in langen Reihen von Feldbetten. Die Jungen flüsterten miteinander, bis Priester durch die Reihen gingen und alle verstummten. Vom hintersten Ende des Raums kam ein einzelnes gedämpftes Weinen, doch schließlich hörte es auf, und nach und nach schliefen alle ein.

Nach einem Monat begann der Alptraum für Boodoo. Der Alptraum wurde von einem der Priester ausgelöst, Bruder Thomas, der ein besonderes Interesse zeigte an dem »großen geistigen Potential des Jungen«, wie er das nannte. So war das tagsüber, doch jetzt war es Nacht.

Boodoo stand in einem Wandschrank. Tief in seinem Inneren schrie er. Er biß sich auf die Lippen, als er die Hände spürte, die an seinen Unterhosen zogen. Der Atem von Bruder Thomas an Boodoos Hinterkopf war heiß, doch die suchenden Hände waren kalte Klauen, als sie sich in seinem Schlafanzug verkrallten. Mehr als einmal war er von Bruder Thomas herbeizitiert worden, nachdem er sich in seinem Bett neben der Tür schlafen gelegt hatte. Und jede Nacht lag er starr vor Angst im Bett und hoffte, der Priester würde ihn nicht holen. Heute nacht hatte Bruder Thomas ihn gerufen.

Anfangs wehrte er sich, doch der Priester war ihm an Körperkraft weit überlegen, und die Schläge, die Boodoo für seinen Widerstand erntete, waren hart. Der Priester bekam jedenfalls, was er wollte. Er sperrte Boodoo in einen leeren Raum und ließ ihn drei Tage lang weinen, damit der Junge Respekt lernte. In der zweiten Nacht war der Priester trotzdem zu ihm gekommen.

Die Demütigung war kaum zu ertragen. Boodoo hatte daran gedacht, sich zu töten. Der Priester war darauf vorbereitet und beobachtete ihn auf Schritt und Tritt. Es gab keinen Ausweg. Nach drei oder mehr Gefängnisaufenthalten ließ der Widerstand des Jungen nach. Seine einzige Hoffnung war jetzt, daß sich die Aufmerksamkeit des Priesters etwas anderem zuwandte. Boodoo schloß die Augen und legte die geballten Fäuste an die Wand, als er das Gewicht des Priesters spürte. In seinem Inneren schrie er wieder.

Boodoo Graves dachte nur an jene Wälder, in weiter Ferne, den Geruch von Birke und Pappel, den Geruch von Blättern, das Geräusch eines Paddels auf einem klaren See. Er zwang seinen Geist, sich zu konzentrieren, nur an jenes Leben zu denken, sein Heim, sein Land, in den Tagen, als dort keine Priester geduldet wurden, kein einziger.

Maanomin-Ernte am Leech Lake; um 1920

Oben: Grabhäuser eines Friedhofs am Rand einer Siedlung der Leech Lake Reservation; 1906
Unten: Wawiekimig posiert für die Ethnologin Francis Densmore in der typischen Sitzstellung der Frauen; um 1920

Oben: Anishinaabe-Familie vor ihrem, mit Birkenrinde gedeckten Wigwam; wahrscheinlich um 1900
Unten: Mit Birkenrinde gedecktes Haus auf der Mille Lac Reservation; um 1920

Der leicht geröstete Wildreis wird mit einem flachen Birkenrindenkorb hochgeworfen; dabei werden die Spelzen vom Wind fortgetragen; 1937

Nach der Maanomin-Ernte werden die Körner getreten; 1937

Oben: Ein Anishinaabe-Paar in seinem Sommercamp; Wetterschutz und Kanu sind aus Birkenrinde; um 1880
Unten: Zwei Frauen in einem Birkenrindenkanu in der typischen Anishinaabe-Bauweise; 1905

Oben: Einkochen des Ahornsirups auf der Mille Lac Reservation, 1946
Unten: Frau aus White Earth beim entrinden einer Birke; um 1920

Vater und Sohn Big Bear bei der Maanomin-Ernte; der Vater biegt mit den Reisstöcken die Wildreishalme ins Bootsinnere; 1937

MESABE

Er wurde im *Ode'imini Giizis* geboren, dem Mond der Erdbeeren, dem Monat Juni des Weißen Mannes. Es war eine Woche vor der jährlichen Feier der Unterzeichnung des Friedensvertrags, der den Menschen das Land bewahrte, dieses Land White Earth. Seine Eltern waren Ottertail Pillagers, die in den achtziger Jahren des neunzehnten Jahrhunderts nach Pine Point gezogen waren. Dort lebte er, am Nordufer des Many Point Lake, auf Land, das seiner Großmutter Mindemoyen zugeteilt worden war.

Jede Jahreszeit brachte der Familie einen neuen Reichtum. Und jedesmal brachten die *Anishinaabeg* Dankgebete für ihre Nahrung dar. Ihr Leben folgte dem Kreis der Jahreszeiten. Im tiefsten Winter, im *Namebini Giizes*, dem Sauger*-Mond Februar, lernte Mesabe von seinem Vater, auf der Oberfläche des Schnees zu gehen, mit Hilfe der riesigen Füße, die sie *aagim* nannten – ihr Wort für Schneeschuhe. Er folgte seinem Vater mit seinen Schneeschuhen in den Wald, wo sie Fallen bauten, um Biber, Kaninchen und Stachelschweine zu fangen. Er lernte, wie man die Tiere häutet, ausnimmt und ihr Fleisch zerteilt. Und er lernte, nie mehr zu nehmen, als er brauchte.

Mit dem Kommen des *Waabigwanii Giizis*, des Blumenmonds Mai, erblühten die Wälder. Mesabe ging mit seiner Großmutter in den Wald. Sie hatte ihren Strohhut auf und trug einen großen Korb. Mindemoyen zeigte ihm, welche Pflanzen gute Medizin zum Heilen und Helfen waren. Sie brachte ihm bei, wie man die Blätter, Blüten und Wurzeln voneinander unterscheidet und Tees, Umschläge, Salben und Tinkturen herstellt, womit man Suppe würzt und was man langsam kaut.

In der Wärme des *Aabita Niibino Giizis*, dem Mittsommermond Juli, lernte er, wie man ein *Gill*-Netz** ins Wasser des Many Point Lake wirft und es dann wieder mit silbernen Fischen aus den Tiefen des Sees herauszieht.

Zu Beginn des *Manoominike Giizis*, des Reisernte-Monds September, half er seiner Familie, das Birkenrindenkanu mit Pech auszubessern, damit sie damit dann auf den See fahren konnten, um *manoomin*, den

Wildreis – die Nahrung, die auf dem Wasser wächst –, zu ernten. Sein Großvater brachte ihm bei, aus einem Stück weichem, leichtem Thujaholz seinen eigenen *bawa'iganaak oog'* zu schnitzen, einen Reiserntestock, mit dem sich der Reis von seinen Stengeln lösen läßt. Seine Mutter zeigte ihm und seinem Bruder Myeengun, wie man *makakoons* flicht, die Birkenrindekörbe, in denen man den Reis von der Spreu reinigt. Dann zog die ganze Familie mit allen Ottertail Pillagers gemeinsam zu den Seen, und überall hörte man der Ton von Reiserntestöcken, zusammen mit Liedern und Gesprächen zwischen den Familien in ihren Kanus.

Bei der Wiederkehr von *Gashkadino Giizis*, dem Frost-Mond November, schichtete Mesabe das Feuer im Wigwam der Familie hoch auf, und der Schnee bedeckte den Wald. Zu dieser Zeit erzählte seine Familie die Geschichten.

Mesabe wuchs in der Welt seiner Vorfahren auf, doch er lernte ebenso von der Welt der *Gichimookomaanag*, der Weißen Männer, die sich in Dörfern und Farmen auf White Earth niederließen. Er lernte in der Stadt die Sprache des Weißen Mannes, und er bewahrte sich trotzdem seine eigene. Er lernte Lesen und Schreiben, und gleichzeitig lernte er im *Iskigamizige Giizis*, dem Zuckermachen-Mond April, von Mindemoyen, wie man den Saft der Ahornbäume auffängt und ihn kocht, bis er ein dickflüssiger Sirup ist. Er erfuhr vom Gott des Weißen Mannes, und er lernte ebenso die Lieder und Zeremonien der Trommeln, des Pulses der *Anishinaabeg*, ihre Art, dem Schöpfer Dank zu sagen.

In eine Zeit von Chaos und Veränderung hineingeboren, mußte Mesabe erleben, wie Familien durch die Gesetze des Weißen Mannes auseinandergetrieben wurden, und er schüttelte den Kopf über die Torheit der *windigoo*-Plünderung. In einer Welt, die vor seinen Augen langsam brüchig wurde und auseinanderfiel, zürnte er dem Gott und der Regierung des Weißen Mannes. Er hielt an den Strängen des Lebens seiner Vorfahren fest und folgte ihnen, knüpfte sie neu zu einem Seil, das ihn durch den verbogenen Stahl und die kahlgeschorenen Felder Amerikas führen sollte.

* Weißer Sauger: nordamerikanischer Süßwasserfisch; auch Tschukutschan genannt

** DieNetz mit großen Maschen, in denen die Kiemen (gills) eines Fisches hängenbleiben, wenn er den Kopf hineinsteckt

DIE RITTER DES WALDES

1916

»Ein Geheimbund mit dem Namen Ritter des Waldes wurde von drei Männern aus Mankato und einem Mann aus Garden City gegründet, mit der festen Absicht, die Winnebago und alle Indianer aus dem Staat Minnesota zu vertreiben. Der Bund erlangte beachtliche Größe und zählte viele der bekanntesten und einflußreichsten Männer ... beider politischer Parteien zu seinen Mitgliedern. Eine besonders erwähnenswerte Maßnahme der Mankato-Loge ... war, eine Reihe von Männern zu verpflichten, am Rand der Winnebago Reservation im Hinterhalt zu liegen und jeden Indianer zu erschießen, den sie außerhalb der Grenzen entdeckten ...«

– *Blue Earth County Historical Society Review, 27. April 1886*

Die Ritter des Waldes sahen sich als Nachfolger der Menschen, deren Farmen im Minnesota-Territorium vierzig Jahre zuvor im Little-Crow's-Krieg niedergebrannt worden waren. Sie waren Bankiers, Politiker, Geschäftsleute, Farmer, Händler und brave Familienväter, die tagsüber ihrer Arbeit nachgingen und nachts bei heimlichen Treffen darauf eingeschworen wurden, das Übel des roten Mannes aus Minnesota zu vertreiben.

Der Eid, den sie mit der Hand auf dem Herzen schworen, benannte ihr Ziel in aller Deutlichkeit: »*Wir haben um den Preis des Lebens vieler Menschen gelernt, daß der weiße Mann und der Indianer nicht zusammen in Eintracht und Frieden leben können. Das Hauptziel dieses Bundes ist, jeden indianischen Stamm daran zu hindern, auf Dauer in diesem Staat zu leben. ... Die Absichten, um derentwillen wir zusammenkommen, sind unserer Sache würdig. Es geht um nichts Geringeres als die Erhaltung unseres Leben, unserer Familien und unserer Heime. Wir wollen stets wachsam sein und nie die heilige Verpflichtung vergessen, die uns als Brüder in einem einzigen gemeinsamen Interesse verbindet ... die Entschlossenheit, für alle Zeiten aus unserem schönen Staat jeden Indianer zu verbannen, der jetzt seinen Boden entweiht.*«

Jahr um Jahr folgten die Ritter ihrem Kurs, mit militärischer Präzision und in dem beruhigenden Gefühl, mächtige Verbündete hinter sich zu haben. Sie bewegten sich auf dem Boden des Gesetzes, oder außerhalb des Gesetzes – die Entscheidung darüber, welches von beidem zutraf, hing davon ab, welche Vorstellung von Gerechtigkeit man hatte. Fragwürdige Räumungsbefehle mit einer durchs Fenster geworfenen Fackel oder einem Feuerring ums Haus durchzusetzen war zweckdienlich und selten strafbar – besonders, da nur wenige Zeugen gefunden werden konnten oder wollten, und jene, die sich tatsächlich meldeten, selten auf englisch aussagen konnten. Das Ritter konnten ihr Werk unbehelligt durchführen.

Gelegentlich berichtete die *Detroit Lakes Tribune* über die Feuer, die bei indianischen Häusern ausgebrochen waren. »Unglücklich« und »mysteriös« nannte sie diese Brände. Sie hätten es genauer wissen können, doch die Zeitung des Weißen Mannes hatte offenbar Mühe, aus den Ergebnissen bundesstaatlicher Untersuchungen klug zu werden: Sie zeigte sich völlig überrascht über die in den Berichten der Kommissionen beschriebenen Lebensumstände der Indianer – in einem Gebiet, das nur etwa dreißig Kilometer vom Erscheinungsort der Zeitung entfernt war.

Die von der Bundesregierung in Auftrag gegebene *Moorhead Investigation* von 1916 deckte Krankheiten und desolate Wohnverhältnisse auf: »Gut sechzig Prozent der Indianer litten an Tuberkulose, dreißig Prozent an chronischer Bindehautentzündung und zwanzig Prozent an Syphilis, und alle Krankheiten griffen weiter um sich.« Man fand zehn Indianer, die in Schuppen aus Teerpappe wohnten, und stellte fest, daß alte Frauen, die nach Bindehautentzündungen erblindet waren, Urkunden unterschrieben hatten, mit denen sie ihr Land für immer abtraten.

Solche Geschichten tauchten gelegentlich auf den Seiten der *Detroit Lakes Tribune* auf, doch dann war monatelang nichts mehr darüber zu lesen, und die Zeitung widmete sich wieder ausschließlich der Berichterstattung über Hochzeiten, den Schweinefleisch-Preis, Neuheiten der Modewelt und den steigenden Lebensstandard in den prosperierenden Städten am Rand der Reservation. Daß es einen Zusammenhang zwischen dem Anschwellen der Geldsäckel in Detroit Lakes und der wachsenden Verelendung der Reservationsgemeinschaft gab, wollte die Zeitung nicht sehen.

Es war nicht allzu überraschend, daß die Teerpappe-Häuser Feuer fingen. Oft wohnten dort zu viele und teilweise kranke Menschen auf engem Raum zusammen, mit einem schadhaften Holzofen als einziger

Wärmequelle; da konnte schon einmal ein Brand entstehen. Daß es jedoch ständig zu Bränden kam, konnte kein Zufall sein. Und ebensowenig zufällig war es wohl, daß in allen Brandnächten weiße Männer auf Pferderücken unterwegs waren.

Es war eines dieser Feuer, in dem Mesabes Eltern den Tod fanden. Er und sein Bruder Myeengun wurden ironischerweise durch ihre Verschleppung in ein fünfzig Kilometer entferntes Internat gerettet. Als Mesabes Großmutter Minemoyen drei Tage später die Nachricht brachte, stolperten die beiden Jungen ohne ein Wort hinter ihr her. Mindemoyen ließ sie nie wieder einen Fuß in die Schulen des Weißen Mannes setzen.

Die Landräuber und die Seuchen trieben die Familien tiefer in die Wälder. Sie stellten Fallen, jagten, fischten und ernteten und sammelten die Früchte des Waldes, und sie tauschten, was sie entbehren konnten, beim Handelsposten in der Siedlung gegen praktische und verlockende Dinge ein. Etwa viermal im Jahr reisten sie in die Stadt. Von jedem dieser Abstecher kehrte Mesabe mit schlechten Nachrichten zurück. Eine Familie nach der anderen wurde von den neuen Krankheiten heimgesucht, und viele starben, ohne Angehörige zu hinterlassen, die ihre Lieder und Geschichten hätten weitertragen können.

Mit jeder Jahreszeit nahmen weniger Menschen an den Zeremonien teil. Zuerst fehlte die Ahnib-Familie, als nächstes die Minnogeeshig-Familie. Mesabe erinnerte sich an den Tag, als die Greisin Ishkwegaabawiikwe starb. Sie starb nicht an dem Tag, als ihr Geist den Körper verließ, um auf den Pfad der Seelen zu gehen; sie war schon viel früher gestorben: Sie war gestorben, nachdem sie den Tod von dreien ihrer vier Kinder erleben mußte, die der Hustenkrankheit zum Opfer fielen, und dann den Tod ihrer großen Freundin, der alten Dakota-Frau Situpiwin. Als Mesabe Situpiwin zum letzten Mal sah, war sie nur noch ein Schatten ihrer Selbst, vom Husten gepeinigt, die Kehle von Krämpfen zugeschnürt. Es hieß, sie hätte dann eines Nachts stundenlang gehustet ohne zwischendurch Atem zu holen, bis sie schließlich überhaupt nicht mehr atmen konnte.

Nach dem Tod ihrer drei Kinder und ihrer Dakota-Schwester schien Ishkwegaabawiikwe nichts mehr wahrzunehmen, auch wenn sie sich noch unter den Lebenden bewegte. Mesabe sah sie im Wigwam der Familie arbeiten, wenn er zu Besuch kam, und er sah sie in den Zeremonien – ein lebender Geist, der alles Lebendige verloren hatte. Als auch sie schließlich der Hustenkrankheit erlag, war das nur ein physischer Tod. Ihr Geist schien ihren Körper lange zuvor verlassen zu haben.

In jenem Jahr gingen viele. Bald gab es nicht mehr genug Hüter für die Trommel oder Menschen, die in der Lage waren, weiter die Zeremonien abzuhalten. Die Trommeln wurden sich selbst überlassen. Der alte Minnogeeshig hatte seine Trommel in einem besonderen Versteck in der Nähe seines Jagdgebiets gelassen, sorgfältig in Thujazweige gewickelt, um Schädlinge und böse Geister abzuwehren.

Es war eigenartig, wie der alte Minnogeeshig wußte, daß er diese Welt verlassen würde, und mehrere Wochen davor begann, entsprechende Vorbereitungen zu treffen. Er gab verschiedene Kleinode seinem letzten noch lebenden Kind und seinen Lieblingsnichten und -neffen, darunter die besten Stadtkleider seiner verstorbenen Frauen.

Nach und nach verteilte er alles, was er besaß, an die Menschen, die noch da waren. Nur von seiner *Midewiwin*-Trommel hatte Minnogeeshig sich noch getrennt, als er wie ein hoher Baum plötzlich umfiel, getroffen von einer Herzattacke. Trotz der Traurigkeit seiner letzten Lebensjahre lag auf seinem Gesicht Frieden und ein Lächeln.

Er hatte sein Leben den Tieren zurückgegeben, die ihn sechzig Jahre lang am Leben gehalten hatten.

Es war die dritte Abschiedszeremonie, und die leeren Plätze im Wigwam schienen die Zurückgebliebenen anzustarren. Gebete für die Hingeschiedenen und Gebete zur Läuterung der Trauer der Lebenden nahmen einen Großteil der Zeit in Anspruch.

Mesabe und seine Familie kehrten nach der Zeremonie zum Land seiner Großmutter Mindemoyen zurück. Das Land brachte in jenem Winter keinen Ertrag mehr. Es gab nur wenige Biber und kaum noch Kaninchen, fast als würde die Stille beim zeremoniellen Wigwam die Tiere fernhalten. Mesabe fuhr mit seinen Gebeten fort, doch jedes Mal, wenn er nach den Fallen sah, waren es weniger Tiere, die ihr Leben für die Menschen gegeben hatten. Schließlich entschloß er sich, in Park Rapids bei dem Holzunternehmen Arbeit zu suchen.

In der Mitte des Winters zogen Mesabe und seine Frau Equayzaince, Kleines Mädchen, auch Mary genannt, in das Holzfällerlager nördlich von Park Rapids. Mesabe war jetzt gezwungen, die Bäume zu schlagen, die er liebte, und das Holz für den Weißen Mann zu zerstampfen; Equayzaince fand eine Anstellung als Wäscherin für die Kleidung der Holzfäller. Sie verdienten ihren Lebensunterhalt, sie hatten zu essen und konnten jeden Monat etwas beiseite legen, das sie dann nach Hause zu den anderen beim Many Point Lake brachten.

Bei einem dieser Besuche auf dem Land seiner Großmutter sagte Mindemoyen zu Mesabe, sie habe von Lucky Waller in Detroit Lakes Geld geborgt, um ihre Lebensmittelrechnung im Laden zu begleichen. Sie habe zugesagt, das Darlehen mit dem Geld zurückzuzahlen, das sie im Herbst von der Regierung bekommen würde, entsprechend dem Vertrag der *Anishinaabeg* mit Washington.

Mesabe hatte von Waller gehört, und was er gehört hatte, war nicht gut. Waller war mehr als ein Geldverleiher, er war ein Landräuber, und er beherrschte viele Methoden, Indianern Land zu stehlen. Also ging Mesabe mit seiner Großmutter in die Stadt, um das Darlehen zurückzuzahlen. Noch war kein Monat seit dem Erhalt des Darlehens verstrichen.

Die Büros befanden sich in einem großen Ziegelgebäude in der Innenstadt direkt an der Hauptstraße. Wallers Büro nahm den Großteil des Erdgeschosses ein. Er selbst war ein korpulenter Mann in feiner Stadtkleidung. Eine schmucke Fliege krönte seinen neuen Anzug aus erlesenem Wollstoff, wie es seinem offiziellen Status als Bankier und Grundstücksspekulant entsprach – und wie es seinen inoffiziellen Status als ein Führer der »Ritter des Waldes« erhöhte. Sein Kinn hing ihm über den engen Kragen, die Zähne waren gelb von Nikotin und weicher Nahrung. Beim Anblick der Indianer wurden seine kalten grauen Augen noch kälter, als wollte er sie mit der Kraft seines Blickes aus dem Büro werfen.

»Behaltet dieses Geld«, schnaubte Waller. »Es ist alles geregelt.«

Mesabe bestand darauf, das Geld zurückzuzahlen. Er schob den Stapel mit fünfzig Ein-Dollar-Scheinen über den Schreibtisch zu Waller, doch der Spekulant weigerte sich, das Geld zu nehmen.

»Nein, danke«, sagte Waller, als würde er höflich ein Angebot ablehnen. »Ich habe dieses Land gekauft, und ich beabsichtige nicht, es wieder zu verkaufen.« Ungeduld lag in seiner Stimme, als er seine Version des Offensichtlichen deutlich machte.

Mindemoyen flüsterte ihrem Enkel etwas zu und deutete auf den Daumenabdruck auf dem Papier, das sie für den Schuldschein hielt. Mesabe übersetzte ihre Worte ins Englische.

»Sie hat das Land nicht verkauft. Sie hat nur Geld von Ihnen geliehen. Jetzt sind wir da und zahlen es zurück.«

Der korpulente Mann hievte sich mühsam aus dem Sessel und

stand auf. Er schlurfte zu einer Tür, die in sein Hinterzimmer führte. »Wartet«, befahl er.

Als er zurückkam, hatte er ein Papier in der Hand. Er deutete darauf und sagte: »Das ist eine Urkunde. Deine Großmutter hat mir ihr Land verkauft.«

Mesabe blickte auf das Papier und stolperte über die juristischen Fachbegriffe – Aufhebung, Vorbehalt, erstgenannte und zweitgenannte Vertragspartei, und Beschreibungen des Landes, das er als Erde, Bäume und Pflanzen kannte, aber nicht nach Sektionsbezeichnung, Zahlen oder einer Karte. Zwischen »in Anbetracht der Tatsache, daß«, »bisher«, »und andere angemessene Gegenleistungen« waren die Wörter ein unentwirrbares Durcheinander. Am unteren Ende war der Abdruck eines Daumens.

»Ist das dein Daumenabdruck?« fragte er seine Großmutter.

»*Eh heh*«, stimmte die alte Frau zu. »Aber ich hab nicht das Land verkauft, ich hab nur das Geld geliehen.«

Mesabe übersetzte ihre Worte, doch Waller hatte kein Interesse an einer Fortsetzung des Gesprächs. Er rief nach seinem Assistenten, um die beiden hinauszubefördern. Mesabe stand auf und machte Anstalten, Waller zu schlagen, weil dieser seine Großmutter belogen hatte. Mindemoyen hielt seinen Arm fest.

»Das wird sie bloß dazu bringen, dich mir wegzunehmen, zusammen mit meinem Land«, warnte sie ihn. »Er kann es nicht für immer behalten, es ist nicht seines.«

Noch im Herbst des gleichen Jahres wurde Mindemoyens Land am Ufer des Many Point Lake an einen Grundstücksspekulanten aus Chicago verkauft. Mindemoyen verbrachte keinen weiteren Winter auf ihrem Land, und zwei Winter später starb sie im Dorf Pine Point. Mesabe brachte sie zum Many Point Lake zurück, und nach einem viertägigen *Maajaa'ind*, der Verabschiedungs-Zeremonie, begrub er Mindemoyen auf ihrem Land. Der Mann aus Chicago hatte das Land nie gesehen, ebensowenig wie die Frau, der es gehörte.

OGICHIDAA

1925

Die Ritter des Waldes stahlen sich in die Psyche der Personen, die sich in den kleinen Grenzstädten niederließen. Manchmal bei hellem Tageslicht, doch häufiger in der Sicherheit ihrer Bars am Abend, ermutigt von Whiskey oder Bier, blickten sie wütend nach Norden, Osten oder Süden und sprachen mit gedämpfter Stimme darüber, wie »*die Indianer bekamen, was sie verdienten*«.

Einige redeten anders. Es gab auch Weiße, die ihrer eigenen Zivilisation Mißtrauen entgegenbrachten und das Vorrücken der Grenze bedauerten. Wie ein Nebel umhüllte nüchternes Kalkül die Wälder, die Baum um Baum verloren, ersetzt durch gleichförmige Reihen von Mais, Bohnen und Zuckerrüben oder durch Alfalfafelder. Kahlgeschoren mit Stahlklingen, durchbohrt, aufgerissen und abermals umgeformt, durchlief das Land eine unnatürliche Evolution.

Es war der Morgen eines neuen Krieges, eines kalten Krieges.

Krieg war keine ständige Gewohnheit der *Anishinaabeg*, sondern lediglich eine Taktik, die bei Bedarf eingesetzt wurde, und auch dann nur mit größter Besonnenheit. Das Wort für Krieger – *Ogichidaa*, jene, die die Menschen verteidigen – hatten sie von ihren am höchsten geachteten Feinden, den Dakota, entliehen. Dennoch waren die *Anishinaabeg* jetzt einem Krieg unterworfen, der ihnen mehr zusetzte als jeder mit den Dakota ausgefochtene Kampf: ein kalter Krieg, den die Regierung in Washington gegen sie führte.

Hunger, Verlust der Jagdgebiete und Zorn über die Fruchtlosigkeit eines Kampfes gegen einen unsichtbaren Feind genügten, die meisten Männer verrückt zu machen. Ganz zu schweigen von dem Verlust der Ehre.

Und so wagten sie sich aus den tiefen Wäldern in die Welt des Weißen Mannes vor. Erst vereinzelt, noch prüfend, dann in Paaren und schließlich in Scharen, ganz wie die Gänse, auf die sie sich generationenlang verlassen hatten. Sie nahmen, versteckt, einen Medizinbeutel mit, eine Haarsträhne ihrer Mutter, fest in geschwärztes Hirschleder gewickelte Thujazweige und eine peinigende Erinnerung. Auch Mesabe und sein Bruder Myeengun mußten ihr Zuhause verlassen; sie gingen zur Armee der Vereinigten Staaten. Es lag Ehre im Status des *ogichidaa*, weit größere Ehre, als je einem Indianer erwiesen werden würde, der sich in einer weißen Stadt wiederfand.

An der Fronten des Großen Krieges träumte Mesabe von der Heimat, dem Duft von Salbei und Balsam-Pappel; und die Klänge der Trommel, fern aber konstant, kamen wie ein Herzschlag zu ihm, manchmal im Wachen, oft während des Schlafs. Doch zu Myeengun kamen keine solchen Träume. Myeengun träumte nur von Krieg. Der Krieg war in seine Seele eingedrungen, und Mesabe wußte, daß sein Bruder nicht überleben würde, wenn er nicht bald wieder nach Hause kam.

Nach zwei langen Jahren kehrten Mesabe und Myeengun auf die Reservation zurück. Der Geruch des Todes umgab sie von allen Seiten, und sie verbrachten viele Tage in der Schwitzhütte, um die Geister zurückzuschicken, die ihnen nach Hause gefolgt waren. Nach den Zeremonien war der Krieg für Mesabe nur noch Erinnerung, und seine Seele war geläutert. Myeengun jedoch konnte nur einen Teil seines Geistes wiederfinden. Die Dämonen und Gespenster sollten ihn bis zum Grab quälen. Er deutete ständig zum Horizont und schrie, die deutsche Kampflinie rücke vor.

Myeengun kam nie wirklich nach Hause. Er legte sich ein kleines Zelt aus Leinwand mit Brettern an den Seiten und einen Ofen zu, und zog sich damit tief in die Wälder zurück. Von seiner Enklave aus stellte er Fallen und jagte. Mit seiner Familie traf er sich kaum. Und er entwickelte seine Kampfstrategie.

Er blieb ein Krieger bis zum letzten Atemzug. Der *ogichidaa* Myeengun behielt die Praxis des Hinterhalts bei, sehr zum Mißfallen des Indianerbeauftragten und jener Polizisten, denen es oblag, gepökeltes Schweinefleisch in die Außenbezirke zu liefern.

*Counting coup**. Es war eine Übung, nichts weiter. Sie begann damit, daß er von einem Hügel aus beobachtete, wie der Laster langsam um die Kurve kam und in die unbefestigte Straße zu dem kleinen Regierungsgebäude einbog. Kurz vor dem Stoppschild sprang Myeengun dann mit einem Satz neben den Wagen und zwängte sein Jagdgewehr durch den Schlitz des Seitenfensters.

»Gib mir die Nahrungsmittel, Geld und Tabak«, forderte er von dem verblüfften Fahrer, dem beim Anblick des Indianers in Arbeitskleidung der Schweiß ausbrach.

»Langsam, langsam!« schrie der Fahrer und hievte sich schlotternd und mit erhobenen Armen aus dem Laster. Die Augen des Kriegers vom Round Lake folgten jeder seiner Bewegungen.

»*Ambay, ambay, weeweeh*«, sagte Myeengun, »Beeilung, Beeilung, mach schon.«

Verstohlene Blicke zur Straße, ein leichter Stoß des Gewehrs, und schon lud der Agentur-Mann vorsichtig einen Berg von Waren in den Straßengraben.

»Eine Plane noch, ich brauch eine neue«, sagte Myeengun barsch. »Gut, steig jetzt wieder ein, und verschwinde, wenn dir dein Leben lieb ist.«

Es war ein einfacher Vorschlag, und der Fahrer folgte ihm sofort.

Danach brachte der seltsame Indianersoldat seine Beute in ein Versteck im Wald, und trug, was er brauchte, bedächtig zu seinem Lager, bis seine Vorräte wieder aufgefüllt waren.

Dieses *counting-coup*-Ritual fand mehrmals statt, ohne Wissen des Aufsichtführenden der Agentur, vor dem viele Verluste, Schwarzmarktverkäufe und andere Geschäfte verheimlicht wurden. Es hätte immer so weitergehen können, denn Schiebung hatte es in der Indianeragentur von Anfang an gegeben. Doch der seltsame Indianersoldat vom Round Lake wurde schließlich von der Indianerpolizei aufgestöbert, die befürchtete, daß eines Tags das Gewehr vielleicht einfach losgehen würde.

Es gibt einige Krankheiten des Weißen Mannes, für die die Indianer kein Heilmittel haben. Die *giiwanaadizi*-Krankheit ergriff von Myeengun Besitz und hielt ihn gefangen. Der Indianerbeauftragte ließ ihn schließlich in die psychiatrische Anstalt des Staates bei Fergus Falls bringen, fast hundert Kilometer südlich der Reservation.

Blockhütte, Geruch eines Holzofens, Balsampappeläste in einem Jagdlager beim Kochen ihres Safts, indianischer Tee, Mokassins aus geschwärztem Leder, Brauntöne, Rottöne und Grüntöne. Er konnte sich erinnnern, manchmal. Geruch von Antiseptika, Medikamente, weiße Lichter, die die Augen brennen ließen, pulsierend und grell.

Die psychiatrische Anstalt war zu hell, strahlte wie Bettlaken, die man zum Bleichen auf den Februarschnee legt. Myeengun versuchte, die Augen vor all dem zu verschließen, die Gerüche nicht in seine Nase kommen zu lassen. Er verschränkte die Arme, um die grimmige Kälte von Stahl und frostigen Fliesen nicht zu spüren. Dann gab es da noch die starren Blicke, Observierungen von namenlosen Ärzten, Krankenschwestern und Pflegern, die nach allem griffen, was ihm gehörte, Körper, Geist, Augen, Zähne und Seele, und die sich in sein Dasein schoben, sobald sie seinen Schutzschild durchbohrt hatten.

Wenn man sein Leben nicht wählen kann, liegt eine Art Erlösung darin, seinen Tod zu wählen. Ein Krieger weiß das. Umgeben von der Weiße der Anstalt und von einer Gesellschaft, die ihn langsam erwürgte, erhenkte sich Myeengun eines Morgens bei Tagesanbruch. Der Pfleger sagte, er habe ein unheimliches Lied gerade vor Sonnenaufgang gehört, und dann nichts mehr. Der Krieger hatte sein Todeslied gesungen und war heim zu den Wäldern gegangen.

* Die mutigste und ehrenvollste Tat eines Kriegers in der Tradition der Prärie-indianer. Früher erzielte man einen »Coup«, indem man einen Feind im Kampf berührte, ohne ihn zu töten.

DIE AUFERSTEHUNG

1930

Wazhaashkoons, Wabunoquod, Chi Makwa und die anderen waren tot. Liebevoll mit ihrer schönsten perlenverzierten Kleidung und Reisemokassins ausgestattet, waren ihre Seelen zum Land der Geister gegangen. Ihre Körper ruhten hoch auf einem Hügel über dem Spirit Lake unter hölzernen *jiibegamig*, Grabhäusern, und Grabsteinen aus Granit, geschmückt mit detaillierten Ornamenten als Ausdruck der Hochachtung, die ihnen entgegengebracht wurde.

Er jedoch hatte sie alle überlebt. Er hatte sie überlebt durch seine Schläue, seine Dickfelligkeit und, natürlich, seinen Bund mit dem Erlöser. Doch vor allem durch seinen Willen.

Jetzt war er erstaunt über seine Torheit.

Father Gilfillian konnte nicht schlafen. Die Nächte waren eine einzige Folter, und auch tagsüber fand er keine Ruhe. Die Geister von Missionaren, die ihm vorausgegangen waren, und die Gespenster seiner Kirchenoberen, *Gott segne sie*, riefen nach ihm. Schimpften, schalten ihn aus. Er hatte nicht vollendet, was ihm aufgetragen war.

Joseph Gilfillian konnte seinen seelsorgerischen Pflichten nicht länger nachkommen. Sein hohes Alter brachte es mit sich, daß Sehkraft und Gehör ihn im Stich ließen, und in seinem Geist herrschte ein Wirrwarr von Englisch, Latein, Ojibwe und ein paar Brocken des verfluchten Dakota. Er war kaum noch zu verstehen – außer für sein prächtiges Gespann von Percherons. Die Pferde waren Prachtstücke: ein Meter siebzig hoch und jedes über siebenhundert Kilogramm schwer, mit kohlschwarzem Fell, fast so dick wie der Winterpelz eines Bären. Sie waren ihm immer als Freunde treu geblieben, und sie verstanden seine wirren Reden, besonders, wenn seine Befehle *Gii*, *Haa* und *Whoa* von einem Schnalzen der Leinen auf eine Flanke begleitet wurden – oder einem Leckerbissen, von denen die beiden viele bekamen: Karotten und Äpfel nach der Ernte, Körner und Zuckerwürfel in den kalten Zeiten. Sie waren seine Kinder. Seine einzigen wahren Jünger.

Er hatte eine Lösung gefunden. Langsam erhob er sich vom Stuhl und zwang seine müden Knochen, Muskeln und Gelenke, sich vorwärts zu bewegen. Wieder mußte er an Philomene St. Clair denken. Er verübelte ihr, daß sie vor ihm gestorben war, wo er sie doch jetzt mehr als je zuvor brauchte, starke Arme und einen starken Rücken brauchte, die ihm bei seinen täglichen Aufgaben halfen, bei all diesen banalen Details seines Lebens auf der Erde. Doch bei dem, was er heute tun mußte, hätte sie ihm ohnehin nicht helfen können.

Neben der Tür hingen sein Mantel und Hut. Er schlurfte darauf zu. Schwarz, immer schwarz. Hoch aufgerichtet, jetzt mit Mantel und Hut, ging Joseph Gilfillian langsam zu seiner Scheune hinter der St. Columba Kirche der Eposkopalier, *der Weg zu Frieden und Rettung ist nahe.* Sein hochbetagter Körper wurde mit reiner Willenskraft im Gleichgewicht gehalten, an diesem Morgen im *Waabigwanii Giizis*, dem Blumenmond des Monats Mai.

Er betrat die kleine Scheune, blieb vor seiner Stute stehen und rieb ihr die Wange, ein sanfter Gruß. Dann führte er sie langsam nach draußen. Sie schüttelte heftig den riesigen Kopf mit der langen Mähne, entzückt, endlich im Freien zu sein. Er band sie an einem Pfosten in der Nähe der Scheune fest und holte dann auf die gleiche Weise ihr Fohlen, ihre Tochter, deren Muskeln, Kopf, deren Schönheit ihn immer wieder mit Staunen erfüllte. Eine vollkommene Schönheit.

Inzwischen fast außer Atem, legte er den Tieren das schwere Ledergeschirr um. Die Pferde beäugten ihn geduldig und mit Neugier auf die bevorstehenden Abenteuer. Joseph Gilfillians arthritische Hände hatten Mühe, mit den Schnallen, Bügeln und Schlaufen zurechtzukommen, und er mußte mehrmals innehalten, um Luft zu holen. Doch er gab nicht auf. Er war auf dem Weg zu seiner Rettung.

Er nahm die Leinen in die Hand. Die zwei massigen kohlschwarzen Hinterteile kamen näher an ihn heran, und er schrie »*Azhetaan, azhetaan!* Zurück, zurück!«, und gleich danach »Haaa, haaa!«, während er an der Leine zog, bis die Pferde sich umdrehten und langsam auf den Wagen zugingen. Dort blieben sie stehen, und wieder legte er eine Pause ein, um Atem zu holen.

Dann rief er wieder: »*Azhetaag, azhetaag!* Zurück, zurück!«, bis die Pferde an beiden Seiten der Deichsel standen, die er jetzt schwer atmend durch die Schlaufe auf ihrem Joch schob. Er hakte den Zugstrang der Geschirre vorne am Wagen ein, ging mit den Leinen fest in der Hand langsam neben den Wagen und hievte sich mit Hilfe eines kleinen Holzschemels schwerfällig hinauf.

Angefeuert von einer Reihe glucksender Laute setzten sich die Pferde in Bewegung, und der Wagen rumpelte über die lange, kurvenreiche Straße aus dem Hinterland in die Zivilisation – einer Zivilisation, der er geschaffen hatte. Geschmiedet mit seinem eisernen Willen und mit der Hand Gottes. Er gestattete sich das kleine Vergnügen, seine Erfolge vor sich Revue passieren zu lassen, ihre Namen, ihre Geschichte.

Nun galt es noch, zwei Hilfskräfte abzuholen, zwei, die zu seinen »Erfolgen« zählten: Philomene St. Clairs Enkel, zwei Jungen mit starkem Rücken und gehorsamem Wesen, die direkt am Dorfrand von White Earth wohnten.

»Der Herr wird euch beiden wohlgesonnen sein«, versicherte er ihnen, als sie auf den Wagen kletterten, begleitet von den Ermahnungen ihrer Mutter.

Die jungen Männer fühlten sich unbehaglich, als sie mit dem alten Mann allein waren. Sein Ruf als gestrenger Mann hatte die Zeit überdauert, und die Geschichten, die ihre Großmutter erzählt hatte und die noch in ihren Ohren widerhallten, hatten diesen Ruf nur bestätigt. Doch keine dieser Geschichten versetzte sie so in Unruhe wie die Angst, bei Gott in Ungnade zu fallen.

Die Jungen hatten dem alten Priester bereits bei einer Reihe seltsamer Missionen geholfen. Missionen, die der Priester »Dinge in Ordnung bringen« nannte. Sein mustergültiger Ordnungssinn verlangte unter anderem, indianische religiöse Gegenstände im Lagerraum seiner Kirche zu verstauen, oder die Aufzeichnungen von Taufen, Geburten, Hochzeiten, Beerdigungen und anderen Ereignissen zu berichtigen. »Alles muß seine Ordnung haben«, murmelte er immer. »Alles muß seine Ordnung haben in den Augen Gottes.«

Mit einer weiteren Folge glucksender Töne zu den Pferden übergab der Priester jetzt dem älteren der beiden Jungen die Zügel. An einer Stelle, wo die Straße einen Bogen machte, bedeutete er ihm, scharf rechts in eine unbefestigte Straße einzubiegen, die sie nach Spirit Lake führen würde.

»Wir sind da«, verkündigte Gilfillian schließlich. Der Wagen kam mit einem Ruck zum Stehen. Der Priester verlor bei diesem Ruck das Gleichgewicht und hatte Mühe, sich wieder aufzurichten. Mit grimmigem Gesicht bedeutete er den Jungen, abzusteigen.

Der Hügel, der sich am Ufer des Spirit Lake erhob, war voller *jiibegamig*. Neben diesen Grabhäusern markierten traditionelle Granit-Grabsteine die Gräber von Chi Makwa, Wazhaashkoons, Wabunoquod und den anderen, die den Pfad der Seelen gegangen waren. Nicht den Pfad der Episkopalkirche.

Die Jungen starrten auf die Grabsteine, dann auf den alten Priester. Obwohl ihre Familie der Kirche gefolgt war, flößten ihnen solche traditionellen Friedhöfe Respekt ein.

»Sie sind da hinten«, sagte Gilfillian und deutete zu zwei Steinen. »Die, die ich will, *iwedi, iwedi* ...«

Seine Augen funkelten jetzt wild entschlossen. Mit einer Kopfbewegung schickte er die Jungen zum hinteren Ende des Wagens.

»*Mangaanibiiwag, inwedi. Naadin.* Die Schaufeln sind da drin, holt sie.« Knapp und ohne Umschweife erteilte er weitere Befehle. Er war es gewohnt, Befehle zu geben.

Die Jungen blickten leicht beklommen auf die Grabsteine, dann wieder auf den Priester. Klare, junge Augen trafen auf kleine, trübe Augen. Doch der Blick in diesen alten Augen war ruhig und streng. Die Jungen gingen gehorsam zu den Grabsteinen, stießen die Schaufeln in den sandigen Boden und begannen, die Erde um die Granitsteine herum abzutragen. Der Priester lauschte dem Geräusch des Schaufelns mit Befriedigung. Die Jungen gruben weiter, bis das Fundament von zweien der alten Steine freigelegt war.

Danach winkte sie der alte Mann zur Seite und wies sie an, die Pferde vom Wagen loszumachen.

»Macht sie los, macht sie los«, schnarrte er ungeduldig, als sie sich mühten, das Joch von der Deichsel zu nehmen. Die Pferde blieben stehen und scharrten unruhig mit den Hufen, die Augen auf die jungen Männer gerichtet.

»*Aaniindi biiminakwan?* Wo ist das Seil?« fragte Gilfillian. Dann ruderte er mit den Armen und bedeutete den Jungen noch einmal, zur Seite zu gehen.

Er zog an den Zügeln, um die Percherons zurückzubewegen, doch sie blieben stocksteif wie Maulesel stehen, irritiert von den widersprüchlichen Befehlen und von den Steinen und den Löchern in der Erde. Gilfillian zog die Zügel noch einmal nach hinten und ließ die Pferde wieder die vertrauten glucksenden Töne hören: »Ruhig, ruhig.« Endlich setzten die aufgeregten Tiere unbeholfen zurück, und er lenkte das Gespann genau vor den Grabstein Chi Makwas. »*Biiminakwan, biiminakwan.*« Er ließ sich das Seil geben, während einer der Jungen die Leinen nahm. Der

Priester ging langsam zu dem Grabstein. Mit seinen knochigen Händen warf er das Seil über den Stein, wickelte es herum, und ging, jetzt schwer atmend, in die Knie und verknüpfte die Seilenden mit letzter Kraft zu einem festen Knoten. Dann legte er die Hand auf den Grabstein und fuhr mit dem Finger den Namen nach.

Chi Makwa. Gilfillian grinste, als er seine Gedanken wandern ließ und sich eine Predigt zu diesem bedeutungsvollen Anlaß zurechtlegte. Seine Stimme erhob sich zu einem Crescendo, während er zu der schlafenden Gemeinde sprach:

»Und Mose nahm mit sich die Gebeine Josephs. Denn er hatte einen Eid von den Kindern Israels genommen und gesprochen: Gott wird euch heimsuchen; so führet meine Gebeine mit euch von hinnen ...

Die Gebeine Josephs, welche die Kinder Israels hatten aus Ägypten gebracht, begruben sie zu Sichem in dem Stück Feld, das Jakob kaufte von den Kindern Hemors, des Vaters Sichems ...

Und Josua sprach zum ganzen Volk: Siehe, dieser Stein soll Zeuge sein über uns, denn er hat gehört alle Rede des Herrn, die er mit uns geredet hat; und soll ein Zeuge über euch sein, daß ihr euren Gott nicht verleugnet.«

Gut so. Er lächelte befriedigt, lehnte sich gegen den Stein und stand unter Schmerzen auf.

»*Miizhishin reins.* Um diesen hier werde ich mich selbst kümmern.«

Die Jungen übergaben dem Priester die Zügel und traten zur Seite. Der alte Mann richtete sich auf und legte sich die Leinen über die Schultern.

Mit »*Maajaadaa, maajaadaa*« trieb er die Pferde vorwärts.

Das Seil straffte sich, und die Tiere stemmten sich mit gebogener Hinterhand gegen das Gewicht. Sie hielten kurz inne und beugten sich vor. Ihre Muskeln zeichneten sich deutlich unter dem dicken Fell ab. Die Jungen schauten voller Staunen zu, wie mit einem weiteren Ruck der Stein nach vorne umfiel, und die kräftigen Pferde ihn ohne Mühe von dem klaffenden Loch wegschleppten.

Nach einer kurzen Ruhepause zogen der alte Mann und seine zwei schwarzen Pferde den Stein neben den Wagen. Dann winkte er die Jungen energisch heran.

»*Omaa atoong.* Legt ihn hier rein.«

Mit bis zum Zerreißen gespannten Rücken- und Beinmuskeln hoben die Jungen den Granitgrabstein auf den Wagenboden. Danach lehnten sie sich außer Atem an den Wagen, während der alte Mann die

Pferde zu den Grabstätten zurücklenkte. Seine Augen glitten über die verbliebenen sechzehn Grabsteine und hefteten sich auf den nächsten der am meisten anstößigen Steine.

Er überlegte, wieviel er seinem Körper noch zumuten könnte, und blickte über die Schulter zu den Jungen, die sich jetzt von der Anstrengung erholt hatten. Sie kamen auf den Priester zu und sahen, daß er entschlossen die Pferde zu dem anderen Stein drängte.

Wazhaashkoons.

Er drückte die Zügel wieder dem Jungen in die Hand. Auch um diesen Stein wollte er sich persönlich kümmern. Während er unter Schmerzen das Seil herumschlang und es verknotete, intonierte er mit krächzender Stimme ein vertrautes Kirchenlied für den alten Häuptling. Die Töne von *Vorwärts, Christen-Soldaten* erhoben sich in der Stille des Frühlingsmorgens:

»*Madjag enamiayeg,*
Nundobuniyuk,
'Ga-widokag Jesus,
Ani-nigani.
Christ au kid ogimam
'Ga-migadamag,
Umbe mamaquiyok
Wabum enosed.«

Gilfillian seufzte erleichert. Sein Auftrag war erfüllt. Er stand auf, nahm die Leinen und sah voller Freude zu, wie der Stein langsam herausgezogen wurde und gegen den Wagen fiel.

Unter dem wachsamen Blick des alten Priesters hoben die Jungen auch diesen Stein in den hinteren Teil des Wagens. Jetzt, wo seine gequälte Seele etwas Ruhe gefunden hatte, hievte Gilfillian auch sich selbst in den Wagen und überwachte die Umsiedlung von vier der weniger bedeutenden Grabsteine vom Sitzen aus.

Der alte Wagen ruckelte und knarrte, als die Percherons sich gegen das Gewicht stemmten und den Priester und seine Grabsteine über die kurvenreiche Straße nach Hause zogen, zum St.-Columba-Friedhof, wo klaffende Löcher die Steine in ihrem neuen Heim erwarteten. Die Jungen kletterten zögernd vom Wagen und warteten auf neue Befehle. Welcher Stein sollte wohin?

Der Priester hatte die letzten Ruhestätten der Neubekehrten im Friedhof der Episkopalkirche sorgfältig geplant. Jede Familie würde in respektvoller Ordnung plaziert werden, Herumtreiber und Witwer auf einer besonderen Bodenerhebung. Er ging zwischen den Grabsteinen umher und klopfte mit dem Gehstock dagegen, als er sie zählte und im Kopf neu ordnete. An einem frisch ausgehobenen Loch hielt er an, lächelte leicht vor sich hin und deutete mit dem Gehstock darauf.

»Chi Makwa. Seine Angehörigen werden auch kommen. Wir werden ihn hier plazieren und Platz für den Rest freilassen.«

Dieser merkwürdige Vorgang setzte sich in den nächsten Tagen fort, bis die Grabsteine aller sechzehn seiner Herde Unbekehrter im Schoß der Kirche aufgenommen waren. Erst dann schlief der Priester lange und fest.

GAAJIGEWIN

VERSTECKEN

1930

Es war ein weißer Jäger von Detroit Lake, der eine kleine Wassertrommel »entdeckte«, die Chi Makwa sorgsam bei seinem Jagdlager versteckt hatte. Der weiße Jäger war zufällig auf Chi Makwas Winter-Jagdhütte gestoßen, als er ein Stück Indianerland auf der Reservation durchstreifte, das seit kurzem im Besitz des Becker County war. Ein ungewöhnlicher Fund, sagte er sich, als er die Trommel vorsichtig einpackte, um sie ins Museum von Detroit Lake zu bringen. Und dort stand sie dann in einer Vitrine, zusammen mit anderen auf ähnliche Weise beschafften Gegenständen. Zuerst wurden sie nur vom Staub besucht, der sich auf sie legte, doch in den kommenden Jahrzehnten sollten Hunderte von Touristen herbeiströmen, um diese indianischen Kuriositäten zu bestaunen.

Ishkegaabawiikwes Trommel, einer Frauen-Tanztrommel, erging es etwas besser. Dank Mesabe, der jetzt Hausmeister für die Epioskopal-Kirche im Dorf White Earth war. Neben der Indianeragentur war die Kirche der einzige Arbeitgeber vor Ort. Der Lohn, den Mesabe nach Hause brachte, war recht mager, doch das kleine Einkommen war nützlich als Ergänzung dessen, was er immer noch vom Land bekam: Wild, Fisch, Biber, Wildreis und die Ernte seines Gartens. Von Land, auf dem er nach Ansicht des Weißen Mannes ein unbefugter Eindringling war – dem einzigen Land, das er kannte.

Es lebte niemand mehr, der zu dieser Trommel gehörte, niemand außer ihm. Jeden Tag gab er ihr Tabak, und mehrmals im Monat brachte er sie ins Freie, damit sie die Sonne sehen und das Leben um sie herum spüren konnte, das Leben der *Anishinaabeg*. Dieses Leben war es, was Mesabe zunehmend beunruhigte. Verzweiflung war in das Herz der Menschen gesickert, kalt und lähmend. Die Regierung schien ihre Schlinge immer enger um das Dorf und die Menschen von Pine Point zu ziehen und sie einzuwickeln in ein Geflecht von Gesetzen.Also versteckte Mesabe die Trommel, legte sie in das einzige Versteck, bei dem er sicher war, daß es die Zeiten überdauern würde. Die Dachsparren des Gotteshauses der Kirche der Episkopalen. Den Brustkorb der Bestie.

Die »White Earth Ojibway School Band« bei einem Auftritt in Minneapolis; 1902

Oben: Für das Photo festtäglich gekleidete Kinder auf der Mille Lac Reservation; 1901
Unten: Die »White Earth Ojibway Girl's Band« in mexikanischer Tracht bei einem Auftritt in Minneapolis; 1901

Oben: Gruppenbild einer Delegation der Dakota anläßlich einer Vertragsverhandlung in Washington; 1858
Unten: Schüler und Schülerinnen der Leech Lake Reservation School; 1896

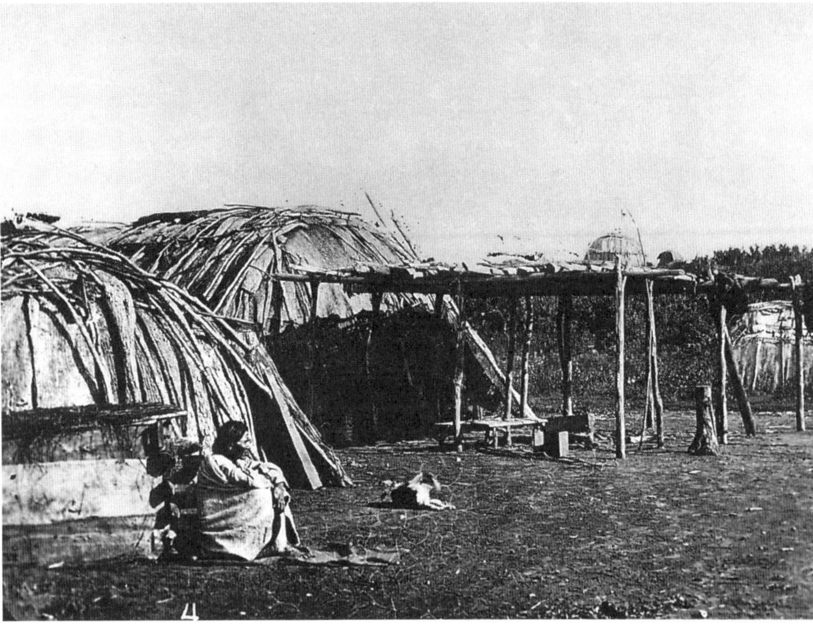

Oben: Jagdcamp der Anishinaabe; Zelte und Kanus sind aus Birkenrinde; um 1870
Unten: Seltenes Photo eines Wigwam-Dorfs im Norden Minnesotas; um 1862

Oben: Gestell zum Räuchern der Fische; um 1920
Unten: Anishinaabae-Fischer mit seinen Netzen am Nett Lake; 1947

Oben: Powwow in einem Gemeinschaftshaus am Nett Lake; 1941
Unten: Trommler und Sänger bei einem Wochenend-Powwow am Nett Lake; 1937

Anishinaabe-Paar bei der Verarbeitung der Wildreisernte; 1946

Berühmtes Photo der Völkerkunde: Anishinaabe-Häuptling Red Fox (im Gewand der Dakota) singt in den Phonographen der Ethnologin Francis Densmore

TEIL II
DAS WIEDERERWACHEN

DAS ENDE DER REISE

1960

»Gii-aynadog ninimoshenh wenjibonynan goshaa niin
Niinimoshenh goshaa wiin gaa-takoozid
Gii-minwendam goshaa wiin gii-kanoonag
Niinimoshenh goshaa wiin gaa-takoozid«

»Meine Liebste wird wieder dort sein, wo ich herkomme
Meine kleine Süße
Sie war glücklich, als ich sie rief
Meine kleine Süße«

Jim Nordstrom summte ein altes Liebeslied für seine Tochter Alanis, die er in seinen breiten Händen vor und zurück wiegte. Dann küßte er sie auf den Kopf und gurrte ihr zu: Sch, sch, sch. Alanis war erst seit wenigen Monaten auf der Erde.

Für einen Augenblick kamen ihm die Lieder seiner Großmutter Philomene St. Clair in den Sinn, die Kirchenlieder, die sie damals sang, um ihn zu beruhigen, dort in ihrem kleinen Haus in der Nähe des Dorfes White Earth. *Boden aus gestampfter Erde, zweimal täglich gefegt, Balken mit Ritzen, durch die man hinaussehen konnte, wenn das Moos dazwischen austrocknete. Spätere Anbauten hatten Schindelwände, dunkle Räume, Öllampen, ein unvollständiges Porzellanservice, das für das Sonntagsessen herausgeholt wurde. Auf dem Bügelbrett lagen immer Leintücher. Auf dem wohlig warmen Holzofen wurden Kekse, Brot und Kuchen gebacken.*

Jetzt saß er in einem kleinen, vollgestopften Appartement in East Los Angeles. Die Luft roch nach Auspuffgasen. Ein Eukalyptusbaum stieß gegen das Fenster. Der Ventilator klapperte.

East L. A. war der Geburtsort von Alanis. Ihre Mutter Maura Coningham, Jims Frau, eine gebürtige Irin, war Englischlehrerin in Ausbildung, eine begabte Schriftstellerin und hingebungsvolle Geschichtenerzählerin. Es waren die Geschichten, die Maura zu Jim hinzogen. Die Bilder, Lieder und Geheimnisse der nördlichen Wälder nahmen sie gefangen, bis sie selbst eine Figur in der Geschichte seines Lebens wurde. Früher war sie sich nicht sicher gewesen, was genau sie war; jetzt kämpfte sie darum, ihre Rolle zu finden und ihren eigenen Weg zu gehen. Nach Alanis' Geburt unterrichtete sie an einer örtlichen Grundschule und finanzierte sich damit ihr Studium, um möglichst bald ihren Abschluß als Lehrerin zu besitzen.

Während seine Frau in der Abendschule war, versuchte sich Jim Nordstrom als Babysitter, was einfach hieß, daß er seine kleine Tochter zu verschiedenen Unternehmungen mitnahm. Mit Alanis im Schlepptau besuchte er Powwows, ging auf die Jagd, schlachtete oder wusch Gold in den Hügeln um Santa Barbara. Alanis war auch dabei, wenn Jim verschiedene Frauen besuchte, die er seine »Kusinen« nannte, die aber gemeinhin viel zu drall und nordisch waren, um als nahe Verwandte durchgehen zu können.

Jim Nordstrom war ein Komparse in Westernfilmen. In jenen Tagen gab es nur wenige Orte, wo ein Indianer in der großen Welt Anerkennung finden konnte – als Bahnarbeiter, bei Jahrmärkten oder Wildwest-Shows, als Soldat in der Armee und als Komparse in Hollywood.

Er war ein Star unter den indianischen Komparsen, weil er gelegentlich Sprechrollen in den Filmen hatte. Nichts Großartiges – nur ein Satz hier und da –, doch es verschaffte ihm ein Mehr an Anerkennung und an Lohn: 25 Cent pro Stunde Zulage. Ein Besetzungsagent war sehr angetan von seinem Ojibwe-Akzent, der ihn, so fand der Mann, zu einem perfekten Indianer machte – den Jim dann auch fleißig verkörperte. Er war Komantschenhäuptling, Apatschenkrieger, Siouxkrieger und einmal sogar ein Eisbär-jagender Eskimo. Er sang ein paar Klagelieder, die für ihn geschrieben wurden und angeblich aus heiligen Ritualen stammten; sie waren ein wesentlicher Bestandteil vieler Western. Er sprach mehrere ungemein bedeutungsvolle Zeilen: »*Mein Volk hier, eures dort.*« »*Ich gehe jetzt.*« »*Weißer Mann spricht mit gespaltener Zunge.*« Die Drehbuchzeilen faßten die Gefühle der Indianer in der gebotenen Kürze zusammen.

Im großen und ganzen waren Indianer meistens draufgängerische Wilde, Bösewichte und Hintergrund für das Drama des Weißen Mannes. Sie waren damit beschäftigt, vor dem Horizont hin und her zu reiten, Wagen oder Farmhäuser anzuzünden und die überaus wichtigen Rauchsignale zu senden. Als Überlebenskünstler mit vielen Talenten brachte sich Jim Nordstrom all diese Dinge und noch mehr bei. Angesteckt von dem Fieber dieser Zeit, begann er, der Ojibwe-Jäger aus dem Norden Minnesotas, eine Phantasiewelt der Prärieindianer auszuleben. Er wurde

Experte im Herunterfallen von galoppierenden Pferden, Coup-Sammeln, Bisonjagden, und darin, einer weißen Frau ein Messer an die Kehle zu setzen. Es gab immer eine Menge Action für einen Schurken.

Trotz seines Talents sollte Jim Nordstrom nie mehr als ein Indianer-Komparse werden. Tony Curtis, Lex Barker und Tom Ward spielten allesamt Indianer besser, als Indianer das taten. Diese weißen Schauspieler bekamen alle guten Texte. Sie schwadronierten auf »indianisch« (*Indian talk*), einer denkwürdigen Redekunst, gespickt mit Sätzen wie: »Solange das Gras grün ist und die Flüsse fließen, solange die Sonne auf- und untergeht« und anderen Zeilen, die Indianer zu einem festen Bestandteil der Psyche Amerikas machten. Dennoch hätte Jim nichts dagegen gehabt, diese Sätze zu sagen – und die paar Dollar Zulage für die Sprechrolle einzustreichen.

Noch als Erwachsene sah Alanis das Hollywood-Bild ihres Vaters vor sich, sah ihn mit prächtigem Kopfschmuck auf einem weißen Pferd sitzen, die falschen schwarzen Zöpfe lang und dick. Seine Haut glänzte mit einer kaffeefarbenen Schminke, die der Hautfarbe der Schauspieler eine gleichmäßige Tönung verlieh, damit sie im Film *authentischer* aussahen. Dazu gab es Hirschlederkleidung mit Fransen, einen üppigen Kopfschmuck aus Truthahnfedern und als Krönung des Ganzen die Gesichtsbemalung. Gesichtsbemalung mußten *alle Indianer* haben: kräftige bunte Linien und Zickzack-Blitze. Es war eine Kriegsbemalung, die, so hatte ein Maskenbildner entschieden, für alle Stämme paßte, ob Comanche, Navajo, Cherokee oder Sioux. Alanis' Vater war ein Bild made in Hollywood, ein Bild, das sich ihr unauslöschlich eingeprägt hatte.

Während sein Tag mit Action und Abenteuer erfüllt war, war Jim Nordstrom am Abend nur ein ganz gewöhnlicher Indianer – einer von Tausenden, die an der Westküste lebten, nachdem sie den Eisenbahngesellschaften, Talentsuchern der Filmindustrie oder einfach den Highways gefolgt waren, bis sie in Los Angeles, Riverside, Oakland, Portland oder Seattle hängenblieben. Und wie tausend andere mußte er sich anpassen, um zu überleben. Das war ihm gelungen.

Als Hollywoods Begeisterung für Western nachließ, änderte sich Jim Nordstroms Identität, und er wurde ein moderner Indianer. Er bot indianische Weisheit zum kleinen Preis an, Salbei-Gedanken für die Bedürftigen. Worte eines weisen Indianers füllten ein Loch in der spirituellen Welt der abenteuerlustigen Hippies, Aussteiger oder Liebhaber östlicher Religionen, die nur ungern in die westliche Hemisphäre zurückgekehrt waren. Jim Nordstrom wurde als Jim Good Fox bekannt, und er fühlte sich in dieser Rolle wohl. Sie entsprach seiner Person weit besser als seine Rollen in den Western. Er konnte sich entfalten. Dabei fand er sich selbst wieder, fand inmitten all der Bilder von ihm das wieder, was er war. Er fand seine Pfeife, fand seine Vision und fand ein neues Leben. Es erfüllte ihn und ließ ihn ein ganzer Mensch sein in einer Welt, in der Indianer eindimensional waren oder Ausstellungsstücke in einem Museum. Bald fiel ihm auf, daß ohne sein Zutun Geschenke zu ihm kamen, als würde etwas in ihm sie anziehen: Wissen, heilige Gegenstände, blonde Frauen. Je mehr er sich darauf einließ, desto größer war seine Anziehungskraft, bis Telefongespräche, Briefwechsel, Vorträge und Anfragen nach Zeremonien ihn Tag und Nacht in Beschlag nahmen.

Maura Coningham hatte genug. Eines Sommermorgens, als der Duft des Eukalyptus durch die schwüle Luft von East L. A. zog, wo er in Abgasen und der Geräuschkulisse von Motoren, Hupen und lauten Gesprächen auf spanisch unterging, packte Maura ihre Tochter und eine bescheidene Sammlung von Büchern und Kleidungsstücken in einen Nash Rambler und fuhr nach Norden. Die Geschichte hatte sich geändert, und die Figuren befanden sich jetzt in anderen Kapiteln. Die Frauen fanden ein Haus in Mill Valley, und Maura arbeitete als Englischlehrerin in einer öffentlichen Oberschule vor Ort.

Was Alanis von ihrem Vater im Gedächtnis blieb, waren nur Bruchstücke: Ein kurzer Kameraschwenk auf ihn bei der Wiederholung eines Western im Fernsehen, eine eilig gekritzelte Geburtstagskarte in einem Päckchen mit einem Armband, Poster oder Halskette, das er ihr schickte. Selten ein Gesicht. Und bei jedem Telefonat antwortete eine andere Frau in ihrem besten Ojibwe-Akzent und rief nach ihm: »*Niinimoshenh, Niinimoshenh.*« Jahrelang war das letzte Bild, das Alanis von ihrem Vater hatte, ein Zeitungsausschnitt, auf dem er einen Lieferwagen mit Nahrungsmitteln in das Dorf Wounded Knee fuhr, um die bewaffnete Besetzung der Kirche und des Friedhofs durch die Lakota zu unterstützen.

So kam es, daß sich Alanis, nachdem Maura sie aus der Fransen-Welt des Indianer-Hollywood geholt hatte, unter der Obhut ihrer Mutter und später deren zweiten Ehemanns, eines norwegischen Mathematiklehrers, in einer anderen Geschichte fand, einer unspektakulären Geschichte von Grillfesten, Hausaufgaben, Pyjama-Partys und College. Etwas fehlte, das spürte sie, doch sie konnte diesem Gefühl keinen Namen geben. Ein Laut, ein Gesicht, ein Geruch trat manchmal ein

Fragment ihrer Erinnerung los, und dann roch sie den Duft von Urgroßmutter Philomenes Fladenbrot, das auf dem alten Ofen backte. Die Rufe von Gänsen in ihrem ewigen Zug von Norden nach Süden und Süden nach Norden erinnerte sie an den Wechsel der Jahreszeiten in einer fernen indianischen Welt; ein Wind, der durch die Bäume fuhr, ließ sie manchmal an das Geräusch von Reiserntestöcken und von ins Kanu fallendem Wildreis denken; und in der Frühlingsluft konnte sie oft den Duft des Saftes von Ahornbäumen erschnuppern.

Jim »Good Fox« Nordstrom gingen schließlich die Frauen aus. Nach fünf Liebesgeschichten lebte er allein in Denver. Da wurde bei ihm Krebs diagnostiziert. Als Alanis die Nachricht von der Krankheit ihres Vaters erhielt, kam sie nach Denver. Sie verscheuchte eine Sippschaft von New-Age-Jüngern und Familienangehörigen der letzten Ehefrau und versuchte, die Beziehung zu ihrem Vater neu aufzubauen – jetzt eine Beziehung mit einem Sterbenden. Es war zu spät. Der Krebs tötete ihn schließlich. Die Ojibwe nannten die Krankheit *asabikenhshii*, die Spinne.

Jim Nordstrom starb in seinem eigenen Haus mit Alanis an der Seite. Erst als ihr Vater schon tot war, wußte sie wieder alles, was sie ihm sagen wollte.

Der Arzt des Bezirkskrankenhauses erklärte ihn offiziell für tot und erteilte den Auftrag, ihn abzuholen. Es sollte für Alanis ein Abenteuer besonderer Art werden, ihren Vater zurückzubekommen.

Sie gewann einen alten Bekannten aus Collegezeiten als Unterstützung: Browning Teaman, jetzt Direktor des Denver Indian Center. Browning brachte noch zwei große, breitschultrige Ojibwe-Männer mit, und zusammen gingen sie zum Krankenhaus.

»Sie wissen, daß er tot ist«, erklärte eine erschöpfte Alanis einer Pflegerin. »Lassen Sie ihn doch einfach raus.«

»Das können wir nicht, Miss. Krankenhausvorschriften, Sie wissen schon«, erklärte die Pflegerin ungerührt mit monotoner Stimme. »Wir müssen seine sterblichen Überreste einem Leichenbestatter übergeben.«

»Er kommt zu keinem Leichenbestatter«, meldete sich Browning in entschiedenem Ton zu Wort. »Er kommt nach Hause.«

»Nicht ohne eine offizielle Entlassung«, erwiderte die Pflegerin hartnäckig. Sie streifte ihre Gegenüber mit einem flüchtigen Blick und zuckte unmerklich zusammen, als die zwei massigen Männer sich ganz sachte hinter Browning bewegten.

»Ach ja? Dann passen Sie jetzt mal auf«, sagte Browning mit einem Aufblitzen in den Augen. Er drehte den Kopf zur Seite und spitzte die Lippen zu einem stummen Signal für die anderen Männer. Sie gingen zielstrebig in den Keller des Krankenhauses, als wäre dies ihre tägliche Arbeit, und kamen mit dem steifen Leichnam wieder nach oben. Mehr als jeder andere hat Browning Erfahrung darin, Indianer von den Behörden loszueisen, dachte Alanis und lächelte leise.

»Schnell raus hier, bevor sie einen Polizeitrupp losschicken und ihn zurückstehlen«, flüsterte Browning seiner Mannschaft zu. Die Krankenhausangestellten schauten entgeistert zu und wagten nicht, sich den Kriegern in den Weg zu stellen. Die Pflegerin hob den Hörer ab, um die Sicherheit anzurufen, verwählte sich jedoch mehrere Male hintereinander, bis sie die Nummer richtig hinbekam.

Sie luden Jims Leichnam, in eine Wolldecke gewickelt, in das Heck eines Kombis. Alanis setzte sich zwischen zwei ihrer Begleiter auf den Vordersitz, während der dritte Mann in einem anderen Wagen hinterherfuhr. Sie rasten aus dem Parkplatz.

»*Miigwech*«, flüsterte Alanis Browning zu.

»Dank nicht mir«, sagte Browning, »dank dem Großen Geist, daß er uns ausgeholfen hat.« Er berührte die Adlerfeder an seinem Rückspiegel und lächelte Alanis kurz an. Der andere Mann streute eine Prise Tabak aus dem Fenster.

Der Mann hat wirklich an alles gedacht, stellte Alanis mit Erstaunen fest, als sie ein paar Kilometer nach dem Krankenhaus anhielten und aus den beiden Autos kletterten. Browning und seine zwei Ojibwe Freunde luden ihre persönlichen Gegenstände und Gebete in einen Kastenwagen um. Der steife Leichnam in der Decke wurde quer über den Boden gelegt.

»Nur für den Fall, daß das Krankenhaus die Bullen hinter uns herschickt«, erklärte Browning einer verdutzten Alanis.

Sie verstauten Pommes, Limonade und Zigaretten und wandten sich nach Norden zur Grenze nach Wyoming.

»Zwanzig Meilen bis Minnesota«, verkündete Browning und sah Alanis an. »Ich werd eine Ablösung am Steuer brauchen.«

Drei Tage später versammelte sich eine kleine Gruppe Ojibwe bei einem traditionellen Friedhof im Wald nördlich von Pine Point. Sie hüllten Jim Nordstrom in einen Morgenstern-Quilt und legten ihn in einen schlichten Kiefernsarg. Seine lange Reise war zu Ende. Er war zu Hause.

EZHE'OSED

DER RÜCKWÄRTS GEHT

1970

Es war kein leichtes Unterfangen für George Ahnib, sich Sweatshirt und Hosen anzuziehen, mußte er doch sichergehen, daß nichts dort hineingekrochen war – eine Maus vielleicht oder eine Spinne. Die Vorstellung, daß so ein Tier ihm über die Haut krabbeln könnte, beunruhigte ihn. Er haßte auch Knöpfe und Druckknöpfe. Bei Knöpfen mußte man zuviel vom Stoff anfassen; das Geräusch von Druckknöpfen ließ ihn zusammenzucken, als wäre ein Gewehr vor seiner Tür abgefeuert worden. Seine Garderobe durfte folglich nur aus einfachen Kleidungsstücken bestehen. Und da es davon nicht viele gab, stand er für immer in der Schuld seiner Großfamilie für ihre Wäschemangel.

Seine dichten Haare fielen ihm ins Gesicht. Er schob sie heftig zurück und fuhr mit den Fingern hindurch bis zu den Schultern. Sosehr er es auch bei anderen Dingen verabscheute, wenn sie ihn berührten – bei den Haaren genoß er es geradezu. Sie konnten für ihn gar nicht lange genug sein und durften ihm über den ganzen Rücken kriechen. »Echte *ogichidaa* haben lange Haare«, pflegte George zu sagen, einer seiner wenigen Sätze. Er gab ihn oft bei ganz unpassenden Gelegenheiten von sich, warf dann seine lange Mähne zurück und lachte heiser, während seine dunklen Augen in dem narbigen Gesicht glühten und er sich aufbaute wie ein wilder *ogichidaa*. Dann kehrte ein paar Augenblicke später der Alltags-George zurück mit den Augen und dem Verstand eines elfjährigen Kindes.

George hatte wenige oder gar keine Erinnerungen mehr an den richtigen Umgang mit den Dingen des alltäglichen Lebens. Er schaffte es, sich jeden Tag anzuziehen, doch die Bedeutung von regelmäßigen Mahlzeiten und deren Zubereitung, mit Ausnahme der allereinfachsten, war für ihn ein Buch mit sieben Siegeln. Seine Verwandten holten ihn deshalb zweimal täglich von seinem Haus ab, um sicherzustellen, daß er ausreichend zu essen bekam.

George lebte in einer anderen Welt. In dieser Welt hatte er jetzt acht Jahre lang gelebt, seit er sein Gehirn durch das Inhalieren von zuviel Benzindämpfen bleibend geschädigt hatte. Als er elf war, »schnüffelten«

George und seine Freunde bei jeder sich bietenden Gelegenheit, saugten Benzin aus Autos ab und inhalierten, was immer sie finden konnten. Es war ein billiger Rausch, der sie schwindlig machte und eine andere Welt sehen ließ.

George sah Dinge, wenn er high war. Er sah einen Wolf in jener Welt, einen großen grau-schwarzen Rüden, der ihn aus der Ferne beobachtete. Anfangs war George aus Angst weggerannt, weit in den Wald im Norden des Dorfes. Vor seinem geistigen Auge sah er, daß der Wolf ihm folgte, am Rand seines Blickfelds. Schließlich blieb George erschöpft stehen. Der Wolf betrachtete ihn aus sicherem Abstand. Doch immer, wenn der Junge die Augen schloß, kam der Wolf vorsichtig ein paar Schritte näher. Dann hörte George ihn sprechen. Und die Welt öffnete sich, als hätte ein geheimer Eingang den Blick auf eine riesige Höhle freigegeben. »*Bindigiin, bindigiin*«, sagte der Wolf auf Ojibwe. »Komm herein, komm herein.« Langsam und bedächtig rannte der Wolf jetzt neben ihm her, mit etwas Abstand, aber nahe genug, daß George ihn hörte. George hörte den Wolf, dann die Bäume und die Trommel. Die Welt wurde für ihn lebendig, und es war seine Welt.

Der beruhigende Ton der Trommel umgab ihn von allen Seiten und nahm ihm die Befangenheit. Die Trommel brachte ihn zum Tanzen. Langsam hob er die Füße zu den Trommelschlägen, und dann stampfte er mit dem rechten Fuß zweimal auf zu dem Schlag, den nur er hörte. Er war ein Tänzer der alten Zeit, eine Spur aus dem Takt. Er wiegte sich langsam und tanzte wieder und wieder im Uhrzeigersinn im Kreis zum Schlag der Trommel, in seinem eigenen Tanz. Leute flüsterten und fragten sich, was George wohl halluzinierte, doch George sagte dann nur, er sei fort gewesen.

George Ahnibs Dorf Pine Point war ein geplagter Ort. Die Gespenster von Ottertail Pillagers der Vergangenheit wanderten durch die Straßen der kürzlich gebauten HUD*-Wohnsiedlung auf der Suche nach ihren Fallen, Ahornzuckereimern und heiligen Objekten. Manche durchstreiften wie Todesfeen die Ponsford-Prärie, andere wiederum erschienen als stumme Lichter im Wald, leuchteten aus dem Dunkel der Kiefern hervor, die der weiße Kannibale siebzig Jahre zuvor stehengelassen hatte. Medizinbeutel, Köcher, Pfeifenbeutel und Patronengurte wachten auf den Kaminsimsen in den Häusern von Sammlern oder als Souvenirs auf den Holzwänden der Freizeitstätten und warteten auf die Rückkehr ihrer

Leute. Man hatte sie ihren Eigentümern weggenommen, indem man sich deren Verzweiflung zunutze machte und ihnen großzügig Drinks spendierte.

Manche sagten, die Ottertail Pillagers von Pine Point seien besonders hart bestraft worden, weil sie sich den Weißen widersetzt hatten. Sie waren nicht zu dem seltsamen Doktor Hrdlicka gekommen, hatten nicht kooperiert wie die Bewohner anderer Dörfer. Und dann hatte es da den Round-Lake-Aufstand gegeben und die merkwürdigen Überfälle danach. Die Indianeragentur war nach dem Rückgang der öffentlichen Einnahmen aus der Holzverwertung und dem Fehlschlag von Indianerpolitik fast zehn Jahre lang wütend auf die Indianer von Pine Point gewesen. Tuberkulose- und Trachoma-Epidemien hinterließen eine Schneise des Todes in ihrem Dorf, und am Ende waren nur noch wenige da, die mit den Liedern, Tänzen und Geschichten weitermachten.

Die meisten waren in die Städte gezogen, um dem Kannibalen zu entkommen.

Diejenigen, die blieben, meißelten sich ein Leben aus einer Regierungspolitik von Stein, kalt wie Zement. Georges Familie lebte in einem kleinen, einfachen Haus und arbeitete in nahen Grenzstädten als Holzfäller und -verarbeiter und als Köche. Die Menschen von Pine Point schöpften aus den tiefsten Brunnen ihrer Seele, überlebten einen Präsidenten nach dem anderen, einen Indianerbeauftragten nach dem anderen und vier Jahrzehnte knauseriger, böswilliger und manchmal nur schlicht bizarrer Indianerpolitik.

Zu Beginn der sechziger Jahre kam ein neues Programm der Weißen zu der Reservation. Der »Krieg gegen die Armut« zerstörte Bäume wie auch Grenzen zwischen den Familien und versetzte Menschen von ihren kleinen, bescheidenen Heimen in eine nach weißen Maßstäben perfekte Wohnsiedlung. Die pastellfarbenen einstöckigen Häuser standen eng nebeneinander auf einem baumlosen Feld, das von neu gepflasterten Straßen unterteilt wurde. Die Menschen des Waldes erschraken beim Anblick der hellen Farben und der wüstenähnlichen Umgebung, in die sie nach Hoffnung der Regierung ziehen würden. Dann jedoch obsiegte die Verlockung von fließendem Wasser und Elektrizität, und Georges Familie brachte nach und nach ihre alten vergilbten Familienphotos, Veteranenfahnen, selbstgenähten Quilts und die spärliche Sammlung nicht zusammenpassender Möbel in die Siedlung. Aber im Gegensatz zu den Wäldern, deren Abgeschiedenheit ihnen geholfen hatte, Kummer und Sorgen zu heilen, bot die Wohnsiedlung keinen Schutz vor dem Sturm.

Armut, Chancenlosigkeit und die Beschneidung von Wahlmöglichkeiten unter dem Regiment von Männern in Washingtoner Granitgebäuden ließ viele verzweifeln. Bei Georges Tante wurde die Verzweiflung durch konsequentes Festhalten am Christentum gedämpft und durch die Hoffnung, die die Missionen der Episkopalkirche und Katholiken spendeten. Georges Mutter, Janine Littlewolf, ertränkte den Verlust der Kontrolle über ihr Leben und die Anhäufung von Kummer in ihrer Familie in »Colt 45«, einem Schnaps, von dem es bei einem Schwarzhändler vor Ort immer genügend Flaschen gab. Ihr gefiel an dem aus Malz gebrauten Getränk, daß es wie gewöhnliches Bier schmeckte, aber ihr einen Tritt versetzen konnte wie ein Pferd oder eine an den Kopf gehaltene Pistole. Sie war ohne Eltern aufgewachsen: Ihre einzigen Kindheitserinnerungen an Augenblicke der Nähe bezogen sich auf die Nonnen im Internat, in dem sie neun Jahre zugebracht hatte. Und ihre Kinder waren fort, alle außer George:

Eines Tages war ein Sozialarbeiter auf der Suche nach ihrem noch kein Jahr altem Sohn und ihrer kleinen Tochter in ihr Haus geplatzt. Nach Unmutsäußerungen über Armut und unerträgliche Zustände führte er ein knappes und einseitiges Interview mit der entgeisterten Frau durch und ging danach mit einer Tasche mit Kleidungsstücken und ihren zwei Kindern aus der Tür. Janine Littlewolf blieb innerlich leer und verstört zurück. Viele Jahre später erfuhr sie, daß man die Kinder quer durch den Staat Minnesota von einer Pflegefamilie zur nächsten geschoben hatte, bis sie schließlich einzeln in zwei weiße Familien adoptiert worden waren. Da sie ihre elterlichen Rechte abgetreten hatte, konnte sie die beiden nie ausfindig machen; und diese konnten nie etwas von ihr, von ihren Blutsverwandten und nicht einmal voneinander erfahren.

Ihr Sohn George war an diesem Tag mit seinem Vater zusammengewesen. George senior und George junior hatten einen Hirschbock geschossen, waren nach Hause gefahren, und dann war der Vater mit einem Kasten Bier wieder losgefahren. Ein Unfall forderte George seniors Leben.

Mit der Zeit hatte Janine Littlewolf nicht mehr genügend Kraft, mit dem Leben zurechtzukommen. Das Haus, das ihr die Regierung in Washington so großmütig zur Verfügung gestellt hatte, war mit leeren Bierdosen und Zigarettenkippen übersät. Sie starrte ausdruckslos auf den Fernseher, in dem mit voller Lautstärke Wiederholungen alter Western liefen, und wartete auf Szenen mit dem Filmstar von White Earth, Jim Nordstrom, mit seinem prächtigen weißen Kopfschmuck.

Mit sechs Jahren kochte George einfache Mahlzeiten für sich und seine Mutter: Makkaroni und Käse aus dem Karton, Rühreier und Lucky-Charms-Müsli waren seine Spezialitäten. Er kümmerte sich so gut er konnte um sich selbst und möglichst wenig um seine Mutter. George wurde ein Meister im Bauen vertrackter Konstruktionen wie etwa monumentalen Türmen aus Bierdosen, die er dann in kontrollierter Wut niederriß. Den stürzenden Bierdosen wich er ebenso gut aus wie später den Sozialarbeitern: In brenzligen Situationen schlich er verstohlen zur Hintertür und rannte schnell zwischen den Schrottautos im Hinterhof hindurch in den Wald. Dort fand er Frieden.

Bei Streifzügen mit den anderen Jungen von Pine Point entdeckte er das Benzinschnüffeln. Es begann damit, daß sie die Abgase von Autos im Leerlauf einatmeten, dann saugten sie Benzin vom Auto eines Nachbarn ab und brachten es in ihre Festung im Wald hinter der Siedlung. Sie ließen die Dose in der Runde kreisen, atmeten tief ein und lachten, bis sie ohnmächtig wurden. Später war es Wandfarbe. Sie kauften sie im Haushaltswarenladen von Pine Point, bis die Ladenbesitzer auf die Farbspuren in den Gesichtern der Jungen aufmerksam wurden und ihnen keine Farbe mehr verkauften. Je mehr George schnüffelte, desto mehr flüchtete er, und bis er siebzehn war, hatte ihn das Benzin an einen Ort gebracht, von dem es keine Rückkehr gab.

Fast zur gleichen Zeit ging Georges Mutter von dieser Welt zur nächsten. Für den Indian Health Service** wurde sie zu einer weiteren Zahl in der Statistik: eine von jenen indianischen Frauen über fünfundvierzig, bei denen die Wahrscheinlichkeit, an Leberzirrhose zu sterben, sechzigmal höher ist als bei einer weißen Frau. In Wahrheit starb sie an gebrochenem Herzen. George erbte von seiner Mutter mehrere Dollar Sozialhilfe und ein HUD-Haus.

George nahm an Jahren zu, aber er wurde nie wirklich älter. 1988 war er ein dreiundzwanzigjähriger Mann mit dem Geist eines Elfjährigen. Doch die ganze Zeit über blieb der Wolf bei ihm. George ging neben ihm, rief nach ihm und tanzte neben ihm seinen seltsamen Tanz. Er hatte einen Beschützer in seiner eigenen Welt.

In der materiellen Welt schützten ihn seine Verwandten vor den Sozialbehörden des Becker County. Die Frauen in Polyester-Kleidung, bewaffnet mit Manuskripthaltern und begleitet von Polizisten, kamen jeden Monat in nicht gekennzeichneten Kombiwagen und führten eine Razzia in der HUD-Siedlung durch, auf der Suche nach Sozialhilfebetrügern, Alimentenflüchtlingen und anderen »Delinquenten«, bei denen vielleicht mehr Geld für die verarmten Behörden des Bezirks zu holen war. Sie behielten die Menschen von Pine Point stets im Auge. George jedoch schlüpfte ihnen immer auf wundersame Weise durch die Maschen.

Die Reservation war sein Zuhause. Seine Verbindung zu den Menschen hier beruhte nicht nur auf seiner Blutsverwandtschaft zu vielen Familien – er war mit allen verwandt durch Tragödie und durch Freude der gemeinsamen Geschichte des Dorfes. Jeder hatte einen Platz und eine Rolle, und George hatte seine Rolle, sei dies nur, daß er lachte und Freude an der Trommel hatte und so die Menschen an einfache Dinge erinnerte. Georges Platz dagegen war in seinem Inneren, und White Earth war der Ort, der ihm Zuflucht bot.

* Ministerium für Wohnen und Stadtentwicklung (Housing and Urban Development)

** Indianischer Gesundheitsdienst auf den Reservaten (bundesstaatliche Einrichtung)

TAUWETTER

1980

Es war ein erbarmungsloser Winter. Er kam als scheinbar endloser Kreislauf von Frost und Tauwetter, ausdörrenden Winden und tiefster Kälte. Behandschuhte Hände umklammerten Lenkräder wie Krallen. Lippen murmelten Gebete zu unsichtbaren Geistern auf vereisten Straßen. Zähne wurden zusammengebissen, um die Angst zurückzudrängen.

Der immer tiefer werdende Schnee versetzte alle in Schlaf. Sogar die Geister. Die blendende Sonne des *Namebini Giizis*, des Sauger-Monds, des Weißen Mannes Februar, ließ die weichen Schneedecken funkeln. Nach einem Monat Frost und Tauwetter wurde die Erde zu einer harten Eisfläche. Tiere verließen ihren Unterschlupf, und Indianer mit Schneeschuhen zogen auf Nahrungssuche in die Wälder oder auf eisbedeckte Flüsse und Seen, wo sie ein Loch ins Eis schlugen, um Fische herauszuholen. Es kam nur darauf an, zu überleben.

Und dann kam der Frühling. Mutige Weidenknospen brachen aus gefrorenen Zweigen hervor, auch wenn sie dann sofort mit einer Decke neuen Frühlingsschnees bedeckt wurden. Ein beharrlicher Frühlingswind wehte durch die Wärme früher Sonnenstrahlen. Das Eis auf den Seen wurde durchlöchert, und ein entschlossener Wind trieb es an die Ufer, wo es in einzelne Platten zerbrach.

Schließlich kamen die Gänse aus dem Süden zurück. Ein paar von ihnen, Einzelgänger und kühn, begannen die Weiterreise nach Norden. Sie riefen: *Es ist Frühling, es ist warm, und wir leben noch.* Dann folgten immer mehr Gänse, bis die Schwärme in den Himmel stiegen, in einen Himmel voller Wolken, die auf erste Frühlingsgewitter hoffen ließen.

In jedem Frühling, wie ein religiöses Ritual, fuhr Mesabe zur Indianeragentur in Cass Lake, um den Großen Weißen Vater zu fragen, wann er den Indianern helfen würde, ihr Land zurückzubekommen. Und jedesmal schüttelte Mesabe während der Fahrt fassungslos und traurig den Kopf über die Welt, die er um sich herum erblickte. Forstmaschinen zermalmten die *jiibegamig*, die Grabhäuser; Kettensägen durchtrennten die *ininaatig*, die Zuckerahornbäume, das Lebensblut der *Anishinaabeg*.

Laster der Holzkonzerne donnerten über die schmalen, unbefestigten Straßen, die Anhänger mit Bäumen von White Earth gefährlich überladen. Traktoren und Rinder stampften Heilkräuter in den Boden. Weiße Jäger kamen in ganzen Pulks und löschten alles aus, was sich vor ihren Gewehren bewegte. Tag für Tag verwandelte die orangefarbene Leuchtfarben-Invasion die Wälder in eine Kriegszone. Die ausgenommenen Leiber wurden auf Gepäckträgern festgeschnallt oder achtlos auf die Ladefläche von Pickups geworfen, Beine abgespreizt, Augen glasig – der Beginn der letzten Reise der Hirsche zu Tiefkühltruhen in Vororthäusern. An den Seen breiteten sich die Sommerhütten wie ein *asabikenhshii*, ein Krebs, entlang der Ufer aus, bis für die Indianer dort wenig oder gar kein Platz mehr blieb. Ellenbogen an Ellenbogen bewegten sich die Stadtmenschen nach Norden, vertrieben schwimmende oder kanufahrende Indianerkinder von ihren Stränden und durchsetzten den See mit Docks, Motorbooten und all dem anderen Zubehör ihrer Freizeitaktivitäten.

Mesabes Frühlingsritual bei der Agentur lief genauso ab wie in all den vielen Jahren zuvor. Der Assistent des Indianerbeauftragten zuckte die Schultern – sein eigenes religiöses Ritual. Er machte verschiedene Handbewegungen als Illustration seiner Hilflosigkeit. »So wie es aussieht ...«, begann der Assistent und brach ab, ließ die Zukunft in der Luft hängen wie seinen unvollendeten Satz.

Mesabe konnte seinen Monolog inzwischen auswendig. »Meine Familie hatte bei der Landzuteilung acht Achtzig-Morgen-Grundstücke bekommen«, sagte er. »Diese Holzfirmen, diese Indianerbeauftragten haben uns jedes davon weggenommen. Basswood, Many Point, Round und Sockeye Lakes. Wir könnten gut leben von diesem Land, und wir müßten nicht arm wie die Kirchenmäuse sein. Wir haben uns immer gut um das Land gekümmert.«

Der Indianerbeauftragte nickte nichtssagend, als würde er die Worte hören, könnte aber nicht darauf eingehen.

Mesabe fragte sich, ob Regierungsleute eine besondere Schulung bekamen, um diese Art des Nickens zu lernen.

»Ihre Agentur, ihr Leute beschützt doch angeblich uns Indianer. Und unser Land. Sie werden alle dafür bezahlt.« Mesabe hob jetzt die Stimme und lehnte sich vor in den Luftraum des Indianerbeauftragten. Der Mann lehnte sich zurück und schob sich nervös die Brille die schwitzende Nase hoch. Seine haarigen Arme waren käsebleich infolge der Arbeit in geschlossenen Räumen.

»Was werden Sie tun? Sie müssen die daran hindern, die Bäume zu fällen ...«

Der Indianerbeauftragte nickte wieder, wissend und überlegen in seiner Position.

»Wir werden das prüfen, Mr. Mesabe. Wir gehen all diesen Fragen nach. Washington ist über die Situation informiert.«

Es waren immer die gleichen Antworten. Nur das Personal wechselte, da es, vergleichbar der Rotation bei Saisonarbeitern, alle zwei Jahre von den Vorposten im Indianerland abgezogen und wieder in die Sicherheit der Steingebäude in Washington versetzt wurde.

Während des Frühlingstauwetters fingen Mesabes Träume wieder an.

Er war jetzt Großvater. Er hatte seine Frau Equayzaince und zwei seiner fünf Kinder überlebt. Die anderen Kinder waren wie Ahornblätter von Minneapolis bis Winnipeg verstreut. Es gab keine Arbeitsplätze, Häuser oder Land für die Indianer von White Earth. Nur ein Versprechen von Gerechtigkeit, und eine Erinnerung daran, was einmal war. Und natürlich blieb das Land selbst bestehen, trotz aller Mißhandlungen und Wunden, die ihm zugefügt worden waren. Der Wind flüsterte noch zu den Eichenblättern, die er mitten im Winter tanzen ließ, und sang zu den Reisgründen voll Eistauchern, Enten und den Geisterstimmen lachender Indianer bei der Ernte.

Elaine Mandamine war Mesabes Enkelin, das einzige Kind seiner Tochter Geraldine, die von einem Auto getötet worden war. Über Elaines Vater wurde nicht geredet, doch alle wußten, daß er ein Holzfäller aus Nett Lake war. Ein Mann, der zuschlug. Bei den Drinks, der Arbeit, den Frauen. Und dann weiterzog. Geraldine hatte damals bei Mesabe gelebt, in einem kleinen Schuppen aus Holz und Teerpappe. Es war die Zeit vor den Regierungssiedlungen, aber nach der großen Seuche und den Rittern des Waldes. Dort wohnten sie dann also zu dritt – Elaine, ihre Mutter und ihr Großvater.

Als Geraldine Mandamin eines Tags per Anhalter nach Park Rapids fuhr, wurde sie von einem Holsum-Brot-Lieferwagen umgefahren. Der Fahrer behauptete, sie wäre ihm vor den Wagen gelaufen, und niemand konnte etwas anderes sagen, obgleich der Fahrer für sein »dooring« – das Aufschwingen der Autotür, wenn ein Indianer daran vorbeigeht – bekannt war. Geraldine war tot. Keine Gerichtsverhandlung, ein kleines kirchliches Begräbnis, und Elaine war Waise.

In all den Jahren ihres Teenager- und Erwachsenenlebens vermißte Elaine die zärtliche Zuwendung einer Mutter. Tanten und andere Verwandte in der Indianergemeinde von Minneapolis kümmerten sich um das Mädchen. Bis zu den sechziger Jahren war mindestens eine Generation von White-Earth-*Anishinaabeg* in der Großstadt geboren worden und hatte gelernt, sich innerhalb der wachsenden Zahl von Zuwanderern zurechtzufinden. Als Elaine zu Beginn der siebziger Jahre hier eintraf, lebten dreiviertel der White-Earth-*Anishinaabeg* außerhalb der Reservation, die meisten von ihnen in Minneapolis und St. Paul. Elaines Tante war Krankenpflegerin; ihr Onkel ein Tischler. Mit harter Arbeit und einem Zusatzeinkommen aus Trödelmarktverkäufen und Backen konnten sie die Großfamilie ernähren. Gelegentlich fuhren sie nach Ponsford zur Reisernte oder Hirschjagd. Für Elaine wurden diese Heimreisen zu den wichtigsten Wochen ihres Lebens. Der Geschmack von *Manoomin* aus dem Basswood Lake und der Geruch von Ahornsaft, der im Kessel ihres Großvaters im Wald köchelte, blieben ihr für alle Zeit im Gedächtnis.

Während Elaines Kindheit organisierte sich die indianische Gemeinde und meldete sich unüberhörbar zu Wort. Elaine erinnerte sich, wie sie zu einem Protest gegen Polizeibrutalität gegenüber Indianern mitgeschleppt wurde, und wie ihre Tante und ihr Onkel sich die Haare wieder lang wachsen ließen. Das American Indian Movement wurde zu einer festen Größe in den Städten. Männer und Frauen patrouillierten die Straßen und hielten die Polizei »in Schach«. Und eine große Zahl von Ojibwe waren in einer Autokolonne nach Wounded Knee gefahren, um ihre am höchsten geachteten Feinde in der Zeit der Not zu unterstützen.

Elaine badete im Rauch von Salbei, in Klängen von Powwow-Trommeln und den Stimmen ihrer Tante und ihres Onkels, die über »Red Power« und die *Oshki Anishinaabeg*, das neue Volk, diskutierten. Sie spürte die Worte und Bilder wie eine tröstende Liebkosung auf ihrer Haut, wie ein warmes Feuer in weiter Ferne. Ein Feuer, nach dem sie sich sehnte, es aber nicht berühren konnte, auf das sie zuging, ohne ihm näherzukommen. Sie fühlte, daß ihre Mutter irgendwo dort in all jenen Stimmen war, doch sie konnte nie nahe genug herankommen, um sie zu berühren. Also ging sie einfach weiter.

Nach ein paar Jahren College in Minneapolis und der Geburt von zwei Kindern kehrte Elaine mit den Kindern nach Hause zurück, um bei ihrem Großvater Mesabe zu leben und für das Biologie-Ressort des Stammes zu arbeiten. Und jetzt ruhten Mesabes Hoffnungen auf ihr. Sie war die einzige seiner Nachkommen, die heimgekehrt war. Er ermutigte sie, neckte sie und hatte immer ein Auge auf sie und ihre Kinder, in Enttäuschung, Tränen und Freude. Sie teilten seine Freude, und er teilte seine Hoffnungen mit seiner Enkelin.

Er hatte Elaine inzwischen von seinen Träumen erzählt, denjenigen, die wochenlang immer wiederkamen und die ihm besonders aufgefallen waren.

»Diese alten Damen kommen zu mir. Sprechen zu mir, aber ich kann sie nicht hören«, sagte er zu Elaine, die gerade aus der Küche kam, um sich zu ihm ins Wohnzimmer zu setzen. Die einzigen Möbel im Raum waren mit Decken bedeckte Sofas aus dem Gebrauchtwarenladen. An der Wand hingen alte Photos: Mesabes Vorfahren und Nachkommen, John F. Kennedy und der Papst. In einer Ecke plärrte ein Fernseher, auf dessen Schirm Vanna White in einem weiteren neuen Kleid Buchstaben umklappte und Pirouetten drehte. Elaines zwei kleine Kinder saßen davor und schauten zu, während sie mit blonden Barbie-Puppen spielten.

Der alte Mann trug ein Flanellhemd, an dessen Kragen Thermo-Unterwäsche hervorspitzte. Seine Arbeitshosen waren vom Wald und der Waschmaschine der Familie in Mitleidenschaft gezogen worden. Er hatte weniger Falten im Gesicht, als man bei seinem Alter hätte erwarten können, und sein Kinn war noch immer straff und kräftig. Die Augen waren klar, der Verstand hellwach.

»Sind sie von jetzt, oder aus der Vergangenheit?« fragte Elaine.

»Es sind alte Damen aus der Vergangenheit und auch ein paar junge Mädchen. Sie tragen lange Kleider und Strohhüte, wie sie das bei den Festen und Tänzen gemacht haben oder auch bei Ausflügen in die Stadt.«

Vanna wirbelte jetzt von einer Seite des Bildschirms zur anderen. Ihr mit Pailletten besetztes Kleid mit dem tiefe Rückendekolleté glitzerte. Mesabe taten die Augen weh, als er sie anblickte. Er konnte den Mangel an Anstand bei weißen Menschen nicht begreifen.

»Sie reden mit mir, und dann winken sie mich manchmal näher, um mir etwas zu zeigen. Letzte Nacht waren sie wieder da. Sie führten mich eine alte Straße entlang, dort, wo meine Großmutter Mindemoyen ihr Land hatte, draußen beim Many Point Lake.« Er sprach weiter, während Vanna weitere Buchstaben umdrente. »Die Bäume waren hoch und hatten dicke Stämme, genau wie in den alten Tagen, bevor die Holzfäller sie umhauten.«

»Vielleicht war es damals«, sagte Elaine.

»Nein. Es war jetzt. Oder in der Zukunft. Es ging um etwas, was passieren würde. Es sollte wohl bedeuten, daß es wieder so sein würde.«

»Das ist gut, findest du nicht?« fragte Elaine hoffnungsvoll.

»Das ist wirklich gut«, sagte der alte Mann.

Die zwei kleinen Mädchen zogen den Barbies die mit Pailletten besetzten Kleider aus. Jemand hatte für die Puppen Kleider aus Kattun und Leder gemacht, mit Bändern verziert, und jetzt wurden sie in diese neuen indianischen Kleider gesteckt. Der alte Mann sah zu. Elaine sah ebenfalls zu, doch ihre Gedanken waren noch bei dem Traum. Träume waren wichtig für die *Anishinaabe*, besonders die Träume alter Menschen. Das hatte Elaine vor langer Zeit gelernt. Viele religiösen Zeremonien, Jagdgeheimnisse und Medizinen kamen von Anweisungen in Träumen.

»Was bedeutet es deiner Meinung nach?« fragte sie schließlich.

»Manchmal konnte es bedeuten, daß ich bald sterben werde. Aber diesmal nicht. Ich sterbe noch nicht. Ich glaube, etwas geht vor mit diesem Land.«

»Welches Land meinst du denn?«

»Wir sollten acht Grundstücke haben, von meinen alten Leuten. Aber anscheinend haben sie alles gestohlen – diese Männer, die gewußt haben, wie man Geschäfte macht. Die Grundstücke sind dort bei diesen Seen, und einige im Wald. Das County und die Pfadfinder und ein paar Ferienhäuser sitzen jetzt drauf. Diese Leute haben die Grundstücke von uns Indianern gestohlen.«

»Vielleicht sollten wir herausfinden, was los ist. Sollen wir wieder nach Cass Lake gehen und beim BIA* nachschauen?«

Mesabe schnaufte verächtlich.

»Zum Teufel, ich hab jetzt fünfzig Jahre lang Briefe ans BIA geschrieben, über dieses Land und wie es gestohlen worden ist. Sie helfen nie.«

Für eine Weile saßen beide schweigend da, verloren in ihren Gedanken. Die Mädchen spielten mit ihren Indianer-Barbies, das Glücksrad drehte sich.

»Ja«, sagte Mesabe schließlich. »Etwas passiert mit diesem Land. Etwas Schlechtes und etwas Gutes.«

* Bureau of Indian Affairs (Büro für Indianische Angelegenheiten; Bundesbehörde des Innenministeriums)

INDIANERHASS

1980

Es gibt eine eigentümliche Art von Haß in den nördlichen Wäldern, ein Haß geboren aus der Schuld, sich auf Kosten anderer Privilegien gesichert zu haben, ein Haß geboren aus dem Vermächtnis von drei Generationen Mittäterschaft beim Diebstahl von Leben und Land. Und zu allem Übel müssen die Privilegierten den von ihnen Enteigneten Tag um Tag persönlich gegenübertreten. Für andere, die gerechterweise Mittäterschaft und Schuld mittragen sollten, sind Indianer weit weg und lange her. Doch in den Orten am Rand der Reservate sind Indianer allgegenwärtig.

Die Armut, unter der die Opfer von Enteignung leiden, ist nahezu unerträglich. Doch auch die Täter und Nutznießer von Enteignung können Armut erfahren, und sie kommen damit noch weniger zurecht. In Amerika ist Armut relativ. Dennoch weckt sie Scham. Diese Scham, zusammen mit Schuld und einem Gefühl von Machtlosigkeit, schafft eine Atmosphäre, in der Haß keimt, blüht und gedeiht. Der Haß wird von Vater zu Sohn und von Mutter zu Tochter weitergereicht. Mit jeder Generation vertieft sich der Haß, und schließlich dient er zur Rechtfertigung von Legenden.

Norman Grist litt an der Indianerhaß-Krankheit. Sie plagte ihn ohne Unterlaß, saß als fester Knoten tief in seinen Eingeweiden, und er gab sie seinem Sohn Robert wie ein Erbstück weiter. Norman hatte eine Farm auf der Reservation, in der Nähe von Mahnomen. Seine Familie hatte dieses Reservationsland 1932 gekauft, offen und ehrlich, wie alle anderen Farmer hier. Der Landverkäufer war ein Agent namens Lucky Waller gewesen, der den eingewanderten deutschen, norwegischen und tschechischen Bauern gute Bedingungen bot für ein gutes Stück von Gottes Erde. Normans Großvater hatte mit dreihundertzwanzig Morgen, einem Pferdegespann und einer Menge Entschlossenheit begonnen. Die dreihundertzwanzig Morgen waren einmal vier Landzuteilungen an Indianer gewesen, hatte Waller ihm erzählt: Die Indianer hätten keinen Gebrauch davon gemacht, also gebe es keinen Grund, den weißen Männern die Nutzung zu verweigern.

Mit dem Schweiß von Pferden, Männern und Frauen bauten die Grists diese Farm auf, Morgen um Morgen, zogen gewaltige Steine aus der Erde, brachen die Grasnarbe auf, pflügten den Boden um, fällten die Bäume und legten die Sümpfe trocken. Morgen um Morgen bauten sie ihre Farm und ihre Familie auf, bis es eine Menge Grists auf der Prärie gab, Grists, die sich Schritt für Schritt das Wohlgefallen Gottes – und der Bank – erworben hatten. Und in einer kleinen Lichtung hinter dem Haus war der Familienfriedhof mit kleinen Granitgrabsteinen, die die Stellen markierten, wo Normans Großvater und Großmutter unter der Erde schliefen, die sie bebaut hatten.

Zu Beginn der siebziger Jahre hatte Norman Grists Familie eintausendzweihundertundachtzig Morgen, auf denen sie sich abschufteten, um ihren Lebensunterhalt zu verdienen. Jahrelang hatten die Sojabohnen und das Vieh ihnen einen schönen Gewinn eingebracht – vorausgesetzt, sie arbeiteten täglich während der zwölf Stunden verfügbaren Tageslichts, und das sieben Tage die Woche. Als die Farm nur dreihundertzwanzig Morgen umfaßte und die Arbeitsgeräte billig oder sogar geborgt waren, war es möglich gewesen, einen Ruhetag einzulegen, ohne daß Arbeit liegenblieb. Doch das war einmal. Jetzt war heute. Heute sah es so aus, als ginge es bei der Landwirtschaft vorwiegend darum, welche Maschinen sie auf der Farm hatten: einen 270-PS-Allrad-Sattelschlepper, Reihenfruchttraktor, schweren Grubber, Streichblech-Pflug, eine neun Meter breite Egge, John-Deere-Sämaschine und Zubehör, einen Owatonna-Schwadenwender, John-Deere-Mähdrescher, Häcksler, Silo-Gebläse, Sprührohr und ein paar Dodge Pickups. All diese Dinge gab es für ein jährliches Betriebsdarlehen von dreißigtausend Dollar und einen Zweihunderttausend-Dollar-Kredit; die Maschinerie und das Land dienten als Sicherheit.

Richtig, die Farmer und Indianer hatten viele Jahre lang miteinander Handel getrieben. »Verdammt, ein paar Indianer haben sogar als Lohnarbeiter für mich gearbeitet«, erzählte Norman den Farmern, mit denen er mittags im Red Apple Café bei einer Tasse Kaffee und einem Stück Kuchen zusammensaß. »Das war damals in den fünfziger und sechziger Jahren. Mike Littlewolf hat zwei Jahre auf der Farm gearbeitet und Jim Kettle genauso. Als sie für mich gearbeitet haben, haben sie ganz gut verdient, und sie haben auch viel geleistet. Sie waren zuverlässige Männer, das waren sie, auf jeden Fall.«

Doch irgendwas war passiert, fand Norman: »Von einem Tag auf den anderen sind sie einfach nicht mehr wiedergekommen. Einfach so. Sind verschwunden. Danach habe ich die Littlewolfs ab und zu in der Stadt gesehen, aber das war auch schon alles. Diese Indianer kommen einem fast wie Gespenster vor, so wie sie verschwinden.«

Trotzdem waren sie für Norman »gute Indianer«. Er befand sich damit in Übereinstimmung mit den anderen weißen Farmern auf White Earth, die die Urbewohner in »gute Indianer« und »schlechte Indianer« einteilten. Gute Indianer arbeiteten für die Unternehmen in der Stadt oder für die Farmer. Schlechte Indianer wollten nichts mit Weißen zu tun haben, hatten einen Haufen Kinder, bestahlen Farmer und ließen sich vom Staat ernähren. Seit einiger Zeit sagte Norman immer häufiger: »Es gibt einfach zu viele schlechte Indianer und nicht genug gute.«

Er sagte das auch jetzt im Red Apple wieder, und seine Zuhörer nickten zustimmend, während sie an ihrem zweiten oder vierten Kaffee nippten.

Robert Grist, oder Bob, wie sie ihn schon bald nannten, kannte Indianer fast nur als Kinder und Jugendliche. In den Mahnomen-Schulen waren etwa die Hälfte der Kinder zumindest zum Teil Indianer – allerdings nur zu Beginn von Bobs Schulzeit: Bis zur Oberstufe hatte die Zahl der Indianerkinder deutlich abgenommen, und bei der Abschlußprüfung waren es nur noch sechs. Bob wußte inzwischen, daß die meisten Indianer keine abgeschlossene Ausbildung hatten, doch er konnte sich nicht erklären, warum das so war. So wie es aussah, waren die Indianerkinder nicht dumm. Sie waren nur still; und mit jedem Jahr zogen sie sich mehr zurück.

Es gab jedoch Ausnahmen. Zum Beispiel Bobs Schulkameraden Lucy St. Clair und Selam Big Bear, beides selbstbewußte Indianerkinder, die sich nichts gefallen ließen. Verdammt, man brauchte Lucy nur falsch anzuschauen, um eine saftige Ohrfeige zu ernten. Sie war auch hübsch, und das machte Bob zu schaffen. Es machte ihm zu schaffen, weil sie zu den schlechten Indianern gehörte, einer Sippe von durch und durch schlechten Indianern.

Eines Tags waren Bob, Miles Spaaker und Kenny Jiworsky draußen bei den Seen und tranken Bier in einem Ford Falcon; und da entschieden sie, daß sie Lucy »trainieren« müßten. Sie schaukelten sich gegenseitig hoch, bis aus der Idee ein fester Plan wurde. Es war bekannt, daß Lucy keine Jungfrau war, doch Bob wollte das selbst herausfinden. Der

Versuch müßte ja wohl erlaubt sein, fand er, da könnte man ihm und jedem anderen Farmerjungen keinen Vorwurf draus machen. Die drei warfen also die leeren Bierdosen aus dem Wagen, ließen den Motor an und fuhren langsam durch die Gegend. Im südlichen Teil von Mahnomen sahen sie Lucy auf der Straße gehen.

Sie steuerten die Limousine direkt neben sie und folgten ihr im Schrittempo. Bob und Kenny Jiworsky rollten ihre Fenster herunter. Miles blickte mit angespanntem Gesicht geradeaus, doch seine Augen waren ständig in Bewegung, um etwaige Beobachter zu entdecken.

»Lucy, Lucy«, flötete Bob, »herrje, was bist du doch für ein hübsches Mädchen.«

Lucy versetzte ihm einen leichten Hieb durchs Fenster, ohne überhaupt zu ihm hinzusehen. Seine Freunde lachten, doch Bob wurde knallrot, halb gekränkt, halb wütend. Das Auto fuhr weiter neben Lucy her. Schließlich bog sie in eine Wohnstraße ein, blieb stehen, verschränkte die Arme vor der Brust und blickte die drei Farmerjungen an.

»Ihr seid alle häßlich. Echt häßliche weiße Jungs. Haltet den Mund und laßt mich in Ruhe.«

Sie drehte sich auf dem Absatz um und ging weiter.

»Sei doch nicht so gemein«, sagte Kenny Jiworsky in gespielter Gekränktheit. »Wir sind gar nicht so häßlich, wenn man uns mal mit ein paar dieser Säufer in deiner Familie vergleicht.«

»Schnauze, du Arsch«, schrie sie, wirbelte herum und schlug Kenny ohne auszuholen den Arm ins Gesicht. Doch Kenny reagierte ebenso prompt und hielt ihren Arm fest. Miles Spaaker, der auf dem Rücksitz saß, öffnete schnell die Tür, schlang seinen Arm um Lucys Taille und zog sie ins Auto. Kenny stieg daraufhin auf der anderen Seite ein, so daß Lucy jetzt zwischen ihm und Miles eingeklemmt war.

Sie fuhren noch ein Stück weiter und bogen dann in eine Seitenstraße in der Nähe von Noeskes Farm am Südrand der Stadt. Lucy brüllte während der ganzen Fahrt. Miles mühte sich, sie festzuhalten und am Schreien zu hindern. Schließlich hatten sie die Stadt hinter sich gelassen, und Kenny versuchte, Lucy ins Freie zu ziehen. Sie wehrte sich, doch Kenny behielt die Oberhand. Allerdings nicht lange, denn als er ihr die Shorts herunterziehen wollte, holte sie zu einem Fußtritt aus und traf ihn mit voller Wucht in die Eier. Während Kenny sich auf dem Boden krümmte, versuchte Bob sein Glück. Miles drehte Lucy die Arme auf den Rücken, aber als Bob nach ihr griff, hatte sie sich schon wieder befreit und zog ein Buckknife heraus, die Art Messer, mit dem man einen Hirsch ausnimmt. Ihr Gesichtsausdruck änderte sich. Was als Abscheu begonnen hatte, der sich dann in Angst wandelte, wurde jetzt zu Wut. Doch nicht unbeherrschte Wut, sie wußte sich zu beherrschen. Sie hatte eine bewußte Wut und lenkte ihr Messer zielgenau. Es sollte Haut durchstechen, nicht Organe. Ihre Augen waren vor Haß kalt wie Stein, und ihr Arm war schnell und stark.

Sie fuhr Bob mit dem Messer über Brust und Bauch und schnitt ihm die Haut auf, als würde sie einen Hirsch enthäuten. Dann zerfetzte sie die Haut, ein Fehler bei einem Hirsch, aber nicht bei einem weißen Jungen. Sie machte weiter, zerschnitt ihm das Hemd, die Arme und die Brust, bis er über und über blutete. Miles versuchte, sie zu stoppen, doch sie drehte sich blitzschnell um, um sich auch ihn vorzunehmen. Miles war nie der Schnellste gewesen, und als Lucy auf ihn losstürzte, trat er sofort den Rückzug an.

Schließlich zog sich Lucy die Shorts weiter hoch und rannte los in Richtung Stadt. Kenny lag immer noch zusammengekrümmt da, wie ein Kranker, und Bob blutete am ganzen Körper. Es blieb den Jungen nichts übrig, als wieder ins Auto zu klettern und umzukehren. Lucy rannte inzwischen durch ein paar Felder. Es war unmöglich, dort an sie heranzukommen, und die Lust auf ein Abenteuer war ihnen ohnehin restlos vergangen.

Als Bob nach Hause kam, beschäftigte ihn vor allem der Gedanke, wie um alles in der Welt er seinem Vater die Schnittwunden erklären könnte. Er stolperte durch die Küchentür und stellte zu seiner großen Erleichterung fest, daß seine Mutter nicht zu Hause war. Mit einer Blutspur hinter sich stürzte er zur Toilette und lehnte sich über das Waschbecken. Er fand ein paar dunkelfarbene Waschlappen, feuchtete einen davon an und wischte sich das Blut ab, was so weh tat, daß er immer wieder zusammenzuckte und wie ein Baby wimmerte. Die Schnitte sahen übel aus, doch sie waren nicht sehr tief. Tief genug, um höllisch weh zu tun, aber nicht so tief, daß man sie nähen müßte. Er hatte wirklich Glück gehabt.

Während er sich die Wunden auswusch, legte er sich eine Erklärung für sein Mißgeschick zurecht. »*Lucy war betrunken und hat mich mit einem Messer angegriffen.*« Das klang gut. Mit zusammengebissenen Zähnen strich er sich Salbe auf die Wunden und verband sie mit allem Mull, den er vorfand. Sein zerfetztes und blutiges Hemd legte er zusammengeknüllt zur Seite, entfernte dann mit einem Putzlappen die Blutspuren vom Boden, warf den Lappen in die Wäsche und verbrannte das Hemd im Freien hinter dem Silo auf einem Misthaufen. Er kam gerade noch rechtzeitig ins Haus zurück, als seine Mutter im Kombiwagen ankam, und er wandte sich schnell den Arbeiten zu, die er erledigen mußte.

Von da an hielt sich Bob von Lucy fern. Seine Neugier und die Neugier anderer Farmjungen waren ihm weniger wichtig als sein Überleben.

Als Bob älter wurde, war die dünne Trennungslinie zwischen schlechten Indianern und guten Indianern immer schwerer auszumachen. Weniger Indianer kamen zur Farm, und die meisten sah er nur aus der Entfernung. Sie waren leise, also wußte er nie, was sie sagten oder dachten. Und fast alle schienen bettelarm. »Verdammt, sie könnten sich ihren Lebensunterhalt verdienen, wenn sie nur wollten«, sagte sein Dad immer. »Niemand zwingt sie, arm zu sein.«

Gegen Ende der siebziger Jahre setzten auf der Farm Veränderungen ein. Der Preis für Sojabohnen fiel, ebenso der Milchpreis. Bundesregierung, örtliche Banken und Versicherungsgesellschaften hatten den Farmen Geld geliehen in Erwartung zukünftigen Wohlstands. Plötzlich schien zukünftiger Wohlstand gar nicht mehr so sicher. Die Grundstückspreise schnellten in die Höhe, von dreihundert Dollar pro Morgen auf fünfhundert bis zu tausend Dollar. Als dieses positive Kreditklima wechselte, stiegen die Zinssätze. Infolge der Erleichterung des internationalen Handels ging der Absatz heimischen Getreides stark zurück, und bald waren die Ausgaben für Schuldendienst fast genauso hoch wie die Einkommen.

Bob war etwa zu dieser Zeit nach North Dakota gegangen, um Betriebswirtschaft zu studieren – eine hochwillkommene Abwechslung zur Landarbeit. Er war nicht dabei, als sein Vater wegen der Rechnungen fast einen Nervenzusammenbruch bekam. Seine Mutter hielt alles zusammen, so gut es ging. Sie hatte einen Abendjob angenommen, rupfte bei der Truthahnfarm in Detroit Lakes Vögel, und das bescherte der Familie ein kleines Zusatzeinkommen. Sie machten damals schwere Zeiten durch, und sein Vater spielte mit dem Gedanken, einen Teil der Farm zu verkaufen, um die Schulden zu verringern.

Bob kehrte aus North Dakota mit einer Frau namens Jane und zwei Kindern zurück. Von der Hausbank der Familie erwarben sie eine Hypothek auf eine kleine Siedlung für Wochenendurlauber am White Earth Lake und tauften sie »Happy Woodsman« (*Fröhlicher Waldarbeiter*).

Vierzig Morgen, hundert Meter Strand, acht reizende Holzhäuschen, und eine Hypothek von hunderttausend Dollar.

Westwinde hatten die Wolkendecke zu den großen Seen getrieben, und die Sonne war herausgekommen. Jane Grist schälte gerade Kartoffeln in der »Happy Woodsman«-Küche, als das Telefon klingelte. Sie hob ab und hörte Norman Grists Stimme im Hörer dröhnen. Er sagte etwas über einen Einschreibebrief von der Regierung. Jane bedeutete Bob, an den zweiten Apparat zu gehen.

»Warte, Dad. Bob wird auch gleich am Telefon sein.«

»Wir haben einen Einschreibebrief aus Washington bekommen«, setzte Norman noch einmal an.

»Was schreiben die?« fragte Bob und machte sich auf Ärger gefaßt.

Norman las langsam vor. Er stolperte über einige der Wörter. Seine vier Klassen Grundschule hatten ihn nicht auf diese Bürokratensprache vorbereitet.

»Lieber Mr. Norman Grist. Dieses Schreiben soll Sie darüber informieren, daß Besitztitel-Un, Unstim, Stimmig ...«

Bob rätselte, dann unterbrach er seinen Vater: »Unstimmigkeiten.«

»Unstimmigkeiten entdeckt wurden bei Ihren Grundstücken, befindlich in SW1/4 19 14640, W 1/2, NW 1/4, 19 14640, SW 1/4 17 14640, N1/2 NE 1/4 Sec. 8 145–41, laut der bundesstaatlichen Er, Ermit ...«

»Ermittlung.«

»Ermittlung, ange..., angeordnet von USC Sec. 25, 2415 des US Kongresses. Sec. SW1/4 19 14640 wurde ab-, abge..., abgeschlossen mit Beteiligung von Napoleon Brisbois, einem Unbe-, Unbefu...«

»Buchstabier's, Dad.«

»U-N-B-E-F-U-G-T-E-N.«

»Unbefugten.«

»Unbefugten, und Lucky Land Co. Sec. W 1/2 NW 1/4 19 14640 wurde abgeschlossen von einem Vollblut-Verkauf zwischen Equay – Teufel, ich kann diesen indianischen Namen nicht aussprechen – irgendwem und der Weyerhaeuser Land Company. Sec. SW 1/4 17 4640 wurde abgeschlossen durch einen illegalen Verkauf von 20 Morgen dieses Grundstücks. Nachfolgende Unstimmigkeiten mit der Lucky Land...«

Die Stimme des alten Mannes war kaum noch vernehmbar, als er stockend die letzten Worte des Briefes vorlas. Lesen weckte in ihm Unbehagen, und allein die Erwähnung von Washington machte ihn wütend.

Nach Bobs und Janes Überzeugung hatten die Schwierigkeiten ihren Ursprung in der sogenannten Bürgerrechtsbewegung der sechziger und siebziger Jahre. Die Grists hatten sie in den Abendnachrichten im Fernsehen gesehen, Schwarze und Weiße im Kampf über Bussitze und Trinkbrunnen weit da unten im Süden. Bob und Jane wurden nicht richtig schlau daraus; es war etwas, das man sich anschaute, ohne es zu verstehen, während man auf die Football-Ergebnisse und den Wetterbericht wartete.

Dann bekamen die Indianer irgendwie Wind davon und begannen aufzutrumpfen, zuerst in Minneapolis. Hin und wieder hörte Bob beim Kaffee jemanden beiläufig von einer Indianerdemonstration irgendwo erzählen. »Ich seh nicht, worüber sie sich beschweren könnten«, sagte er jetzt zu Jane, die ihm gerade eine Tasse Kaffee einschenkte. Seine Ellenbogen ruhten auf dem Resopaltisch, während er seiner Frau in die tiefgrauen Augen blickte. »Ich versteh nicht, warum diese Indianer nicht einfach dankbar sind für das, was sie haben.« Jane setzte sich und ordnete einen kleinen Stapel Rechnungen im Serviettenhalter.

»Allerdings«, pflichtete sie ihm bei. Sie war zufrieden mit dem einfachen Leben auf dem Land. »Was wollen sie denn sonst noch? Wir haben hier alle die gleichen Dinge.« Sie deutete auf die bescheidene Sammlung von Küchengeräten. »Wir haben für diese Sachen hart arbeiten müssen, und die wollen alles umsonst.«

Bob nickte zustimmend.

»Diese Indianer kriegen alles gratis von der Regierung, bezahlt von dir und mir: Ausbildung, Wohnung, Gesundheitsfürsorge – sie kriegen sogar ihre Zahnbehandlungen und ihr Begräbnis geschenkt.«

Jane schüttelte entrüstet den Kopf. »Manche von uns sind gleich, und manche sind gleicher als andere.«

Weder Bob noch Jane sahen einen Grund für Veränderung auf der Reservation. Doch vorläufig brauchten sie sich darüber nicht den Kopf zu zerbrechen. Das Problem gab es nur in den Städten.

Doch dann kam es auch auf den Reservationen in Minnesota zu Problemen. In den frühen achtziger Jahren gab es Ärger auf der Red Lake Reservation in Nord-Minnesota, nicht weit von White Earth entfernt. Die Indianer besetzten die Büros der Stammesregierung und des BIA, und alle Weißen wurden rausgeworfen. Anscheinend gab es irgendwelche Korruption in der Stammesregierung, wenigstens sagten das die Besetzer, aber niemand konnte Bob Genaueres sagen. Man wußte nur, daß die meisten bundesstaatlichen Einrichtungen dort in Flammen standen, und die meisten Weißen sich nicht mehr auf der Reservation aufhielten. Ein paar Wochen verstrichen, die Besetzung endete, und niemand wußte mit Sicherheit, was dabei herausgekommen war außer ein paar Verhaftungen und einer Menge ausgebrannter Gebäude und Pickups.

Wenn es zwei Gruppen von Menschen in Amerika gibt, die das Ausmaß der Macht der Bundesregierung und der Eingriffe in ihr Leben verwirrt und erbost, dann die Farmer und die Indianer. Die in tausend Meilen Entfernung in Washington, D.C., ausgeheckte nationale Politik sickert in die Maisfelder und Wälder, in die Euter von Milchkühen und in die Köpfe von Indianerkindern.

1977 entfachte George Agawaateshkan, ein Nachkomme des Kriegshäuptlings der südwestlichen *Anishinaabeg* Bugonaygeeshig, das Feuer der Landstreitigkeiten von neuem. Ein Vertreter der Bezirksregierung überreichte Agawaateshkan Papiere mit der Aufforderung, sie zu unterzeichnen. Mit seiner Unterschrift hätte der alte Mann seine Rechte auf ein bestimmtes Stück Land abgetreten. Er weigerte sich zu unterschreiben. Statt dessen ging er vor Gericht – und er gewann den Prozeß. In dem Urteil, das danach auch vom obersten Gericht Minnesotas bestätigt wurde, wurde festgestellt, daß Bezirk und Land sich das *Anishinaabeg*-Land vor knapp sechzig Jahren illegal angeeignet hatten.

Als der Enkel des Kriegshäuptlings mit diesem Prozeß einen perlenbestickten Fehdehandschuh auf den Tisch knallte, begannen sich die eingerosteten Räder in Washington wieder zu drehen. Justizministerium und Innenministerium erwachten aus ihrem Dornröschenschlaf und leiteten eine Ermittlung zur Klärung der Landbesitztitel auf White Earth in die Wege. Nachdem sich die Ermittler den Schlaf aus den Augen gerieben hatten, begaben sie sich in die Kellergewölbe mit den Archiven und begannen, die leicht vergilbten eidesstattlichen Erklärungen und andere Papiere auszugraben, die von Leuten wie Lucky Waller, Mindemoyen, Chi Makwa und Minnogeeshig unterzeichnet worden waren. Der Staub, der von den alten Dokumenten weggepustet wurde, wehte in die Luft der nördlichen Wälder und Maisfelder, in die Seen und über die Prärien; und alle alten Geister erwachten aus ihrem unruhigen Schlaf. Sie erinnerten sich an ihre Worte, Daumenabdrücke und Blutproben, die von Landagenten und Anthropologen genommen worden waren, und sie lauschten dem Klang ihrer Sprache, der Glöckchen auf perlenbestickten Kleidern und ihrer Trommeln.

Eine Akte nach der anderen öffneten die Ermittler der Bundesregierung, und sie wiederholten unbeholfen Namen um Namen, bis viele Ahnen wach waren und lautstark ihre Gebeine, Perlenstickereien und ihr Land zurückforderten. Je mehr Akten geöffnet wurden, desto düsterer war das Bild, das sich den Ermittlern bot. Er gebe keine einfache Antwort auf die Frage, wie das Land in die Hände anderer gelangt war, sagten sie. Einiges sei wegen Steuerschulden beschlagnahmt worden, was nach dem Bundesgesetz illegal war. Viel sei mit einem Federstrich und Daumenabdruck eines Vollblutindianers genommen worden, nichts davon legal. Andere Indianer habe man einfach um ihr Land betrogen, mit Hilfe von Drohungen, denen man mit einer Fackel und einem mysteriösen Feuer Nachdruck verlieh.

Es war die Stimme des Gesetzes, und es war *News*. Die gleiche *Detroit Lakes Tribune*, die siebzig Jahre zuvor verdutzt über seltsame Landtransaktionen berichtet hatte, berichtete jetzt wieder mit ähnlichem Erstaunen über die Ermittlungsergebnisse. Die Zeitung druckte vier ganze Seiten von Rechtsbescheiden an Farmer wie Städter. Die Bundesregierung und die Agentur habe die Besitztitel all dieser Personen in Frage gestellt, hieß es im Artikel, und nach Ansicht der Bundesbehörde sei ein großer Teil des Landes auf der Reservation illegal beschafft worden. Die Liste der Rechtsbescheide stammte aus dem Verzeichnis der Bundesbehörden und mußte öffentlich bekanntgegeben werden, um alle Beteiligten über den Rechtsstatus ihres Landbesitzes zu unterrichten. Als Bob Grist die Liste von oben bis unten durchlas, sah er die Namen aller, die Einschreiben erhalten hatten: seine Nachbarn, Verwandten und Klassenkameraden. Kaum zu glauben, wie sehr es weh tat, den Namen der eigenen Familie auf diese Weise in der Zeitung gedruckt zu sehen.

Mehrere Tage später saß Norman Grist vor dem Schreibtisch seines Bankiers, der ihm in den letzten zwanzig Jahren regelmäßig Betriebs-Darlehen zur Verfügung gestellt hatte. Norman legte seine Bilanz auf den großen Eichenschreibtisch und sagte, er brauche fünfunddreißigtausend Dollar für Saatgut, Dünger, Treibstoff und eine kleine Summe für seine Aushilfskraft. Der Bankier sah ihn an, und Norman überkam eine düstere Vorahnung. Er mußte an das Einschreiben denken.

»Ich kann's nicht machen, Norm«, war alles, was der Bankier sagte.

Norman sagte nichts. Nach einer Weile brach der Bankier das Schweigen.

»Ich werd ganz offen zu dir sein, Norm«, sagte er und rollte nervös seinen goldenen Füller zwischen seinen manikürten Fingern hin und her. »Seit dieser Besitztitel-Frage ist dein Land keinen Cent wert.«

»Was soll das heißen, es ist nichts wert?« fragte Norman wütend.

»Es ist nichts wert, weil dein Besitztitel nicht geklärt ist.«

Norman verstummte wieder. Und wieder brach der Bankier das Schweigen.

»So ist das nun mal«, sagte er, »und es tut mir sehr, sehr leid.«

Norman spürte einen Knoten von Angst im Magen. Plötzlich sah er eine Szene aus seiner Kindheit vor sich: sah, wie sein Vater und er Seite an Seite Steine aus dem Feld räumten und dann im Schatten eines Baums saßen und ein prächtiges Picknick zu sich nahmen, das seine Mutter ihnen gebracht hatte. Ein Gefühl ungeheuren Hasses auf den Bankier erfüllte ihn, all seine Angst und Wut konzentrierte sich auf diesen einen Mann. Dann verschwand der Haß wieder, so schnell wie er gekommen war, und Norman Grist fühlte sich wie der kleine Junge, der vor so langer Zeit auf den Feldern gearbeitet hatte. Als er den Bankier wieder ansprach, war seine Stimme müde, und er redete nicht wie ein Geschäftsmann, sondern wie einer, der einen Freund um Hilfe bittet.

»Was soll ich denn tun, Chuck? Ich hab einen Haufen Darlehen laufen, und sie wollen alle zurückbezahlt werden.«

Der Bankier schüttelte den Kopf.

»Ich weiß es nicht, Norm. Ich weiß es einfach nicht.«

Zu Hause berichtete Norman Grist seinem Sohn von der Unterredung in der Bank. Als Bob ihm ins Gesicht sah, war er bestürzt. Sein Vater war plötzlich ein alter Mann geworden, klein und zerbrechlich. Zum ersten Mal im Leben ergriff Bob Grist die Initiative.

Mit der Namensliste aus der Zeitung in der Hand suchten Bob und Jane die Telefonnummern der Betroffenen heraus und führten fast fünfzig Gespräche, in denen sie alle zu einem Potluck* im »Happy Woodsman« einluden, um das Problem zu besprechen.

An einem kühlen Herbstabend blickte Jane aus dem Fenster auf die Pickups und Kombis, die langsam den Parkplatz füllten. Bob begrüßte die Gäste: die Jiworskys, die Spaakers und andere Großfarmer aus Mahnomen und einige der kleinen Farmer von der Ponsford-Prärie.

Bald war das Eßzimmer bis zum letzten Stuhl besetzt, und das Essen konnte beginnen. Alle ließen es sich schmecken und sprachen leise miteinander. Als Plätzchen und Kaffee serviert wurden, ließ Bob ein paar Schriften der Regierung über die Landtitel-Frage herumgehen, die er bei der Bibliothek bekommen hatte. Beim Anblick dieser Papiere schwand die gute Stimmung, in die das Essen die Anwesenden versetzt hatte. Bob brach das Eis.

»Freut mich, euch alle mal hier zu sehen, auch wenn ich mir einen angenehmeren Anlaß für euren Besuch gewünscht hätte.« Er fühlte sich ungewohnt selbstsicher in seiner neuen Führungsrolle. »Wir haben ein paar Probleme mit diesen Forderungen der Indianer, und wir haben uns gedacht, wir sollten uns darüber unterhalten, wie wir das Problem regeln können. Meinem Dad hier« – er deutete auf seinen Vater –, »also, man hat uns gesagt, der Titel für achtzig Morgen unseres Lands sei ungültig. Und ich weiß, die meisten von euch sitzen im gleichen Boot.«

»Verdammt, ihr habt achtzig, aber wir haben einhundertsiebzig Morgen mit ungültigem Titel«, unterbrach ihn ein Farmer namens Henderson von der Prärie. »Fast überall dort ist bereits Mais ausgesät. Die Bank sagt, sie werden unser Betriebsdarlehen zurückhalten, und ihr könnt Gift drauf nehmen, daß die FHA** jede Unterstützung zurückziehen wird, sobald wir mit unseren Zahlungen auch nur ein bißchen in Rückstand geraten. Aber das Fieseste ist, daß ich jetzt an allem schuld sein soll, wo ich doch all die Jahre lang gut zu den Indianern gewesen bin. Das soll mal einer verstehen.«

Mehrere Farmer bekundeten ihre Solidarität, dann stand ein anderer auf. »Was ich nicht verstehen kann ist, wie wir dieses Land überhaupt kaufen konnten, wenn mit dem Titel irgendwas nicht gestimmt hat. Schließlich hat mein Dad den Indianern gutes Geld für das Land gegeben – wie kann das Ganze dann illegal sein?«

Aus dem Hintergrund rief Miles Spaaker laut: »Wir sollten sie nicht zweimal dafür bezahlen müssen.«

»Es ist nicht Schuld der Indianer«, erhob sich eine Stimme inmitten des zustimmenden Gemurmels. Der Sprecher war John Makela, ein hochgewachsener schlaksiger Mann in einem karierten Hemd mit hochgekrempelten Ärmeln. Es wurde still im Raum, und alle Augen wandten sich ihm zu. »Es hat damit zu tun, daß die Bundesregierung uns alle beschissen hat, und sie haben es erst jetzt herausgefunden.«

»Wie kommst du darauf?« fragte Bob schließlich. Er fühlte sich unbehaglich bei solchem Reden. Es machte alles komplizierter. Die Dinge waren plötzlich nicht mehr nur schwarz und weiß, und das gab ihm mehr zu denken, als ihm lieb war.

»Na ja, nach dem, was ich gelesen habe, war das ganze Land hier ursprünglich die White Earth Reservation, und sie sollte eigentlich den Indianern gehören«, fuhr Makela fort. Das löste wieder Gemurmel aus, ein paar Leute stöhnten auf. Spannung lag in der Luft.

»Scheiße, das ganze Land gehörte eigentlich den Indianern, aber das ist verdammt lang her«, platzte Kenny Jiworsky heraus. Es gab ein paar Lacher, und die Anspannung ließ etwas nach.

Makela ließ sich nicht beirren. »Aber diese Gegend hier«, betonte er, »war ein Ort, von dem die Indianer dachten, daß sie ihn behalten würden. Es hat bloß nicht funktioniert. Irgendwie wurde ihnen das Land auch hier weggenommen. Da sind eine Menge verrückter Dinge passiert.«

»Ja, aber das war damals, und jetzt ist heute«, sagte Bob mit Autorität. Er spürte, daß er die Mehrheit hinter sich hatte. »Wie zum Teufel können wir denn ändern, was vor langer Zeit passiert ist? Jeder weiß, daß damals eine Menge Dinge passiert sind, aber dafür kann man nicht uns, die wir heute leben, verantwortlich machen.«

»Richtig«, stimmte Makela zu. »Aber wir müssen einen Weg finden, es in Ordnung zu bringen.«

»Ich glaub, wir sollten mit einem Rechtsanwalt reden«, schlug Jane Grist vor. »Es gibt sicher Anwälte, die wissen, wie man mit diesen Indianern fertig wird.«

»Verdammt, Rechtsanwälte sind sauteuer, und im allgemeinen blickt man nach so einem Gespräch noch weniger durch als vorher«, sagte Warren Danielson, Eigentümer einer Reihe von Ferienhäusern am Südufer des Many Point Lake. Er war ein zäher Mann, der Zeiten des Wohlstands wie auch der Armut mitgemacht hatte, und er verließ sich lieber auf sich selbst als auf Fremde. »Ich find, wir sollten ein paar Leuten in den Arsch treten.«

»Einen Anwalt zu nehmen ist eine gute Idee«, sagte Henderson. »Und wir sollten auch selbst ein paar Nachforschungen anstellen. Meine Schwägerin arbeitet für das BIA in Cass Lake, und sie kann uns vielleicht ein paar Informationen darüber geben, was genau diese Forderungen der Indianer bedeuten und wie man darauf reagieren kann.«

»Gut, gut« sagte Bob, erleichert, endlich ein paar konkrete Vorschläge zu hören. »Also, wer will welche Aufgabe übernehmen, und wie sollen wir das Ganze finanzieren?«

»Nun, ich werde hundert Dollar für einen Anwalt zur Verfügung stellen, wenn auch der Rest von euch tief in die Taschen greift«, bot Henderson an. Jane ließ sogleich eine Baseballkappe herumgehen, um Schecks und Bargeld einzusammeln. Judy Makela zählte mit. Am Ende waren 1.362 Dollar in der Kappe.

»Das ist ein guter Anfang«, sagte Bob. Er fühlte sich jetzt sehr wie eine Führungsperson.

Es gab einige zustimmende Äußerungen und ein paar Fragen. Warren Danielson war nicht überzeugt von den Plänen. »Sollen wir denn jetzt abwarten und Däumchen drehen, bis die Frage unserer Titel vor Gericht geklärt wird? Und wie wissen wir, ob es diese Indianer auf Dauer stoppen wird, wenn wir gewinnen? Ich hab sie alle satt. Die einzig guten Indianer sind die, die am hinteren Ende meiner Farm begraben sind.«

Das führte noch einmal zu aufgeregten Gesprächen, aber nur noch in kleinen Gruppen. Die anderen Gäste packten ihre Töpfe ein, verabschiedeten sich von Bob und Jane und traten den Heimweg an.

Als Warren Danielson sich zum Gehen anschickte, hielt Bob ihn auf. »Was du da vorhin gesagt hast, hat mich an was erinnert: Ich hab gehört, du hast eine Art Vertrag, der einem Archäologen der Universität gestattet, deine hinteren vierzig Morgen umzugraben?«

»Schsch«, sagte Warren, hielt sich den Finger vor die Lippen und ließ ein falsches Lachen hören. »Verrat mein Geheimnis nicht, sonst werden das alle machen. Stimmt schon, ich habe einen guten Vertrag mit der Universität. Die lassen ihre Studenten meinen alten Acker aufgraben und bezahlen mir eine Kleinigkeit für das Privileg, im Dreck zu spielen. Sie sagen, da hinten gibt es ein paar hübsche Perlenarbeiten und ein paar alte Squaws.«

»Ich nehm an, es schadet nicht, sie auszugraben, wenn man damit Geld verdienen kann«, stimmte Bob zu, nicht wirklich sicher, was er davon hielt. »Hast du irgendeine Idee, wessen Gräber das sind?«

»Nun, wenn du ein Geheimnis behalten kannst ...«, begann Warren. »Es sind angeblich Gräber der Familie dieses alten Mannes Mesabe – aber erzähl das ja niemandem, ich will nämlich nicht, daß irgendeiner dieser indianischen Trunkenbolde auf meinen Skalp losgeht.«

Danielson ging zu seinem Pickup. Während Bob ihm nachsah, sprangen seine Gedanken dreißig Jahre zurück zu dem Vorfall mit Lucy St. Clair. Sein Vater hatte die Narben auf seinem Bauch nie bemerkt, doch seine Frau schon, Jahre später. Er hatte Jane erzählt, sie stammten von einem Arbeitsunfall auf der Farm – es war das erste und auch letzte Mal, daß er sie belog. Lucy St. Clair hatte er vor ein paar Wochen samstags in der Stadt gesehen. Sie war schön und abweisend wie immer, und sie hatte einfach durch ihn hindurchgesehen, als wäre er unsichtbar.

Doch all diese Erinnerungen wurden überlagert von dem Gedanken an die Gräber. Er dachte an die Gräber seiner eigenen Großeltern, die so hart gearbeitet hatten, um die Farm der Familie aufzubauen, deren Titel jetzt nicht mehr sicher war. Diese Probleme mit dem Land taten ihm weh, und er hatte plötzlich das Gefühl, daß die Indianer sicher genauso darunter litten. Er hatte früher gedacht, wenn Weiße das Land wollten und die Indianer das nicht zuließen, dann mußten die Indianer die Bösen sein. Das kam ihm jetzt eigenartig vor. Er haßte Indianer nicht wirklich, so wie Warren Danielson oder sogar sein eigener Vater sie haßten, und er hatte sie eigentlich nie gehaßt, aber andererseits mochte er sie auch nicht besonders. Und dann wußte er, was es war, das ihn so beunruhigte. Es konnte einfach nicht richtig sein, Gräber aufzugraben. Egal, wer oder warum oder wo, die Toten sollten in Ruhe gelassen werden.

* Gemeinsames Essen, zu dem alle Gäste Speisen beisteuern
** Farmers' Home Administration; Kreditgesellschaft

DIE ALTEN

1989

Moose Hanford hielt nicht viel von den amerikanischen Vorstellungen über Privateigentum. Nicht, daß er die Schilder nicht lesen konnte, auf denen »Betreten verboten« oder »Kein Zutritt« stand – diese Schilder hatten nur einfach keine Bedeutung in seiner eigenen Ordnung der Dinge.

Er gehörte zum Marderclan. Vor langer Zeit hatte die Familie seines Vaters in Naytahwaush gelebt und für eine der Großen Trommeln gesorgt. Ihre Jagdgründe waren in den Buckboard Hills, und sie brachten etwa ein Drittel des Jahres auf jenem Land zu. Die Familie seiner Mutter waren Pillagers aus Cass Lake, die Land direkt südlich von Mesabes Familie am Many Point Lake hatten. In den meisten Jahren jagten sie in der Nähe der Buckboards, dort stellten sie auch ihre Fallen auf, doch alle drei Jahre oder so gönnten sie diesem Land Ruhe und zogen in die von ihnen so genannten »südlichen« Jagdgründe in der Nähe des Many Point Lake und Round Lake, etwa zwanzig Kilometer Luftlinie entfernt – eine Zweitagesreise mit dem Pferd.

Moose Hanfords Vorfahren kannten jeden Winkel dieses Landes. Sie wußten genau, wann sie im Frühling zu einem Bach gehen mußten, um dort mit dem Speer zu fischen, wann die Beeren in jeder Gegend reif waren, wo das Wild sich hinbewegte und wie viele Tiere sie töten durften. Sie kannten beide Jagdgründe, weil ihr Leben von ihnen abhing. Deshalb wußten sie auch, wann sie dem Land eine Ruhepause geben mußten. Und auf diese Weise wurden die Reichtümer des Landes all diese Jahre hindurch bewahrt.

Sein Urgroßvater Namaybin Minnogeeshig war eine Art »Buchhalter« oder Chef der Jagd, damals vor achtzig Jahren. Er behielt immer die Übersicht darüber, wie viele Tiere getötet worden waren und wie viele noch lebten. Zum Beispiel steckte er die Hand in die Biberburgen, zählte die Biber und stellte fest, wie groß sie waren, um zu wissen, wie viele sie jedes Jahr erbeuten konnten. Er sorgte auch dafür, daß alles auf die richtige Art getan wurde, und daß alle Familien genügend Nahrung von ihrem Land bekamen. Auch Mooses Großvater fand immer einen Weg, Familien auszuhelfen, wenn sie zu kurz kamen. Damals war niemand wirklich Besitzer des Landes, sie teilten es mehr oder weniger miteinander, sogar nachdem die Regierung sagte, dieses bestimmte Stück Land hier gehört jener bestimmten Familie. Wie man mit dem Land umging, hatte nur wenig damit zu tun, was im Grundbuch der Regierung stand.

All dies war der Grund dafür, daß Moose nicht viel Verständnis dafür aufbrachte, wie ein Mann in Minneapolis, der zwei- oder dreimal im Jahr zu seiner Sommerhütte kam, sagen konnte, das Land gehöre ihm und ein »Betreten verboten«-Schild aufstellte.

Moose fand die alten Leute im Oktober 1989. Er hatte sein Wohnmobil auf der Camp-7-Straße südlich von Many Point und innerhalb der Enklave von »Betreten verboten«-Schildern irgendeiner Person abgestellt. Am nächsten Morgen wollte er zu jagen beginnen. Moose betrachtete Jagd als unverzichtbar, schon allein deshalb, weil er sein Fleisch nicht mit einem Stempel darauf mochte. Dieses Mal hatte er seinen Neffen Elijah dabei. Wie die meisten Indianer auf White Earth zogen sie ein paar Wochen vor Beginn der Jagdsaison des Weißen Mannes los – notgedrungen, denn wenn erst einmal Pulks von Stadtjungen das Wild quer durch die Reservation trieben, war niemand seines Lebens sicher.

Am Tag zuvor hatte es noch einmal geschneit, doch die Wärme der Nachmittagssonne hatte die dünne Schneedecke zum Schmelzen gebracht. Moose erwachte als erster und setzte Wasser für den Kaffee auf dem Gaskocher auf. Er lauschte den kurzen, gleichmäßigen Atemzügen des Jungen und sah, wie sich sein eigener Atem in der kalten Morgenluft zu einer kleinen Wolke blähte. Als er das Kaffeewasser sprudeln hörte, stand er auf und zog schnell Flanellhemd und Hosen an.

»Verdammt kalt«, sagte er zu sich selbst. Er schlüpfte in die Gummistiefel und schenkte sich vorsichtig eine Tasse Kaffee ein. Danach setzte er sich wieder hin und strich sich den gestern geflochtenen Zopf glatt. Er würde ihn neu flechten müssen. Er seufzte, ging nach draußen und sah sich um. Ein Goldspecht saß auf einem Zweig über ihm und spähte herunter. Er erwiderte den Blick, trat drei Schritte zurück und sagte ein paar Dankgebete für die bevorstehende Jagd. Dann häufte er unter dem Baum des Goldspechts etwas Tabak auf und legte eine Pinkelpause ein.

Rauhreif bedeckte die Blätter wie Staub. Ein leichter Wind wehte von Nordwesten. Moose holte einen Blecheimer aus dem Wohnmobil und wusch sich mit angefeuchteten Händen das Gesicht. Danach ging er wieder in den Wagen, um den Jungen aufzuwecken.

Die beiden gingen auf Wildfährten nach Osten, dann wieder zurück und nach Norden. Schließlich stießen sie auf die Spuren eines offenbar großen Hirsches und folgten ihnen. Sie erspähten den Hirschbock in einem Sumpf, in dem er sich vor ihnen hatte verstecken wollen. Er nahm wohl an, daß ein halber Meter Wasser die meisten Jäger abschrecken würde. Indianer jedoch gingen durch jedes Gelände, besonders Moose, der durch Reisfelder in Vietnam gestapft war.

Am Rand des Sumpfs bemerkte Moose die breiten Reifenspuren. Seines Wissens hatte seit Jahren niemand in dieser Ecke Fallen gestellt oder gejagt, und nur wenige Indianer würden ein dreirädriges Geländefahrzeug in den Wäldern benutzen.

»Bleib hier und behalt den Hirsch im Auge. Ich werd mal nachsehen, was es mit diesen Reifenspuren auf sich hat«, sagte er zu Elijah und fügte hinzu: »Gib keinen Schuß ab, bevor ich zurück bin. Wir sollten vielleicht kein Risiko eingehen.«

»In Ordnung«, sagte der Junge, sichtlich enttäuscht, aber seinem Onkel gehorsam.

Moose ging den Spuren nach. »Verdammte Weiße«, flüsterte er bitter. »Ich frag mich, welchen Müll die wohl diesmal im Wald abladen.«

Etwa dreißig Meter weiter war eine Lichtung freigeschlagen worden, auf der fünfzehn oder zwanzig *jiibegamig*, Grabhäuser, zu erkennen waren. Die kleinen Kiefernholzhäuschen hatten die Länge der dort ruhenden Toten und eine Höhe von ungefähr achtzig Zentimetern. Moose schätzte ihr Alter auf etwa achtzig Jahre. Die meisten von ihnen waren mehr oder weniger zerfallen – das heißt, die von ihnen, die noch an ihrem Platz waren: Zehn *jiibegamig* waren zerlegt und einzeln an der nordöstlichen Ecke des Lichtung in einer besonderen Anordnung aufgestapelt worden.

So etwas würde kein Ojibwe tun; da war sich Moose sicher. Nachdem er einen Augenblick lang hin und her überlegt hatte, wie er sich verhalten sollte und welche Folgen das haben könnte, beschloß er, sich das Ganze näher anzusehen. Er faßte in seine Hemdtasche und nahm etwas Tabak und eine Medizin heraus, um böse Geister fernzuhalten. Den Tabak hielt er in der Hand, die andere Medizin steckte er sich in den Mund. Er hatte keine Angst davor, daß ein *jiibay*, ein Gespenst, auf ihn losgehen würde, aber die Störung der Toten war ein schlimmer Eingriff in die Ordnung der Dinge. In der Nähe der geschändeten Gräber schlug sein Herz schneller. Einige hatte man ganz ausgeräumt. Aus drei Gräbern hatte man die Perlenarbeiten, Medizinbeutel und andere Gegenstände entfernt und die Gebeine zurückgelassen – verblichene Knochen in einem Durcheinander von Kleidungsresten, Lederfragmenten und anderen Stoffetzen.

Alle drei Leichen waren von Osten nach Westen ausgerichtet. Aus der Größe der Skelette schloß Moose, daß es sich um zwei Frauen und ein Kind handelte. Neben jedem Grab waren Grabsteine, jeder etwa einen halben Meter hoch und mit Clanzeichen versehen. Aus ihnen ging hervor, daß die eine Frau zum Bärclan gehörte und das kleine Kind zum Sauger-Clan. In den dritten Stein war ein Pferd geritzt – doch es gab keinen Pferdclan auf White Earth. Moose konnte sich keinen Reim darauf machen. Dann sah er genauer hin: Dort lagen zwei lange Haarzöpfe, abgetrennt von dem Leichnam, der offenbar dieser Tage ausgegraben wurde.

Die Werkzeuge und das Ausgrabungszubehör sahen professionell aus, und eine Reihe von numerierten Pflöcken markierten verschiedene Stellen in der Ausgrabungsstätte.

Moose hatte genug gesehen. Er nahm seinen Tabak und legte ihn neben die Köpfe der Frauen und des Kindes.

Dann versuchte er zu begreifen, was er sah. Hier waren keine einfachen Grabräuber am Werk. Man war mit großer Sorgfalt vorgegangen. Also Regierung oder Forscher von der Universität. Doch wer hatte die Zustimmung gegeben? Die Grabungen waren nicht auf öffentlichem Land; dies war Privatgrund. Das Pfadfinderlager war in der Nähe, doch es könnte auch Warren Danielsons »Besitz« sein. Das könnte er anhand einer Karte herausfinden.

Schließlich stellte sich die Frage, wessen Ahnen das waren. Er hoffte, sie würden nicht seine Familie sein: Seine Familie sprach vom Bärclan, doch sie kannten sich als Marderclan. Die Toten könnten durchaus Verwandte von ihm sein. Er schluckte schwer. Niemand redete darüber, wo seine Urgroßmutter Ishkwegaabawiikwe begraben war. Hatte er sie jetzt gefunden? Bitte nicht! Allerdings lag dieser Besitz direkt nördlich des Landes seines Urgroßvaters Namaybin Minnogeeshig...

Seine Brust tat ihm weh, ein tiefer Schmerz, etwas, das nicht rein körperlich war. Er spürte, wie ihm Tränen in die Augen stiegen. Dann wieder der Schmerz. Langsam ging er zu seinem Neffen zurück.

»*Ambe*«, sagte er leise. »Keine Jagd heute. Wir werden diesen Hirsch in Frieden lassen.«

Der Junge war enttäuscht, aber dann sah er das Gesicht seines Onkels und wußte, daß etwas nicht stimmte.

»Bist du okay, Onkel? Du siehst anders aus als sonst.«

»Ich bin ein anderer«, sagte Moose. »Ich bin verändert. Ich hab oft Tod erlebt, aber nicht auf diese Art.«

Der Junge bekam Angst. »Was hast du gesehen?«

»Irgendwelche *Chimookomaanag* haben diese Ahnen aus ihren Gräbern genommen«, sagte er. »Der Weiße Mann gräbt unsere alten Leute aus und bringt die Vergangenheit durcheinander.«

»*Howah*, du nimmst mich auf den Arm!«

»Ich würd nie Witze machen über solche Dinge, mein Junge. Nicht über so was.«

DER REZ-KRIEG*

1990

Lucy St. Clairs glänzendes schwarzes Jingle Dress** schimmerte in der heißen Sonne des 14.-Juni-Powwows. Die silbernen Kegel auf dem Kleid sangen ihren Namen und akzentuierten jeden ihrer Tanzschritte. Sie war eine graziöse Tänzerin und genoß die Feier des *niimiidiwin*, des Powwows, in vollen Zügen.

Die anderen Tänzerinnen hielten sich dezent breite Adlerfeder-Fächer vors Gesicht, wenn sie ihre Mittänzerinnen und das Publikum beobachteten, doch Lucy sah keine Veranlassung, sich schüchtern zu gebärden. Zu ihrem Tanzkostüm, von ihr selbst entworfen und hergestellt, gehörte ein üppig mit Stachelschweinstacheln verziertes Futteral für ein scharfes Messer und ein kleines Beil mit perlenbesetztem Griff, das sie immer wieder in die Höhe hob und gelegentlich im Kreis herumwirbelte. Keine Frau mit Verstand hätte gewagt, sich vor ihr in die Reihe der Tänzerinnen zu drängen, und nur unsterblich Verliebte oder Irre versuchten, einen Blick von ihr zu erhaschen.

Lucy St. Clair hatte schon immer einen Hang zum Theatralischen gehabt. So mancher ungebetene Verehrer, der sich nicht durch Nichtbeachtung entmutigen ließ, sah ihr Messer vor seinen Augen tanzen, und so mancher Hohlkopf, der ihre Familie beleidigte, fing sich ein blaues Auge ein. Und als der Stammesrat sich anschickte, auf Stammesland wieder Holz fällen zu lassen und eine hochmoderne Papierfabrik zu errichten, war Lucy von dieser Stammespolitik so angewidert, daß sie Kristallzucker in die Benzintanks der Lastwagen der Holzfirma füllte und den nagelneuen 35 000-Dollar-Pickup in Flammen aufgehen ließ, der der Stolz des Stammesratsvorsitzenden war.

Nach all den Jahren war Lucy immer noch eine der attraktivsten Frauen auf der Reservation und zog eine Schar hartnäckiger männlicher Bewunderer an, wo immer sie entlangschlenderte. Das Dorf White Earth war ihr Zuhause. Sie stammte aus einer armen Familie der als »Hungry Hill« bekannten Wohnsiedlung mit Blick auf die vergleichsweise üppig ausgestatteten Büros der Stammesregierung. Im Gegensatz zu den wenigen, die Jobs bei der Stammesregierung hatten oder durch die

Heirat mit nichtindianischen Farmern »aufgestiegen« waren, waren Lucys einzige Mittel zum Überleben ihre Schönheit und ihr scharfer Verstand.

Ihr Scharfsinn hielt sie während ihrer Schulzeit am Leben, trotz der ständigen Prügel, die sie dafür einstecken mußte. Indianerkinder mußten hart angefaßt werden, entschied die weiße Rektorin, und besonders die freche Lucy. Mit jedem Arrest und jeder Tracht Prügel wuchs Lucys Haß. Wenn dann Farmkinder sie verspotteten, revanchierte sie sich und verprügelte sie nach Strich und Faden. Mehr als einmal war nach solchen Kämpfen ihre Kleidung zerissen und schmutzbedeckt, doch sie war jedesmal die einzige, die noch auf den Füßen stand.

Als sie älter wurde, verstand sie es immer besser, ihr Aussehen als Mittel zum Erreichen ihrer Ziele einzusetzen. Männer umschwirrten sie wie Motten eine Glühbirne. Sie liefen ihr ohne Schamgefühl nach, bis sie entschied, ob sie ihnen einen Teil von sich geben würde. Wenn sie dann einen erhörte, zog sie ihn eng an sich – bis ihr die Nähe zuviel wurde und sie zu einem Schlag ausholte, der ihn zurücktaumeln ließ.

Mit zwanzig wurde *jackrolling**** ihre Spezialität. Sie und ihre Kusine Juliet waren zu den grüneren Weidegründen von Minneapolis gezogen und wohnten jetzt im ersten Stock des Bungalows ihrer Tante Hilda. Zunächst nahmen sie sich die üblichen Bars vor. Dort suchten sich Lucy und Juliet die bestaussehenden weißen Männer aus und schlenderten hinüber. Innerhalb der nächsten eineinhalb Stunden hatten sie die Beute mit der Verheißung indianischer Wonnen restlos um den Finger gewickelt. Die Männer bestellten die teuersten Drinks, um sie zu beeindrucken, und verloren dabei nach und nach ihre Urteilskraft, während die Frauen die Eiswürfel in ihren eigenen Drinks schmelzen ließen, die warm und schal wurden. Zu einem abgesprochenen Zeitpunkt eskortierte Juliet die Betrunkenen nach draußen, und während die Männer an ihrer Kleidung herumfummelten, griffen sich die Mädchen ihre Brieftaschen und rannten davon.

Wenn sie gut in Form war, konnte Lucy zweihundert Dollar pro Abend einheimsen, besonders am Monatsanfang. Als ihre und Juliets Kühnheit und Garderobenumfang wuchs, gingen sie zu teureren Bars und reicheren weißen Männern über. Für die Mädchen war *jackrolling* sowohl ein Spiel als auch ein Weg, gut zu leben, und es wurde zu einer Dauerbeschäftigung, bis Tante Hilda auf die neuen Kleider und späten Arbeitszeiten der Mädchen aufmerksam wurde. Im März 1975 verfrachtete Hilda Lucy und Juliet in einen Greyhound-Bus, der sie zur Reservation zurückbrachte.

Lucy war hart und furchtlos. Das Leben hatte sie gelehrt, daß gesellschaftliche Macht und Geld in der Hand weißer Männer waren, und daß die Gesellschaft dafür sorgte, daß sie an ihrem Platz blieb. Da sie an diesem Platz zu Armut verdammt war und ihr Schicksal nicht selbst bestimmen konnte, haßte sie schließlich das ganze System. Das Leben hatte sie außerdem gelehrt, daß Überleben eng damit verknüpft war, wie man seine Ressourcen nutzte, sowie mit roher Gewalt. In den meisten Fällen brachte sie abwechselnd beide Taktiken zum Einsatz, und auf diese Weise waren ihre Bemühungen fast immer von Erfolg gekrönt, zumindest in dem Bereich, zu dem sie Zugang hatte. Im Lauf der Jahre formten diese Erfahrungen ihre Sicht der Wirklichkeit, was dazu führte, daß sie oft mit übertriebener Härte reagierte und zum Revolver griff, wo ein einfaches *jackrolling* genügt hätte oder es vielleicht sogar besser gewesen wäre, überhaupt nicht einzugreifen.

Als sich herumsprach, daß es auf White Earth wieder zu Holzschlag kommen sollte, war Lucys Reaktion typisch theatralisch.

Während des vorangegangenen Jahres war die Stammesregierung großzügig hofiert worden von zahlreichen Großunternehmen, die daran interessiert waren, auf der Reservation die verbliebenen Wälder abzuholzen und eine Papierfabrik-Erweiterung zu bauen. Am Ende bekam Potlatch, ein britischer Konzern mit indianischem Namen, von der Stammesregierung einen Pachtvertrag für fast die Hälfte des Stammeslandes und die Genehmigung für den Bau einer neuen Fabrik.

Nach Jahren der Ausplünderung, in denen man den *Anishinaabeg* Bäume und Land unter den Füßen weggestohlen hatte, brachte die Preisgabe von Reservationsland für Kahlschlag und Papierherstellung das Faß zum Überlaufen. Eines Abends trafen sich mehrere Personen, die über die Unternehmungen der Regierung besorgt waren, in der Altenwohnanlage und gründeten eine Gruppe mit dem Namen »Protect Our Land Coalition«. In einer ad-hoc-Abstimmung wurde Elaine Mandamin zur Vorsitzenden gewählt. Die Koalition schrieb einen Brief an die Stammesregierung, in dem sie ein offenes Treffen über das Kahlschlag-Vorhaben forderte. Die Regierung hielt es nicht für nötig, zu antworten.

Lance Wagosh war der Stammesratsvorsitzende. Er bekleidete dieses Amt jetzt seit fast sechzehn Jahren und führte die Reservation mit eiserner Faust, gestützt auf Vetternwirtschaft und Sanktionen. Wagosh wußte, daß die Stammesregierung das Geld brauchte, das der Holzschlag und die neue Fabrik einbringen würden, und daß den meisten Reservationsbewohnern die von der Fabrik angebotenen Arbeitsplätze hochwillkommen sein würden. Er wußte außerdem, daß der Vertrag langfristiges Einkommen sicherte, und da Jobs Wählerstimmen bedeuteten, würde damit auch die politische Zukunft seiner Regierung gesichert sein. Weder er noch irgendein anderer Beamter des Tribal Council hatten auch nur das geringste Interesse daran, Verhandlungen öffentlich zu machen.

Einen Monat nach Vertragsabschluß wurde die turnusgemäße ordentliche Versammlung der Stammesregierung ihrer trügerischen Ordnung beraubt. Der Saal war voll, und alle Mitarbeiter von *Protect Our Land* waren anwesend. Manche Stammesmitglieder ersuchten um Reparatur der sanitären und elektrischen Einrichtungen, manche fragten nach Jobs, manche beklagten das Fehlen von Geldern für Ausbildung oder verlangten die Begleichung von Begräbniskosten, andere machten sich Sorgen darüber, welche Konsequenzen das erneute Holzfällen für ihre Friedhöfe, ihre Jagdgründe und ihre Heilpflanzen haben würde. Es war jedoch ein typisches Stammesratstreffen. Nur wenige der vorgebrachten Probleme wurden behandelt, und die Stammesführer stellten die meisten davon zurück.

Lucy saß auf einem Klappstuhl vorne im Raum, als Elaine sich an den Rat wandte: »Wir haben jahrzehntelang versucht, unser Land von den Landräubern zurückzubekommen, und jetzt wollt ihr ohne weiteres noch mehr davon hergeben?« Doch die Mitglieder des Rates hörten gar nicht zu. Einer schlief, zwei redeten und kicherten, und der Vorsitzende weilte in Tagträumen von besseren Tagen und eines Sommer-Golfturniers. Schließlich unterbrach Lance Wagosh Elaine und erklärte, das Thema müsse vertagt werden. Er wollte die Diskussion über Wald-Pachtverträge und Landfragen am folgenden Morgen in privatem Rahmen führen.

Innerhalb von Minuten wandelte sich Lucys Ärger zu heller Wut, und sie begann ihre Vorstellung. Ohne Vorwarnung nahm sie einen Krug mit eisgekühltem Wasser vom Tisch der Ratsmitglieder und leerte ihn über drei von ihnen aus.

»Aufwachen, ihr Armleuchter!« schrie sie, als die Männer abrupt in die Gegenwart zurückkehrten. »Wir reden mit euch, und ihr hört besser zu!« Lance Wagosh rief nach einem Wachmann, der Lucy entfernen sollte, doch sie verpaßte diesem augenblicklich eine Ohrfeige.

«Ich geh gern, und zwar allein«, verkündete sie und trabte hinaus.

Die Vorstellung war zu Ende.

In den folgenden Wochen bemühte sich *Protect Our Land*, jede weitere Verhandlung mit Potlatch zu verhindern und die Ausgabe von Bau- und Betriebsgenehmigungen für die Fabrik sowie entsprechende Bauarbeiten zu stoppen. Die Gruppe organisierte Demonstrationen vor den Stammesbüros und dem Umweltausschuß der Legislative Minnesotas in St. Paul mit der Forderung nach einer Umweltverträglichkeitsprüfung. Sie legte beim Stammesgericht eine Beschwerde ein – die nicht zugelassen wurde. Jeder Versuch, das Büro für Indianische Angelegenheiten auf dem Verwaltungsweg zum Eingreifen zu bewegen, lief ins Leere, bis schließlich alle Möglichkeiten, sich Gehör zu verschaffen, erschöpft waren. In einem kurzen, knappen Brief an Elaine hieß es, das BIA wolle nichts mit internen Stammesangelegenheiten zu tun haben. Und daß ihr eigener Stammesrat doch noch einmal auf die Gemeinde hören würde, war nach dem, was Elaine und die anderen sehen konnten, höchst unwahrscheinlich.

Inzwischen trudelten beim Stammesrat erste Gelder und Gefälligkeiten für die Genehmigung der neuen Fabrik ein. Lance Wagosh kaufte sich einen funkelnagelneuen türkisfarbenen Chevy Pickup Truck mit extrabreiter Fahrerkabine und Allradantrieb, und in der Einfahrt eines anderen Stammesratsmitglieds tauchte auf einem Anhänger ein neues glitzerndes Boot mit einem 150-PS-Mercury-Außenbordmotor auf. Verwandte von Ratsmitgliedern prahlten mit Jobs und fetten Gehältern, die es bald geben würde. Ein paar Wochen später kaufte ein weiteres Ratsmitglied ein Motorboot. Auf den Nummernschildern der Boote stand in aller Bescheidenheit Chief 1, Chief 2 und Chief 3.

Wieder war es Lucy St. Clair, die den Lauf der Ereignisse änderte. Es war natürlich nur ein Gerücht, daß sie in irgendeiner Weise verwickelt war, doch Elaine kannte das Geheimnis. Lucy war in jener Nacht fleißig gewesen.

Ihre erste Station war das Gelände in den Buckboard Hills, das als erstes gerodet werden sollte. Am Rand des Geländes wurden die Fahrzeuge und Maschinen der Holzfäller über Nacht aufbewahrt. Die Arbeiter von Potlatch hatten weitblickend alle Maschinen eingeschlossen, aber wo ein Wille ist, ist auch ein Weg. Während die Holzfäller sorgenfrei schlummerten, goß Lucy ein paar Becher Kristallzucker in die Tanks der Forstmaschinen, Planierraupen und Lastwagen.

Ihre zweite Station war das Shooting Star Casino in Mahnomen. Während Lance Wagosh drinnen eine inoffizielle Ratsversammlung bei Cocktails abhielt, entdeckte Lucy seinen Pickup auf dem Parkplatz. Sie wartete im Schatten, bis niemand in der Nähe war, und rauchte ruhig eine Zigarette. Dann goß sie im grellen Licht der Parkplatzbeleuchtung vier Liter Kerosin über die Motorhaube des Fahrzeugs und warf ihre brennende Zigarette in die Lache.

Natürlich fing nicht gleich der ganze Pickup Feuer, doch das vordere Ende brannte schnell. Ein Mann, der aus dem Casino kam, bemerkte die Flammen, und bald strömten alle Casinobesucher, die sich von den Spielautomaten trennen konnten, auf den Parkplatz. Lance Wagosh stolperte fluchend um seinen Pickup herum, während ein anderer losrannte, um einen Feuerlöscher zu holen.

Alle Hinweise darauf, wer den Maschinenpark der Holzfäller zerstört oder den Pickup angezündet haben könnte, führten entweder vom Tatort weg oder gingen in Rauch auf. Elaine ahnte trotzdem, wer der Täter war. Lucy hatte ihr Geheimnis nicht preisgegeben – sie war nicht der Typ, der es nötig hatte, mit seinen Aktionen anzugeben oder von anderen dafür gelobt zu werden –, doch Elaine wußte Bescheid. Gut so, sagte sie sich, vielleicht brauchte es einfach Lucy, um diese Herren dazu zu bringen, aufzuwachen und zuzuhören. Niemand sonst hatte den Mumm, es zu tun.

Lucys Theater wurde zu einer Quelle der Inspiration, doch es brachte auch die Parteien noch weiter auseinander. Lance Wagosh bestellte eine neue Motorhaube und andere neue Teile für seinen Pickup Truck, und die Motorboote verschwanden in Garagen. Alle Ratsmitglieder gingen dazu über, die Besitztümer wegzuschließen, die ihnen aus dem Geldsäckel des Stammes zugeflossen waren.

Die Maschinen der Holzfäller waren bald wieder einsatzfähig und bekamen alle neue Tankdeckel mit Schlössern. Doch drei Wochen später wurden sie trotzdem abgefackelt. Jemand hatte Lucys Stil nachgeahmt, die Maschinen mit Benzin übergossen und in Brand gesteckt. Dieses Mal war die Wirkung allerdings endgültig. Die Lastwagen waren nur noch verkohlte Schrotthaufen, die Planierraupen ausgebrannte Wracks.

In jener Nacht sah der Mahnomen-County-Sheriff George Ahnib den Highway 200 entlanggehen, mit einem triumphierenden Grinsen im Gesicht und umhüllt von Benzingeruch. Der Krieger hatte Gerätschaften im Wert von einer Million Dollar vernichtet, ohne einen einzigen Kratzer abzubekommen. Als der Sheriff ihn in den Streifenwagen lud, begann George den Mond anzuheulen.

George saß zwei Tage im Mahnomen-Gefängnis, bis Elaine, Kway Dole und andere die Kaution für seine Freilassung aufbrachten. Die Leute des Sheriffs wollten ihn erst überhaupt nicht herauslassen, doch sie entdeckten schnell, daß George ein paar Schrauben locker hatte und sich nicht gut mit Weißen verstand. Außerdem hatte George die Neigung zu heulen und danach in hysterische Lachkrämpfe auszubrechen. All dies beeinflußte die Entscheidung des Bezirksstaatsanwalts, sich einer Freilassung gegen Kaution nicht zu widersetzen, und Elaine und Anwältin Karen Ordstrom überzeugten das Gericht, daß George keinen Schaden mehr anrichten könne und auf der Reservation bleiben würde bis zur Verhandlung.

Nach den Bränden versuchte die Protect Our Land Coalition noch einmal, mit dem Stammesrat zu reden, doch dieses Mal baute sich Lance Wagosh vor Elaine auf und holte zu einem Schwinger aus. Weiter kam er allerdings nicht, denn schnell wie eine Katze ging George Ahnib dazwischen und tadelte den Stammesratsvorsitzenden wegen seines Bürstenhaarschnitts: »Echte *ogichidaa* haben lange Haare.« Als sich die Koalition zum nächsten Mal traf, kamen sie überein, daß sie nur eine einzige Möglichkeit hatten, sich Gehör zu verschaffen: Sie mußten die Büros der Stammesregierung besetzen.

Einmal mehr hatten sich die Mitglieder der Koalition in der Altenwohnanlage versammelt. Alle Ältesten, darunter Mesabe, Charlotte Oshkinnah und andere, hatten gesprochen. Sie sagten, das Land brauche Schutz, und das Holzfällen und die neue Fabrik entweihe das Wasser und ihre heiligen Orte. Ein junger Mann stand auf und sagte, er würde bis zum Tod kämpfen, um das Land zu beschützen. Lucy St. Clair, die neben Elaine saß, flüsterte ihr ins Ohr, der junge Mann sei betrunken. Am hinteren Ende des Raums wiegte sich George Ahnib zum Schlag einer imaginären Trommel und begann dann seinen langsamen traditionellen Männertanz. Ein paar der jungen Männer, wie Moose Hanford und Willie Schneider, beide Vietnam-Veteranen, überlegten, wie die Einnahme der Gebäude organisiert werden konnte, und George Ahnib unterbrach, um wieder einmal darauf hinzuweisen, daß »echte *ogichidaa* lange Haare (haben)«, nur für den Fall, daß sie einer Klarstellung bedurften. Nur wenige äußerten Angst vor der Situation.

Bis tief in die Nacht hatten sie gemeinsam alle Alternativen erwogen und schließlich einstimmig beschlossen, die Büros der Stammesregierung zu besetzen. Als Elaine die Augen über die Anwesenden wandern ließ und Lucy, George Ahnib, Moose und Willie ansah, wußte sie, daß es die richtige Entscheidung war, aber auch, daß es eine schwerwiegende Entscheidung war, die Konsequenzen für ihrer aller Leben haben würde.

* Rez: Indianer-Slang für Reservation

** Powwow-Tanzkleid mit Glöckchen oder ähnlichem »klimpernden« (jingle) Zubehör

*** Jemanden betrunken machen und dann bestehlen

MANIDOO DEWE'IGAN

DIE RÜCKKEHR DER TROMMEL

1990

Die vier Frauen zwängten sich in ihr derzeitiges Kriegspony, einen 1976 Nova Sedan, und fuhren los in Richtung Stadt. Normalerweise kicherten sie immer viel, wenn sie zusammen unterwegs waren, doch heute unterdrückten sie jedes Lachen und konzentrierten sich auf die ernste Natur ihrer Reise. Sie hatten sich auf diese Reise vorbereitet, ihre Herzen waren ganz von ihrer Aufgabe erfüllt.

Es hatte mit einem Treffen bei Elaines Großvater Mesabe begonnen. Er hatte seiner Enkelin genaue Anweisungen gegeben, und danach hatte er mit allen vier Frauen zusammengesessen und mit ihnen über die Trommel gesprochen.

»Man kann nicht über die Geschichte von White Earth reden ohne die Geschichte der Trommeln zu erzählen«, sagte der alte Mann. »Die Trommeln sind die Geschichte von White Earth.« Er erzählte von der Ankunft der Trommel in White Earth, von Ishkwegaabawiikwe und Situpiwin, den Alten wie Chi Makwa, Minnogeeshig, seiner eigenen Großmutter Mindemoyen und anderen. Er erzählte, wie sich die Trommel zu den anderen Reservationen ausgebreitet hatte, wie sie in White Earth geschlafen hatte. Danach lehrte er die Frauen ein Trommellied und brachte ihnen bei, wie man diese Verwandte der *Anishinaabeg* begrüßt.

Alle vier hörten aufmerksam zu: Mesabes Enkelin Elaine, eine hochgewachsene und dünne junge Frau mit tätowierten Knöcheln; Kway Dole, Elaines Freundin seit der Grundschule und inzwischen eine muskulöse und gutaussehende Armeeveteranin; Maggie Jourdain, die ewige Hausmeisterin und mollige Matriarchin des Dorfes White Earth; und Danielle Wabun, die Tochter des indianischen Führers Warren Wabun, die nie ein Blatt vor den Mund nahm. Diese Frauen waren die Mütter ihrer Nation, was immer sie oder andere davon hielten.

»Die Dachsparren der Episkopalen-Kirche?« Kway Dole schnappte nach Luft und hielt sich die Hand vor den Mund, überrascht und erstaunt über ein solches Sakrileg. Maggie bekreuzigte sich.

»Nein, es ist genial«, sagte Danielle. »Dein Opa ist ein Genie. Niemand legt sich mit der Kirche an.«

Damit hatte sie recht: Im Lauf der Jahre hatten, wie zu erwarten war, Rowdys und gelangweilte Teenager so manches Gebäude auf der Reservation heimgesucht – doch nie die Kirche. Inmitten des Chaos der Zeiten hatte diese Institution immer noch eine Macht, die sogar die rebellischsten Elemente der Gemeinschaft respektierten.

Schließlich zündete Mesabe Salbei an, und ein frischer Frühlingswind trug den durchdringenden Geruch zu den Bäumen. Die Frauen fächelten sich den Salbeirauch über den Körper, als Vorbereitung für ihre Mission. Mesabe stopfte Tabak in die Pfeife, betete für die jungen Frauen und segnete sie.

Seitdem waren ein paar Tage vergangen, und jetzt war es endlich soweit. Sie brachten ihren Kriegspony-Nova vor dem kleinen Schindelgebäude zum Stehen. Elaine drehte die Zündung ab, doch der Motor stotterte weiter, bis er schließlich abstarb.

Elaine sah Kway an. »Toller Auftakt.«

»Na, hoffentlich springt er wieder an«, antwortete Kway. »Nicht daß wir dann noch rumtelefonieren müssen, damit uns jemand abholt.«

Die vier Frauen stiegen die Stufen zur Kirche hoch. Elaine trat vor und klopfte kräftig.

Der Hausmeister, ein alter Ojibwe namens John Brown, schlurfte zur Tür, machte auf und sah die Frauen überrascht an. Sein verdutzter Blick wich einem stillen Lächeln. Er hatte diese Frauen selten in der Kirche gesehen, also nahm er an, daß es ihnen um etwas anderes ging. Er betrachtete sie noch einmal und überlegte. Er lächelte.

»Ich nehm an, ihr wollt diese Trommel holen«, flüsterte John Brown.

Die Frauen zögerten und blickten einander an. Dann nickten sie alle.

»*Eh heh*«, sagte er und lächelte wieder. Die Frauen erwiderten jetzt das Lächeln.

»Sie ist hier«, sagte der alte Mann. »Ich hab dafür gesorgt, daß ihr nichts passiert. Hab sie nie angerührt. Nur dafür gesorgt, daß es ihr gutgeht. Hab sie auch nie von jemand anders anfassen lassen.«

Er zwinkerte den Frauen zu.

»*Biindigin.* Kommt rein. *Ambay.* Geht mir einfach nach.« Er deutete auf die Speicherstiege. »*Iwedi. Ishpeming.* Da rauf.«

Die Stufen knarrten unter dem Gewicht des Hausmeisters. Die Frauen folgten ihm. Auf ihren Gesichtern mischte sich Beklommenheit mit Vorfreude.

Im Speicher war es dunkel. Der Hausmeister knipste einen verborgenen Schalter an, und eine einzelne Glühbirne tauchte den Raum in ein schwaches gelbes Licht. Es war ein Ort der Vergangenheit: modrige Gebetbücher, zerfledderte Bibeln und andere Erinnerungsstücke von Priestern und Diakonen; Erinnerungen an Beerdigungen und Hochzeiten – eine Chronologie ihres Dorfes. Der Pfad schlängelte sich durch die Generationen, bis der Hausmeister am hinteren Ende des Raums stehenblieb.

»Hier ist sie, hier ist sie«, rief der alte Mann aufgeregt.

Die Frauen blickten sich um, doch sie sahen nur Mäusekot, Spinnweben und Staubknäuel. Hatte der alte Mann sich vielleicht doch geirrt, war die Trommel vielleicht gar nicht mehr da? Elaine wurde von Traurigkeit überwältigt.

Dann sah sie den alten Mann nach oben blicken.

Sie folgte seinem Blick.

»*Aniin Dewe'iga. Aniin Oshkabewis. Aniin Dewe'igan*«, flüsterte der Hausmeister ehrfürchtig.

Elaine atmete aus, ohne sich bewußt zu sein, daß sie die Luft angehalten hatte. Jetzt entspannte sie sich langsam und atmete den Geruch von Alter ein. Als ihre Augen sich an das Dunkel über ihr gewöhnt hatten, sah sie eine alte Holzkiste in den Dachsparren der Kirche.

»Schaut«, sagte John Brown, »schaut, da ist sie.«

Die Frauen drängten sich um den alten Mann, der stolz zur Trommel hochblickte. Kway fand einen Stuhl und schob ihn Elaine hin. Maggie brachte einen zweiten herbei und gab ihn an Kway weiter. Wieder sahen die Frauen einander an. Sie atmeten ein paarmal tief durch, und es kam ihnen wie eine Ewigkeit vor, als sie zwischen dem Alten und dem Neuen standen.

»*Ambay, ambay*«, drängte Maggie Jourdain.

Elaine stieg auf den alten Stuhl und prüfte, ob er ihr Gewicht trug. Sie richtete sich auf, hob langsam die Arme und berührte die Holzkiste in den Dachsparren. Die Kiste war grau von der jahrelangen Lagerung, aber unbeschädigt. Elaine fuhr noch einmal mit den Händen vorsichtig darüber und flüsterte: »*Aniin Odewe'igan. Aniin Odewei'gan.*«

»Hilf mir«, sagte sie zu Kway.

Kway stieg auf den zweiten Stuhl. Sehr behutsam und entschlossen hoben die beiden die Trommel aus ihrem Versteck.

»*Aniin Odewei'gan.*«

Sie stellten die Holzkiste vorsichtig auf den Boden, und alle versammelten sich um sie herum. Elaine drehte langsam den Riegel nach oben und zog dann den quietschenden Deckel zurück, bis die Kiste offen vor ihnen stand.

Die Trommelhaut war grau vom Alter und leicht konkav. Unter dem Staub war noch immer ein verblichenes gelbes und blaues Gesicht zu erkennen. Offenbar war nichts, nicht einmal Nagetiere oder Insekten, in seinen heiligen Raum eingedrungen. Der alte Mann hatte Wort gehalten. Die Perlen auf dem schwarzen Samt traten deutlich hervor, und die meisten von ihnen saßen noch fest. Alte ölige gelbe Perlen, durchsichtige Perlen in verschiedenen Rottönen, Clanzeichen, Bären, Donnervögel, Fische und die Blumenmuster erzählten die Geschichten. Silberne Kegel verzierten den Trommelrand. Die Frauen wagten kaum zu atmen, zögerten, sie anzufassen. Doch das Verlangen war übermächtig. Sie legten vorsichtig ihren Tabak auf die Trommelhaut, ließen zärtlich die Hande darübergleiten, berührten die Zeichen und Symbole. Und sie mußten auch einfach den Samt berühren, die Frauen berühren, die vor einem Jahrhundert gelebt hatten.

Zusammen begannen sie das Lied zu summen, das Mesabe sie gelehrt hatte, ein Reiselied, das die Menschen sicher von einem Ort zum anderen bringen sollte. Das Lied hallte wider von den Dachsparren der Kirche, dem Brustkorb der Bestie.

In seinem Haus saß Mesabe in seinem Sessel und klopfte mit seinem Gehstock gegen das Tischbein in einem langsamen Rhythmus. Dann hob er die Stimme und sang das Reiselied.

TEIL III
DIE BESETZUNG

DIE SCHÖNHEIT VON SCHROTTWAGEN

In der Wohnsiedlung Hungry Hill wurden die seltsamen Vorgänge im Dorf White Earth mit Interesse beobachtet. Die Menschen blieben in ihrer Haustür stehen, oder sie saßen stundenlang auf ihren Veranden, tranken Kaffee und unterhielten sich per Zuruf mit ihren Nachbarn. Sie alle hatten in dieser Frühlingsnacht nur ein Thema: die Umgestaltung des Dorfes.

Nach Mitternacht war der größte Teil von Selam Big Bears Autofriedhof zu den Perimetern der Stammesregierungsgebäude verlagert worden. Die Übernahme war schnell und geordnet vonstatten gegangen, mit einer Logistik, die von einer Gruppe Vietnam-Veteranen unter Führung von Moose Hanford ausgearbeitet worden war.

Nach Mesabes Pfeifenzeremonie zur Segnung der *ogichidaaweg*, der Krieger, hatten sie um elf Uhr nachts das Gelände betreten, den Wachhabenden der Stammesregierung höflich von seiner Pflicht entbunden und sich aus dem Wartungsraum die Schlüssel der Bulldozer und Traktoren geholt. Mit den schweren Maschinen zogen sie die Schrottwagen aus Selams Sammlung und deponierten sie bei den Stammesbüros, wo dann Willie Schneider mit dem stammeseigenen Bulldozer die alten Sedans, demolierten Kombis, stillgelegten Pickups und ein paar verkohlte Überreste von unidentifizierbaren Kriegsponys herumschob, bis sie einen Wall um die Bürogebäude bildeten. An strategisch wichtigen Punkten wurden Schrottwagen und Pickups so aufgestellt, daß dort Wachposten Stellung beziehen konnten. Selam Big Bear schaffte ein paar Wagenladungen seines Winterholzvorrats heran, und die Baumstämme wurden zusammen mit Sandsäcken zwischen den Schrottwagen aufgestapelt. Damit war die Barrikade vollendet, hinter der die *ogichidaaweg* jetzt ihren Kampf führen konnten. Kurz darauf kamen Elaine, Lucy St. Clair und Kway Dole in Elaines Nova an, dessen Heck fast den Boden berührte – was an den vielen Jagdgewehren und Munitionsschachteln im Kofferraum lag, die ihnen Freunde und Nachbarn überall auf der Reservation mit Freuden zur Verfügung gestellt hatten.

Die Aktion war bestens organisiert. Die Besetzer hatten einen Rat aus traditionellen Ältesten und Vertretern der verschiedenen Dörfer eingerichtet, sie hatten den Luxus von etwa einer Woche Vorplanung, und sie profitierten von den Erfahrungen zahlreicher früherer Übernahmen von Stammesbüros und des BIA-Gebäudes in Washington in den siebziger Jahren. Dieses Mal waren die Menschen von White Earth vorbereitet.

Moose blätterte sein Notizbuch durch. Seine Planskizze des Geländes war größtenteils Realität geworden: Vier Stellungen für Wachposten; Schrottwagen und Stämme als Grenzwall; und zwei Eingänge: einer breit genug für Autos und ein schmalerer an der Gebäuderückseite, durch den einzelne Personen notfalls zur Siedlung hochgehen konnten. Das Kommandozentrum war im Stammesbüro, wo den Besetzern die Telefone des Stammesrats mit direkten WATTS-Anschlüssen, Fax, Funkgeräte, Computer, Büromaterialien, Fernseher und Küche zur Verfügung standen.

Moose war zufrieden. Die Bulldozer und Traktoren der Stammesregierung waren zwischen den Autos in der Barrikade geparkt. Die meisten Besetzer und ihr Publikum in der Siedlung schliefen jetzt. Nur eine Handvoll Männer hielten Wache; warteten auf zerschlissenen Vinylsitzen, umgeben von Blech, .30-06-Kaliber-Gewehre auf den Knien und Becher mit heißem Kaffee in der Hand auf die Ereignisse des Morgens, die sie und alle anderen Besetzer sich lebhaft vorstellen konnten:

Um acht Uhr würde die Sekretärin des Stammesrats ankommen, um das Büro aufzusperren, und sie würde die Besetzung entdecken. Sie würde wahrscheinlich Lance Wagosh anrufen, der wiederum den Becker-County-Sheriff anrufen würde, der das FBI anrufen würde. Spätestens um halb neun würde es von Polizisten und Hilfssheriffs wimmeln, und das FBI würde auf dem Weg sein. Die Medien würden aufkreuzen, und die Bürokraten in Washington würden durchdrehen.

Doch noch war alles still. Es war eine wunderbare, friedliche Nacht; der Mond schien auf den Grenzwall aus Autos und tauchte deren abblätternden Lack, Rost und Dellen in blaues Licht, das von den zerkratzten Windschutzscheiben und löchrigen Chromteilen reflektiert wurde. Moose stand auf dem Dach des verschrotteten Ford und betrachtete die Sterne.

NINGAABII'ANONG
DENVER

Das Telexgerät hörte zu drucken auf, und Alanis Nordstrom griff sich die erste Seite der *Associated-Press*-Meldung. Als sie zu lesen begann, stockte ihr der Atem: Es ging um Indianer, *ihre* Indianer!

White Earth, Minn. (AP) – Indianer haben heute auf der White Earth Reservation in Minnesota die Büros der Stammesregierung besetzt, Autos und Lastwagen in Brand gesetzt und halten im Gebäudeinneren Geiseln fest. Der Himmel war von schwarzem Rauch der brennenden Fahrzeuge verhüllt, als sich auf einem Hang in der Nähe Pulks von FBI-Polizisten und Bundessoldaten versammelten. Nach ersten Meldungen sind die Indianer bewaffnet und gefährlich. Bislang haben sie noch keine Forderungen bekanntgegeben ...

Auf ihrem Schreibtisch lag eine Mitteilung von ihrem Redakteur, sie solle der Geschichte nachgehen, *sofort*.

Alanis war die »Indianerreporterin« der *Rocky Mountain News* in Denver. Diese Zeitung war als eine von wenigen zu dem Entschluß gekommen, daß Indianer, zumindest hellhäutige, durchaus in der Lage waren, über indianische Themen angemessen zu berichten. Andere große Zeitungen glaubten immer noch, weiße Reporter seien bei der Berichterstattung über Probleme der Urbewohner objektiver und besser informiert als die Indianer selbst. Alanis war in jedem Fall qualifiziert genug: ein Diplom in Wirtschaftswissenschaften von der Stanford-Universität, zwei Jahre Journalistenschule und bis zum Zeitpunkt ihrer Anstellung bei den *Rocky Mountain News* vier Jahre Berufserfahrung. Die Zeitung hätte es kaum besser treffen können.

Alanis führte mehrere Telefonate und buchte dann einen Flug nach Minneapolis-St. Paul mit Anschlußflug nach Bemidji. Auf dem Weg nach draußen sprach sie kurz mit ihrem Redakteur und ließ sich von dem Auftrag entbinden, über die Wahl der *Miss Indian America* zu berichten, damit sie sich ganz auf die White-Earth-Story konzentrieren konnte.

Berufserfahrung und eigene Geschichte hatten Alanis gelehrt, bei Recherchen für Artikel über Indianer als erstes Indianer zu befragen. Sie begann mit dem *Native American Rights Fund*, einer Anwaltsvereinigung, die im ganzen Land zugunsten von Indianern unzählige Gerichtsverfahren – über Jagd- und Vertragsrechte und andere Streitfragen – durchgesetzt und oft gewonnen hatte. Für Unternehmen wie die *Rocky Mountain News* war *NARF* die »Autoriät« über Indianer. Außerdem hatte Alanis eine Freundin in der *NARF*-Bibliothek, die über eine Reihe von Kontakten verfügte.

Vor ihrem Besuch hatte Alanis kurz mit der Bibliothekarin telefoniert, und als sie jetzt in der Bibliothek ankam, hatte die Frau bereits mehrere Akten für sie hergeholt.

»Hallo, wie geht's meiner besten Quelle?« sagte Alanis anerkennend. Linda Chavez blickte von ihren Papieren auf und lächelte. Äußerlich gesehen war sie fast das genaue Gegenteil von Alanis: Pueblo-Indianerin, klein und braun wie eine Walnußschale. Sie trug ein geblümtes Polyesterkostüm und prächtigen Türkisschmuck. Alanis dagegen war einsfünfundsiebzig groß, schlaksig und etwa drei Schattierungen heller.

»Schön, dich zu sehen«, sagte Linda. »Diesmal hast du mich ganz schön auf Trab gebracht.«

Sie griff nach einer Aktenmappe und begann zu blättern.

»Nun, Alanis«, sagte sie, offensichtlich zufrieden, helfen zu können, »anscheinend gibt's da ein großes Problem mit dem Land auf White Earth. Nach unseren Unterlagen haben die Bundesbehörden seit der Jahrhundertwende fünfzehnmal die Landsituation unter die Lupe genommen und fast ebensooft zugunsten der Indianer entschieden. Am Ende haben diese aber noch kein einziges Stück Land zurückbekommen; Nicht-Indianer besitzen immer noch neunzig Prozent davon. Leider sind unsere Unterlagen nicht ganz vollständig, aus zwei Gründen: Erstens sind die White-Earth-Leute nicht unsere Klienten, und zweitens, falls jemand unser Klient sein würde, wäre das vermutlich der Stammesrat. Ganz unter uns, ich hab gehört, die sind ein großer Teil des Problems dort.«

»Wie meinst du das?«

»Na ja, du kennst ja meinen Mann, Buddy. Er ist von White Earth, und nach dem, was seine Verwandten sagen, steht der Stammesrat im Zentrum des derzeitigen Schlamassels.«

»Geht's da um Indianer und Kasinos?«

»Nein, nicht wirklich. Schau, die White-Earth-Leute haben jahrelang versucht, ihr Land zurückzubekommen, und jetzt hat der Stammesrat plötzlich ein paar große Pachtverträge mit einer Holzfirma abgeschlossen. Dieses Kahlschlag-Geschäft hat das Faß zum Überlaufen gebracht. Die Stammesregierung wird reich und stellt diesen Reichtum zur Schau. Es gibt Gerüchte, daß der Stammesratsvorsitzende im letzten Jahr über zweihundertfünfzigtausend Dollar verdient hat, während die meisten Reservationsbewohner bettelarm sind. Buddy sagt, die Leute vom Stammesrat verhalten sich von Tag zu Tag mehr wie Weiße.«

»Der Stammesrat ist also korrupt?« Das könnte die Story vereinfachen, überlegte Alanis.

»Na ja, so direkt würd ich das nicht sagen, aber du solltest das überprüfen.«

»Du bist wirklich ein wandelndes Archiv«, sagte Alanis dankbar. »Es muß daran liegen, daß das Indianerland eine so kleine Welt ist, oder vielleicht führst du einfach eine dieser strategisch interessanten Mischehen aus Angehörigen verschiedener Stämme.«

Linda errötete und lächelte. »Fusion und Neuerwerbung, du weißt ja, wie das geht. Und hier ist die Nummer der Kusine meines Mannes, falls du sie brauchst.«

Alanis blickte auf den Namen: Elaine Mandamine. Sie heftete die Nummer in ihr Notizbuch.

Wieder in ihrem Saab, den sie auf dem Parkplatz des *NARF*-Gebäudes abgestellt hatte, stapelte Alanis das erhaltene Material auf den Beifahrersitz, lehnte sich zurück und atmete tief durch. Vor der Fahrt zum Flughafen mußte sie noch ihren Freund Browning Teaman beim *Indian Center* aufsuchen. Sie hatte das deutliche Gefühl, daß es hier mehr als nur eine Geschichte gab.

Alanis war mit Browning zur Schule gegangen. Er war der typische Comache-Renaissance-Mann: ein Bürokrat, Vater, Powwow-Tänzer und einer der landesweit bestbekannten Powwow-Zeremonienmeister, der kein großes Powwow innerhalb der Vereinigten Staaten ausließ – was ihn zu einer Goldgrube von Information machte. Er wußte über indianische Gemeinden von Los Angeles bis Chicago wahrscheinlich mehr als jeder andere. Der kräftige Mann sah auf, als Alanis sein Büro betrat.

»Grüß dich, Alanis!« Er streckte ihr seine Hand hin.

»Hallo, Browning«, sagte sie erleichtert. Irgendwie gab er ihr immer ein Gefühl von Sicherheit. »Danke, daß ich gleich vorbeikommen konnte. Ich seh, deine Frau hat dir schon wieder so ein neues tolles *ribbon shirt** genäht, *heh*?«

Browning war immer perfekt gekleidet, was er zum Teil seiner Frau, einer *Oto*, verdankte, die mit großer Sorgfalt seine Garderobe für Arbeit und gesellige Anlässe vorbereitete. »Du kennst ja diese Oto«, sagte er. »Sie sind solche Perfektionisten!«

»Dein Glück!« sagte sie. »Vielleicht könntest du mich mal mit einem netten Oto-Mann bekannt machen? Ich könnt so 'ne Hilfe auch ganz gut gebrauchen.«

»An dir ist doch nichts auszusetzen, Alanis – obwohl wir schon darauf hoffen, daß du irgendwann nicht mehr wie ein Yuppie aussiehst.« Er lachte. »Ich kann jetzt nicht lange ratschen. Du weißt, ich bin inzwischen ein vielbeschäftigter Komantsche. Also, hinter was bist du her?«

»Browning, der größte Witz ist, daß du hier eine Chippewa vor dir hast, die dich über Chippewas befragt. Wie du weißt, stammt meine Familie von White Earth, aber ich war nur ein paar Mal dort gewesen, also weiß ich eigentlich nicht viel darüber. Und jetzt, wo dort die Hölle los ist, brauch ich Hilfe.«

Browning lächelte. »Chippewa sind seltsame Leute, was sich jetzt mal wieder deutlich zeigt. Und obwohl ich in den letzten zwei Jahren beim White Earth Powwow dabei war, bin ich mir immer noch nicht ganz sicher, was dort vor sich geht. Deine Familie ist von Pine Point, richtig?«

Alanis nickte. »Und ein Teil meiner Verwandten lebt noch dort. Nur ein paar sind in der Zeit der Umsiedlung weggezogen.«

»Gut, diese Verwandten sind Pillagers, andere sind Mississippi, in deren Reihen es auch den einen oder anderen Pembina gegeben hat. Man hat sie alle auf White Earth zusammengesteckt. Wie dem auch sei, nach dem, was ich gehört habe, hat diese Sache eine lange Geschichte. Diese Leute sind alle beschissen worden von den *Feds***und den Weißen, und jetzt werden sie auch von ein paar ihrer eigenen Leute beschissen.«

»So ungefähr hab ich mir das vorgestellt. Das alte kolonialistische Muster, heh?«

»Na ja, damit weißt du so ungefähr das Wesentliche. Ich selbst weiß mit Sicherheit nur, daß der Stammesrat ein ziemlich gutes Powwow auf die Beine stellt, mit Tänzern von überall her. Sie zahlen gut und termingerecht; aber außer diesem Powwow gibt es wenig Bemerkenswertes. Ich hab ein paar Freunde, die dort leben, ziemlich gute Tänzer und so. Zwei dieser Brüder waren in Vietnam mit mir. Ich glaub nicht, daß sie auf der Seite des Stammesrats stehen, und du könntest wahrscheinlich mit ihnen reden. Wart, ich such mal ne Nummer raus.«

Alanis spürte, wie sich ihre Anspannung legte. Es lohnte sich immer, bei Browning vorbeizuschauen; er schien Ordnung in die Dinge zu bringen. Browning schlug sein perfekt organisiertes Adressenheft an der gesuchten Stelle auf und schrieb für Alanis eine Nummer und zwei Namen auf einen Zettel. Internatsgeschulte Schönschrift, stellte sie fest, als sie die Namen las: Moose Hanford und Willie Schneider.

»Moose war bei einer Aufklärungseinheit in 'Nam. Er ist ein guter Tänzer. Auch Willie war in 'Nam mit mir. Grüß ihn von mir, und sei auf der Hut, was dich selbst betrifft. Falls Willie noch nicht unter der Haube ist – du bist ziemlich genau sein Typ.«

»*Miigwech*«, sagte Alanis und fügte hinzu »für all die guten Aussichten.«

»*Giga-waabamin miinawaa*«, sagte er und lächelte, als sich Verwirrung auf ihrem Gesicht zeigte. »Das ist Chippewa für ›auf Wiedersehen‹.«

Das Flugzeug nach Minneapolis-St.Paul war voller müder Geschäftsleute in müden Anzügen. Alanis ließ sich in ihren Sitz sinken und schlüpfte aus den Schuhen. Sie zog einen Tony-Hillerman-Krimi aus ihrer Tasche. Nach ein paar Seiten nickte sie langsam ein, zu müde sogar für Detective Jim Chee. Sie glitt in den Raum zwischen Traum und Wachen, und ihr Geist wanderte nach White Earth. Ihre Erinnerungen waren vage. *Geruch von Holzfeuern, alte Autos, alte Frauen, die sie in die Wangen kniffen.* Sie berührte ihre Wange, doch ihre Hand sank langsam nach unten. Sie erwachte, als das Flugzeug zur Landung aufsetzte.

Der Flug nach Bemidji war eine Pendlerverbindung, und der Flughafen schien im Niemandsland zu liegen. Alanis blickte hinunter auf die Lichter von Bemidji in der Dunkelheit und fühlte sich gleichzeitig erregt und erschöpft. Sie mühte sich, die Erregung über die Erschöpfung siegen zu lassen, galt es doch, ein Hotel zu finden.

Ihre größte Angst war, in das Land ihrer Vorfahren wie ein Gespenst zurückzukommen, das die abgelegenen Motels der Grenzstädte des Indianerlands heimsucht, Kreditkarte in der Hand, auf der Flucht vor den heulenden Winden und Schneestürmen, die einen Großteil dessen zudecken, was den Indianern geblieben ist. Sie würde in einer Schneewolke ankommen, die Wirte würden argwöhnisch auf das Gespenst blicken und fragen: »*Wie viele Leute werden heute nacht hier sein?*« Der Wirt würde unweigerlich über ihre Schulter zu dem Wagen vor der

Tür blicken, um herauszufinden, ob diese indianische Geisterfrau einem Schwarm von Aufrührern und wilden Kindern in dem bescheidenen Motelzimmer Unterschlupf gewähren wollte. Dann würde der Wirt überrascht auf die Kreditkarte blicken, die das Gespenst herauszog und die für die Kosten aufkommen würde.

Diese Szene spielte sich nach Alanis' Ankunft in Bemidji fast genauso ab. Ihr Flug hatte Verspätung, und sie durchstöberte schnell ihre Notizen nach der Hotel- und Mietwagen-Information. Sie entschied sich für das Holiday Inn. Vermutlich würde es an Indianer gewöhnt sein, grenzten doch drei Reservationen an die kleine Stadt. Nach ein paar Telefonaten und einer kurzen Wartezeit stand sie schließlich, etwas mitgenommen, in der Lobby, um sich anzumelden.

»Aus wievielen Personen besteht Ihre Gruppe?« Die füllige, sommersprossige Empfangsdame blickte über Alanis' Schulter zu dem Mietwagen vor der Tür. Alanis lächelte, in Anerkennung des Rituals.

Sie zog eine Kreditkarte aus ihrer Brieftasche, legte sie auf die Empfangstheke und schnipste mit ihren kastanienbraunen Fingernägeln darauf. Die Frau blickte auf Alanis' Hand, die Ringe, die Kreditkarte. Alanis fragte sich, was in dem Gehirn unter den Sommersprossen wohl vor sich ging. Dann griff eine breite fleischige Hand nach der Kreditkarte und zog sie durch den elektronischen Kartenleser. Nach einer kleinen Pause wechselte der Schlüssel den Besitzer.

Endlich in dieses Bollwerk des amerikanischen Luxus aufgenommen, holte Alanis das Gepäck aus ihrem Wagen und stapfte erschöpft zu ihrem Zimmer.

* Hemd mit auf der Brust, Rücken und Ärmeln angenähten Bändern (Ribbons) – beliebtes Kleidungsstück bei »neu«-traditionellen Indianern

** Vertreter der Bundes(*federal*)regierung und -verwaltung, vor allem das BIA. Wird auch als Kürzel für das FBI, die Bundespolizei, verwendet (s. folgende Kapitel)

GIIWEDAHN

HEIMKEHR

An der Grenze der White Earth Reservation stand ein Wegweiser mit einem handgearbeiteten Schild, auf dem zu lesen war: »This is Ours« (Dies gehört uns). Alanis Nordstrom lächelte beim Anblick des Schildes, während sie auf dem State Highway 113 nach Westen abbog.

Die Kiefern machten langsam Marschland und Biberdämmen Platz. Weiden und Rohrkolben säumten die Seen, dahinter erhoben sich Ahornbäume und Espen. Als Alanis an einem ausgedehnten Ahornwäldchen vorbeifuhr, spähte sie durch die Bäume und entdeckte die Reste des Lagers der Frühjahrs-Zuckerernte: Zweihundert-Liter-Tonnen und eine Ansammlung blecherner Kaffeedosen. Sie erinnerte sich an den Geruch von Holzfeuern, und einen Augenblick lang konnte sie den frisch gezapften Ahornsaft schmecken. Die Reifenspuren im Wald waren noch nicht von Tauwetter und Regen ausgelöscht worden, doch die Saft-Sammlerinnen waren fort. Die Ahornsirup-Saison war vorbei.

Hoch über einer Marsch und einer daran angrenzenden Weide sah Alanis einen Schwarm Kanadagänse nach Norden fliegen. Sie steuerte den Wagen vorsichtig auf das Bankett, stieg aus und sah den Vögeln zu. Es waren Hunderte, dunkle Formen vor dem wolkenverhangenen Himmel. Alanis setzte sich auf die Kühlerhaube und nahm die frische Luft und die Laute der Gänse in sich auf. Die Flügel klangen wie Wellenschlag gegen ein Holzboot, ein sanfter Rhythmus, von den lauten Vogelrufen unterbrochen. Während die Gänse langsam weiterzogen, fiel Alanis der Tabak im Seitenfach ihrer Handtasche ein.

Jetzt ist die Zeit dafür gekommen, entschied sie und griff sich eine Prise. Sie wärmte sie in den Händen und entfernte sich ein paar Schritte von der Straße. Sie blieb stehen, blickte zu den Gänsen auf und richtete die Gedanken auf eine sichere Reise und ein gutes Leben. Danach legte sie den Tabak ans untere Ende des Stamms einer Kiefer und ging zum Auto zurück.

Als sie das Autoradio anstellte, hörte sie die Stimme eines Reporters namens Tim Harvala in den Morgennachrichten des Senders KAXE. Seine Worte holten sie abrupt aus ihren Kindheitserinnerungen, denn er berichtete gerade vom Schauplatz der Besetzung: »... am Rand des Dorfes White Earth mit dem Stammesratsvorsitzenden und seinem Anwalt.« Harvala hielt kurz inne und fragte dann: »Vorsitzender Wagosh, wie schätzen Sie die gegenwärtige Lage ein?«

Lance Wagosh war nervös, aber auf der Hut: »Diese Leute sind Terroristen. Sie zerstören Eigentum der Bundesregierung und des Stammes.« Pause. Dann: »Sie haben nie klar eine Beschwerde vorgebracht, und alles, was wir wissen, ist, daß sie das Gesetz brechen.«

»Glauben Sie, der Stammesrat hätte diese Situation vielleicht vermeiden können, wenn er sich letzte Woche mit den Protestierenden getroffen hätte?«

»Wir können uns nicht mit jedem treffen. Sie repräsentieren nur eine kleine Fraktion der Gemeinde.«

Harvala schien angriffslustig. Alanis lächelte. Hier hatte jemand Mumm. Jetzt entgegnete der Reporter: »Aber sie haben mehrere hundert Unterschriften auf ihren Petitionen gehabt. Die Besetzer sagen, sie wollen nur ein Treffen.«

»Sicher, sie baten uns um ein Treffen, doch das haben wir ja bereits versucht, und das Ganze endete in einem richtiggehenden Aufruhr. Man kann nicht von uns erwarten, ein Treffen unter solchen Umständen abzuhalten.« Wagosh setzte an, seine Position weiter zu untermauern.

»Der Punkt ist«, trat der Stammes-Anwalt dazwischen, »daß sie das Gesetz brechen. Das sehen Sie doch selbst, und Sie können nicht von uns erwarten, daß wir sie verteidigen.«

»Nein«, stimmte Harvala zu. »Aber ist was dran an dem, was die Besetzer sagen? Immerhin geht es bei der Auseinandersetzung um die Mitwirkung der Gemeinde an Entscheidungen über das Abkommen über Holzschlag und die Fabrik, oder?«

»*Wir* sind die *gewählte* Stammesregierung«, schnaubte Wagosh, mit Betonung auf »wir« und »gewählt«. »*Wir* repräsentieren den Stamm bei diesen Entscheidungen, und in den vergangenen Monaten hat es eine ausführliche Debatte über das vorgeschlagene Projekt gegeben. Wir sind sicher, daß der Vorschlag das bestmögliche Angebot ist.«

Harvala ließ die beiden vom Haken. Diese Story würde ihm für die nächsten paar Tage reichen, und ohne Zweifel würden sich die Dinge ändern. Der Reporter richtete sich jetzt direkt an seine Zuhörerschaft. »Offenbar hält der Stammesrat an seiner Position fest, und bis zum jetzigen Zeitpunkt gibt es noch keine neue Nachricht von *Protect Our Land.*

Werden sie verhandeln, oder werden sie mit dieser bewaffneten Besetzung des Dorfes weitermachen? Wir werden Sie in unserer aktuellen Berichterstattung hier aus dem Dorf White Earth auf dem laufenden halten.« Damit gab er zum Sender zurück.

Alanis war von der Reportage angenehm überrascht. Sie hatte am Morgen die vom *NARF* gesammelten Zeitungsausschnitte durchgesehen und mit dieser Haltung der Stammesregierung gerechnet. Doch der Reporter war sehr viel besser, als sie erwartet hatte. *KAXE* war ein Grenzstadt-Radiosender, und die meisten Reservations-Grenzstädte waren für ihren Rassismus berüchtigt – die Medienberichterstattung bildete selten eine Ausnahme. Harvala schien ein paar Stufen über der Norm zu stehen.

Als Alanis sich dem Dorfrand näherte, war von dem Frieden des Marschlandes nichts mehr zu spüren. Sie hielt an einer Straßensperre an, und ein Hilfssheriff bedeutete ihr, die Scheibe herunterzukurbeln. Als er sah, daß sie Indianerin war, wurde sein Gesicht hart, woran auch das Vorzeigen ihres Presseausweises nichts änderte. Er sprach kurz ins Funkgerät, blickte wieder zweifelnd auf Alanis und fragte seinen unsichtbaren Gesprächspartner: »Sind Sie sicher?« Mit immer noch hartem Gesicht bedeutete er Alanis, zu dem Wohnwagen weiter vorne an der Straße zu fahren.

Der Wohnwagen – ein Wagen, wie ihn sonst Ingenieure und Bauinspektoren auf Baustellen benutzen – war die FBI-Kommandozentrale. Um ihn herum parkten ohne erkennbare Ausrichtung vier identische Fahrzeuge, alle mit South-Dakota-Nummernschildern. Transporter von Fernsehstationen, jeder mit Antennen gespickt, kreisten den Wohnwagen ein, während geschäftige Techniker in einem Spinnennetz von Drähten Kabel ausrollten und Reporter ihr Make-up und den Sitz ihrer Haare korrigierten. Am Rande des Geschehens hatten sich weiße Farmer und Stadtbewohner versammelt, mit Transparenten und Spruchbändern, auf denen die Indianer angeprangert wurden. Unterdessen saßen mehrere FBI-Männer unbekümmert an einem Picknicktisch, wo sie mit Genuß glasierte Donuts aßen und Kaffee tranken. Dann erstarrten sie – ein Fremdling kam, eine indianische Frau. Sie musterten sie von Kopf bis Fuß, als sie aus ihrem Auto stieg.

Alanis sah wie eine Reporterin aus. Obwohl sie Indianerin war, zumindest zur Hälfte, war sie immer noch Reporterin: Leicht zu erkennen an der Kamera, die neben einer Tasche mit Laptop und Funktelefon über ihrer Schulter hing, und dem Kassettenrecorder, Notizheft und

Kugelschreiber in ihren Händen. Nachdem die Männer gesehen hatten, was es zu sehen gab, schenkten sie ihr keine weitere Beachtung.

»Ich bin von den *Rocky Mountain News*, und ich schreibe für die Zeitung und *United Press International*«, stellte sie sich vor. »Ich würde gern mit Ihrem Einsatzleiter sprechen.«

Ein kräftiger Mann mit rötlichen Haaren antwortete, ohne Alanis anzusehen. »Ich bin Agent Simpson«, sagte er knapp. Alanis' Presseausweis schien ihn nicht weiter zu beeindrucken. Er trug eine Armee-Daunenweste, eine Kappe, auf deren Schirm die Buchstaben »FBI« prangten, und eine Pistole im Halfter. Er biß noch einmal in sein Donut und sagte mit vollem Mund: »Ich nehm an, Sie wissen, worauf Sie sich hier einlassen, Miss, aber wir können nicht für diese Indianer bürgen.«

»Ich habe das in Betracht gezogen, danke.« Sie biß die Zähne zusammen. Ohne Frage war das FBI gereizt, aber das war ja nicht anders zu erwarten gewesen. Und auch sie konnte unerbittlich sein. »Wer ist hier der Einsatzleiter?«

Der FBI-Mann sprach über die Schulter, ohne in ihre Richtung zu blicken. »Agent Cope ist im Wohnwagen.«

»Könnte ich mit ihm sprechen?« fragte Alanis in ihrem höflichsten Tonfall.

Der Mann deutete zum Wohnwagen und sagte: »Gehen Sie nur rein, Miss, aber ich glaub nicht, daß er in der Stimmung ist, mit der Presse zu reden.«

»Schon in Ordnung«, sagte Alanis, froh, daß sie sich wenigstens nicht länger mit Simpson abgeben mußte.

Als sie sich umdrehte und auf den Wohnwagen zuging, wandten die Männer am Tisch den Kopf und folgten ihr mit den Augen. Alanis trug an diesem Tag Jeans, Jeanshemd und Lederjacke, doch sie war, Indianerin oder nicht, nach jedem Standard eine attraktive Frau.

Noch bevor sie klopfen konnte, lehnte sich ein hochgewachsener Mann, ebenfalls mit FBI-Baseballkappe auf dem Kopf, aus der Tür des Wohnwagens. »Kann ich Ihnen helfen?« Agent Cope setzte sein liebenswürdigstes Lächeln auf für die hübsche Reporterin. Alanis reichte ihm die Hand.

»Ich bin Alanis Nordstrom von den *Rocky Mountain News* und *UPI*.« Eine sommersprossige Hand ergriff die ihre. Ein steifer, förmlicher Händedruck. Er bat sie nicht in den Wagen. Sie fuhr fort: »Falls Sie Agent Cope sind, hätte ich gern eine kurze Stellungnahme von Ihnen.«

»Bin ich«, sagte er. Sein Gesichtsausdruck änderte sich nicht, aber sein Lächeln wirkte jetzt etwas gezwungen. Eine Indianerin, *verdammt*, dachte er. Er würde das Beste daraus machen müssen.

»Sagen Sie mir einfach, was hier vor sich geht, Agent Cope.« Alanis stellte ihren Kassettenrecorder an und hielt ihn hoch.

»Nun, Miss Nordstrom, die Sache ist die – diese Indianer haben das Gesetz gebrochen.«

Sie hob eine Augenbraue und dachte daran, wie häufig auf Indianerland das Gesetz gebrochen wurde von weißen Männern in italienischen Anzügen.

»Sie haben Maschinen im Wert von ungefähr einer Million Dollar verbrannt, die dem Holzunternehmen gehören, das nach unseren Informationen in gutem Glauben mit den Indianern verhandelt hat. Und sie zerstörten Eigentum der Bundesregierung, darunter zwei Lastwagen, die dem BIA gehörten. Ganz zu schweigen von dem, was sie im Gebäudeinneren mit der Ausstattung des Stammesrats anstellen.«

»Ist das der Grund für die Anwesenheit des FBI?«

»Wir sind hier, weil man uns gerufen hat. Diese Sache ist ein paar Nummern zu groß für den hiesigen Sheriff, und diese Leute sind schwer bewaffnet. Sie gehn aufs Ganze.« Er zeigte mit dem Arm zur Wohnsiedlung und den Stammesbüros.

»Könnten Sie mir zum Schluß noch sagen, wie es auf dem Gelände aussieht und wie ich Ihrer Meinung nach am besten hineinkomme?«

»Hinein?« fragte Agent Cope.

»Ich habe vor, diese Elaine Mandamine von *Protect Our Land* zu interviewen. Das ist die Organisation hier, richtig? Sie erwartet mich in Kürze. Ich wollte Sie nur wissen lassen, daß ich vorhabe hineinzugehen.«

Die Antwort von Agent Cope war kurz. »Nun, wie Sie wollen, Miss Nordstrom.«

Der Mann trat endlich in den Wohnwagen zurück, und Alanis faßte das als Einladung auf, einzutreten. Er stand vor einer Landkarte und einer Luftaufnahme des Dorfes, die auf einem Tisch zwischen leeren Kaffeetassen und Krümeln weiterer Donuts ausgebreitet lagen.

»Sind Sie aus Rapid City?« fragte Alanis.

»Das bin ich tatsächlich«, sagte er verdutzt. »Wie haben Sie das herausgefunden?«

»Die Nummernschilder.« Sie deutete mit dem Kopf durchs Fenster zu den geparkten Autos.

Cope trat leicht nervös von einem Fuß auf den anderen und wandte sich der Landkarte zu.

Der FBI-Mann ist von South Dakota importiert worden, sagte sie sich, der Abteilung des FBI, die sich auf die Bekämpfung von Indianeraufständen spezialisiert hat. Northern Minnesota wird sich vielleicht eine paar *einheimische* Spezialisten heranziehen müssen.

»Das ist das Spielfeld«, sagte er mit Blick auf die Luftaufnahme. »Hier ist unsere Mannschaft, und dort ist ihre. Und das ist die *scrimmage line**.« Er deutete mit dem Zeigefinger auf die Barrikade aus Autos. »Dies«, seine Hand wanderte weiter, »ist die Einfahrt für Autos.«

»Zeigen Sie's mir draußen.«

Der Polizist und die Reporterin traten vor den Wohnwagen. Die anderen FBI-Männer sahen von ihrem Picknicktisch auf und blickten zu ihrem Vorgesetzten.

»Dort drüben.« Cope deutete auf einen Wall aus Schrottautos und Baumstämmen. »Da ist eine Stelle zwischen diesen Indianerautos, wo Sie durchfahren können.« Pause. »Die haben es wirklich verdammt gut hingekriegt, ein Chaos zu produzieren.«

Er fuhr fort: »Ich denke, heut nachmittag sollte es sicher für Sie sein, reinzugehen. Im Augenblick beschränken wir uns darauf, alles genau zu beobachten. Sie werden keine Probleme bekommen. Ich werde meine Männer von Ihrem Ausflug informieren.«

»*Miigwech*.«

Ein fragender Blick.

»Das heißt ›danke‹ auf Ojibwe.«

»Oh«, sagte er.

»*Giga-waabamin miinawaa*. Ich seh Sie später.«

Er murmelte etwas und folgte ihr mit den Augen, als sie sich entfernte. Er sah den langen Zopf, der ihr den Rücken hinunterhing. Hübsche Frau, dachte er. Dann schüttelte er den Kopf. »Verdammt, ich bin einfach schon zu lange auf diesen Reservationen«, sagte er und seufzte.

* Anspiellinie; Cope beschreibt hier und auch später die Auseinandersetzung mit den Besetzern gern in den Termini des Football

DIE AK-47

Unter dem wachsamen Blick von Agent Cope wie auch dem von Moose Hanford manövrierte Alanis ihren Mietwagen durch Selam Big Bears Barrikaden-Komposition. Ihr war klar, daß wahrscheinlich hundert Ferngläser und Zielfernrohre auf sie gerichtet waren, als sie die Grenze überquerte. Mit steigendem Adrenalinspiegel lenkte sie den Wagen vorsichtig auf einen Platz zum Parken in der Nähe der Stammesratsbüros. Zwei Männer in Armeekleidung traten aus der Tür des Gebäudes, rannten gebückt auf ihr Auto zu und bedeuteten ihr, auszusteigen. Alanis atmete tief durch und öffnete die Autotür im gleichen Moment, als eine dunkle Hand ausgestreckt wurde, um ihr behilflich zu sein.

»Kann ich Ihnen was abnehmen?« fragte Willie Schneider die Reporterin.

»Nein, ich komm schon zurecht, danke«, sagte sie, überrascht von seiner Höflichkeit inmitten dieser Umgebung.

»*Weeweib*. Schnell. Wir wissen nicht, was die *Feds* oder die *Rednecks** im Schilde führen.«

Mit Kamera und Taschen in der Hand folgte Alanis Nordstrom gehorsam Willie Schneider und Hawk Her Many Horses in das Büro, in gebücktem Lauf wie die beiden Männer.

Drinnen nahm Hawk ihr gleich die mitgeführten Gegenstände ab und fragte: »Würden Sie bitte hier rüberkommen, *duga*? Ich muß Sie überprüfen.« Er lächelte schüchtern, eine Spur entschuldigend.

Sie sah Willie und Hawk Her Many Horses an, beide in ihren alten Armeeuniformen, auf deren Rücken mit großen weißen Buchstaben »White Earth Warrior« gemalt war, und mit Jagdgewehren über der Schulter. Hawk Her Many Horses war ein schmächtiger Mann, je zur Hälfte Lakota und Chippewa. Nach der Anzahl von Narben in seinem Gesicht zu schließen, war wohl auch er Veteran eines Krieges, entweder dem in Vietnam oder den Kämpfen in der Franklin Avenue in Minneapolis. Willie untersuchte ihren Laptop, Kassettenrecorder, Funktelefon und Kamera. Alanis wartete ungeduldig. Hawk übernahm die Leibesvisitation und fuhr ihr mit schwieligen Händen die Arme entlang.

Sie verzog das Gesicht und sagte verärgert: »Ist das wirklich nötig?«

»Uh huh, aber sicher. Hier ist Krieg, meine Dame.« Doch er tastete nicht weiter und zwinkerte ihr zu. »Wenn Sie jetzt Ihr Hemd ausziehen würden, Miss?«

»Pfoten weg!« Alanis riß sich los. «Suchen Sie sich dafür 'ne Freundin.«

»Gib's auf, Hawk«, sagte Willie spöttisch. Er gab Alanis ihre Reporterausstattung zurück. «Er hat nur Spaß gemacht«.

Im gleichen Augenblick erschien Elaines hochgewachsene Gestalt in der Tür. »Was macht ihr Typen da eigentlich? Sie ist Reporterin und kein Dummkopf.«

Elaine reichte Alanis die Hand. »Danke, daß Sie gekommen sind.« Ihre Stimme verriet Stärke, aber auch Anspannung. Die Augen der Frauen trafen sich. »Tut mir leid wegen Hawk«, sagte Elaine. »Er kann ein ziemliches Ekel sein, aber ansonsten ist er in Ordnung.«

Alanis nickte. »Ich werd's nicht persönlich nehmen.«

»Also, wie war Ihre Reise, und wie haben sich die *Feds* verhalten?« fragte Elaine, vor allem an letzterem interessiert. Sie führte die Reporterin ins Stammesbüro.

»Also eigentlich war es leichter reinzukommen, als ich erwartet habe. Aber ich bin mir nicht sicher, ob ich ebenso leicht wieder rauskommen werde«, sagte Alanis. »Ich glaub, sie betrachten mich als einen der Feinde, in zweifacher Hinsicht.«

»Keine Sorge«, sagte Elaine mit ernstem Gesicht. »Wir haben hier sowohl weiße Fahnen als auch ein zusätzliches .30-06-Kaliber-Gewehr, je nachdem, wie sich die Dinge entwickeln.«

Alanis war beeindruckt von dieser Frau, die unverkennbar unter einer großen Belastung stand und sich dennoch ihren Sinn für Humor bewahrt hatte. Mit ihrer schlaksigen Figur sah Elaine fast wie eine Jugendliche aus, doch bei näherem Hinsehen zeigten sich deutlich die achtundzwanzig Jahre auf der Reservation. Sogar ihre Hände legten davon Zeugnis ab: die Tätowierungen auf ihren Knöcheln und eine auffällige Narbe, die sie davongetragen hatte, als sie im Alter von zwanzig Jahren durch eine Windschutzscheibe geflogen war.

Alanis gab sich einen Ruck und besann sich auf ihren Auftrag. »Also, was genau geht hier vor?«

»Ich werd Sie herumführen, dann können Sie sich selbst ein Bild machen«, antwortete Elaine. »Heute ist der dritte Tag der Besetzung.

Unsere Leute sind hinter diesen Barrikaden und in Hungry Hill dort oben.« Sie deutete zur Wohnsiedlung auf dem Hügel oberhalb der Stammesbüros. »Die Siedlung wurde schließlich zusammen mit uns abgeriegelt, ob das den Bewohnern nun recht ist oder nicht. Vermutlich haben die *Feds* entschieden, daß es dort oben ein paar ziemlich dunkle Indianer gibt und es besser ist, sie innerhalb der Gefahrenzone zu haben als hinter ihrem Rücken.«

»Die ganze Wohnsiedlung ist gesperrt?« Alanis konnte es kaum glauben.

»Ja, allerdings. Nur die Stammesratsangestellten, die dort wohnen, sind noch rausgegangen, bevor die *Feds* kamen. Aber alle anderen teilen jetzt unser Schicksal.«

»Mit den *Feds* und dem, was wie eine Bürgerwehr aussieht, gibt es verdammt viele Gewehre da draußen. Und in der Siedlung wohnen doch sicher haufenweise Kinder.«

Elaine notierte, daß Alanis nicht die übliche Floskel »Frauen und Kinder« verwendet hatte. Sie lächelte vor sich hin. Sie könnte diese Frau mögen.

»Tatsächlich wohnen ganze Familien dort oben, fünfundzwanzig oder so. Außerdem ist da noch die Altenwohnanlage. Also alles in allem sind da Menschen, deren Erschießung der Öffentlichkeit nur schwer zu vermitteln wäre. Aber irgendwie müssen diese FBI-Leute entschieden haben, daß wir Indianer alle gefährlich sind. Sie wissen schon, Cowboys und Indianer.«

Alanis rief sich das *Associated-Press*-Telex über die Besetzung ins Gedächtnis, das sie gelesen hatte. »Aber die Zeitungen berichten, daß Sie Geiseln festhalten ...« Es war halb Frage, halb Köder.

»Ach ja? Nun, hier ist niemand, der nicht hier sein will. Diese Meldung stammt wahrscheinlich vom FBI, weil sie uns als die Bösen hinstellen wollten – und weil die Welt nicht erfahren sollte, wie viele Menschen hinter dieser Aktion stehen. Diese Ältesten sind wirklich *mindawe*. Sie sind stockwütend über das, was mit dem Land passiert, und wollen ganz sicher hier keinen Kahlschlag sehen. Viele von ihnen sind im Mittelpunkt dieses Kampfes gestanden und haben uns anderen Dampf gemacht.«

»Oh, ich verstehe, revolutionäre Alte«, sagte Alanis, in Anspielung auf dic mutmaßliche Einstellung des FBI. »Wenn ich ein *Fed* wäre, würde ich diese Ältesten auch ins Lager des Feindes stecken.«

»Genau. Und das hier ist einer dieser Radikalen – Mesabe, mein Großvater«, erklärte Elaine, als sie auf einen alten Mann zugingen. Er trug eine Sonnenbrille, ein kariertes Flanellhemd, Levis und eine »Oka is OK«-Baseballkappe, was sich auf die Mohawk-Besetzung von Oka in Quebec 1990 bezog.

»*Goshkozi Mishoomis*«, brüllte Elaine zu den nur eingeschränkt funktionsfähigen Ohren des alten Mannes. Er öffnete langsam die Augen. »Hier findet ein Krieg statt, und du kannst nicht einfach schlafen.« Sie lachte und half ihm, seine Decke glattzustreichen.

»*Ikwe Giiwanaadizi*«, sagte er, doch er lächelte.

»Das ist Alanis Nordstrom. Sie ist Reporterin einer Zeitung im Westen. Sie stammt aus White Earth, aber sie hat ihr Leben lang im Westen gelebt, mit den Sioux und Navajo. Sie ist auch Bärclan, wie ich.«

Alanis war überrascht. Woher kannte Elaine ihre Geschichte? Doch es stimmte alles.

»*Eh heh, mino, mino*«, sagte der alte Mann mit einem Kopfnicken. Er lächelte, wobei ein fast zahnloser Gaumen sichtbar wurde. »Sie werden uns also berühmt machen.«

Alanis lächelte den alten Mann an. Er erinnerte sie an einige Freunde ihres Vaters in Denver, mit denen sie oft beim Powwow zusammensaß.

»Sie sind bereits berühmt, mein Herr. Ich habe von Ihnen allen in den Zeitungen gelesen. Ich mußte einfach herkommen und es mit eigenen Augen sehen. *Boozhoo.*« Sie streckte eine Hand aus, und er ergriff sie.

»Schreiben Sie über meine Enkelin«, sagte er, offensichtlich stolz. »Ich bin der *ogimaa* hier, aber sie ist die *ogichidaakwe.*«

»Ich werde sicher über Sie beide schreiben«, sagte Alanis zu Mesabe und wandte sich dann wieder Elaine zu. »Sieht so aus, als hätten Sie einen echten Revolutionär hier.«

Elaine kicherte, als der alte Mann sie bei dem Wort »Revolutionär« fragend ansah.

Dann sagte sie zu ihrem Großvater: »Wir werden uns was zu essen und Kaffee holen. Ihr ist wahrscheinlich schlecht vom Flugzeug und diesem ganzen *Chimookamaan-miijim*-Essen.« Sie legte ihm eine Hand auf die Schulter. »*Buckaday ina, Mishom?*«

»Bring mir einen Kaffee, wenn du Zeit dazu hast. Ich werd mich hier einfach ausruhen, damit ich bereit bin, wenn's losgeht.« Er zog eine

Dose »Copenhagen« heraus, stopfte eine kleine Prise hinter seine Unterlippe, ging zu seinem Sessel zurück und schob sich den Schirm seiner Kappe über die Augen.

«Woher wußten Sie denn, welcher Clan ich bin?« fragte Alanis neugierig.

»Na ja, ich hab rumgefragt. Dann hab ich ein bißchen in den alten Registern gestöbert, und die haben das Gehörte bestätigt. Ich wollte einfach wissen, wer Sie sind und wie Sie hier reinpassen. Eine Art Ojibwesicherheitskontrolle.«

»So hab ich das, glaub ich, nie gesehen«, sagte Alanis. »Obwohl mir nicht entgangen ist, daß hier strenge Sicherheitsvorschriften gelten. Die Art, wie ich gefilzt wurde, hat keinen Zweifel daran gelassen. Ich bin verdammt froh, daß ich einen BH anhatte – und daß es kein wattierter war.«

»Nehmen Sie sich vor Hawk in acht. Er hat diese Oglala-Augen.«

»Oh ja, diese Oglala-Augen«, bestätigte Alanis wissend. »Ich werd sicherheitshalber immer wegschauen, damit er mich nicht verhexen kann.«

Sie gingen zusammen zur Küche, und Elaine stellte Alanis die Kochtruppe vor: Georgette Big Bear, Lucy St. Clair und Claire St. Clair. Sie hatten zum Mittagessen Maissuppe, *fry bread*** und heißen Kaffee vorbereitet. Alanis folgte Elaines Beispiel und füllte sich einen Teller. Elaine kündigte an, später noch einmal vorbeizuschauen, um die Vorräte zu überprüfen.

»Mach dir keine Gedanken über Vorräte«, sagte Georgette, sichtlich entzückt von einer Entdeckung: »Wir haben gerade in einem Wandschrank dort hinten an die vier Zentner Lebensmittel gefunden. Wir können monatelang bleiben.«

»Überlaß das Horten von Schätzen dem Stammesrat«, sagte Lucy und schüttelte den Kopf.

Elaine führte Alanis in einen Raum mit Telefonen und Landkarten, der wie eine Kommandozentrale der Besetzung aussah. »Dies ist unser Planungsraum«, sagte sie. »Und hier ist Selam Big Bear, der Repräsentant von White Earth und einer der Organisatoren dieser Besetzung. Und hoffentlich unser nächster Stammesratsvorsitzender.«

Ein kleiner, dunkler Mann reichte Alanis die Hand. Er hatte lange Zöpfe, die unten mit roten Flanellstreifen umwickelt waren.

»Selam liebt Interviews«, sagte Elaine, »ich werd Sie deshalb bei ihm lassen, wenn ich beschäftigt bin. Und hier ist noch jemand, mit dem ich Sie bekannt machen will.« Sie nickte einem Mann zu, der in einen Computer tippte. »Reverend Lee Swenson, der geistliche Führer der fortschrittlichen Weißen auf der Reservation.«

Reverend Swenson winkte gut gelaunt. Er war ein großer blonder Mann, was ihn deutlich von allen anderen Besetzern des Stammesbüros unterschied.

»Und wie geht's jetzt weiter?« fragte Alanis Elaine.

Sie blickte auf eine Karte von White Earth, auf der Gebäude, Wachposten, Barrikaden und die Stellungen der Soldaten und Polizisten von Bund, Staat und Bezirk eingetragen waren. Schnell hingekritzelte Nachrichten informierten, wer zu welcher Zeit zuständig war und auf welcher Funkfrequenz man ihn erreichte. Außerdem wurden ähnliche Informationen über jeden der FBI-Beamten festgehalten.

»Im Augenblick wissen wir das nicht so genau«, sagte Elaine. »Es hängt von den *Feds* ab. Wir haben einen Forderungskatalog bekanntgegeben, und bis jetzt haben wir keine Antwort bekommen. Sie versuchen immer noch, eine Schwachstelle bei uns zu entdecken.«

»Ich hör hier zum ersten Mal, daß Forderungen gestellt wurden«, sagte Alanis. Irgendwie war sie nicht überrascht, weder von der Tatsache, daß es tatsächlich Forderungen gab, noch davon, daß die Medien nicht darüber berichteten.

»Das ist mal wieder typisch«, seufzte Elaine. »Immer wenn sich ein Problem nicht in fünfzig Worten oder so erklären läßt, bringen die Medien lieber gar nichts darüber. Und die FBI-Sprecher geben keine Auskünfte über unsere Forderungen, weil sie fürchten, die öffentliche Meinung könnte sich auf unsere Seite schlagen. Sie ziehen es vor, uns einfach als durchgeknallte Terroristen hinzustellen.«

»Und welche Forderungen haben Sie?«

»Mal sehen, ob ich die Aufstellung finde«, sagte Elaine und durchwühlte die Papierstapel auf dem Tisch.

»Oh gut, hier ist eine«, sagte sie lächelnd, als ihr der Pfarrer ein Papier reichte. »Das ist der Teil mit den Hintergründen. Unsere Dokumentation darüber, wie wir das Land verloren haben und die diesbezüliche Gesetzeslage, das Abkommen mit der Firma *Potlatch,* die Schändung der Grabstätten und alles, was wir über die Kollaboration der Stammesregierung wissen. Dies sind nur die Höhepunkte. Wir haben einen vollständigen Bericht hier.« Sie durchblätterte kurz ein Dokument mit rotem Einband, das auf dem Schreibtisch lag.

»Keine Reaktion auf unsere Forderungen, richtig?« fragte Elaine mit einem Blick zu dem Pfarrer. Lee Swenson war der Verbindungsmann zwischen den Bundesbehörden und den Indianern. Er hatte außerdem ein Team von religiösen Beobachtern zusammengestellt, das die Grenzen des besetzten Geländes überwachen und etwaige Verhandlungen führen sollte. Bislang hatte es viele Wachschichten für sie gegeben, doch keine einzige Verhandlungsrunde.

»Nur dieses Fax«, sagte Swenson und reichte Elaine ein Blatt Papier. Sie las es und gab es an Alanis weiter. Es lautete: »Die Polizeikräfte sind nicht zu Verhandlungen bereit, bis alle Waffen abgegeben worden sind und alle Personen die Stammesbüros geräumt haben.«

»Überaus einfallsreich«, sagte Elaine, verärgert über den Ton dieser Antwort. Sie hatte gehofft, die Gegenseite würde Verhandlungen einer weiteren Verschärfung des Konflikts vorziehen. »Wir berufen wohl besser eine Pressekonferenz ein und geben eine Erklärung ab. Ich werd ein paar Leute holen. Die anderen müßten per Funk verständigt werden. Lee, kannst du das übernehmen?« Sie ging hinaus, Alanis und die anderen blieben im Planungsraum.

Fünf Minunten später waren alle versammelt. Etwa zwei Drittel des Komitees waren Männer, größtenteils jung, aber auch ein paar Älteste. Alanis erkannte ein paar erprobte Kämpfer des *American Indian Movement*, Warren Wabun der auffälligste von ihnen. Sie wartete zusammen mit den zwei Nicht-Indianern – dem Pfarrer und einer weißen Rechtsanwältin namens Karen Ordstrom – vor der Tür. Fünfzehn Minuten später erschien Tim Harvala, der Reporter des Lokalradiosenders, dem es gelungen war, die Grenze zu passieren. Auch Reporter verschiedener Zeitungen und Fernsehsender von Minneapolis und St. Paul trafen ein, zogen es aber vor, aus Sicherheitsgründen hinter den FBI-Absperrungen zu bleiben.

Warren Wabun trat aus dem Konferenzraum. Ein Hüne von einem Mann, mit langen Zöpfen und volltönender Stimme, so stand er stolz vor der Mini-Pressedelegation.

»Als Antwort auf die von der Regierung veranlaßte Invasion unserer Gemeinde geben wir eine Erklärung ab«, begann Warren. »Neunzig Prozent dieser Reservation sind in den Händen nichtindianischer Personen und Interessengruppen. Unsere Leute müssen in tiefster Armut leben, während vor unseren Augen unsere natürlichen Ressourcen und Reichtümer von dieser Reservation fortgeschafft werden, ohne daß uns irgend etwas davon zugute käme. Jetzt droht die Verschmutzung der Quellflüsse des Mississippi. Es geht hier um unser Überleben. Wir werden uns nicht ergeben, bis die Gegenseite ernsthaft zu Verhandlungen bereit ist. Die Regierungen von Bund, Staat und Stamm haben einen klaren und wohlüberlegten Forderungskatalog erhalten. Wir erwarten eine Antwort. Wir sind bereit, unser Land und zukünftige Generationen mit allen erforderlichen Mitteln zu verteidigen.«

Die zwei Reporter machten sich Notizen und stellten Fragen. Dann fragte Alanis, ob sie ihn fotografieren dürfte. Warren war sichtlich erfreut. Er bat sie, einen Augenblick zu waren, rannte los und kam fünf Minuten später mit frisch geflochtenen Zöpfen und einem riesigen, gefährlich aussehenden Sturmgewehr in der Hand zurück.

Alanis trat überrascht einen Schritt zurück. »Entschuldigen Sie, Mr. Wabun, wollen Sie mit einem Gewehr fotografiert werden?«

»Natürlich, das ist die AK-47.«

»Wie meinen Sie das, die AK-47?«

Warren Wabun schwieg eine Weile, um sich seine Antwort zurechtzulegen. Während dieser Denkpause hob er das Gewehr hoch und hielt es sich vor die Brust. Die Kamera klickte, einmal, zweimal, fertig. *Mazinaakizigan.*

Warren Wabun war ein Repräsentant der indianischen Gemeinde der Twin Cities*** und ein Veteran der Kriege mit den Stammesräten im Westen, zahlreicher Kundgebungen, Demonstrationen und Übernahmen – jemand, der für sich beanspruchen konnte, an fünf bewaffneten Besetzungen in seiner kurzen Lebensspanne mitgewirkt zu haben. Aufgrund dieser Erfahrungen konnte er dazu beitragen, die Besetzung in einer größeren Perspektive zu sehen, und viele Reservationsbewohner freuten sich, einen landesweit bekannten Indianer in ihrer Mitte zu haben.

»Dies, Miss Nordstrom«, begann Wabun und hielt kurz inne, um die Wichtigkeit des folgenden zu betonen, »ist ein Gewehr mit einer ehrenvollen Geschichte. Es gibt eine Art Tradition der gegenseitigen Ehrung zwischen verschiedenen Nationen, die an diesen Besetzungen zur Verteidigung unseres Volkes mitwirken. Und zu dieser Tradition gehört diese besondere AK-47. Eine legendäre Waffe, die zum ersten Mal bei der Wounded-Knee-Besetzung gesehen wurde, im Besitz von Bobbie Ankar, einem Vietnamveteranen. Die John Birch Society**** hat Fotos der Waffe verbreitet als ›Beweis‹, daß hinter der indianischen Besetzung die Kommunisten standen. Tatsächlich hatte Bobbie das Gewehr aus 'Nam mitgebracht, wo er es vom Feind erobert hatte.

Jedenfalls ist seit damals diese Waffe – genau diese hier, *niin bakizigan*«, betonte er – »zu einer Art ehrenvoller Auszeichnung rechtmäßiger Besetzungen geworden und wurde somit von einer Nation zur nächsten weitergereicht.« Er wechselte den Ton, sprach jetzt als nüchterner Historiker: »Diese AK-47 wurde nach Meldungen der kanadischen Armee bei der Mohawk-Besetzung von Oka 1990 gesichtet.« Wieder eine Pause. »Natürlich war sie dort«, sagte er mit der nötigen Autorität. »Jede Besetzung, die es verdiente bekam die AK-47-Auszeichnung.

Als die White-Earth-Besetzung in die zweite Woche ging, wurde die AK-47 auch der Koalition zuerkannt, überbracht von einer Abordnung der *Six Nations Confederacy******, die diese Besetzung unterstützten. Die Auszeichnung ist Ausdruck der Hochachtung aller indianischen Nationen für die Strategie und das Engagement der Menschen von White Earth.«

Nach einer weiteren Pause schloß er: »Nun, ich muß *maa jaan*, Miss Nordstrom. Lassen Sie's mich wissen, ob Sie Hilfe dabei brauchen, dieses Foto der Presse und den Nachrichtenagenturen zukommen zu lassen. Ich kann *immer* durch die Polizeiabsperrungen kommen.«

Nach ein paar weiteren Fotos und Fragen war Warren Wabuns Auftrag vollendet. Er überreichte die Presseerklärung Reverend Swenson und seiner eigenen Tochter Danielle Wabun, die am Faxgerät saß und sofort tätig wurde.

»Danke, Großer Geist, für das Faxgerät«, hörte Alanis Warren Wabun flüstern, während er den Raum verließ.

* wörtlich »Rothälse/nacken«: Bürger mit bestenfalls konservativer, meistens reaktionärer rechter Gesinnung und hoher Gewaltbereitschaft

** In flüssigem Fett gebackene Brotfladen

*** Minneapolis-St. Paul

**** 1958 gegründete ultrarechte Organisation zur Bekämpfung (vermeintlicher) Kommunisten

***** Der Bund der sechs Irokesennationen im Nordosten der USA

VETERANEN DER KRIEGE IM EIGENEN LAND

Bewaffnete Besetzer der Stammesbüros fordern Ende des Holzschlags

Von Alanis Nordstrom, Rocky Mountain News

White Earth, Minn. – Verborgen hinter einer Barrikade aus Schrottautos und bewaffnet mit Jagdgewehren und einem einzelnen hochgeschätzten AK-47- Sturmgewehr, halten zwei Dutzend indianische Widerständler seit nunmehr sechs Tagen die Stammesbüros der White Earth Reservation besetzt. Die Besetzung hat internationale Aufmerksamkeit auf die Gruppe gelenkt, die dafür kämpft, dem geplanten Holzschlag auf heiligem Reservationsland ein Ende zu setzen. ...

Alanis hatte sich eine Überlebensstrategie zugelegt, die es ihr ermöglichte, bewußt Indianerin zu sein, ohne darunter zu leiden. Powwows – ja, aber von der Zuschauertribüne aus. Politische Veranstaltungen und Kundgebungen – ja, bei gutem Wetter, und wenn interessante Sprecher oder ihre Freunde anwesend waren. Zeremonien – nur wenn sie wirklich nicht mehr weiter wußte. Besetzungen – auf keinen Fall. Sie erinnerte sich gerne an die indianische Okkupation von Alcatraz Anfang der siebziger Jahre, doch sie hatte nicht vor, sich auf Teufel komm raus das Leben schwerzumachen oder gar das Gesetz zu brechen.

Während sie ihre erste Reportage aus dem Inneren der besetzten Stammesratsbüros verfaßte, wurde Alanis deutlich der Unterschied bewußt zwischen ihr und ihren entfernten Verwandten, den Menschen, über die sie für die Zeitung berichten wollte. *Sie hatte eine Wahl.* Sie konnte überall leben, sie konnte für die *Rocky Mountain News* arbeiten oder auch für die Londoner *Times*, falls sich das so ergeben sollte. Die Menschen von Hungry Hill oder *Protect Our Land* wollten nirgendwo anders als auf dieser ihrer Reservation leben, und wenn sie besser leben wollten, mußten sie daran arbeiten.

Auch die Waffen machten sie nervös. Alanis war fast ihr ganzes Leben eine Stadtindianerin gewesen. Sie hatte zwar vage Erinnerungen daran, wie ihr Vater in den Wäldern hinter Santa Barbara Gold wusch und Hörnchen jagte, doch ein Krieger war er in ihren Augen nicht gewesen. Sie hatte nie so viele Männer in Armeekleidung gesehen wie hier. *Und so viele Gewehre.*

White Earth hatte das Glück, daß dort eine Menge Vietnam-Veteranen lebten, die nach Hause zurückgekehrt waren. Den meisten von ihnen war es auf irgendeine Weise gelungen, ein Arsenal von Angriffswaffen zu behalten, und darüber hinaus besaßen sie einen Vorrat von Selbstschutzzubehör. Vieles davon befand sich jetzt bei den Besetzern, so etwa auch die Gasmasken, die Willie Schneider vor ein paar Jahren bei einem Flohmarkt für Armeezubehör erstanden hatte. Moose Hanford hielt es für wahrscheinlich, daß das FBI früher oder später Tränengas einsetzen würde, also machte er jetzt eine Bestandsaufnahme der verhandenen Gasmasken.

Alanis schlenderte zu der Stellung von Moose und Willie und überlegte laut, was wohl als nächstes geschehen würde. Die beiden Männer beachteten sie nicht.

»Ich will verdammt noch mal hoffen, daß sie nicht irgendwas zur Altenwohnanlage hochfeuern«, sagte Moose besorgt zu Willie. »Das könnte manche dieser alten Leute glatt umbringen.« Alanis zitterte unwillkürlich und biß die Zähne zusammen.

Sie betrachtete Moose. Mit seinen fast zwei Metern war er einen Kopf größer als sie. Er trug eine perlenverzierte Baseballkappe, und die Haare reichten ihm bis zur Rückenmitte. Allein seine äußere Erscheinung verlieh ihm eine Ausstrahlung, die Alanis ein Gefühl von Sicherheit gab. Und seine Selbstsicherheit verstärkte dieses Gefühl.

»Wir sollten Schutzausrüstung hochschicken, nur für den Fall«, schlug Willie vor. Willie Schneider war ein großer, schlaksiger Mann, der oft verlegen grinste. Er hatte kurz in Vietnam gedient und danach etwas länger im Stillwater-Gefängnis, doch inzwischen hatte er sich zehn Jahre lang nichts mehr zuschulden kommen lassen. Er war der zweite Sicherheitschef.

»Sieht so aus, als hätten wir an die fünfzig Gasmasken hier«, sagte Moose nach nochmaliger Prüfung seiner Notizen. »Wir sollten ungefähr dreißig hier behalten und den Rest zur Siedlung schicken, damit garantiert alle Leute dort eine haben. Ich traue den *Feds* nicht über den Weg, und ich will nicht, daß irgend jemand zu Schaden kommt, nur weil er nicht geschützt war.«

Willie sah Alanis an, zum ersten Mal während dieses Gesprächs. »Miss Reporterin«, sagte er bestimmt, »bereiten Sie sich lieber auf das Schlimmste vor. Wir tun's.«

»Georgette und ich werden einen Schwung Gasmasken hochbringen«, sagte Moose, der Alanis immer noch ignorierte. »Sie kennt alle Leute in der Siedlung, und wir können sie auf einen möglichen Angriff vorbereiten. Willie, schau du dich hier um.« Jetzt sah auch er Alanis an und sagte, wobei er sich ebenso auf den anderen Reporter, Tim Harvala, bezog: »Ihr Reporter, Sie beide, überlegen Sie, was Sie machen werden. Ich glaub nicht, daß Sie hier rauskommen, zumindest nicht heute nacht.«

»Danke für den Rat.« Alanis war sich nicht sicher, wie sie auf die Neuigkeit reagieren sollte. Sie war dankbar, informiert zu sein, aber keineswegs erbaut von der Aussicht, die Nacht auf einem harten Fußboden mit einer Gasmaske zu verbringen.

Alanis hatte Notizen und ein paar Fotos gemacht, als Moose und Willie die Gasmasken inspizierten. Jetzt begannen die zwei Männer, die Masken in Rucksäcke zu laden, und Alanis wich zurück.

Sie lehnte sich an die Wand des Flurs und atmete tief durch. »*Es wird alles gutgehen, es wird alles gutgehen*«, sagte sie sich immer wieder. »*Ich bin Reporterin. Ich gehöre nicht zu den Besetzern. Ich mach hier meine Arbeit.*« Sie wiederholte es wie eine Beschwörungsformel, doch die Nervenanspannung wollte nicht nachlassen.

Willie half Moose, die Gasmasken in ein paar Rucksäcke zu packen. Georgette kam aus der Küche und zwängte ihren etwas fülligen Körper in die Gurte von einem der Rucksäcke, während Moose sich behende einen anderen über die Schulter warf. Danach gingen die beiden durch die Hintertür nach draußen und rannten auf die Siedlung zu, die nur etwa hundert Meter entfernt war.

Alanis fühlte sich zunehmend unbehaglich und nervös. Elaine war nirgends zu sehen. Hier würde sie den Leuten nur im Weg sein, überlegte Alanis, also beschloß sie, die Wartezeit dazu zu nutzen, ihre Sachen aus dem Auto zu holen. Sie hielt Willie Schneider an und fragte ihn, ob es gefährlich sei, jetzt zum Auto zu gehen.

»Nehmen Sie am besten die Tür bei der Tagesstätte«, sagte Willie. »Die ist nicht so gut einsehbar, und Sie haben es von da aus nicht weit zu Ihrem Auto. Außerdem wissen die wahrscheinlich, wer Sie sind, also werden sie keine Angst haben, daß Sie was reinschmuggeln.«

»Danke für die beruhigenden Worte«, sagte Alanis und hängte sich die Kamera über die Schulter.

»Warten Sie, ich zeig Ihnen den Weg«, fügte Willie hinzu, froh über die Gesellschaft der Reporterin.

Im Freien war es still. Doch dann meldeten sich, fast wie als Reaktion auf die Stille, die Funksprechgeräte der FBI-Beamten. Elaine hörte sie im Gebäudeinneren. Es war Abenddämmerung. Vielleicht war das die Erklärung für den Schuß.

»Scheiße!« schrie Alanis, als sie das Pfeifen der Kugel hörte, die knapp an ihr vorbeiflog. Sie ließ ihre Tasche fallen und rannte so schnell sie konnte zu der Tür, die Willie für sie offenhielt. Eine zweite Kugel zischte an ihr vorbei und schlug links neben ihr in die Mauer ein. Sie stürzte durch die Tür und blieb auf dem Zementboden liegen, Tränen in den Augen.

Willie half ihr auf. Halb wütend, halb zornig berichtete sie ihm stammelnd, was gerade geschehen war, so als wüßte er es nicht. »Warum haben die auf mich geschossen?« fragte sie Willie. Er sah sie nur groß an, sah die rasende Wut und die Angst in ihrem Gesicht. »Warum haben die auf mich geschossen? Ich bin keine ...« – sie sagte beinahe *Ich bin keine von euch*, und verstummte.

Einen Augenblick später stand Elaine neben ihr. »Diese Hundesöhne«, murmelte Elaine. »Ich hätte nicht gedacht, daß sie so blöd sind, loszuballern.«

»Ich glaube nicht, daß die Sie treffen wollten«, sagte Willie in dem Versuch, Alanis zu beruhigen. »Die wollen nur, daß Sie eine Heidenangst vor ihnen haben.«

Selam lauschte dem Polizeifunk und hörte eine Flut von Flüchen und Beschuldigungen hin und her fliegen. Der Becker County Sheriff bestritt vehement, etwas mit den Schüssen zu tun zu haben, die übrigen Polizeistellen ebenso. Das FBI sagte, sie würden nie den Befehl geben, auf eine Frau zu schießen, und irgendeine andere Stimme platzte dazwischen und sagte: »Also wer zum Teufel war es dann?«

»Es klingt, als wüßte niemand, wer auf Sie geschossen hat«, sagte Selam zu Alanis, als Elaine mit ihr in den Kontrollraum kam. »Aber wenn Sie mich fragen, haben die wahrscheinlich gedacht, Sie sind Elaine. Sie beide sehen sich ja ziemlich ähnlich. Ich kann mir nicht vorstellen, daß die eine Reporterin umbringen wollen. Und ich weiß, daß Elaine bei denen nicht sehr beliebt ist.«

»Ich *habe* überlegt, Sie als Lockvogel einzusetzen«, sagte Elaine und lächelte. »So früh sollte das allerdings nicht stattfinden.«

In diesem Augenblick kam Willie mit der Tasche zurück, derentwegen Alanis zum Auto gegangen war, und drückte sie ihr in die Hand.

»Was für ein Gentleman!« sagte Elaine zu Willie. Er strahlte und wurde rot, und alle im Kontrollraum Versammelten lachten.

Doch Willies Aufmerksamkeit galt vor allem Alanis. »Darf ich vorschlagen, daß Sie hierbleiben und eine Zeitlang nicht versuchen, rauszugehen?« beschwor er sie, offensichtlich genauso erschüttert von den Schüssen. »Mädchen, Sie sind in erster Linie Indianerin und erst in zweiter Linie Reporterin, vom Standpunkt des Schützen aus, wer immer es war. Sie sollten besser hier bei uns Indianern bleiben.«

Seine Worte drangen jedoch nicht zu Alanis durch, die noch immer unter Schock stand, zitterte, sich die Tränen von den Wangen wischte, versuchte, wieder zu Atem zu kommen, wieder zu sich zu kommen. Sie hatte nichts von dem gehört, was die anderen zu ihr sagten.

Die Kugeln hatten sie nicht getroffen, waren nicht in ihren Körper eingedrungen, hatten keine Knochen zersplittert, keine Blutadern zerfetzt. Doch die Kugeln hatten sie trotzdem getroffen, irgendwo tief im Inneren getroffen. *Ich bin keine von euch,* hatte sie fast gesagt – doch für den, der sich das Gewehr an die Schulter gepreßt, sie ins Visier genommen, den Finger auf den kühlen Stahl des Abzugs gelegt und abgedrückt hatte, war sie ganz offensichtlich eine von *denen.* Und diese Person, ob er sie nun erschießen wollte, aber verfehlt hatte, oder ob er ihr nur einfach Angst einjagen wollte, hatte einen Teil von ihr weggerissen. Und das Bild, das sie von sich hatte – die objektive, professionelle Zeitungsreporterin –, vermengte sich jetzt mit dem Bild, das der Schütze gesehen hatte: die Indianerin, die Feindin, jemand, den man erschießt. Die Kugeln hatten die Grenzlinien in ihrem Kopf zerstört, und der Knall hallte bis auf den Grund ihre Seele wider.

DER KRIEG DES WEISSEN MANNES

Agent Cope ging in seinem Wohnwagen auf und ab wie ein Football-Trainer an den Seitenauslinien, der sich überlegt, wie dem Gegner beim alles entscheidenden Spiel beizukommen sei. Er hatte eine Versammlung der Führer der Nationalgarde und der Polizei zur Lagebesprechung einberufen.

»Das Wichtigste zuerst«, verkündete er. »Ich will wissen, wer diese Schüsse auf die Reporterin abgegeben hat.«

Seine Spieler fingen alle gleichzeitig zu reden an – der Becker County Sheriff Buster Parisian, dessen oberster Hilfssheriff Kevin Bennert und der Kommandeur der Nationalgarde, Major John Traversy. Jeder bestritt, verantwortlich zu sein, jeder beschuldigte die anderen. Cope stand ruhig da und schwieg. Er blickte zu seinem Mitarbeiter Agent Simpson und schüttelte den Kopf. Schließlich hob er die Hand, und der Tumult verebbte.

»Offensichtlich will niemand Verantwortung für die Schüsse auf die Reporterin übernehmen«, stellte er fest. »Aber lassen Sie mich eins absolut klarstellen: Einen Mist wie diesen können wir uns nicht noch einmal leisten. Wir wissen, daß diese Indianer schwer bewaffnet sind, und das ist unser Trumpf gegenüber den Medien. Wenn wir auf sie schießen, wird die Öffentlichkeit *uns* für die Bösen halten.«

Deputy Bennert meldete sich zu Wort: »Ich glaube, Sir, daß die Schüsse höchstwahrscheinlich von einem Mitglied des *Equal Rights Congress* abgegeben wurden, den weißen Demonstranten. Am Anfang haben die nur Transparente und Schilder geschwenkt, aber inzwischen hat anscheinend niemand mehr Kontrolle über sie.«

Cope seufzte, schüttelte den Kopf und erläuterte seiner Mannschaft bedächtig noch einmal die vereinbarte Strategie. »Unser Manöver soll darauf abzielen, einen Treffer zu landen, der uns den Sieg sichert: Wir warten, bis sie ihre Deckung vernachlässigen, und in genau diesem Moment schlagen wir blitzartig zu und legen ihnen Handschellen an. Das ist der Spiclplan.«

Traversy wurde ungeduldig. Seinem Dafürhalten nach war jetzt der richtige Zeitpunkt, Tränengas einzusetzen. »Wir sollten diese Indianer erledigen, solange sie noch wegen der Schüsse unter Schock stehen«, schlug er vor, ganz der Praktiker und Stratege. Er befehligte die größte Truppe der Nationalgarde in dieser Region. Er war ein älterer Mann, hatte zahlreiche Trainingslager bei Camp Ripley absolviert und wollte Taten sehen.

»Noch nicht«, sagte Cope und wiederholte für die Schwerhörigen den »Warten«-Teil seines Spielplans. »Aber inzwischen sollten wir schon mal unsere Optionen durchgehen.«

Die Männer versammelten sich um die Karten des Dorfes und räumten Kaffeetassen und Donutreste zur Seite, um sich die verschiedenen Schätzungen von Waffen und Personen anzusehen. Die Volkszählungsdaten waren eine unschätzbare Hilfe gewesen, verrieten sie ihnen doch Anzahl, Alter und Geschlecht der Personen in jeder Siedlung. Die Altenwohnanlage war grellrot markiert als Warnung vor dem »politischen Risiko«. Doch niemand würde ihnen einen Vorwurf machen, wenn sie Hungry Hill aufmischten; es wimmelte dort von polizeibekannten Sympathisanten.

Traversy schlug vor, die Alten, Frauen und Kinder zu evakuieren. »Wir sollten sie alle rausholen, bevor wir Tränengas einsetzen. Ich will keine von denen auf dem Gewissen haben.«

Cope mußte zustimmen: Die Altenwohnanlage war gefährliches Terrain. Sie würden evakuieren müssen, bevor es zum Angriff kam.

Dann war da noch das Imageproblem.

»Im Augenblick sehen wir nicht so gut aus«, sagte Cope bekümmert. »In den Abendnachrichten heißt es, wir hätten das Feuer auf die Stammesbüros eröffnet. Wir müssen darauf reagieren.«

»Wie wär's mit einem kurzen Video für die Medien, über die Art von Rüstung, die die Indianer da drinnen haben?« schlug Agent Simpson vor. »Es hat schon mal funktioniert, hat alle guten Amerikaner in Angst und Schrecken versetzt. Wir zeigen ein paar Panzerfäuste, schwere Waffen, einen Berg Kugeln. Das bringt die Leute sehr schnell auf unsere Seite.«

Cope nickte, amüsiert über die »Bewährt-und-wahr«-Taktik.

»Was genau haben die Ihrer Meinung nach dort drinnen?« fragte Sheriff Parisian nervös. »Ich hab nur ein paar Jagdgewehre und einige Schrotflinten gesehen. Ich weiß, daß ein paar dieser Kerle *Vets* sind, aber ich bezweifle, ob sie auch nur annähernd die Waffen haben, die sie gerne hätten.« Er wußte, welche Waffen die meisten Leute im Ort hatten, weil er fast regelmäßig Razzien in der Siedlung durchführte, um »flüchtige Gesetzesbrecher« aufzuspüren.

»Nach unseren Quellen haben sie jede Menge schwerer Artillerie«, sagte Agent Cope mit einem leisen Lächeln. »Sturmgewehre, M-16s, Uzis, wahrscheinlich ein oder zwei Panzerfäuste, tragbare Boden-Luft-Raketen, das Übliche.«

«Ich kümmere mich um das Video«, sagte Simpson, der Copes Liste der Feuerkraft der Indianer als Zustimmung zur Filmherstellung auffaßte. »Wir haben Exemplare von den meisten dieser Waffen, also können wir da was zusammenbasteln. Bei der Presseinformation morgen früh werden wir eine Videokassette haben, die wir an alle verteilen können.«

»Okay, reden wir jetzt über die Evakuierung«, sagte Cope. »Wir geben das Video heraus, damit jeder sieht, wie gut bewaffnet die Besetzer sind, und überzeugen noch mehr von diesen Leuten in der Siedlung und in der Altenwohnanlage, sich evakuieren zu lassen. Wir können die Evakuierung für morgen nachmittag ansetzen. Dann werfen wir übermorgen vor Tagesanbruch das Tränengas ab.«

»Klingt gut«, sagte Traversy, sichtlich erfreut, daß es einen Aktionsplan gab. Der Sheriff fand das auch, und Bennert nickte heftig.

»Gut, beschlossen«, sagte Cope. »Ich ruf den radikalen Pfarrer an und sag ihm, daß er achtzehn Stunden hat, diese Leute auf die Evakuierung vorzubereiten, und daß das ihre letzte Chance ist.«

»Das wird ihm sicher gefallen«, sagte Parisian.

»Soll er sich um seine Schäfchen kümmern; er hat sie sich ausgesucht«, antwortete Agent Cope.

FEINDBERÜHRUNG

Als sie vom Evakuierungsplan der Regierung hörten, waren die Besetzer erleichtert. Anscheinend hatten die *Feds* zumindest an diesem und wohl auch dem folgenden Tag nicht vor, anzugreifen. Lucy St. Clair entspannte sich und nahm sich Jim Vanoss vor, ihren Klassenkameraden von der Mahnomen High School.

»Hey, hier ist Roy Orbison höchstpersönlich«, verkündete sie, als sie ihn das erste Mal seit Beginn der Besetzung auftauchen sah. Er kam von Hungry Hill herunter, wo er offenbar Kraft für die Schlacht gesammelt hatte. Vanoss war ungefähr fünfzig und vor kurzem mit heiligem Eifer zur traditionellen Spiritualität zurückgekehrt. Es war allerdings schwer, ihn ernst zu nehmen. Er trat sehr fromm auf, jetzt, wo er seinen Frieden mit dem Großen Geist gemacht hatte. Doch noch bis vor sechs Monaten war er zwei Jahre lang überzeugter wiedergeborener Christ gewesen, bis er dann doch vom Kreuz abgefallen war.

Und dann war da die Sache mit seinen Haaren. In den letzten Jahren waren sie mausgrau geworden. Er trug sie in zwei dicken Zöpfen, die er mit Brillantine in Form hielt. Angeblich hatte er Gefallen an einer Fünfundzwanzigjährigen gefunden, die richtiggehend überwältigt von seinem Charme war. Ohne Frage war er eindrucksvoll. Er wußte eine Menge über die meisten Dinge, und genug über alles andere, um darüber Vorlesungen zu halten. Die junge Frau war von ihm bezaubert, und er machte sich für sie zum Narren.

Eines Nachts entdeckte er, oh Wunder, das »Grecian Formula Traditional Indian«-Geheimnis. Und am Morgen danach schlenderte er ins Rampenlicht der Besetzung mit prächtigen schwarzen Zöpfen. Er sah jünger aus, ohne Frage. Er sah außerdem lächerlich aus.

»Jetzt haben wir also sogar ein Unterhaltungs-Komitee«, kicherte Lucy und schlug ihm jovial auf die Schulter. »Roy Orbinson ist von den Toten auferstanden.«

Vanoss war davon gar nicht angetan. »Hey, keine Gewalt, Schwester«, sagte er, »jetzt ist die Zeit, zusammenzukommen und Frieden zu machen.«

»Richtig – *make love, not war*«, sagte Lucy sarkastisch. »Nun, wir freuen uns alle, daß du jemanden dafür gefunden hast; vielleicht wirst du's dann mit diesem ganzen heiligen Zeug ein bißchen ruhiger angehen. Wir anderen fehlerhaften Menschenwesen brauchen ab und zu eine kleine Ruhepause auf der Suche nach unserem Weg.«

»Ihr werdet euren Weg finden. Ich habe das gesehen«, sagte er. »Es gibt einen Neubeginn für uns alle, auch für dich. Die Rote Straße ist hier in White Earth, und jetzt geht es mit ihr voran.«

»Gut«, sagte Lucy spöttisch. »Ich nehm an, sie ist gleich um die Ecke von der langen und kurvenreichen Straße, auf der wir anderen uns befinden?«

»Das reicht«, sagte Moose Hanford schroff. »Mach dich über Weiße lustig, nicht über Indianer.«

Jim Vanoss wirkte erleichtert. Er reichte Lucy eine Zigarette als Friedensangebot, und sie griff gierig danach.

»Da wir gerade über diese Rote Straße sprechen«, unterbrach Warren Wabun, der gerade hereinkam. »Du und ich sollten besser ziemlich bald hier losfahren.« Er nickte Vanoss zu. »Ich muß das Flugzeug bei Fargo um halb neun erwischen, und wir werden es verpassen, wenn wir nicht jetzt aufbrechen.«

»Wo gehst du denn jetzt hin?« fragte Lucy entgeistert.

»Na ja, ich soll in St. Louis einen Vortrag halten«, sagte Wabun etwas verlegen. »Ich habe das schon vor ein paar Monaten vereinbart, und ich muß mich daran halten.«

»Richtig«, sagte Lucy und verdrehte die Augen, sichtlich unbeeindruckt. »Und du, Großer Indianer Vanoss, fährst als Unterstützung mit.«

»Schon, aber nur bis Fargo. Ich bin morgen zurück, um zu helfen. Jemand muß sein ›war pony‹ bewachen«, sagte Vanoss lachend – das »Kriegspferd« war Warrens neuer Lexus.

Die zwei Männer schlüpften zur Hintertür hinaus, während Lucy aus dem Fenster spähte. Es war unheimlich: Warren hatte all die Manierismen eines Filmstars; und Jim Vanoss sah tatsächlich genau wie Roy Orbison mit Zöpfen aus. Sie legte eine Tabakopfergabe vor das Fenster, damit die beiden garantiert eine sichere Reise hatten. Dann sah sie dem Auto nach, als es langsam auf die Barrikade zufuhr, begleitet von den Klängen der Grastanzlieder, die aus den Stereolautsprechern des Wagens schallten.

Als die Krieger an der Grenzlinie ankamen, erkannten sie ihren Fehler: Die Barrikade war von Demonstranten des *Equal Rights Congress* besetzt, und eine Handvoll Hilfssheriffs versuchten nur halbherzig, sie unter Kontrolle zu halten. Es war den weißen Farmern und Städtern gelungen, etwa vierzig Demonstranten in der Nähe der Abgrenzung zu versammeln, mit zwanzig Autos und Pickups, die sie kreuz und quer parkten. Die meisten von ihnen waren Männer, aber auch ein paar Frauen mit Flanellmänteln und Baseballkappen hatten sich ihnen angeschlossen.

Am ersten Tag war Bob Grist einer der Anführer gewesen, und die Leute hatten sich um ihn geschart, um seine Rede zu hören: »Wir wollen nur sicherstellen, daß kein Indianer hier mit einem Gewehr rauskommt. Auch wir leben hier, und wir wollen nicht, daß die überall auf dieser Reservation wie eine Armee rumlaufen.«

Doch die Dinge nahmen bald eine ungünstige Wendung. Der Mob hatte ein Eigenleben entwickelt und war für Reden und Anweisungen nicht mehr zugänglich. Abends wurden Bierkästen herumgereicht, und mehr als ein paar Männer ließen durchblicken, daß sie ihre .30.-30s geladen im Kofferraum ihrer Autos oder hinter den Sitzen ihrer Pickups verstaut hatten, »nur für den Fall«.

Heute abend war die Menge gereizt und angriffslustig. Es war fast dunkel, so daß Warren Wabun und Jim Vanoss nicht genau erkennen konnten, was vor sich ging, doch der schwankende Gang der Männer und das Gebrüll ließen keinen Zweifel daran, daß hier getrunken wurde. Vanoss umklammerte nervös das Lenkrad, als er Warren Danielson und den Großfarmer Miles Spaaker durch die Menge auf den Lexus zukommen sah. Warren Wabun dagegen spürte eher eine fast freudige Erregung – er war schon mit vielen Auseinandersetzungen dieser Art fertig geworden. Vanoss steuerte ihren Wagen langsam zu einer Lücke in der Menge. Er stellte fest, daß die meisten weißen Männer völlig betrunken waren.

Warren rollte das Fenster herunter, und das Grastanzlied übertönte alle Gespräche in der Menge. »Wie gefällt Ihnen denn die Musik?« rief er in seiner lauten Kranichclan-Stimme.

Warren Danielson blickte ihn zornig an, und Miles Spaaker schien völlig überrascht von einer solchen Frage. Beide Männer wurden mehr durch den Indianer als durch die Musik eingeschüchtert, doch das wollten sie nicht zugeben.

Während der Wortwechsel weiterging, fuhr Jim Vanoss langsam

vorwärts, unbemerkt von der Menge, deren Wut sich jetzt auf Warren Wabun konzentrierte. Vanoss wollte unbedingt raus aus der Gefahrenzone.

Warren Wabun lehnte sich entspannt zurück. »Nein, wirklich, Leute, ich bin nur vorbeigekommen, um hallo zu sagen und euch einen Hit aus unseren Charts vorzustellen.« In seiner besten Casey-Kasem-Stimme erklärte er die Grastanzlieder: »Dieses hier war ein großer Hit während der letzten dreißigtausend Jahre oder so. Ich hoffe, es gefällt allen.«

Miles Spaaker wußte nicht, was er davon halten sollte. Er spürte, daß der Indianer sich über ihn lustig machte, also zeigte er ihm den Stinkefinger. Ein paar Männer begannen zu johlen und herumzuhüpfen, spielten Hollywood-Indianer, trommelten auf das Dach des Lexus. Wabun zeigte keine Reaktion, doch Vanoss verstärkte seine Bemühungen, das Auto nach vorne zu bewegen. Warren Danielson ließ eine Flut von wüsten Beschimpfungen auf Wabun los. Dieser stellte die Grastanzmusik lauter, bis sie das Auto und die Nacht füllte, und schrie: »Vielleicht könnten Sie etwas aus Ihrer Kultur singen, sagen wir ›Ninety-nine Bottles of Beer on the Wall‹*?«

Ein Mann, der kaum noch stehen konnte, warf eine Bierdose auf Wabun und fing tatsächlich an, das Bar-Lied zu singen. Warren kicherte, dann wurde aus dem Kichern ein Lachen, ein brüllendes Lachen. Jim Vanoss geriet in Panik und gab Gas. Die Menge teilte sich vor dem Lexus, und schließlich waren sie auf der anderen Seite der Barrikade. Vanoss fuhr Vollgas, bis sie den Ort hinter sich hatten, und Wabun lachte immer noch, zu den Klängen der Grastanzmusik.

* Neunundneunzig Flaschen Bier an der Wand

DIE EVAKUIERUNG

Evakuierung von Ältesten könnte Auftakt zu FBI-Angriff sein
von Alanis Nordstrom, Rocky Mountain News

White Earth, Minn. – In einem Versuch, die dreiwöchige Besetzung der Stammesbüros der White Earth Reservation zu beenden, organisierten FBI-Beamte eine Evakuierung von indianischen Ältesten aus den verbarrikadierten Gebäuden. Im Inneren der Gebäude sieht man in der Maßnahme den Auftakt zu einem Angriff. ...

Die Alten hatten nicht vor wegzugehen, und die Versuche von Elaine und Moose, ihnen die Evakuierung schmackhaft zu machen, verstärkten nur ihre Neigung hierzubleiben. Es hatte ihnen nicht an Zeitvertreib gemangelt: Sie beobachteten die Ereignisse durch Infrarot-Nachtsicht-Ferngläser, diskutierten die White-Earth-Besetzung im Vergleich zu Übernahmen an anderen Orten – und spielten Bingo. Die Siegtrophäe des Spiels war eine rote Baskenmütze mit Adlerfeder, die Hawk Her Many Horses gehört hatte, bevor Elaine sie den Ältesten zur Verfügung stellte. Jeder Gewinner trug die Mütze für die Dauer des nächsten Spiels, bis es wieder »Bingo!« hieß.

Elaine unterbrach ein Bingospiel zum zweiten Mal, um die Alten eindringlich zu bitten, sich in Sicherheit zu bringen.

»Zum Teufel, nein! Ich bleib hier und kämpfe«, verkündigte die achtundsiebzigjährige Charlotte Oshkinnah hartnäckig. »Ich hab nichts zu verlieren.«

Ein alter Mann namens Cheo schwang seinen geschnitzten Gehstock drohend in Elaines Richtung und sagte: »Außerdem wollen die uns doch nur raushaben, damit sie einen Großangriff starten können. Falls wir hier drinnen sind, wird das einen schlechten Eindruck machen.«

Nach einer einstündigen Diskussion waren acht bereit, sich evakuieren zu lassen.

Die gleiche Diskussion wurde in der Wohnsiedlung geführt, und auch hier gab es lange Debatten, bis sich schließlich vierzig Leute einverstanden erklärten, zu gehen. Die anderen Bewohner der Siedlung und der Altenwohnanlage, um die hundertfünfzig, beschlossen, sich dem Protest anzuschließen.

Reverend Swenson begann mit den Vorbereitungen für die Evakuierung. Da Moose die Autos der Indianer aus Sicherheitsgründen bei den Stammesbüros lassen wollte, organisierte der Pfarrer Fahrzeuge von sympathisierenden Gemeindemitgliedern in der Umgebung und stellte außerdem den Minibus der Kirche zur Verfügung.

»Morgen früh können wir mit der Evakuierung beginnen«, stellte Lee Swenson zufrieden fest.

Niemand schlief gut in jener Nacht. Willie Schneider leitete die Nachtwache, hielt über Funk mit den anderen Wachposten in ihren Schrottautos Kontakt. Es war eine stille Nacht, nur von einem gelegentlichen Heulen unterbrochen. Alanis lag in einem geborgten Schlafsack zwischen Elaine und Claire St. Clair, die, wie sich inzwischen herausgestellt hatte, Alanis' Kusine zweiten Grades väterlicherseits war. Außerdem war Claire offenkundig christlichen Glaubens, denn sie flüsterte jetzt Ave Maria und Vaterunser in ihren Rosenkranz. Bei einer Folge besonders jammervoller Heuler setzte sie sich kerzengerade auf und rief laut: »Gelobt sei der Herr.« Alanis stupste Elaine an, eine stumme Frage.

»Er heißt George Ahnib«, sagte Elaine trocken.

»Was macht er da?«

»Was er immer macht.« Pause, dann ein Seufzer. »Er ist ein *huffer.*«

»Ein was?«

„Jemand, der zuviel Benzin schnüffelt oder was immer sonst er vor die Nase kriegt. Schlaf jetzt.«

»Du hast leicht reden.«

»Denk einfach daran, daß er auf unserer Seite ist.«

Bei Tagesanbruch begann George Agawaateshkan zu beten. Seine dünnen grauen Haarbüschel bewegten sich sacht im Wind, während die Zweige zu seinen Füßen langsam Feuer fingen. Selam Big Bear hielt zu einem Zopf geflochtenes Süßgras in die Flammen, bis es zu glimmen begann und sein Duft an den Menschen im Kreis vorbeizog. Alanis war zu der Morgenzeremonie eingeladen worden, und jetzt fächelte auch sie sich mit beiden Händen den Rauch über den Körper, als Selam den Süßgraszopf zu ihr hinhielt.

»*Miigwech*«, flüsterte sie.

Selam nickte und bewegte sich dann zu der Person rechts neben Alanis. George Agawaateshkan betete weiter, bis Selam alle mit dem Süßgras gesegnet hatte. Dann legte George behutsam seinen Tabak ins Feuer, und der Kreis löste sich auf. Die Zeremonie war zu Ende.

Um sieben näherten sich die Kirchenleute mit ihren Wagen der Barrikade. Reverend Swenson war selig, bei diesem geschichtsträchtigen Ereignis noch eine weitere Rolle spielen zu können. Eine Wagenkolonne von Oldsmobiles, Buicks und Kleinbussen rollte auf das Gelände. Swenson schüttelte seinen Gemeindemitgliedern die Hand und wies sie an, den Hügel hoch zur Wohnsiedlung zu fahren. In der Ferne konnte er Agent Cope und Sheriff Buster Parisian ausmachen, die nebeneinander auf einem zweiten Hügel standen und per Fernglas die Vorgänge beobachteten. Der Pfarrer winkte ihnen zu.

Als die Autos mit laufendem Motor vor der Siedlung anhielten, kam Willie Schneider auf den Pfarrer zu und sprach ihn an, sichtlich verlegen: »Die Ältesten haben eine letzte Forderung gestellt. Sie wollen die Autos selbst hinausfahren, sonst gehen sie nicht.«

»Ach, das sollte kein Problem sein«, erwiderte der Pfarrer. »Sie wollen wahrscheinlich bei der Evakuierung ihre Würde bewahren.«

»Na ja, so was in der Art«, antwortete Willie.

»Oder vielleicht fühlen sie sich sicherer, wenn sie selbst fahren, statt eine weiße Person, die sie nicht kennen?« schlug Swenson vor.

Willie betrachtete eine Weile seine Füße, bevor er antwortete. »Der wirkliche Grund ist, daß die meisten von ihnen nie in so schönen Autos gesessen haben, und sie wollen sie einfach ausprobieren.«

Doch die Ältesten waren noch nicht zum Gehen bereit. Die Morgennachrichten liefen, und zehn oder mehr Personen scharten sich um den Fernseher. Die Nationalgarde hatte ihr Video offenbar gleich nach Fertigstellung den regionalen Fernsehsendern übergeben, und jetzt war auf dem Bildschirm eine spektakuläre Vorführung hochmoderner Waffen zu sehen.

»So wahr wie das Wort Gottes«, sagte Cheo bitter. Dann sah er verlegen zu Reverend Swenson. Der Pfarrer lächelte und blickte verächtlich zum Fernseher.

»Was für ein Haufen Scheiße«, sagte Charlotte Oshkinnah, der es egal war, was der Pfarrer dachte.

Cheo fügte hinzu, vielleicht ermutigt: »Wir haben hier keine einzige dieser verdammten Waffen. Was hecken die da wieder aus?«

»Wenn wir diese Waffen hätten, hätten wir den Krieg schon längst gewonnen«, fügte Charlotte Oshkinnah hinzu.

Lee Swenson funkte Elaine an.

»Schaust du gerade fern?«

»Natürlich. Sie wollen es so hinstellen, als wären wir eine ganze Armee.«

Neben dem Pfarrer stand Alanis. Es war das erste Mal, daß ein Nachrichtenreport sie wütend machte – wütend sowohl auf ihre Kollegen wegen der Art, wie sie über die Ereignisse berichteten, und wütend auf den Verlauf der Dinge – ein peinigender Zorn, den sie mit den Protestierenden teilte. Sie wollte diesen Zorn nicht fühlen, bedrohte er doch ihre Rolle als objektive Reporterin. Sie mühte sich nach Kräften, ihn wegzuschieben, doch er kam immer wieder hoch.

Wie konnte ein Redakteur, der etwas auf sich hielt, einen solchen PR-Film der Nationalgarde senden, ohne ihn zu überprüfen? Alanis wartete, ob ein Kommentar folgte oder irgendeine Gegendarstellung. Das war nicht der Fall.

»Ich würde sagen, die versuchen, euch ziemlich mies aussehen zu lassen«, sagte sie zu Swenson. »Das ist ein schlechtes Zeichen für Verhandlungen.« Plötzlich wurde ihr bewußt, daß es ihr nicht gleichgültig war, wie die Dinge ausgehen würden, und sie sprach nicht weiter. Sie ermahnte sich, daß sie bei ihrer Arbeit objektiv bleiben mußte.

Die alten Leute waren erbost. Cheo schlug mit dem Gehstock gegen den Fernseher und verfluchte die Nachrichtensprecher. Sie wußten alle, daß Moose, Elaine und die anderen unmöglich all diese Artillerie in diesem Gebäude haben konnten. Selbst wenn sie sie gewollt hätten.

»Nun, wir können nicht mehr tun, als eine Gegendarstellung herausgeben«, sagte der Pfarrer kopfschüttelnd. »Kaum zu glauben, daß die so unfair sind.«

Der Trick der Nationalgarde hatte funktioniert, aber nur zum Teil. Jetzt wollten insgesamt nur zehn Alte gehen, von denen die meisten ständige medizinische Betreuung brauchten. Der Rest wollte »dableiben und kämpfen«, wie Charlotte Oshkinnah es ausdrückte.

Die zur Evakuierung bereiten Menschen von Hungry Hill, Erwachsene, Alte und Kinder, stiegen vorsichtig in die schönen amerikanischen Autos. In den meisten Wagen übernahmen sie auch das Steuer und brachten in aller Ruhe die elektrisch verstellbaren Seitenspiegel und die Sitze in die richtige Position.

Swenson funkte zu Traversy: »Wir schicken eine Wagenkolonne raus. Welchen Ausgang sollen sie nehmen?«

Er wartete. Eine Weile hörte er nur Rauschen, doch dann kam Traversy zu ihm durch. »Schicken Sie sie durch den Nordost-Ausgang, dort sind keine Soldaten.«

»Ist das nicht die Stelle, wo sich die *Equal-Rights-Congress*-Leute versammelt haben?«

»Schon, aber ich schick ein paar Leute zur Beobachtung rüber. Sie werden keine Probleme haben.«

»Okay, Ende«, sagte Swenson und ging auf die Autos zu.

Hinter dem Steuer des vordersten Wagens saß seine Frau Jane. Sie war nervös. Swenson lehnte sich durchs Fenster und klopfte ihr auf die Schulter. »Es wird alles gutgehen«, sagte er. »Roll einfach die Scheiben hoch und fahr los. Sei vorsichtig und fahr langsam.«

Der Pfarrer ging von einem Auto zum anderen und wiederholte seinen Rat. Dann bekreuzigte er sich und sah durchs Fernglas zu, wie sich die Wagenkolonne hügelabwärts bewegte.

Alanis richtete ihr Teleobjektiv auf die Autos, für ein Foto bei der Fahrt durch den Ausgang. In diesem Augenblick überfiel sie eine Vorahnung.

Die weißen Demonstranten hatten sich entlang der Route formiert. Als sich die Autos näherten, öffnete die Menge eine Gasse, um die Fahrzeuge hereinzulassen, und schloß sie dann vor ihnen. Alanis sah, wie eine Pistole aufblitzte und im gleichen Moment ein Ziegelstein auf eines der Autos zuflog. Eine Frau mit Flanellhemd brüllte: »Scheiß-Indianer!«, und ein Protestschild stieß gegen das Autofenster.

In Reverend Swensons Funkgerät überschlugen sich die Stimmen von FBI-Männern und Hilfssheriffs, die sich gegenseitig anschrien und gleichzeitig nach Verstärkung riefen. »Was machen diese *Rednecks* da?!« »Wir brauchen Hilfe!«

Der Pfarrer stand da wie angewurzelt. Im Fernglas sah er, wie seine Frau in der Falle saß.

Jane Swenson stieg aufs Gas. Sie ließ den Motor aufheulen und kam weit genug vorwärts, um den größten Teil der Menge hinter sich zu lassen. Da sprang ein breitschultriger Mann auf die Kühlerhaube, immer noch betrunken vom Abend zuvor. Jane geriet in Panik und gab noch mehr Gas, was den Mann über das Autodach fliegen ließ. Als er am Heck herunterrollte, sah Jane im Rückspiegel, daß er verletzt war.

»Großer Gott, großer Gott«, keuchte sie. »Hab ich ihn getötet?«

Eine alte Indianerin auf dem Rücksitz beruhigte sie: »Ihm ist nicht viel passiert. Fahren Sie einfach weiter. Er hätte uns wahrscheinlich getötet, wenn er gekonnt hätte.«

Jane beobachtete im Rückspiegel, wie andere Demonstranten dem Mann auf die Beine halfen. Im nächsten Augenblick verwandelte sich die Heckscheibe in einen Stern splitternden Glases, als sie direkt in der Mitte von einem Ziegelstein getroffen wurde. Ein Gesicht erschien vor dem Seitenfenster, eine Frau schüttelte die Faust vor Jane und brüllte: »Indianerliebchen!« Jane sah Ziegelsteine auf die anderen Autos zufliegen, sah, wie Steine geworfen und Montiereisen geschwungen wurden. Warren Danielson schrie in ein Megaphon, und vor die Autofenster wurden Transparente geschoben, auf denen zu lesen war: »Spear an Indian, Save a Fish«* und »Timber Niggers«. Dann lichtete sich die Menge, und Jane hatte freie Bahn. Sie gab Vollgas Richtung Ogema.

Im Polizeifunk ging es immer noch hoch her. Alanis hörte Agent Cope Befehle bellen: »Wer zum Teufel sind diese Leute? Wir organisieren hier eine Evakuierung für Frauen, Kinder und Alte, und dann fängt jemand an, Ziegelsteine und Montiereisen auf sie zu schmeißen. Diese Leute sind doch wahnsinnig! Verdammt, schafft sie da weg!«

Es waren Schüsse zu hören, und Alanis sah, wie in der Menge jemand mit einer Pistole in der Luft herumfuchtelte. Swenson wurde totenbleich. Es roch nach Haß.

Sobald der letzte Wagen des Evakuierungstrecks das Gelände verlassen hatte, donnerten drei County-Sheriff-Fahrzeuge mit Blinklicht auf die Menge zu. Hilfssheriffs begannen, die Demonstranten wegzujagen.

Alanis und der Pfarrer rannten zu den Stammesbüros. Hawk Her Many Horses öffnete ihnen die Tür, und sie stürzten hinein. Immer noch bleich, rief Swenson Lucy St. Clair am Funkgerät: »Sind sie draußen? Geht's ihnen gut?«

»Sie sind in Ordnung«, sagte Lucy und bemühte sich, ruhig zu klingen. »Sie sind draußen, und keiner ist verletzt.«

»Was ist mit dem Mann, den sie erwischt hat, wer immer er ist?«

»Unglücklicherweise geht's ihm gut«, sagte Moose bitter, der gerade von seinem Wachposten ins Gebäude zurückkam. »Es war einer dieser Spaakers aus Mahnomen. Der Kerl bricht regelmäßig Streit vom Zaun mit alten betrunkenen Indianern, nur so zum Spaß. Sein zweiter bevorzugter Zeitvertreib ist *dooring*.«

»Was ist *dooring*?« fragte Alanis ahnungslos.

»*Dooring* ist, wenn du den Highway entlangfährst und jemanden auf dem Seitenstreifen gehen siehst, den du erwischen willst«, sagte Lucy. «Du schwenkst dein Auto rüber, und wenn du dann an ihm vorbeifährst, reißt du die Tür auf, und er liegt flach auf der Schnauze.«

»*Dooring* kann dich leicht umbringen«, ergänzte Moose. »Manche dieser Kerle betreiben das als eine Art Sport. So hat Elaine ihre Mutter verloren.«

Agent Cope war außer sich. Er rief Traversy per Funk. »Bewegen Sie Ihren Arsch hierher, und bringen Sie diesen Becker County Sheriff mit.«

Cope ging im Wohnwagen auf und ab, während er auf die Männer wartete. Als sie endlich eintrafen, knöpfte er sich Sheriff Parisian vor.

»Okay, Zeit für die Nachbesprechung in der Spielergarderobe, und der Trainer ist nicht glücklich. Es wurde nicht zufällig irgend jemand verhaftet wegen dieser prächtigen Vorführung von Rassenhaß?« Er sah den Sheriff direkt an.

Parisian schüttelte hilflos den Kopf. »Na ja, eigentlich hab ich niemande genau etwas Bestimmtes tun sehen«, stammelte er, in der Defensive. »Aber ich kann mir vorstellen, was passiert ist.«

»Toll. Es ist immer gut zu wissen, wer den Ball fallen läßt, nachdem wir nicht mehr in Ballbesitz sind«, sagte Cope sarkastisch. »Also können Sie wahrscheinlich niemandem etwas nachweisen, was für eine Verhaftung reicht, richtig?«

Der Sheriff fühlte sich jäh erleichtert. »Das ist richtig, Agent Cope.«

Cope ließ nicht locker. »Nun, es gibt keine Wiederholung im Fernsehen, die wir uns anschauen könnten. Ich schlage vor, daß Sie losgehen und herausfinden, wer den Ball in unsere Endzone gebracht hat. Finden Sie heraus, wer ihr Quarterback ist, und reißen Sie ihn um. Diese Geschichte läßt uns doch wie blutige Anfänger aussehen.«

»Ich werd's versuchen«, sagte Parisian, mit verwirrtem Gesichtsausdruck – verwirrt von etwas, was er als Verrat interpretierte. Er hatte sich darauf verlassen, daß das FBI nicht Partei für die Indianer gegen die Weißen ergreifen würde.

Traversy griff ein. »Ich glaube, wir sollten jetzt das Tränengas einsetzen, Sir«, sagte er, immer noch erpicht darauf, von seiner Ausrüstung Gebrauch zu machen. »Die Dinge könnten sich verschlimmern, wenn wir es nicht tun.«

»Sie haben recht. Wir wollen ihnen keine Auszeiten geben«, sagte Cope, der damit schnell in den Angriff zurückkehrte. Diese Position war ihm lieber. »Haben Ihre Männer diese Kanister parat?«

»Wir sind bereit.«

Cope schaute auf die Uhr. »Okay, *Kick-off* bei Morgengrauen.«

* Spießt einen Indianer auf, rettet einen Fisch (in Anspielung auf den Fischfang per Speer)

DIBIKAAG
NACHT

Agent Cope blickte zu dem tiefschwarzen, mit hell glänzenden Sternen übersäten Himmel hoch. Die Wolken waren am Nachmittag von den Nordwestwinden hinweggefegt worden, die regelmäßig zu den Menschen von White Earth kamen. Die Stille stellte Copes Nerven auf eine harte Probe; er mißtraute der Ruhe in diesem fremden Land. Er spürte die gleiche Angst, die die Generationen vor ihm auf den Vorposten zu indianischem Territorium empfunden hatten. Er war unruhig und mühte sich, vertraute Geräusche in seinem Inneren heraufzubeschwören, um das Schweigen zurückzudrängen: Sirenen, Rufe, Radiomusik, Automotoren.

Jetzt bellte ein Hund, irgendwo in der Siedlung. Cope blickte wieder durch sein Fernglas: Nichts rührte sich. Alles war still. Er wartete, aber er wußte nicht mehr, worauf, und er fragte sich, worum es bei dem Ganzen eigentlich ging. Schließlich seufzte er und ging zum Wohnwagen zurück, der öfter sein Zuhause war, als sein richtiges Haus Zuhause war. Er öffnete die quietschende Tür und sah auf seine Männer, die an dem Resopaltisch eines umgesiedelten Stammesangestellten Poker spielten.

»Jungs, ich hau mich 'ne Weile aufs Ohr. Behaltet die Lage im Auge, und weckt mich um vier.«

»Klar, kein Problem«, versicherte einer der Männer und hob den Arm als Bestätigung.

Agent John Cope legte sich hin und fiel in den unruhigen Schlaf eines Kriegers vor der Schlacht.

Mehrere Stunden später döste Cope auf der Couch; zwei seiner Männer schnarchten friedlich in den Sesseln im kleinen Wohnzimmer des Wohnwagens; ein anderer saß am Tisch, lauschte dem Polizeifunk und blätterte in einer alten Nummer der *Sports Illustrated*. Ein paar Polizisten des Becker County Sheriff bewachten das Lager und gaben damit dem FBI eine kleine Ruhepause vor dem geplanten Angriff.

Plötzlich erbebte der Wohnwagen und bewegte sich mit einem Ruck zur Seite. Agent Cope rollte von der Couch und knallte auf den

Boden. Dann wippte der Wagen wieder zurück. Bücher, Karten, Teller, Pappbecher und alte Donuts rutschten hin und her und fielen zu Boden. »Verdammte Scheiße, was ist hier los?« brüllte Cope, als der Wohnwagen wieder auf seinem Sockel landete. Er kroch zur Hintertür, stolperte dabei über andere unsanft geweckte Polizisten, die sich mühten, auf die Beine zu kommen. Als er die Tür aufriß, sah er Kway Doles Gesicht durch die Windschutzscheibe eines Ford Pickup. Sie setzte gerade zurück und hatte die Hand auf dem Schaltknüppel.

Kay lachte meckernd aus dem Seitenfenster: »*Heh, heh, heh.*« Dann war endlich der erste Gang drin, und Kway fuhr an, so heftig, daß die Reifen sich sekundenlang im Sand drehten, bevor der Pickup mit einem Satz nach vorne seinen letzten Angriff auf den Wohnwagen einleitete. Agent Cope tastete nach seinem Dienstrevolver, doch da knallte der Laster bereits frontal in den Wohnwagen, und Copes ganze Welt kippte auf die Seite um. Wieder drehten sich Reifen im Sand, und genauso plötzlich, wie sie gekommen war, war die böse Hexe des Westens verschwunden.

Die Hungry-Hill-Wohnsiedlung schlief anscheinend nicht so fest, wie Cope geglaubt hatte. Sobald der Wohnwagen umkippte, gingen überall die Lichter an, und jauchzende Schreie erfüllten die vorher so ruhige Nacht. Der Pickup fuhr in halsbrecherischer Seitenneigung mit hundertzehn Stundenkilometern unter ständigem Hupen an der Siedlung vorbei. Kay wollte den Augenblick des Triumphs mit anderen teilen.

Sie lächelte.

»*Gute Arbeit, eh, Schwester?*« sagte sie zu sich selbst. »*Maajaan. Verstecken wir dieses Baby, bevor die Bullen aus ihren Bettchen gekrochen sind.*«

Der Pickup raste in Richtung Naytahwaush und war außer Sicht, noch bevor Agent Cope den Weg zurück zur Türöffnung fand.

DAS NETZ

Kway Dole war lesbisch. Jeder wußte das, sie machte kein Geheimnis daraus. In der *Anishinaabe*-Gesellschaft brauchte sie das auch nicht: Geschichten aus vergangenen Zeiten erzählten von Frauen, die zwei Ehefrauen hatten oder einzeln lebten, die ebenso wie jeder Mann kämpften – wahre *ogichidaakwe*, in der eigentlichen Bedeutung des Worts, und Kway stand in dieser Kriegerinnen-Tradition.

Sie lebte jetzt ohne Frau. Ihre vormalige Lebensgefährtin war von der kleinen Gemeinde weggezogen, war zurückgegangen zu den Annehmlichkeiten der Großstadt, die ihr den Frieden der Anonymität bot, statt der Öffentlichkeit der Kultur eines Waldvolkes. Den leeren Platz, den ihr Weggang in Kways Herz hinterlassen hatte, füllten jedoch bald eine Reihe von *awakaanog*, Haustieren, aus, die Kway zu sich genommen hatte. Ihre kleine Hütte am White Earth Lake war inzwischen ein eigenes Ökosystem mit einer Menagerie von Hunden, Katzen, Papageien und anderen Tieren. Manche von ihnen suchten vorbehaltslose Liebe; für andere war sie vor allem die Nahrungsspenderin. Im Gegenzug bekam Kway von ihnen Kameradschaft und, wichtiger noch, eine beständige Liebe, auf die sie sich verlassen konnte.

Tagsüber arbeitete Kway in der Verwaltung des Gesundheitsprogramms des Stammes. Doch der beste Teil ihres Lebens waren für sie die frühen Morgenstunden, wenn sie ihre Netze nach Weißfischen oder Barschen auswarf, ihre Fallen kontrollierte oder einen Hirsch aus einer Entfernung von zweihundert Metern ohne Zielfernrohr erlegte. Diese Beschäftigung gab ihrer Seele Nahrung. Sie war eine Reinigung von all den Hänseleien, den anzüglichen Bemerkungen, dem Schmerz der Demütigung in ihrer Kindheit, und von den unangenehmen Erfahrungen, die sie auch als Erwachsene gelegentlich machen mußte, wenn andere sie auf versteckte Art herabzusetzen versuchten.

Falls es irgendeinen auf der Reservation gab, der mit ihrer sexuellen Orientierung Probleme hatte, dann Fred Graves, ein Stammesratsmitglied, der gelegentlich entsprechende Bemerkungen über sie im Korridor fallen ließ, kaum hörbar, doch laut genug, daß sie es mitbekam. In der Öffentlichkeit – soweit man die Stammesratstreffen öffentlich nennen konnte, wurden die meisten Entscheidungen doch in Vorstandssitzungen getroffen – verlor Graves nie ein Wort darüber, was allerdings nichts mit Einsicht, sondern nur damit zu tun hatte, daß Kway Dole ein Star unter den Angestellten des Stammes war, die hohes Ansehen in der Öffentlichkeit genoß. Sie verdankte dieses Ansehen vielleicht der Art, wie sie ihre Arbeit erledigte: Ihre Abteilung gab stets weniger aus, als im Haushalt vorgesehen war, und hatte kaum Personalprobleme – beides Sorgenkinder einer Stammesregierung, die mit beschränkten Mitteln auskommen mußte. Doch wie hart sie auch arbeitete, Kway entdeckte bei sich immer etwas, mit dem sie nicht ganz zufrieden war. Sie fragte sich, warum der Schöpfer ihr einen Weg zugedacht hatte, der sich von dem der anderen unterschied, und wo sie eine Straßenkarte dafür finden könnte.

Sie parkte den jetzt anrüchigen F-250 Ford hinter der Garage ihrer Mutter in Naytahwaush und ging ins Haus. Ihre Mutter, eine kleine, rundliche Frau mit grauen Haaren, saß mit der Kaffeetasse in der Hand am Küchentisch. Es war elf Uhr nachts, und der Funkempfänger plärrte:

»Die Polizei sucht nach einem unidentifizierten marinefarbenen oder blauen Pickup, der nach Meldungen an einem Zwischenfall außerhalb White Earth Village beteiligt war. Man geht davon aus, daß nur eine Person, eine Frau, im Fahrzeug saß. Die Karosserie hat bei dem Zusammenstoß größere Schäden erlitten. Die Verdächtige ist flüchtig und wird als extrem gefährlich eingestuft.«

Kways Mutter sah ihre einzige Tochter prüfend an. »Wie geht's dir?«

»Gut, einfach gut. Ich fühl mich jetzt sehr viel besser.«

»Und dem Laster?«

»Gut. Glaube ich.« Pause. »Wahrscheinlich war's klug, daß ich diesen Schneepflug drangelassen hab.«

Kway goß sich eine Tasse Kaffee ein und lehnte sich an die Küchentheke. Sie zog ein Päckchen Zigaretten aus ihrer Hosentasche, zündete sich eine an und betrachtete ihre Mutter. Das Gesicht der älteren Frau war braun und voller Falten – sie war sparsam mit der Feuchtigkeitscreme umgegangen. Es war ein freundliches, aber auch hartes Gesicht, hart geworden durch ein Leben unter Bedingungen, die die *Oil-of-Olaz*-Frau nie kennenlernen würde und sich wohl nicht einmal vorstellen könnte. Kway dachte daran, wie verständnisvoll ihre Mutter immer gewesen war, und wie sie sich von keinem der Anwürfe hatte beirren lassen, die sie ihrer Tochter wegen über sich ergehen lassen mußte. Denn obwohl die indianische Gemeinschaft von alters her den Menschen, die anders waren, mit Toleranz begegnete, ja sogar Vielfalt besonders schätzte, konfrontierte ein offenes Bekenntnis zur Homosexualität Familien und Individuen mit einer durch Kolonialismus, Kirchen und »amerikanische Werte« aufgezwungenen Intoleranz. Die daraus resultierende Verwirrung strömte wie ein tobender Fluß durch die kleinen Dörfer und tröpfelte in jede Familie. Ihre Mutter hatte der Flut standgehalten und ihre Tochter immer unterstützt.

»Ich werd jetzt wieder zurückfahren, Ma«, begann Kway langsam. Sie achtete darauf, daß ihre Stimme zuversichtlich klang – ihre Mutter sollte wissen, daß die Pläne der Tochter bestens durchdacht waren.

»Diese FBI-Männer scheinen ziemlich wütend auf dich zu sein.«

»Eher verlegen. Eine Frau und ein Pickup Truck haben dafür gesorgt, daß ihnen der jämmerliche Arsch auf Grundeis gegangen ist.«

Kways Mutter kicherte, und ihre Augen glänzten.

»Sei vorsichtig, Liebes; laß dich nicht in einen Kampf mit ihnen reinziehen. Ich frag lieber nicht, was du vorhast.« Sie sah ihre Tochter wieder prüfend an und sagte dann: »Ich bin sicher, es wird eine gute Sache sein.«

»Ist das Netz im anderen Laster, Ma?«

»War es, wie ich das letzte Mal nachgeschaut hab. Ich hab ja kaum Verwendung dafür. Bring mir einfach die Fische. In Ordnung?«

»In Ordnung.«

»Ich werd warten, ob ich im Polizeifunk was über dich höre.« Sie klopfte auf das Gerät.

»Das wirst du sicher. *Nan giige.*«

Kway drehte sich um und ging hinaus.

Sie setzte sich in den zweiten Laster und drehte am Radioknopf, um die Nachrichten zu hören. Es wurde immer noch von den Vorfällen auf dem Besetzungsgelände berichtet, in kaum veränderter Form. Wütende Indianer, wütende weiße Farmer, eine Menge FBI. Noch immer keine Hintergrundinformation und Erklärung, warum die Indianer wütend waren. Kway seufzte. Sie ging schnell ihre Kassettensammlung durch – Powwowmusik, Michelle Shocked, Steve Earle, Indigo Girls. Sie legte die Indigo-Girls-Kassette ein und fuhr durch die Dunkelheit. Ab und zu sah sie einen Hirsch, ein Stachelschwein oder einen Waschbären neben der Straße.

Vor dem Dorf fuhr sie den Laster auf eine verlassene Farm und stieg aus. Sie blieb einige Augenblicke stehen, um noch einmal zu beten; in Ermangelung einer inneren Straßenkarte war sie auf Führung von außen angewiesen. Danach holte sie die Netze aus dem Pickup: Zwei große Netze mit einer Spannweite von jeweils dreißig mal zwei Meter und ein drittes, kleineres, Netz, das sie manchmal zum Fischen an Stellen verwendete, wo nicht so viel Platz war. Sie legte sich alle drei Netze über die Schulter und ging mit einer Taschenlampe in der Hand still und leise ins Dorf White Earth.

Um 5 Uhr 45 war ein Zischen zu vernehmen, dann kam das Gas. Agent Cope saß in seinem Fort aus zerbrochenem Geschirr und blickte durch sein Nachtsicht-Fernglas auf Hungry Hill, das Kronjuwel von White Earth. Es war noch halb dunkel und neblig, und er konnte nicht die geringste Bewegung ausmachen. Wieder bellte ein Hund, und jetzt sah Cope zwei Hunde durch die Siedlung rennen. Sedans früherer Baujahre standen dicht vor pastellfarbenen Häusern und Vorgärten, deren Rasen mit Kinderspielzeug übersät war. Die Leute schienen nichts von der Invasion zu bemerken. Fünf Minuten später gingen am Südende von Hungry Hill Leuchtraketen hoch, ein Ablenkungsmanöver, während Nationalgardisten zur Nordseite der Stammesbüros vorrückten.

Acht Männer der Nationalgarde, die an mehreren Wochenenden Kriegsführung trainiert hatten, bewegten sich verstohlen in die Siedlung. Sie krochen, sprangen und rannten zwischen den Häusern hindurch; versuchten, nahe genug heranzukommen, um ein paar Tränengaskanister auf die Stammeszentrale abzuschießen und »die Schlüsselspieler wegzuspülen«, wie Agent Cope sie instruiert hatte. Agent Cope mit seinem Infrarot-Fernglas gab sich bereits die höchste Punktzahl für seine gelungene Taktik.

Zu spät erkannte er die Idiotie seiner Aktion.

Die Netze waren unsichtbar in dem schwachen Licht der Morgendämmerung. Mit Einfallsreichtum als seinem wichtigsten Werkzeug hatte Willie Schneider in der Dunkelheit die langen Netze an Pfosten neben den Stammesbüros festgezurrt und Stahlfedern an den Netzrändern befestigt, die sie straff hielten. Jetzt spannten sie sich wie ein riesiges Spinnennetz, bereit für Beute.

Ein schwarzer Nationalgardist führte den Trupp an, und so war er der erste, der in das unsichtbare Netz ging. »Scheiße!« war alles, was

Agent Cope über die Funkverbindung hörte – der Mann hatte dieses Wort unter seiner Gasmaske geflüstert, als sich das Netz über ihn und seine Mannschaft breitete, und Gewehre, Ausrüstung und Arme sich in den Nylonmaschen verfingen. Die Soldaten versuchten, sich zu befreien, was ihre mißliche Lage nur noch schlimmer machte. Der schwarze Anführer tastete nach seinem Messer.

Durch den Frühnebel, der sich auf Hungry Hill gesenkt hatte, drangen Frauenstimmen, die mit hohen schrillen Tönen – so wie früher beim »counting coup« – die erfolgreiche Gefangennahme bejubelten. Der Anführer hatte inzwischen sein Messer aus der Scheide bekommen und wollte gerade mit dem Zerschneiden der Netzmaschen beginnen, als ein schwerer Stiefel ihm das Messer aus der Hand trat und durch Nebel und Tränengasschwaden segeln ließ. Er hörte, wie es weit entfernt auf der Erde auftraf und blickte hoch. Vor ihm stand eine wütende Kway Dole, das Gesicht von einer Gasmaske bedeckt.

»Mach ja mein Netz nicht kaputt, *Buffalo Soldier**«, knurrte sie. Er zuckte zusammen und hielt sich die Hand. Es fühlte sich an, als seien die Finger gebrochen, und er biß die Zähne zusammen, entschlossen, die Frau nicht wissen zu lassen, daß er verletzt war.

Die schrillen Siegesrufe verunmöglichten einen klaren Empfang der Befehle, die den Gardisten über die Funk-Kopfhörer gegeben wurden. »*Regroup! Regroup!*« wurde zu »*Retreat! Retreat!***«, und alle, die noch nicht am Netz angekommen waren, ergriffen Hals über Kopf die Flucht. Ein paar Hunde jagten ihnen kläffend hinterher. Das Licht von Leuchtraketen färbte Nebel und Tränengasschwaden.

Aus dem Nebel tauchten Indianer auf, die in gebücktem Lauf auf das Netz zurannten und dann ihren Fang in die Stammesbüros schleppten.

Dort war es taghell. Das Licht der Leuchtstoffröhren blendete die Gefangenen, und sie blinzelten, versuchten, sich zu orientieren. Rings um sie herum standen Indianer mit Gasmasken.

»Geben Sie mir Ihre Gewehre und Gasmasken«, befahl Willie Schneider den zwei eingefangenen Gardisten.

Sie zögerten.

Kway hob drohend ein .30-06-Jagdgewehr. »Los, Leute, das ist kein Spaß.« Pause. »Mach schon, Buffalo Soldier.«

Der schwarze Gardist wünschte, sie hätte sich nicht ausgerechnet ihn als Zielscheibe ausgesucht. Er seufzte, nahm die Funk-Kopfhörer und die Gasmaske ab und schob sie zusammen mit seinem Gewehr und

Pistole durch die Netzmaschen. Der andere Gardist folgte dem Beispiel seines Anführers. Er begann zu würgen, als er noch vorhandene Tränengasdämpfe einatmete, und Kway reichte ihm ein feuchtes Handtuch, um es sich vor Mund und Nase zu halten.

»Ich werd nach den anderen sehen«, sagte Willie, als weitere zwei Indianerinnen hinter ihm auftauchten. »Wir sehen uns dann im Haus der Big Bears.«

Kway und die zwei Frauen beobachteten die Männer einige Minuten, während diesen der Ernst der Lage dämmerte. Kway, von Kopf bis Fuß in Armeekleidung, hielt ihr Gewehr im Anschlag. Georgette Big Bear und Danielle Wabun trugen Gasmasken und rote Halstücher über den Haaren. Danielle trug passend zum Anlaß eine schwarze Lederjacke und Hosen, die sie auf einem Flohmarkt erstanden hatte. Schließlich trieben die Indianerinnen die stolpernden Gardisten zu Georgette Big Bears Keller in der Wohnsiedlung. Auf dem Weg tauchte George Ahnib auf, jauchzte und heulte und hieb gelegentlich mit einem langen Stock auf die Soldaten ein, um ihnen Beine zu machen.

»George«, sagte Kway Dole sanft zu ihm, »*echte* Indianer *count coup* und haben es nicht nötig, ihre Feinde zu verletzen.«

George nickte und setzte seinen Stock nur noch sehr zurückhaltend ein.

Der Keller der Big Bears war zum Aufenthaltsort für Gefangene bestimmt worden. Kurz nachdem Kway ihre zwei Gardisten in den Keller geführt hatte, kam Willie Schneider mit zwei weiteren Soldaten an, die in den anderen Netzen gefangen worden waren. Die Indianer hatten also erfolgreich vier Geiseln geerntet, doch niemand wußte genau, was sie mit ihnen machen sollten.

Danielle Wabun blickte auf einen der Gardisten, der zusammengekauert auf dem Kellerboden saß. »Ihr Jungs seid ja noch ganz schön jung«, stellte sie fest.

»Und verängstigt«, ergänzte Kway.

Die Frauen traten vor und zurück, unschlüssig, was sie tun sollten. Die Bewegung erinnerte ein wenig an einen Tanz auf dem Schulball zwischen gehemmten, hormonell aufgeladenen Teenagern.

Der schwarze Soldat starrte wütend vor sich hin. Er hielt noch immer seine Faust fest.

»Ich nehm an, deine Hand tut ein bißchen weh, Buffalo Soldier?« fragte Kway.

Keine Antwort. Die Frauen standen da und betrachteten ihre Gefangenen. Schließlich sagte Danielle: »Hört mal, Jungs, wir binden euch lieber an Stühlen fest, damit ihr's ein bißchen bequemer habt, und damit wir nicht babysitten müssen.«

»Du bist zu scheißfreundlich«, sagte Kway. »Diese Kerle sind der Feind.«

»Ja, sicher. Aber nicht wirklich«, sagte Danielle. »Sie sind Lakaien des Feindes.«

»Was ist da der Unterschied?«

»Hör mal, Mädchen«, sagte Danielle in bestimmtem Ton und zog sie zur Seite. »Wir haben diese Lakaien wahrscheinlich den ganzen Tag am Hals, vielleicht sogar noch länger. Wir sollten die Haftbedingungen so organisieren, daß es für alle Seiten erträglich ist. Aber wir werden nicht darum herumkommen, sie zu fesseln. Bringen wir's hinter uns.«

»In Ordnung.«

»Danach lassen wir George sie bewachen.«

»Gute Idee.«

Nach einer Stunde Arbeit war jeder der Männer korrekt an einen Stuhl gefesselt. Danielle hatte entschieden, sie sollten etwas zu essen bekommen, also wurde ein Arm nicht ganz festgebunden. Buffalo Soldiers verletzte Hand blieb frei. Es war genügend Abstand zwischen den Stühlen, also war nicht mit Ärger zu rechnen.

»Hunger?« fragte Danielle. Die Männer sahen einander ungläubig an und schwiegen.

Georgette Big Bear erschien mit vier Schalen Suppe mit Makkaroni und Fleischklößchen. »Spezielle Lebensmittel-Zusammenstellung der Regierung, Sie sollten daran gewöhnt sein«, sagte sie, als sie vorsichtig die Schalen auf ausgestreckte Hände stellte.

Kway sah entgeistert zu. »Herrgottnochmal, das ist keine Dinner Party. Diese Arschlöcher haben versucht, uns mit Gas auszuschalten und zu verhaften, und jetzt sorgen die Damen für einen Spitzenservice.«

Georgette stolzierte an ihr vorbei. »Es ist mein Haus, Kway. Sogar der Feind bekommt hier was zu essen.« Sie lächelte triumphierend, schaltete den Fernseher an und stellte einen Bugs-Bunny-Zeichentrickfilm ein. Als George Ahnib den Fernseher hörte, kam er mit einer Schale Essen in der Hand zurück und nahm seinen Wachposten auf dem Treppenabsatz ein, mit Blick auf die Gardisten, aber auch auf Elmer Fudd auf dem Bildschirm.

»In Ordnung«, seufzte Kway. »Ihr Hostessen kümmert euch um unsere Gäste hier, und ich werd mal nachsehen, wie's unseren Leuten geht.« Sie blickte zornig auf die Soldaten und stupste beim Hinausgehen jeden mit ihrem Jagdgewehr an.

»Du, Buffalo Soldier. Überleg dir, wem du verpflichtet bist.« Pause. »Wenn das Ganze hier vorbei ist, *falls* ich dich leben lasse, solltest du lieber nicht mehr vor weißen Bullen kriechen.«

Er biß die Zähne zusammen und starrte zornig zurück.

Sie warf sich ihr Gewehr über die Schulter und stieg leichtfüßig die Treppe hoch.

Agent Cope stand im Klo seines Wohnwagens und legte den Kopf in die Hände. Der Wagen war ein Chaos, seine Männer waren entmutigt und wie gelähmt, und er fühlte sich miserabel.

»Ich hasse Indianer«, sagte er wieder und wieder, wiederholte den Satz wie eine kraftspendende Meditationsmantra. Schließlich rappelte er sich auf und ging zu seinen Männern zurück.

Die Funkgeräte dröhnten mit den Stimmen streitender FBI-Beamten, Staatspolizisten und Nationalgardisten. Agent Cope ließ seine Kollegen von Polizei und Armee kommen, um das weitere Vorgehen zu besprechen. Er wünschte sich Verhandlungen.

»Nun, vielleicht könnten wir feststellen, ob irgend jemand vom Justizministerium noch mal darüber nachdenken würde, bei dieser Sache zwischen der Stammesregierung und diesen Indianern den Schiedsrichter zu spielen,« sagte Agent Cope zu seinem Kriegsrat. »Wir haben versucht, sie zu verschrecken, sie zu verjagen und sie wegzuspülen, aber nichts scheint zu wirken.« Resignation lag in seiner Stimme. »Es ist der vierte Versuch und Zeit zu punten***. Ich werd Washington noch mal anrufen, um zu sehen, ob wir Hilfe bekommen können.«

Im allgemeinen war es nicht FBI-Politik, zu verhandeln – und schon gar nicht mit Indianern, mit denen das FBI schlechte Erfahrungen gemacht hatte. Alle wußten das. Besonders seit dem Feuergefecht bei Oglala 1976, bei dem zwei FBI-Männer getötet worden waren. Obwohl es dem FBI gelungen war, einen Indianer ins Gefängnis zu bringen, hinterließ die ganze Affäre einen unangenehmen Nachgeschmack im gemeinsamen Mund des FBI. Dann war da das *Crazy-Horse*-Buch****. Es ließ das FBI noch schlechter aussehen. Trotz sechs Prozessen war es ihnen nicht gelungen, die Publikation des Buchs zu verhindern.

Agent Cope war sich des Indianerproblems deutlich bewußt. Er mochte diese Position nicht, und mit Sicherheit mochte er diese spezielle Besetzung nicht. An diesem Punkt sah es jedoch nicht so aus, als ob das FBI gewinnen würde, und niemand wollte ein Verlierer sein. Die Umstände brachten ihn dazu, sich für Verhandlungen zu entscheiden, als einzigem Ausweg. Er rief Washington an.

»Wir haben dieses Spiel jetzt fast drei Wochen lang gespielt, und wir stinken langsam. Falls wir stinken, stinken auch Sie«, versuchte Cope, die Situation der Bundesregierung zu erklären. Er war sich sicher, daß Washington kaum mehr auf dem laufenden war. Er war erschöpft und wollte ehrlich sein.

»Wir werden Ihren Standpunkt bedenken«, erwiderte Washington.

* Schwarzer Soldat in der US-Kavallerie

** Neu gruppieren – Zurückziehen

*** Den Ball weit nach vorne kicken – eine Art Notlösung, wenn zu befürchten ist, daß der vierte (der letzte) Versuch nicht zum Erfolg führt. Ein Punt bringt keine Punkte, verschlechtert aber immerhin die Ausgangsposition des Gegners bei dessen Angriffsspiel

**** *The Spirit of Crazy Horse* von Peter Matthiessen; über die Kämpfe auf Oglala-Land und die Verfolgung und Verurteilung von Leonard Peltier, des oben erwähnten »ins Gefängnis gebrachten« Indianers

REISESCHUHE

FBI-Angriff auf besetzte Stammesbüros von den Aufständischen zurückgeschlagen
von Alanis Nordstrom, Rocky Montain News

White Earth, Minn. – Im Schutz der Nacht versuchten Nationalgardisten nach Anweisungen des FBI die besetzten Stammesbüros der White Earth Reservation zu stürmen. Der Angriff scheiterte …

»Achter Durchgang. Die Weißen sind mit Schlagen dran und halten Gewehre, Schreiber, Schlagstöcke und Funktelefone bereit. Schneider wirft einen tiefen Kurvenball nach rechts. Cope trifft … sprintet los …«* Moose Hanfords Stimme im Lautsprecher ging in ein Kichern über: »Ho wah!«

Mit dem Faxgerät des Stammes gelang es Alanis, ihre Story und mehrere Updates den *Rocky Mountain News* und *UPI* zukommen zu lassen. Einer der an der Evakuierung beteiligten Fahrer von Reverend Swensons Gemeinde brachte Alanis' Filmrollen zu der Lokalzeitung, wo eine in der Dunkelkammer arbeitende Hilfskraft sie entwickelte, Abzüge von den besten Bildern machte und diese an die internationalen Nachrichtenagenturen übermittelte. Mit etwas Überredungskunst bekam Alanis von ihrem Redakteur einen weiteren Aufschub für den Miss-Indian-America-Artikel und die Erlaubnis, an der White-Earth-Story dranzubleiben. Die Zeitung würde davon profitieren, da war sich Alanis sicher.

Die gefangenen Nationalgardisten blieben nur zwei Tage bei den Indianern: Die *Ogichidaa Ikwewag*, die Kriegerinnen-Gesellschaft, entschied, die Männer seien gefährlich jung und unerfahren und womöglich außerstande, vernünftig zu bleiben. Außerdem wollte niemand wirklich »Geiseln«. Sie wurden also ohne viel Aufhebens in einem ehemaligen Tombstone-Pizza-Lieferwagen, der früher Selam Big Bear gehört hatte, zu ihren Leuten zurückgeschickt – in guter Verfassung und unendlich erleichtert, frei zu sein. Nach dem verpfuschten Versuch, die Stammesbürros zu stürmen, hatte das FBI offenbar entschieden, abzuwarten. Es gab wenig Anzeichen von Aktivität beim Wohnwagen. Sogar die weißen Demonstranten schienen die Kampfeslust verloren zu haben.

Noch bemerkenswerter war, daß bei den White-Earth-Stammesbüros und in den Dörfern alles relativ ruhig blieb. Es war, als hätte White Earth ein Jahrhundert lang in einem mal nachlassenden, mal verschärften Belagerungszustand gelebt, und als sei dies nur eine weitere Phase des Krieges.

In der Nähe der Stammesbüros wurden Schwitzhütten errichtet, und zu mehreren Anlässen kamen verschiedene spirituelle Führer und hielten Zeremonien ab. Es wurde sogar über die Rückkehr der Großen Trommel und *Midewiwin*-Zeremonien geredet. Doch die Zeit dafür war noch nicht gekommen.

Davon abgesehen, arbeiteten jetzt viele Menschen zusammen. Die Organisatoren der Besetzung hatten im Vorfeld ein festes Verbindungsnetz geknüpft, und Lee Swenson und die Lutheraner hatten ihre Leute mobilisieren können. Warren Wabun und ein paar andere traten bei öffentlichen Veranstaltungen auf. Durch ihre Reden und durch häufige und ständig aktualisierte Presseerklärungen bekamen die Besetzer immer mehr Unterstützung. Das führte unter anderem dazu, daß bei den Kongreßabgeordneten Minnesotas und dem Landesparlament jeden Tag fünfzig bis hundert Anrufe eingingen, in denen die Politiker nachdrücklich aufgefordert wurden, mit den Indianern zu verhandeln.

Da sich die Lage ein wenig entspannte, traten nun vorher kaum beachtete Details deutlicher hervor. Vor allem Lucy St. Clair war dafür empfänglich. Ihre erste und vielleicht wichtigste Entdeckung war, daß Moose Hanford und Elaine ein Verhältnis hatten. Ihr war aufgefallen, daß Elaine nachts nicht in ihrem Schlafsack war, und wie Moose Elaine ansah. Bald summte Elaine vor sich hin, wenn sie durch die Gegend schlenderte, und Moose war jetzt weit weniger mürrisch als zuvor.

»Sie sind wie füreinander geschaffen«, seufzte Lucy entzückt, als sie Georgette Big Bear von dieser wichtigen Verbindung unterrichtete. »Sie sind jung, schön und engagiert; einfach das ideale Paar«, bekräftigte sie am Tag darauf und faltete die Hände, als hätte sie die beiden persönlich zusammengebracht. Georgette stimmte zu, natürlich. Es stimmte, daß Elaine und Moose wie ein ideales Paar wirkten, und sie verdienten beide jemanden Nettes. Außerdem, sagte sie sich, *wer würde schon mit Lucy streiten wollen?*

Lucys Neugierde wuchs, und sie stellte weitere Nachforschungen an. In dieser Nacht ging sie dem frischgebackenen Liebespaar nach, um ihre Vermutungen zu verifizieren. »*Kein Zweifel*«, flüsterte sie, als sie vorsichtig an der Tür des Büros des Stammesratsvorsitzenden lauschte und zwei Personen schnarchen hörte, »*es müssen die beiden sein.*« Zufrieden trottete sie zum Schlafbereich der Frauen zurück, kuschelte sich in ihren Schlafsack und schlief tief und gut.

Es gab natürlich eine Reihe anderer möglicher Romanzen während der Besetzung, doch keine davon so interessant wie die zwischen Elaine und Moose. »Nichts im Leben ist so spannend wie die Frage ›wer mit wem?‹« verriet Lucy Alanis, als sie ihr die neue und interessante Information unterbreitete.

»Ich glaub, Indianer haben ein besonderes Verhältnis zu Krisen«, stellte Elaine philosophisch fest, als Alanis sie ein paar Tage später darauf ansprach. »Wir werden nur in Zeiten der Gefahr romantisch. Vermutlich liegt das an unserer Geschichte, und inzwischen ist es schon zu einer richtigen Tradition geworden.«

Inmitten dieser eher alltäglichen Abläufe fiel der Schuß. Es war eine kalte Mittwochnacht. Als Elaine Mandamine später darüber nachdachte, schien es ihr, als habe Hawk gewußt, daß er an der Reihe war. Er hatte sie ein paar Wochen vor der Besetzung gebeten, ihm »Reiseschuhe« anzufertigen. Es ging ihr jetzt nicht mehr aus dem Kopf, doch damals hatte sie nicht weiter darüber nachgedacht. Sie hatte angenommen, er wollte die Schuhe für die neuen Zeremonien haben, an denen er teilnahm, besonders, da er vor ein paar Wochen sein neues Tanzkostüm fertiggestellt hatte. »Gerade rechtzeitig für das 14.-Juli-Powwow«, hatte er gesagt, als er sie wieder auf seinen Wunsch ansprach und ihr etwas Tabak gab. Es war allerdings schon merkwürdig, wie er gleichzeitig Vorbereitungen für die Feier des Lebens und für den Gang zum Tod traf.

Moose wußte, daß die Besetzung zu glatt lief und daß garantiert irgendwer Mist bauen würde. Seine Leute hatten sich unter Kontrolle, das wußte er, doch seit seiner Zeit in Vietnam würde er nie wieder den *Feds* trauen. Und bei den *redneck*-Demonstranten wußte man nie, was sie vorhatten. Als er den Schuß hörte, ihn Metall und Glas treffen hörte, lief es ihm kalt den Rücken hinunter, und er begann zu zittern.

»Was zum Teufel war das?« Er warf Willie Schneider einen schnellen Blick zu und suchte nach einem Funkgerät.

»Bist du da?« rief er Selam Big Bear.

»Ja, kein Problem hier, frag mal Hawk.«

»Hawk, bist du da?«

Keine Antwort.

»Scheiße! Ich hab vielleicht einen Mann verloren.« Moose ging wie unter einer Zentnerlast zur Hintertür und rannte dann gebückt auf den braunen Pickup zu, in dem Hawk saß. Die Funkwellen waren blockiert von den Fragen, die FBI und der Becker County Sheriff aufeinander abfeuerten.

Zum ersten Mal seit Beginn der Besetzung hatte Moose Angst. Willie war ihm gefolgt und kletterte fast auf ihn, als sie an dem Laster ankamen. Die Scheibe an der Fahrerseite war von der Kugel eines Präzisionsgewehrs durchschlagen worden. Im Wageninneren ruhte Hawks Kopf auf dem Lenkrad. Von seiner Schläfe tropfte Blut. Moose ergriff Hawks Hand und sah ihm in die Augen. Hawks Seele war bereits fort.

»Scheiße, Scheiße, Scheiße!« schrie Willie in das Funkgerät. »Diese Hundesöhne haben Hawk umgebracht!« Elaine und Lucy suchten nach einer Tragbahre.

Moose hielt Hawks noch warme Hand und flüsterte: »Es tut mir leid, Bruder, es tut mir leid. Wir werden uns um dich kümmern.«

Er murmelte leise weiter. Dann verstummte er, holte etwas Tabak aus seinem Beutel und legte ihn Hawk in die Hände. Er schloß Hawks Finger um den Tabak und versuchte sich zu besinnen, was zu sagen war.

Sie schafften Hawk schließlich ins Stammesgebäude, und Elaine rief mit bebender Stimme Agent Cope über Funk. »Einer unserer Männer ist gerade von jemandem da draußen getötet worden. Finden Sie besser heraus, von wem!« Sie knallte den Hörer hin.

Es gab einen Hilfssheriff namens Kevin Bennert, der Hawk nicht ausstehen konnte, und Moose verdächtigte Bennert sofort. Der Mann würde ein Gewehr haben, das jemanden aus größerer Entfernung ausschalten konnte, und er hatte ein Motiv. Hawk und Bennert haßten einander seit ihren Balgereien im Schulbus, die im allgemeinen Hawk gewonnen hatte. Im Lauf der Jahre hatte Hawk die Einzelheiten vergessen, doch daß Bennert Indianer nicht besonders mochte, war ihm immer bewußt gewesen. Und jetzt war Bennert ein Polizist.

Hawk hatte ihn für einen miserablen Hilfssheriff gehalten. Er hatte eigene Nachforschungen über Polizeibrutalität und über Fälle sexueller Gewalt auf der Reservation angestellt, und eine Reihe von Anschuldigungen betrafen Bennert. Es ging dabei meistens um Indianerfrauen auf dem Rücksitz eines Streifenwagens, um zwei oder drei, für die sich der Streifenpolizist offenbar besonders interessierte. Anscheinend hatte er sie zur Vernehmung abgeholt und erst viel später zurückgebracht. Jedenfalls tauchte immer Bennerts Name auf, und Hawk hatte Anlaß genug, ihn zu verdächtigen. Außerdem hatte auch Hawk selbst Bekanntschaft mit Bennerts Streifenwagen gemacht, denn seine gelegentlichen Sauftouren endeten unweigerlich mit einer Fahrt im Heck dieses Wagens, einer Nacht im Gefängnis und einer Menge Beschimpfungen. Vor Beginn der Besetzung stand Hawk kurz davor, sich Bennert vorzuknöpfen.

Auch Elaine mußte an Bennert denken und den persönlichen Groll, den er gegen Hawk hegte. Vielleicht war dieser Groll für die Verbrechensaufklärung relevant, vielleicht nicht. Es würde Hawk nicht wieder lebendig machen, doch es könnte ein kleiner Beitrag dazu sein, ihm Gerechtigkeit zu verschaffen. Das Ganze war schon eigenartig. Irgendwie war Hawks Schicksal mehr als das von fast jedem anderen von absolut gegensätzlichen Kräften gelenkt worden. Er machte erstaunliche Fortschritte, und dann betrank er sich. Er hatte endlich sein Powwow-Kostüm zusammen – und er redete über das Sterben. Er war ein wahrer Krieger – und er wurde ins Gefängnis gesperrt.

Elaine fing Moose ab und führte ihn in einen Raum, wo sie allein waren. Dort brach sie in Tränen aus. »Hawk hat sich so angestrengt, er hat es fast geschafft«, sagte sie und weinte an Mooses Schulter.

»Hawk war ein guter Mann«, sagte Moose. »Ich versteh nicht, warum er sterben mußte.«

Elaine spürte ihn zittern. Auch er weinte.

»Wer hat diesem Schuß abgegeben?« bellte Agent Cope in sein Funkgerät. Als Antwort erntete er einen Wirrwarr von Anschuldigungen, Leugnungen, weiteren Anklagen, Flüchen und Behauptungen. In diesem Augenblick wurde Cope klar, daß das Spiel vorbei war. Er drehte einfach das Funkgerät ab und senkte den Kopf. Major Traversy, der auf der anderen Seite des mit Karten, Aschenbechern, und bunten Streuseln von zu vielen Donuts übersäten Kommandotisches stand, streckte die Hände aus, mit den Handflächen nach oben. Er hatte keine Antwort.

Schließlich sprach Cope. »Es ist außer Kontrolle«, sagte er und hielt inne. »Der Sheriff veranstaltet seine eigene Show, die *rednecks* spielen verrückt, es ist absolut unmöglich, diese Sache zu steuern.«

Er bedeutete Traversy, ihm das Funktelefon zu geben, und der Major schubste es über den Tisch zu ihm hin. Cope drückte die erste Taste mit einprogrammierter Nummer und wartete darauf, daß jemand abhob.

»Cope hier«, sagte er zu Washington. »Wir verhandeln.«

Und er legte auf.

Es dauerte drei Tage, die Verhandlungen vorzubereiten. Schließlich brachten Hubschrauber das Verhandlungsteam der Bundesregierung, und dann fuhren die vier identischen FBI-Wagen, voll,besetzt mit Regierungsbeamten, Leibwächtern und Beobachtern, feierlich durch den Nordosteingang der Barrikade auf das Stammesregierungsgelände und weiter bis zur Altenwohnanlage, wo die Verhandlungen stattfinden sollten. Alle weißen Demonstranten waren nach Hause gegangen, die örtliche Polizei war weggeschickt worden, und das Gelände schien ruhig und still. Moose, Willie Schneider und Kway Dole standen mit ihren Gewehren an der Hüfte vor den Stammesbüros und folgten dem Troß der Regierungswagen mit den Augen.

Das Verhandlungsteam der Bundesregierung bestand aus zwei teiggesichtigen Männern in dunklen Anzügen aus Washington und Agent John Cope. Der White-Earth-Stammesführer Lance Wagosh und das Ratsmitglied Fred Graves zockelten hinter ihnen her. Wagosh versuchte, Autorität und Kompetenz auszustrahlen, doch das einzige, was er ausstrahlte, war, daß er sich ausgesprochen unbehaglich fühlte. Am Gebäudeeingang wurden die Männer von Elaine, Selam Big Bear, Warren Wabun und George Agawaateshkan empfangen, und alle setzten sich um einen Eßzimmertisch, eine Leihgabe von einer der Familien der Siedlung. Die Diskussionen fanden vor den Augen von etwa vierzig interessierten Personen der Besetzergruppe und der Altenwohnanlage statt. Mesabe und Charlotte Oshkinnah saßen nebeneinander und starrten wütend auf die Regierungsleute in Anzügen, bis diese begannen, auf ihren Stühlen hin und her zu rutschen.

»Als erstes«, begann Elaine, »verlangen wir eine vollständige Untersuchung darüber, wer Hawk Her Many Horses erschossen hat und unverzügliche Strafverfolgung.«

Agent Cope war das Thema sichtlich unangenehm.

»Hier geht es nicht um einen Unglücksfall, bei dem wieder mal ein Indianer zu Tode gekommen ist«, fuhr Elaine fort. »Er ist mit einer Kugel der Regierung erschossen worden.«

»Das wissen Sie nicht«, begann Cope stockend.

»Nun, finden Sie es heraus«, unterbrach ihn Elaine. »Tun Sie's!«

Cope lehnte sich zurück, überlegte und nickte dann.

Lance Wagosh griff ein und lenkte das Gespräch auf die ursprüngliche Streitfrage, die zu der Besetzung geführt hatte. »Wir haben die Vollmacht, zu verhandeln und Pachtverträge zu unterzeichnen«, sagte er nachdrücklich, wie schon so viele Male zuvor.

»Wir wissen, daß Sie diese Vollmacht haben«, sagte Elaine. »Wir wollen lediglich, daß Sie die Verträge rückgängig machen.«

Die Augen der Regierungsbeauftragten richteten sich auf Wagosh. Der Stammesratsvorsitzende wollte nichts zurücknehmen. Elaine sah ihn scharf an und wiederholte, jetzt mit Blick auf die Regierungsbeamten, mit ruhiger Stimme ihre Forderung. Warren Wabun ergriff das Wort und sagte gelassen: »Diese Forstmaschinen werden nie sicher sein.«

Es war eine Untertreibung, die alle verstanden.

Die Verhandlungen gingen bis acht Uhr abends weiter. Und obwohl es auf beiden Seiten kaum Bewegung gegeben hatte, stimmten alle zu, am nächsten Morgen weiterzumachen.

»Beiß die Zähne zusammen«, flüsterte Moose am nächsten Tag Elaine während einer Sitzungspause zu.

»Heißt das: keine Küsse?« fragte Elaine und ging zum Verhandlungstisch zurück.

Nach drei Tagen mit Besprechungen schauten die Männer der Bundesregierung immer öfter auf die Uhr. Nach einem Mittagessen mit den Regierungsleuten gab Lance Wagosh schließlich nach und stimmte zu, die Genehmigung zum Holzschlag und zur Errichtung einer Papierfabrik rückgängig zu machen. Eine Grundsatzvereinbarung, die den Bedingungen von *Protect Our Land* folgte, wurde entworfen, abgeändert, neu geschrieben, und dann unterzeichnet. Alle seufzten erleichtert auf, am meisten Agent John Cope.

* Hier ist das Spiel Baseball

NIIMIIDIWIN
POWWOW

Zwei Wochen danach fand das jährliche White Earth Powwow zum Gedenken an die Unterzeichnung des Friedensabkommens von 1867 statt. Alanis war für das Powwow nach White Earth zurückgekommen, nachdem sie ihren Miss-Indian-America-Artikel abgeliefert hatte. Jetzt saß sie auf der Zuschauertribüne neben Elaine, und sie bewunderten gemeinsam die Tänzerinnen und Tänzer. Alanis fühlte sich mehr zu Hause als all die Jahre zuvor. Ihre Augen ruhten auf Browning Teaman, dem Zeremonienmeister. Er trug ein exquisites rotes und schwarzes *Ribbon Shirt*. Wie immer sah er wie ein Showman vom Scheitel bis zur Sohle aus. Er blickte zu den beiden Frauen hinüber und lächelte.

Protect Our Land hatte allen Grund, bei diesem Powwow zu feiern, wenngleich das Fest überschattet wurde von dem Verlust eines Kriegers so kurz vor dem Sieg. Moose, Elaine und die anderen Mitglieder der Gruppe schlossen sich Hawks Familie an, als vier Veteranen die Tänzer in den Kreis führten für einen letzten Tanz zu Ehren von Hawk. Da Moose beim Männer-Tanz die Reihe der Tänzer anführen mußte, tanzte er fast die ganzen drei Tage lang. Dies war seine Art, für das Geschenk des Friedens zu danken. Manchmal glaubte er, im Augenwinkel auch Hawk tanzen zu sehen.

»White Earth is Not for Sale« – Mit diesem Kriegsruf antworten die Mitstreiter der Organisation »Anishinaabe Akeeng« auf finanzielle Entschädigungsangebote der US-Regierung im Jahr 1984. Hier demonstrieren sie in Detroit Lakes.

Maanomin, der wilde Reis, ist auch heute noch ein Grundnahrungsmittel der Anishinaabeg. An der traditionellen Erntemethode hat sich nichts geändert. Geändert haben sich die Formen der Mitteilung: Aufkleber gehören zum Widerstand. Autohecks offenbaren indianisches Denken, wie hier auf einem Dakota-Fahrzeug, geparkt in White Earth 1981.

Wenn der Schnee weicht, beginnt der Ahornsaft zu fließen. Für das »White Earth Land Recovery Project« ist der Sirup auch eine Einnahmequelle. Wenn sich die Blätter färben, ist auch in White Earth Schulbeginn. Bob Simek mit seinen Söhnen John und James im »Sugarbush«, Winona LaDuke mit den Schulanfängern von Pine Point.

Waseyabin ist »Das erste Licht des Morgens«. Die Tochter Winona LaDukes kam (wie auch Sohn Ajuawak) in dem Cree-Dorf Moose Factory an der James Bay zur Welt. Während der Vater die Kinder mit auf die Jagd nimmt, erleben sie mit der Mutter internationale Konferenzen: Waseyabin in South Dakota mit ihrer Freundin Sascha.

Im Gefängnis von Stillwater wurde die Widerstandsbewegung »American Indian Movement« geboren. Die Häftlinge von einst wurden prominente Figuren der indianischen Geschichte des 20. Jahrhunderts: Clyde Bellecourt (oben) und Dennis Banks ist es gelungen, das Schweigen der Medien zu brechen.

Dick LaGarde war ein Ogichidaa, von dessen Zuverläßigkeit noch heute viele sprechen. 1994 wurde er auf mysteriöse Weise ermordet.

TEIL IV
OSHKI ANISHINAABEG

WELTHAUPTSTADT DER BLUTEGEL

1994

»Dieses Reservat hier ist die Welthauptstadt der Blutegel. So 'nen Ort gibt's nicht noch mal.« Moose war mit Willie Schneider unterwegs, seinem Partner bei den meisten Sachen, für die man zu zweit sein mußte, außer beim Sex. Moose lief voran und sprach über nichts anderes. »Die Weißen wollen es einfach nicht glauben, aber eine ganze Menge unserer Leute verdienen die Hälfte ihres gesamten Einkommens damit, daß sie diese Blutsauger fangen und an Sportangler verkaufen. Und das hier ist ein erstklassiger Blutegelteich, seicht und fischlos.«

Die Männer hatten sich von der Buckboard Hills Road bis zu einem Holzfuhrweg ihren Weg gebahnt. Das Gesträuch war dicht, hohe Disteln und junger Pappelwuchs. In Mooses Ohren summten Fliegen, und ein Holzbock kroch an seinem Bein hoch. Er trug einen Rucksack mit Proviant, vor allem aber Truthahnnieren und Blutegelfallen. Die Nieren hatte er billig von einer Firma bekommen, die in Detroit Lakes Truthähne verarbeitete.

Bisher war es eine großartige Blutegelsaison gewesen. Die beiden hatten zwei Wochen lang einige Teiche nördlich das Rat Lake leergefangen und waren dann zum sogenannten Staatsland in den Buckboard Hills weitergezogen. Zwei Teiche hatten sie hier bereits leergeräumt, und nun hatte Moose den dritten gefunden.

Zwischen Mai und Juli war die beste Zeit, die Blutegel waren dann am lebhaftesten. Dann folgten die Hundstage, und das Teichwasser war zu warm. Die Blutegel wurden träge und zogen sich auf den trüben Teichboden zurück.

Am späten Nachmittag zogen die *Anishinaabe*-Männer hinaus und stellten ihre Fallen mit den Ködern auf. Für gewöhnlich waren die Fallen bis zum nächsten Morgen voll. Moose und Willie verlangten sieben Dollar für ein Pfund der dicken X-Large-Kaliber und vier Dollar für ein Pfund der kleineren. Der Blutegelfang war außerdem attraktiver als die Arbeit im Kasino, wo man Farmer in Rente bedienen mußte oder Lehrer, die wie in Trance ihre Groschen in die einarmigen Banditen warfen.

Dieses Land hatte einmal Mooses Großonkel gehört. Dessen Familie hatte hier im Winter immer ihre Fallen aufgestellt. Moose hatte deshalb schon oft darüber nachgedacht, ob er seine *Trapline* hierher verlegen sollte, damit sich seine Jagdgründe erholen konnten. In Gedanken sah er das Land von Schnee bedeckt und von Tierspuren durchzogen. Aber jetzt galt es erst einmal, die Fallen mit den Nieren im Wasser zu versenken; dann war immer noch Zeit, sich nach Anzeichen von Wild umzuschauen.

Moose stieß das Kanu vom Ufer ab. Während sich das Boot langsam vom Ufer wegbewegte, wuchtete er behutsam seinen Zweihundertfünfzigpfund-Körper hinein, während Willie sich an die gegenüberliegende Seite des Aluminiumboots klammerte. Das Kanu neigte sich gut fünfzig Grad zu Moose und stellte sich dann blitzschnell wieder auf.

»Um ein Haar«, keuchte Willie, als sich das Boot wieder beruhigte. »Du wirst mich noch einmal ersäufen.«

Die Männer lenkten das Kanu mit Gewandtheit an Stämmen und Wasserlilien vorbei, bis sie eine Stelle fanden, die ihnen für das Setzen ihrer Fallen am geeignetsten erschien.

Die Blutegelfallen bestanden aus einer Reihe kleiner schwarzer Plastikbeutel, die an einer Nylonschnur hingen. In jedem Beutel lag ein Stein, um ihn nach unten zu ziehen, und jeweils nach einigen Beuteln war an der Leine ein Schwimmer befestigt, der verhinderte, daß sie unterging. In jeden der Beutel kam eine Truthahnniere.

»Wie fühlt sich der Grund an?« fragte Moose zu Willie hinüber, der sein Paddel gerade tief in das trübe Wasser stieß.

»*Mino ayaa*«, antwortete Willie, »gut.«

Sie verstauten ihre Paddel und bereiteten die Fallen vor. Moose sah Willie zu, wie er die Plastiktüte mit den Ködern für die Blutsauger öffnete. Willie war heute still, fiel Moose auf, als dieser ihm eine Handvoll bluttriefender Nieren reichte. Moose zog sein Jagdmesser heraus und halbierte die Nieren. Immer wenn sie ihm aus den Händen glitschten, mußte er um das Schneidbrett herum hinter ihnen hersein. Willie schwieg noch immer und schien vollauf damit beschäftigt, seine eigene Portion Nieren zu zerschneiden.

Mit einem »Na« versuchte Moose, das Schweigen zu brechen.

Willie sah nicht einmal zu ihm hin.

»Na«, sagte Moose noch einmal. »Wie schaut's denn mit den Nieren aus?«

Willie hielt inne. Er sah auf und brachte die Sache direkt aufs Tapet: »Na, wie läuft denn das Zusammenleben mit dieser Frau?« Eine Pause. Er blickte auf die Nieren vor sich. »Sind die Flitterwochen schon vorbei?« Wieder hielt er inne. »Hmmm?«

»Na ja, vergißt man mal, daß sie alle sechs Wochen wie vom wilden Affen gebissen aus heiterem Himmel einfach abhaut, klappt's ganz toll. Sie ist ein guter Kumpel – und nie langweilig, darauf kannste wetten«, antwortete Moose brummig und blickte dabei auf Willies nach vorn gebeugten Rücken.

»Also ist das Eheleben für dich das richtige?«

»Diese Art Ehe in jedem Fall. Solange ich in die Wälder gehen kann, ist mein Glück vollkommen. Sie hat viel zu tun und ich auch. Es ist prima«, gab Moose bereitwillig Auskunft. Sah man einmal von einigen Wochen mit verschiedenen Ehefrauen ab, hatte er fünf Jahre als Junggeselle gelebt. Daher war er an seinen Freiraum gewöhnt.

Moose erkannte langsam, worauf Willie hinauswollte. Jetzt waren sie unter sich, nur Moose, Willie und ein paar tausend Blutegel – der ideale Zeitpunkt, um über Frauen zu sprechen. »Du scheinst ja ein Auge auf Alanis geworfen zu haben?« wagte Moose sich vor, während er eine weitere Handvoll Nieren aus dem Beutel zog.

Vor ein paar Jahren hatte Willie eine Frau gehabt, die ihn dann wegen eines Kerls aus den Städten verlassen hatte, wegen eines Kerls mit einem Schreibtischjob und einem Powwow-Kleinbus, dessen eine Seite ein kitschiger Indianer zu Pferd mit einem scheußlichen »End of the Trail«-Schriftzug in Sonnenuntergangsfarben schmückte. Wegen eines Stadtindianers, der keine Blutegel fing! Eine Frau mußte schon etwas Besonderes sein, daß sie den Blutegelfang mochte, und Willie hielt nach einer solchen Ausschau. Diese neue Frau, die White Earth besuchte hatte, Alanis Nordstrom, war ein beonderer Fall. Jedoch keine Blutegelfrau.

»Auf alle Fälle sieht sie gut aus«, sagte Willie nachdenklich, »und sie ist klug.«

Da wurde Moose klar, was Willie an einem so tollen Blutegeltag bedrückte.

Willie fingerte nun ein paar Nierenhälften heraus und öffnete sorgfältig einen der kleinen Plastikbeutel. Er ließ ein Stück hineinfallen und sah jetzt zum ersten Mal Moose an. Sein Gesicht war ein einziges nach Antworten heischendes Fragezeichen.

»Willie, sie ist ein Stadtmädchen«, bemerkte Moose und fügte hoffnungsvoll hinzu, »aber vielleicht besucht sie uns ja ab und zu wieder; vielleicht könnte sie ja hier oben zurechtkommen.«

»Was meinst du, wie man so eine Frau kriegt, *Niij*?« Willie unterbrach sich nun und wischte sich die blutigen Hände an den Hosen ab. Er sah noch einmal über die Schulter zu seinem Freund. Dann betrachtete er seine gewaltigen Handteller.

»Behutsam«, sagte Moose langsam. »Du brauchst einen guten Köder und eine Menge Geduld.«

»Das kriege ich schon hin.« Willies Lippen preßten sich entschlossen zusammen. Er war optimistisch, mehr in Anbetracht seines in Aussicht stehenden Essens als wegen *nooji'ikwewe*, der entschlossenen Suche nach einer Frau. Er sah geradeaus zu den Wäldern und suchte mit den Augen das Ufer ab.

»Ich glaube, irgendwo tief innen in ihr drin könnte sie einen Typen, der gern draußen ist, einen Reservatsburschen wie dich, schon mögen«, sprang ihm Moose bei.

Auf Willies Gesicht zeichnete sich ein hoffnungsvoller Zug ab, der in ein Schafsgrinsen überging.

Er wandte sich wieder den Ködern zu. Seine Gedanken aber waren merklich mit dieser Frau beschäftigt.

Moose betrachtete ihn sonst eher von der praktischen Seite, als daß er seine tatsächliche körperliche Erscheinung wahrnahm. Von hinten sah Willie gar nicht schlecht aus. Seine Haare kräuselten sich in verschiedene Richtungen unter dem Rand seines rosafarbenen Frottee-Stirnbandes hervor. Von seiner Nichte geborgt, nahm Moose an. Willie hatte sich am Bauch einen Schwimmreifen zugelegt, der sich über den Bund seiner Wranglers vorwölbte. Er hatte aber ein nettes Gesicht. *Und* eine aufrichtige Miene. Die war nicht antrainiert, sondern echt. Falls sein bester Freund es bei dieser Frau versuchen wollte, dann kam auf die beiden Freunde einiges zu.

Moose seufzte.

Die Männer fuhren damit fort, ihre Fallen mit Ködern zu bestücken. Willies Jadgmesser ging zielsicher auf die Nieren nieder.

»Viele Indianerinnen mögen solche engen Wranglers, die du anhast«, nahm Moose das Gespräch wieder auf.

»Vielleicht sollte ich mit Rodeo anfangen«, sagte Willie. »Auf Bullen reiten. Da würde ich bestimmt Eindruck auf sie machen.«

»Nicht nur bestimmt, *hundertprozentig*«, sagte Moose.

Willie blickte zu ihm hoch.

»Geh in die Bücherei«, schlug Moose vor. »Lies ein paar Bücher. Abonniere ein paar Zeitschriften oder so. Eine dieser schicken, über Indianer, oder vielleicht ... vielleicht eine für Yuppies, so ein Zeitgeistmagazin. Wie das aus den Städten ...« Moose hielt nun inne und suchte nach einem Namen. »Utne-Reader«, sagte er triumphierend, »so wie die Versicherung.«

»Okay, wie auch immer es heißt.« Willie war diese intellektuelle Ecke fremd. Vielleicht waren zur Zeit ja Versicherungstypen gefragt.

Moose machte weitere Vorschläge. »Und wenn du dich eingelesen hast, dann quatsch mit ihr.«

»Worüber?«

»Über das, was du liest, und – he! Über das Reservatsleben. Du erzählst ihr ein paar tolle Geschichten von deiner Familie und deinen alten Onkels, Kriegsgeschichten ...«

Moose setzte sich kerzengerade auf und holte tief Luft. Blutegelfang war schon ziemliche Maloche. Aber den Ratgeber zu spielen war wirklich ein harter Job, besonders bei seinem besten Freund.

»Und wenn alles nichts hilft, gibt es ja noch Medizin.«

Willie hob die Augenbrauen. »Wer kennt sich denn mit solcher Medizin aus?«

»Es gibt schon jemanden dafür«, sagte Moose langsam und zögerlich und senkte die Stimme, für den Fall, daß ein streunender Geist zuhörte. »Verdammt, sicher die alte Lucy St. Clair. Was glaubst du denn, wie sie an ihre jungen Typen kommt?«

»Durch Angst, dachte ich.«

»Na klar, das auch, aber bestimmt auch mit Liebesmedizin. Und zwar eine ganze Menge.«

Moose paddelte das Kanu langsam vorwärts, während Willie weiter die Leine zu Wasser ließ. Insgesamt legten sie in dem kleinen Gewässer ungefähr vierzig Fallen aus. Als Willie fertig war, nahm er das Paddel und manövrierte das Kanu in Richtung eines schmalen Kanals, der zum nächsten Teich führte. Dort ließ Moose seine Schnur mit Blutegelfallen zu Wasser.

»Das reicht erst mal«, sagte er, während er nach einer Anlegestelle Ausschau hielt.

Sie fanden einen Landeplatz und zogen das Kanu ans Ufer. Als sie in der Nähe einen Bach entdeckten, wuschen sie sich in ihm Hände und Gesichter.

»Diesen Nierengeruch kriegst du den ganzen Tag nicht los. Das merke ich schon«, bemerkte Willie grinsend. »Weißt du sicher, daß du zum Marderklan gehörst und nicht zu dem der Stinktiere?«

»Schhhhhhh, hmhmh«, kam als Antwort.

Willie lachte in sich hinein über seinen Witz, aber Moose blieb ernst und suchte noch immer nach einem hilfreichen Ratschlag, etwa in der Art einer »Fragen-Sie-Hildegard« fürs Reservat.

»Eins ist wichtig«, sagte er zu Willie und zeigte mit einem blutigen Finger auf seinen Freund. »Um eine solche Frau zu fangen, brauchst du den richtigen Köder in der richtigen Falle.«

Willie blieb das Lachen im Hals stecken. Dann nickte er ernsthaft und schrubbte sich mit wiedererwachtem Tatendrang das Nierenblut von den Händen.

OGICHIDAAKWEG

DIE GESELLSCHAFT DER KRIEGERINNEN

1995

Zwei Streichhölzer loderten gleichzeitig auf, und das Öl in den flachen Zedernnadeln knackte und krachte. Bei jedem Geräusch züngelten die Flammen hoch, und fast genauso schnell, wie sie aufgeflackert waren, erloschen sie wieder und hinterließen ein glühendes Ende. Georgette Big Bear zog mit beiden Händen den Rauch über ihren Kopf und flüsterte zu dem Lebensbaum hin. Sie zog den Rauch über ihren Körper und begann sich umzuwenden.

Elaine hob mit ihrer rechten Hand die Adlerfeder auf und nahm die kleine Pfanne mit der linken. Sie badete die Feder im Rauch und zog den Rauch über Georgette, während sich die ältere Frau im Uhrzeigersinn drehte. Dann half Georgette Elaine dabei, den Rauch um sich zu ziehen.

Während Georgette auch die anderen Frauen im Kreis einräucherte, kehrte Elaine zu ihrem Platz im Nordwesten des Kreises zurück. Als Georgette fertig war, setzte sie sich im Osten des Kreises nieder. Sie sprach Vollmondgebete, segnete dann das Wasser und nippte an der Schale, die sie im Uhrzeigersinn nach links weiterreichte. Elaine war die letzte in der Runde. Während sie betete, lauschten die Frauen aufmerksam und verstärkten dann und wann den Rhythmus ihrer Stimme mit zustimmenden Rufen. Elaine beendete ihr Gebet und stellte das Wasser wieder im Mittelpunkt des Kreises ab.

Das war der dritte Abschnitt der Vollmondzeremonie.

Niemand anders als Kway Dole trug die Geschichte während der Zeremonie im November vor. Sie begann, von Frances Graves zu erzählen, der elfjährigen Tochter des Stammesabgeordneten Fred Graves.

»Ich beobachte das Mädchen in der Schule«, sagte Kway. »Bei ihr zu Hause geht irgend etwas vor sich, sie weint fast jeden Tag und fehlt mindestens einmal in der Woche. Dazu kommt, daß sie auch Blutergüsse hat, vor allem an den Handgelenken das heißt, woanders kann ich sie nicht sehen. Es sieht so aus, als wolle sie sie verstecken, aber sie ist so nervös, daß sie dauernd an ihren Ärmeln herumzupft, und dann sieht man die Stellen schließlich doch.«

Kway blickte in die Runde; die Frauen hörten ihr zu. »Ich habe sie schon öfter weinend in der Toilette der Krankenstation gefunden. Aber sie spricht kaum mit mir.« Sie schwieg.

»Ihr wißt ja alle, daß ihre Mutter viel in Minneapolis ist und daß Frances sich um die beiden kleinen Jungs kümmern muß und für ihren Vater kocht. Jeder weiß, wie mächtig ihr Vater ist, aber das kann für uns kein Grund sein wegzusehen.«

Dann ergriff Georgette Big Bear das Wort. Sie war in der Schule Vertrauenslehrerin. »Ich habe einmal in meinem Büro mit ihr gesprochen. Das Mädchen erzählte mir, daß es seinen Vater sehr respektiert und daß er ein guter Mann ist. Ich fragte sie, ob ihr Vater sie gut behandelt, und da sah sie nur zu Boden. ›Es ist schwer für ihn‹, hat sie gemurmelt und gesagt: ›Jetzt, wo meine Mutter weg ist, kümmer ich mich um alle drei.‹«

»Da wurde ich deutlich und fragte sie direkt«, fuhr Georgette fort. »Ich sagte, ›faßt dich dein Vater an intimen Stellen an?‹ Da schaute sie unheimlich traurig, sagte aber ›nein.‹«

Fred Graves mißbrauchte seine Tochter. Es war ein schreckliches Geheimnis, von dem die Frauen nur flüsternd sprachen und das die Männer leugneten. Graves war nun zum dritten Mal in den Stammesrat gewählt worden und hatte eine absolut gefestigte Machtposition. Er verwaltete die meisten Arbeitsstellen in seinem Bezirk, und die Leute brauchten seine Jobs, um ihre Familien zu ernähren. Etwas Kritisches zu sagen hieß, den Job zu verlieren. Außerdem, so beruhigten sich die meisten Leute, schien das Mädchen klarzukommen, und sie war ja nicht die einzige, die das durchmachte. Die meisten hatten es überlebt, und einige Männer meinten sogar, daß so ein Erlebnis »ein Ritual des Übergangs« war. Was die Graves-Familie betraf, hieß es, daß der Vater von Boodoo Graves, seinem eigenen Vater, mißbraucht worden war. Fred Graves gab die Krankheit weiter.

Georgette, Kway und die anderen Frauen glaubten nicht daran, daß Kindesmißbrauch »ein Ritual des Übergangs« war. Vor einem Jahr hatte es einen Selbstmord gegeben. Eine Vierzehnjährige, die von ihrem Vater belästigt worden war, hatte sich in einem Schuppen hinter dem Haus mit einer Schrotflinte den Kopf weggepustet. Bei einem anderen Mädchen hieß es, daß ihr Vater und ihr Großvater ein und derselbe Mann waren.

Die Frauen hörten sich die Geschichten an und dachten an ihr eigenes Leben und ihre eigenen Erfahrungen. Alle gaben zu, daß die Krankheit existierte, aber das heilte sie noch nicht. Es würde nur um so schlimmer werden, wenn sie nichts dagegen taten. Sie beteten, schwiegen und planten.

Bawa'iganaak oog, der Reisstock, wird aus weichem, leichtem Zedernholz geschnitten. Im Herbst, beim Ernten von *manoomin*, dem Wildreis, erzeugt der Klang der Stöcke, die gegeneinander und gegen die Reishalme schlagen, einen beruhigenden Klang. In diesem Winter sollten die Stöcke einen anderen Klang erzeugen.

Kway fuhr mit den Händen über das glatte Holz ihres Reisstocks. Sie kauerte im Dunkel hinter Elaines Kriegspony, dem 1976er Nova. Neben Kway saßen noch fünf Frauen am Boden, unter ihnen Lucy St. Clair, Georgette, Danielle Wabun und Elaine. Charlotte Oshkinnah und ein paar andere entschlossene Älteste hielten sich in weiteren am Straßenrand geparkten Autos bereit. Die Frauen warteten und lauschten ihrem eigenen Atem.

Das Geräusch eines Autos wurde hörbar, Scheinwerferlicht tanzte durchs Dunkel. Kway spähte über die Kühlerhaube des Nova und beobachtete, wie Fred Graves seinen Wagen in der Auffahrt der Amik Street 115 in der White-House-Wohnbausiedlung am Hungry Hill parkte. Als er ausstieg, konnte Kway sehen, daß er ein fülliger Mann war, doppelt so schwer wie sie selbst. Er nahm einen letzten Zug aus seiner Zigarette, warf den Stummel auf den Boden und trat ihn mit der Spitze seines schweren Arbeitsstiefels aus.

Frances saß wie angewurzelt auf dem Beifahrersitz. Kway hatte das Mädchen fest im Blick. Der stämmige Mann ging um das Auto herum und öffnete die Beifahrertür. »Komm raus und geh rein«, sagte er. Sie tauchte zögernd auf und ging auf das Haus zu. Für eine Elfjährige war ihr Körper reif, aber sie war immer noch ein ängstliches, kleines Mädchen. Vor der Tür wartete sie auf den Mann. Er folgte ihr nach innen.

Lucy verlagerte ihr Gewicht von einem Bein auf das andere und zog ihren Jackenreißverschluß gegen die Kälte hoch. In dieser Nacht war der Mond beinahe voll, eine der kältesten Nächte des Monats. Es war sternenklar, und sie konnte die Nordlichter über dem Hausgiebel tanzen sehen. Ein Licht ging in der Küche an, ein anderes im Schlafzimmer. Lucy wog den Reisstock in ihrer Hand und wartete ab.

Durch das Fenster sahen sie, wie der Mann zwei Bier aus dem Kühlschrank holte, innehielt, um eines aufzumachen, und einen langen Zug nahm. Er war dem Fenster zugewandt, und Danielle hätte geschworen, daß sie den Alkohol und seine Selbstgefälligkeit riechen konnte. Er knipste das Licht aus und ging ins Wohnzimmer. Der Fernseher ging an. An diesem Abend lief eine Wiederholung von »Dragnet«. Der Mann setzte sich auf die Couch, das Bier in der einen Hand, eine glühende Zigarette in der anderen.

Maggie beobachtete das Mädchen in ihrem Zimmer. Die rosa Wände waren mit Postern von Rockstars und Zeichentrickfiguren bedeckt. In ein Eckregal im Fenster waren ein paar Plüschtiere und Krimskrams gestopft. Frances hatte ihre Tür geschlossen und saß nun vollkommen angezogen auf der Bettkante. Sie zog langsam ihre Schuhe aus. Sie ging zum Fenster und kratzte den Reif ab, um besser hinaussehen zu können. Nach einer Weile drehte sie sich langsam um und schaltete das Licht aus.

Etwa zwanzig Minuten später ging das Wohnzimmerlicht aus, der Fernseher lief weiter. Als der Mann die Schlafzimmertür öffnete, sah Lucy, daß er nur seine Unterhosen an hatte.

Die Frauen sprangen auf und liefen los. Maggie ging geradewegs auf das Schlafzimmer des Mädchens zu und stellte vorsichtig die kleine Trittleiter direkt ans Fenster. Sie stieg darauf und lauschte. Sie könnte hören, wie der Mann das Mädchen beschimpfte und wie das Mädchen weinte, als es versuchte, ihn wegzuschubsen. Maggie wartete einen Moment und gab dann den anderen Frauen mit ihrem Arm das verabredete Zeichen.

Lucy benutzte einen Schlüssel, den sie als kleinen Gefallen aus einem Ex-Geliebten herausgeleiert hatte, der in der Häuserverwaltung arbeitete. Sie steckte ihn in das Türschloß und drehte den Knauf. Lucy und die anderen Frauen glitten in das Haus und schlichen zum Schlafzimmer. Ihre Schritte wurden von Sergeant Joe Friday im Fernsehen übertönt.

Elaine riß die Schlafzimmertür auf und knipste das Deckenlicht an, das mit einem Schlag die Dunkelheit vertrieb. Der Mann drückte Frances mit seinem Körpergewicht nieder, preßte ihre Arme nach unten und spreizte ihre Beine. Ihre Unterhose lag auf dem Boden, und seine hing ihm in den Kniekehlen. Einen Moment lang war Elaine wie gelähmt vom Anblick des Mannes, der gewaltsam versuchte, in das Mädchen einzudringen. Als Licht auf Elaines Gesicht fiel, blickte das junge Mädchen auf, und Scham bedeckte ihr junges Gesicht. Als Graves bemerkte, was vor sich ging, fuhr bereits Elaines Reisstock auf seinen Rücken nieder.

»Geh von ihr runter!« schrie Lucy und gab dem massigen Mann einen schweren Stoß. Fred Graves, Mitglied des Stammesrats, sah hoch und schrie auf. Die Frauen kreisten das Bett des Mädchens ein. Der Mann stemmte sich ein wenig hoch. Dies genügte dem Mädchen, um sich loszureißen und aus dem Zimmer zu rennen. Georgette griff sich schnell ihre Unterwäsche und folgte ihr ins Bad.

Als Fred Graves versuchte aufzustehen, begannen die Reisstöcke auf seinen Rücken, seinen Kopf und seinen Hintern einzudreschen. Er schrie und fluchte und versuchte, seine Unterhose hochzuziehen. Danielle fuhr ihm mit ihrem Reisstock zwischen die Beine.

»Haua!« schrie sie und schleuderte die Boxershorts mit ihrem Reisstock durch die Luft.

Mit Hieben und Stößen jagten ihn die Frauen zur Eingangstür. Mit dem Türlicht gab Danielle Signal, und sofort schalteten Charlotte Oshkinnah, Kways Mutter und eine andere Älteste, die in ihren Wagen gewartet hatten, die Scheinwerfer an und leuchteten den Häuserblock aus.

»Vorwärts!« schrie Lucy den Nackten an, während sie ihn aus seiner Haustür hetzten. Der Mann schützte seinen Kopf vor den Schlägen der Frauen und stolperte hinaus auf den Schnee zu.

Auf der Straße wurde Fred Graves von Scheinwerfern und Autohupen empfangen. Die Siedlungsbewohner erwachten von dem Getöse, sahen das Licht und erschienen, in Decken und Mäntel gehüllt, auf ihren Veranden. Mit ihren Reisstöcken jagten die Frauen den Nackten durch die ganze Siedlung. Auf dem Weg durch die Straßen konnten alle Familien einen Blick auf ihren Stammesabgeordneten werfen.

Frances weinte in ihrem Badezimmer und wurde von Georgette beruhigt. Sie half dem Mädchen in ihre Kleider und flüsterte dabei, »schsch, schsch, schsch, schsch, schsch, schsch«, geradeso, als würde sie ein Baby beruhigen. »Alles in Ordnung, mein Mädchen. Es ist nicht deine Schuld. Alles in Ordnung. Wir kümmern uns um dich.« Als es sich endlich angezogen hatte, schluchzte das Mädchen noch immer. Georgette drückte sie fest an sich.

Es war Dezember, und die *Ogichidaa Ikwewag* hatten wieder eine *War Party* hinter sich.

BIBOON

DER LANGE WINTER

1995

Moose war der Feuermann. Gegen sechs Uhr abends hatte er damit begonnen, das Feuer sorgfältig um die Felsbrocken herum anzuzünden, bis sie vor Hitze glühten. Heute nacht waren es dreißig Steine, genau die Anzahl, die der Alte erbeten hatte.

Die Schwitzhütte lag auf einem Gelände draußen im Westen des Rat Lake, es war ein alter Platz für Zeremonien. Der Kuppelbau bestand aus Weidenruten, die mit Planen, alten Schlafsäcken und Armeedecken abgedeckt waren. Moose und Selam Big Bear hatten die Sweatlodge im vergangenen Sommer wieder aufgebaut und sie seit der Belagerung regelmäßig benutzt.

Bis sich die Männer um das Feuer versammelt und mit dem Beten begonnen hatten, war es fast acht. George Agawaateshkan, der Alte, leitete heute die Zeremonie. Er grüßte leise, betrat dann aus östlicher Richtung gebückt den dunklen Raum und kroch im Uhrzeigersinn um die Grube für die Steine, um schließlich an der Tür gegenüber des Eingangs Platz zu nehmen. Salbeiduft füllte das Dunkel.

Dann bat der Alte die anderen Männer hinein. Willie Schneider grüßte und kroch dazu. Ihm folgten Selam, George Ahnib, Jim Vanoss und einige andere. In dieser Nacht des *Manidoo-Giizisoons*-Neumondes, des Mondes des Kleinen Geistes im Dezember, war das Schwitzen eine Heilzeremonie für George Ahnib.

Sobald alle in der Hütte waren, nahm Moose vorsichtig die glühenden Felsbrocken aus den Kohlen und trug sie auf einer Heugabel, einen nach dem anderen, behutsam in die Schwitzhütte. Jedesmal, wenn einer der »Großväter« hereinkam, begrüßte ihn George mit den Worten: »*Aneen Mishomis.*« Dann bugsierte er ihn mit zwei Hirschgeweihen in die Grube in der Mitte.

Mit jedem weiteren Stein wurde es in der kleinen Hütte heißer, und die Grüße wurden vernehmlicher. Nachdem Moose fünfzehn der Steine vom Feuer in die Hütte gebracht hatte, gab ihm der Alte Zeichen aufzuhören. Moose schloß bedächtig die Klappe und hörte, wie der Alte mit seinen Gebeten begann.

George Ahnib war noch nie in einer Schwitzhütte gewesen, aber alle hatten darin übereingestimmt, daß es an der Zeit sei. Es war riskant, ihn zum Schwitzen zu bringen, weil er halb verrückt war, aber Selam und Jim Vanoss hatten George mehrere Wochen lang darauf vorbereitet.

Moose hörte in der Hütte die Gesänge anheben und wußte, daß George sich beruhigen würde. George Agawaateshkan begleitete seine Gebete mit einer kleinen Handtrommel. Seine Stimme war sehr hoch und schnell und hielt den Takt mit dem schnellen Trommelschlag. Manchmal fielen andere Stimmen ein: »*Wai jah hei hei, wai jah hei hei.*« Dann führte wieder der Alte. Viermal lösten sich so der Gesang und das Beten ab, und jedesmal wurden sie lauter und schneller. Jedesmal, wenn das Lied endete und der Alte wieder zu beten begann, wechselte George Ahnib zwischen einem sanften Wimmern und einem Heulen hin und her. Moose hörte den Gesängen und den bellenden Geräuschen aus der Hütte zu. Dann hörte er den Alten leise mit seinen Helfern sprechen: »*Oshkabewis*...« Schließlich kehrte Ruhe ein.

Der Alte klopfte an die Klappe. »*Nee dah way mug in nug.*«

Moose öffnete die Klappe und ließ die Geister heraus. Der erste Abschnitt war zu Ende.

Das Verfahren gegen George Ahnib war auf den zwangzigsten Dezember anberaumt, und an seiner Schuld gab es keinen Zweifel, die Frage war nur, wie lange der Staat ihn einsperren würde. Elaine und die anderen wünschten sich, daß er zu einer neuartigen Behandlung in die Nähe von Kenora in Ontario geschickt würde, die auf die Herkunft der Patienten zugeschnitten war und ihm mehr bringen würde als die staatliche Nervenheilanstalt.

Während jedoch die Ojibwe die Staatsgrenze zwischen den USA und Kanada nicht als Grenze ihrer eigenen Gemeinschaft ansahen, ignorierte die Regierung die Stammesbindungen.

Georges Verfahren war kein besonders großes Medienereignis. Alanis Nordstrom war wieder zum Reservat geflogen, um mit der Berichterstattung darüber an ihre Artikel über die Belagerung anzuschließen. Nach staatlichen Ermittlungen hatte eine Geschworenenjury vier Stammesabgeordnete, einschließlich des Vorsitzenden, der Veruntreuung von Staatsmitteln angeklagt.

Nach seinem Geschworenenprozeß war Fred Graves mit der Anklage wegen des sexuellen Mißbrauchs seiner Tochter konfrontiert. Wegen seiner Selbstgefälligkeit machte der Vater den entscheidenden Fehler, seine Tochter zu unterschätzen. Er glaubte, daß Frances niemals gegen ihn aussagen würde, und hatte daher versucht, eine Niederschlagung verschiedener Anklagepunkte auszuhandeln. Nach dem Mißlingen dieser Taktik plädierte er auf »nicht schuldig«, was unweigerlich die Konfrontation mit einer Geschworenenjury nach sich zog – und mit seiner Tochter.

Bis zum Prozeßtermin hatte Frances Graves sechs Monate lang an Beratungsgesprächen und Zeremonien teilgenommen. Die Gespräche hatten ihr dabei geholfen, ihr Minderwertigkeitsgefühl zu verlieren und ihr Selbstvertrauen zurückzugewinnen. Sie hatte die Unterscheidung zwischen »richtig« und »falsch« wieder neu gelernt; die Zeremonien hatten das Gift aus ihr ausgetrieben und dahin zurückgeschickt, woher es gekommen war, auf jeden Fall weit weg.

Genau zu diesem Zeitpunkt wurde Frank Graves schmerzlich daran erinnert, daß es eine der unglückseligen Merkmale eines Reservats ist, daß darin jeder mit jedem verwandt ist. Die Folge war, daß bei seiner Vorführung die ersten drei Reihen des Gerichtssaals mit seiner weiblichen Verwandtschaft belegt waren. Charlotte Oshkinnah war eine Cousine zweiten Grades seines Vaters; Georgette Big Bear hatte erfolgreich die vorläufige Vormundschaft seiner Tochter beantragt; Danielle Wabun war eine Cousine seiner Frau; und, schlimmer noch, Lucy St. Clair war eine Tochter seiner Großmutter. Die Frauen saßen da und beobachteten Fred, und sie beobachteten die Geschworenen.

An jedem der vier Verhandlungstage kamen die Frauen zur Beobachtung. Die Geschworenen brauchten nur vier Stunden, um den Angeklagten schuldig zu sprechen. Zwei Tage danach wurde er zu fünf Jahren Gefängnis verurteilt. Alle konnten der Auffassung beipflichten, daß es kein schlimmeres Vergehen gab, als das, dem eigenen Kind die Unschuld zu rauben.

Es war während des dritten Abschnitts, daß Moose die Hütte vibrieren sah. Er hatte gerade noch weitere Steine hineingebracht. Der Alte sang etwas, das sich jetzt nach einem *Midewiwin*-Heilgesang anhörte. Moose konnte die Handtrommel hören und ein Geräusch, das nach einer Rassel klang. Als der Gesang lauter wurde, begann die Schwitzhütte zu wackeln. Die Stimme des Alten wurde immer wieder von einem Wolfsgebell übertönt, und dann sprachen Stimmen in einer Sprache, die sich nach Ojibwe anhörte. Es fielen Wörter, die man kaum noch verwendete. Moose konnte die Stimme des Medizinmannes nicht mehr hören. Zwanzig Minuten später ertönte nochmals die Trommel, dann war es still.

»*Nee dah way mug in nug*«, sagte der Alte und klopfte an die Klappe. Moose öffnete die Tür und spürte das Entweichen der heißen Luft wie einen Flügelschlag auf seiner Haut.

Der Winter war einer der kältesten, den die Leute in White Earth je erlebt hatten. Von Januar bis März stieg das Quecksilber keinen Tag über minus 25 Grad Celsius, und die Winde kamen gnadenlos aus den Dakotas. Jeden Morgen, wenn Charlotte Oshkinnah aus ihrem Fenster den kleinen Halo um die Sonne herum ansah, wußte sie, daß dieser Tag noch kälter sein würde. Die Ojibwe nannten den kleinen Halo *waawiyaasenagweyaab*, einen lichten runden Regenbogen.

»Sieh dir das Traumnetz am Fenster an«, sagte Charlotte zu Kway und deutete auf den spinnwebgleichen Frost an der Scheibe. »Jetzt sind eine Menge Geister hier. Sie sind hereingekommen, damit sie es schön warm haben und uns Gesellschaft leisten können.«

Einige dieser Geister waren bei George Ahnib in der Schwitzhütte. Der Alte betete wieder, es war der vierte und letzte Abschnitt der Zeremonie. Welche Schlachten auch immer ausgefochten worden waren, sie waren beendet, und es war wieder eine Art von Gleichgewicht eingekehrt. Lediglich die sieben Männer und der Schutzpatron waren in der Hütte zurückgeblieben. Zuerst roch Selam den Wolf, und dann spürte er das Fell zwischen sich und George. George heulte, und der Wolf antwortete.

DER ÄLTESTE WEISSE AUF DER WELT

»Kaginig minokumini
minwa bigoninig
me eta go ni nibowin
Kebish kage makug
Kichi Misawinagut su
Iwidi agaming
Oma ondas nakakegam
Onza bundjigeshig …«

»Wundervolle Gnade,
wie süß ist der Klang,
der mich Elenden erlöste.
Ich glaubte mich verloren,
nun bin ich getröstet …«

»Es gab einen Leichenschmaus und diese Ojibwe-Gesänge. Das war so ziemlich das einzige, das an Grampas Beerdigung in Ordnung war«, berichtete Frances Graves sichtlich enttäuscht Georgette Big Bear.

»Was war denn diesmal das Problem?« Georgette verstand das Mädchen wie niemand sonst. Auch sie betrauerte den Tod des alten Mannes, wußte aber auch, daß es an der Zeit gewesen war, daß er Ruhe fand.

»Alles«, fuhr das Mädchen fort. »Sie begruben ihn in einer Schachtel, die aussah wie ein Cadillac. Die Weißen vom Beerdigungsinstitut tanzten um uns herum, als ob wir ihren Scheißteppich stehlen würden oder der Sarg bloß gemietet wäre.«

Boodoo Graves, Frances' Großvater, hatte sich im Vollrausch selbst mit einer Jagdflinte erschossen. Es war tragisch, aber alles andere als überraschend. Als Witwer hatte er sich nie mit dem abgefunden, was von seinem Leben übriggeblieben war. Die Leute sagten, sein eigener Dämon habe ihn gepeinigt und er wäre sein ganzes Leben lang aus eigenem Antrieb vom Regen in die Traufe gekommen oder, übertragen auf das Reservat, von der Regenrinne in den Abwassergraben.

Frances trauerte um ihn, dankte aber innerlich dem Schöpfer, daß er ihn nun zur Ruhe kommen ließ. Sie hatte Tabak auf den Sarg gestreut.

»Das Schlimmste«, beschwerte sie sich bei Georgette, »war dieser gräßliche Pfaffe, Pfarrer Thomas. Auf der ganzen Welt muß er der älteste Weiße sein. Wahrscheinlich haben sie ihn hierher zurückgeschickt, damit er sein Gnadenbrot kriegt.«

Der Pfarrer hatte darauf bestanden, ihren Großvater zu beerdigen, und darauf, von der Kanzel eine Lobeshymne auf seinen ehemaligen Lieblingsschüler zu singen, auch wenn diese Zeit an der Tagesschule vierzig Jahre zurücklag. Der uralte Pfarrer jagte Frances Angst ein. An ihm war etwas, das sie zutiefst beunruhigte, aber sie wußte nicht genau, was es war. Nach der Beerdigung war sie von seinem Händedruck erschauert, und der Übergang ihres Großvaters brachte ihr keinen Frieden. Den hatte sie erst, als der älteste Weiße auf der Welt drei Tage später selbst verschied. Was auch immer sie an dem Pfarrer geängstigt hatte, verschwand mit ihm still im Grab. Irgendwo, versteckt in ihrem Unterbewußtsein, hoffte Frances, daß der älteste weiße Mann der Welt vor verschlossenen Toren stehen würde.

FÜR DEN SCHUTZHEILIGEN DER HOFFNUNGSLOSEN FÄLLE

1995

Claire St. Clair war in den Jahren kurz vor der Weltwirtschaftskrise geboren worden, zu einer Zeit, als jeder, nicht nur Indianer, bettelarm war. Sie war eine Cousine zweiten Grades von Alanis Nordstroms Vater. Wegen dieser Verbindung lernte Alanis ihre Verwandte mit den frommen und absonderlichen Eigenheiten während eines ihrer Besuche in White Earth kennen.

Claire hatte den Katholizismus zu ihrem Hauptlebensinhalt gemacht. Von ihm hatte sie sich langfristig die Erlösung aus dem Elend ihrer Armut erhofft. Sie hatte vorgehabt, Nonne zu werden, aber ein Ire mit einer Farm auf der Ponsford Prairie hatte sie von diesem Weg abgebracht. Gemeinsam mit ihm hatte sie zwanzig Ehejahre verbracht und genauso viele Kinder in die Welt gesetzt. Die Lebensfreude der ebenso korpulenten wie warmherzigen Frau hatte mit dem Alter zugenommen.

Die zweite Leidenschaft ihres Lebens entwickelte sich nach dem Tod ihres Mannes und folgte dem Auszug ihrer Kinder in die Städte auf dem Fuß. 1983 stieß Claire St. Clair auf Bingo. Die »Golden Eagle Bingo Lodge« wurde von der Stammesregierung betrieben und brachte beinahe ein Viertel ihrer Gesamteinnahmen ein. Viel bedeutsamer war jedoch, daß die Bingohalle den Stammesangehörigen die Hoffnung darauf eröffnete, auch einmal reich zu werden und das Geld aus dem Fenster werfen zu können. Claire spielte wie besessen Bingo, nicht aus Loyalität gegenüber der Gemeinschaftskasse, sondern mit dem aufrechten religiösen Glauben daran, daß Jesus ihre Kartenauswahl beeinflußte und Gewinnen ein Zeichen ihres rechten Glaubens war. Als Entschädigung für Bestätigungen dieses Glaubens teilte sie alle ihre Gewinne mit der Kirche 50:50. Und sie gewann ziemlich regelmäßig.

Claire St. Clair war Stammgast in den Bingohallen. Sie spielte montags und freitags in White Earth, dienstags in Pine Point und donnerstags nachts in Naytahwaush. Wenn sie richtig in Zockerlaune war, packte sie ihre Freundinnen in den Wagen, und sie fuhren zum Cass Lake, wo man beim Bingo höher setzen konnte. Und bei Besuchen ihrer Kinder in Minneapolis-St.Paul ging sie in den »Little Six Bingo Parlor« bei

Shakopee, wo sie dann und wann einen kleinen Jackpot abräumte. Als Ergebnis ihrer nunmehr zehn Jahre währenden entschlossenen Hinwendung ans Spielen hatte sie alles in allem einige tausend Dollar und einen Ford Escort vorzuweisen.

Aus einer Abfolge persönlicher Krisen hatte Claire eine chronische seelische Angst davongetragen, die sie in eine Haltung totaler Unterwürfigkeit versetzt hatte. Claire schloß sich in dem Jahr nach dem Tod ihres Mannes den charismatischen Katholiken an und entwickelte dabei sofort eine verzehrende Leidenschaft. Sie nahm täglich an der Messe und Kommunion teil und beichtete wöchentlich. Dabei gab sie jede Sünde preis, die sie nach ihrer eigenen Vorstellung begangen haben könnte. Sie fühlte sich dazu berufen, das Wort Jesu weiter zu verbreiten und so die verschiedenen Missionsanstrengungen zu unterstützen, von denen sie in den katholischen Zeitschriften las, die sie selbst abonniert hatte und die in der Kirche auslagen. Das erleichterte ihr Gewissen gewaltig und mit der Zeit auch ihr Portemonnaie.

Sie wurde Vorsitzende des Altars- und Rosenkranzvereins im Reservat und trat so in die Fußstapfen ihrer Großmutter Philomene St. Clair. Nach jedem Sonntagsgottesdienst schrubbte sie auf Knien die Kirche, und sie hatte auch das Waschen der Altartücher übernommen, so daß diese immer fleckenlos, gebügelt und richtig gefaltet waren. Manchmal schwor sie, daß sie hören konnte, wie ihre Ahnen ihr Anweisungen zuflüsterten, und manchmal schlug sich ihr Gesangbuch von alleine auf. An solchen Tagen sang sie von Sonnenaufgang bis Sonnenuntergang Lobgesänge. Das tat sie nicht nur, um ihre eigene Seele zu retten, sondern auch, um das Übel abzuwehren, das sich nach ihrer Auffassung des Dorfes bemächtigen wollte.

Alkohol war da nur die Spitze des Eisbergs. Sie erkannte, daß Stammespolitiker die Menschen täuschten, Männer ihre Frauen schlugen und daß einige Kinder vor niemandem mehr Respekt hatten. Am beunruhigendsten war jedoch der mangelnde Glaube an überhaupt alles in weiten Teilen der Gemeinschaft. Die Gläubigen nahmen nicht nur in der katholischen Kirche ab, sondern auch in jeder der vierzehn anderen Gemeinden, die sich zur Rettung von Indianerseelen im Reservat angesiedelt hatten. Es schien keine Hinwendung zu Gott und keinen Glauben an den Erlöser mehr zu geben. Claire mochte vieles nicht, aber sie fühlte in sich keine Kraft, selbst etwas zu verändern. Daher betete sie zum heiligen Judas, dem Schutzheiligen der hoffnungslosen Fälle.

Rückblickend war es die glücklichste Wendung, daß eine Erscheinung Claires geistige Ausrichtung veränderte. Natürlich konnte man sich fragen, ob es sich um eine christliche Erscheinung oder um eine Geistererscheinung gehandelt hatte, da eine Anzahl anderer Leute im Reservat dieselbe Erscheinung bezeugen konnten, aber auf niemanden außer sie hatte sie solche Auswirkungen.

Es hieß, daß die Rehfrau manchmal beim White-Earth-Powwow im Juni erschien. Gewöhnlich war sie dann wie eine traditionelle Tänzerin geschmückt, aber manchmal auch wie eine Schellentänzerin, eine unglaublich schöne Frau mit einem langen Hals und tiefsinnigen Blick, die sich in Windungen einen Weg durch den Tanz der verschiedenen Stämme bahnte. Sie erschien einen Tanz lang und verschwand, sobald die Trommel schwieg. In dem Gewirr gesäumter Tücher, sehniger Grastänzer und Hunderter von Mokassins wurden ihre winzigen behuften Füße kaum bemerkt, es sei denn von einem Kind, das dann nicht aufhören wollte am Ärmel seiner Mutter zu zupfen und auf die Erscheinung zu zeigen, während die Mutter ununterbrochen mit einer Nachbarin schwatzte. Wenn sich dann die Mutter endlich ihrem Kind zuwandte und sich seine Beobachtungen schildern ließ, verstummte auch schon die Trommel, und die Rehfrau war verschwunden.

Auch einige Nachtfahrer berichteten, daß sie ihnen auf dem Highway von Naytahwaush nach Cass Lake begegnet war – eine große, schlaksige Frau in Jeans und Jacke mit langen Zöpfen und einem tiefsinnigen Blick. Einmal hatten zwei Frauen sogar angehalten, um sie mitzunehmen, nur um sie dann ins dichte Unterholz verschwinden zu sehen. Sie hinterließ nur ihre Hufspuren. Sie war die Sirene der *Anishinaabeg*-Kultur, und alle, die ihr begegneten, konnten sich glücklich preisen, vor allem aber dann, wenn sie wieder verschwand. Bei der Begegnung mit ihr unsicher werden hieß, nie mehr Sicherheit zu gewinnen. Mit Ausnahme von Claire St. Clair, die sich den Anschein gab, nicht an sie zu glauben.

Claire St. Clair war so gründlich vom Christentum durchdrungen, daß sie sich gegenüber den Geistern und Mächten der Wälder für immun hielt, und sie vertraute den Perlen ihres Rosenkranzes und ihren Beichtgesprächen. Alles was sie über ihre eigene Kultur und Geschichte gewußt hatte, hatte sie verworfen, und dem, was sie nicht wußte, verschloß sie sich. Wahrscheinlich lag es an dieser Besessenheit, daß ihr Schicksal und ihre Kultur aufeinanderprallen mußten.

Als sie Anfang Frühjahr 1991 vom Bingo in White Earth nach Hause fuhr und bei der Adamsschule um die Ecke bog, erblickte sie etwas, das aussah wie eine Frau, die an der Straße stand. Sie betätigte kurz die Lichthupe, um die Person von der Straße zu vertreiben, und bremste ab. Da erkannte Claire, daß es sich um keine gewöhnliche Frau handelte. Eine Frau in Jeanshose und -jacke mit dem unergründlichsten Blick, den man sich denken konnte, und ohne erkennbare Füße ging auf ihren Wagen zu. Als Claires Wagen stand, schlenderte die Frau langsam vor die Kühlerhaube und blickte sie geradewegs an. In einem Reflex ergriff Claire das Kreuz, das an ihrem Rückspiegel hing, und begann, das Vaterunser zu beten. Zu ihrer Beunruhigung blieb die Rehfrau unbeweglich und unbeeindruckt von dem, was sie tat, stehen.

Ohne daß Claire wußte, warum, zuckte dabei eine mahnende Stimme durch ihren Kopf: »*Vergiß dein* asemaa *nicht.*« Claire griff in ihre Handtasche und zog eine Lucky Strike heraus. Sie brach den Filter ab, riß das Papier auf und leerte den Tabak in ihre zitternde Hand. Sie kurbelte das Fenster gerade so weit hinunter, daß sie ihren dicken Arm mit der Faust voller Tabak nach außen halten konnte. »*Aneen Wayway skayshee kway. Aneen Manidoo Oshkabewis*«, keuchte sie im Ojibwe-Singsang und ließ den Tabak auf die Straße fallen.

Die Rehfrau ging um den Wagen herum und sah auf den Tabak hinunter. Ihre Nasenflügel bebten. Wenige Augenblicke wurden zu einer Ewigkeit. Die Rehfrau sah Claire an, nickte, ging langsam zum Straßenrand und dann den Abhang hinunter. Dann verschwand sie springend im Gebüsch.

Atemlos wartete Claire in ihrem Auto. Sobald sie ihre Fassung zurückgewonnen hatte, stieg sie vorsichtig aus, um einen Blick auf die Fußabdrücke zu werfen. Ihre schlimmste Befürchtung wurde wahr, als sie nur Hufspuren fand. Sie kroch wieder hinter das Lenkrad ihres Ford Escort und jagte den Motor hoch, bis sie Naytahwaush erreichte.

Diese Erscheinung prägte von da an ihr Leben. Ihr christlicher Glaube bot ihr dafür keine Erklärung. Das Ereignis brachte sie vollkommen durcheinander. Von Selam Big Bear, einem wiedergeborenen Heiden, wurde sie dann George Agawaateshkan vorgestellt, einem Führer der *Midewiwin*-Vereinigung, der sie über die traditionellen Heilmethoden aufklärte. George zufolge war die Begegnung nicht nur für sie selbst bedeutsam, sondern auch für die ganze Gemeinschaft. »Dabei geht es um unser Bedürfnis, uns zu erinnern, und die Beziehung zur Erde, zu unserer Mutter, wiederherzustellen«, erklärte er. Es traf mit großer Wahrscheinlichkeit zu, erkannte er voller Hochachtung an, daß ihr erst ihre nachweisliche geistige Hingabe die Pforte zu dieser Wahrnehmung geöffnet hatte. Aus welchem Grund auch immer Claire diese Erscheinung gehabt hatte, die Folge war eine geistige Verwandlung.

Das Christentum spielte in ihrem Leben von da an eine untergeordnete Rolle. Da die Gemeinde daran Anstoß nahm, verließ sie die Kirche. Aber nach wie vor tat sie ihre Bingogewinne in den Klingelbeutel, wegen des Zwanges der Gewohnheit und der wahren Überzeugung, daß Jesus ihr das Spielen und Gewinnen beigebracht hatte. Claire war immer noch treu.

1993 begann sie, regelmäßig an der Staatslotterie von Minnesota teilzunehmen. Jedesmal, wenn sie ein Los nahm, bot sie der Rehfrau Tabak an und wartete geduldig auf das Ergebnis. Rückblickend hatte sich alles glücklich gefügt. Ihre entfernte Cousine Alanis sagte immer, es geschehe so lange nichts, bis es eine gute Seite besaß. Solche Worte hatte ihr Vater ihr beigebracht.

Solche Worte waren auch für Alanis bedeutungsvoll. Seit den Schüssen, die während der Belagerung auf sie abgefeuert worden waren, fühlte sie eine Seite in sich wiedererstarken, von deren Existenz sie nichts geahnt hatte. Sie hatte immer wieder den einen Traum: Eine alte Indianerin, die einen Strohhut trug, sprach mit ihr auf Ojibwe, und sie verstand nichts. Und irgendwann, während sie im Büro an ihrem Computer saß, begann sie im Wachzustand von dem Leben zu träumen, das ihr Vater hinter sich gelassen hatte. Sie träumte von White Earth. Sie wünschte sich zurück unter Bäume und zwischen Reispflanzen, und wenn sie ein verlängertes Wochenende hatte, löste sie nun Bonuspunkte auf ihrem Geschäftsflugkonto ein, die ihr bei ihren Reportagen gutgeschrieben worden waren, und flog zurück nach White Earth. Wie ihr Vater zu sagen pflegte, es geschah so lange nichts, bis es eine gute Seite besaß.

Nach all den Jahren waren viele Stammesmitglieder umgesiedelt und über den ganzen Kontinent verstreut worden. Weil das Leben in den Innenstädten immer hoffnungsloser und gefährlicher geworden und der Reichtum nicht in das Gelobte Land gekommen war, zogen die Leute jetzt nach White Earth zurück, um des Rückhalts willen, aber auch wegen der verheißungsvollen Zeichen, die nun im Reservat zu sehen waren.

Um die Beziehungen zwischen den Staats- und Bundesstaatsbehörden zu regeln, wurde die White-Earth-*Anishinaabeg*-Regierung

1994 mit einer Mischung aus traditionellen Stammesregeln und neuen Verwaltungsstrukturen wiederaufgebaut. Ein Herzstück der neuen Behörde war die von Elaine und einem Ausschuß von Traditionsbewußten überwachte Umverteilung des Landes. Als Ergebnis der Belagerung von 1993 war beinahe ein Drittel des Bodens an das Volk in White Earth zurückgegeben worden. Das schloß den Grund von den nichtansässigen Gebietskörperschaften und Privatbesitzern ein.

Nach wie vor war aber die Finanzierung der Wiederaneignung ein ebenso großes Problem wie die Ablöse für Nicht-Indianer, die im Reservat privat Land besaßen und wegziehen wollten. 1995 waren die Grundstückspreise erheblich höher als zu der Zeit, als das Land den Indianern genommen wurde. Die Frage der Entschädigung war daher zentral. Claire St. Clair stellte sich bald auf die Seite von White Earth.

Im August 1995 gewann sie den Jackpot der Staatslotterie von Minnesota und schob auf einen Schlag erstaunliche vierzehn Millionen Dollar ein. Elaine dankte ihrem Schöpfer, daß Jim Baker eingesessen hatte, daß Jimmie Swaggert zweimal mit heruntergelassenen Hosen erwischt worden war und daß Claire St. Clair die Rehfrau erschienen war. Mit dem Scheck der ersten Rate von der Staatslotterie ließ sich Claire St. Clair ihr Haar zu einem gewaltigen Bienenkorb frisieren, kaufte neues Linoleum mit einem Blumenmuster für ihre Küche und richtete einen Treuhandfonds im Namen von White Earth und Landschutz ein. Allein Claires Geldspende sicherte den Rückkauf von beinahe einem Zehntel des Reservatsgebiets von White Earth an das Volk der *Anishinaabeg*.

GIIWOSEBIG
DIE JAGDGESELLSCHAFT

Immer wenn D-Day lachte, dann hörte es sich an, als würde er gleich tot umfallen. Das Ergebnis seines dreißigjährigen Konsums von Zigaretten, Kautabak und Alkohol kam zum Klingen. Sein herzlichstes Lachen mündete unweigerlich in einen Anfall von Keuchen und Husten. Es schien beinahe so, als lachte er deshalb erst recht.

D-Day war ein kleiner, stämmiger Mann, der die Welt hinter dicken Brillengläsern hervor beobachtete, die in einem uralten Horngestell saßen. Sein Hemd spannte sich, als ob er einen Kartoffelsack darunter verbarg. Seine weißen Haarstoppeln standen im starken Kontrast zu seiner dunklen Haut, seine wettergegerbten Hände erzählten von den Jahren, in denen er für Holzfirmen in den Wäldern Bäume entrindet hatte, und seine Zunge ließ ihn nur Anishinaabe sprechen. Er zog den Klang seiner eigenen Sprache vor, und die Zeit und sein Alter hatten ihm das meiste Englisch, das er kannte, wieder abgenommen und dorthin zurückbefördert, woher es stammte, in ein verstaubtes Regal in der Bücherei einer Tagesschule,

Als einer der wenigen Indianer war D-Day am 6. Juni 1944 an den Stränden der Normandie ganz vorne mit dabeigewesen. Der Sieg war an ihm genauso haften geblieben wie sein Name und eine unglaublich schmucke Uniform, die er vor Zeremonien, Powwows, Dorffesten und dem jährlichen Veteranentag aus ihrem Plastikkokon wickelte.

Obwohl der Veteranentag dieses Jahr schon vorbei war, wurde immer noch kräftig gefeiert. D-Day, Mesabe und John Brown waren albern, wenn auch nicht *waawaashkeshi*. Der Alte saß auf der Veranda des Altenheims von White Earth. Alle zusammen waren sie aufrechte Veteranen aus verschiedenen in- und ausländischen Kriegen. D-Day konnte mit einem Sieg prahlen. Mesabe hatte noch im Ersten Weltkrieg gekämpft, hatte aber keine solchen Orden eingeheimst, wie sie D-Day an seine Uniform geheftet trug. Mit 97 zeichnete ihn allein schon die Ehre aus, gelebt zu haben. John Brown hatte einen kurzen Beitrag zum Koreakrieg geleistet und war dann nach Hause, zu der Sicherheit des Reservats und seiner Familie, zurückgekehrt. Jedes Jahr versammelten sie sich wieder am Veteranentag, um ihre Kriege und ihre eigene Langlebigkeit zu feiern.

An diesem Abend hatten sie sich über die Vergangenheit unterhalten, über eine Zeit vor ihrer aller Geburt, die aber in den Erzählungen ihrer Eltern und Großeltern immer eine Rolle gespielt hatte. Es war Mesabe, der sagte: »Das könnt ihr mir glauben, Büffelfleisch aus dem Supermarkt schmeckt einfach anders. Nicht richtig, nicht genauso.«

D-Day und John Brown pflichteten seinen Worten kopfnickend bei.

»Erinnert euch! Vor langer Zeit, als das Reservat noch gar nicht Reservat hieß, zogen die Büffel über den flachen Westteil. Und jedes Jahr im Spätsommer graste die Herde im Gebiet des Red River. Das war eine gute Zeit. Und das war gutes Fleisch. Richtiges, lebendiges Fleisch. Nicht so wie jetzt.«

»Nicht so wie jetzt«, wiederholte D-Day.

Einen Moment lang schwiegen die alten Männer und erinnerten sich an den saftigen Geschmack von Fleisch, das am offenen Feuer gebraten war.

»Das war noch Fleisch mit Seele«, sagte John Brown und leckte sich unwillkürlich die Lippen.

Mesabe fuhr fort: »Die Jagdgesellschaften waren wichtig und wurden verehrt. Die Männer ritten tagelang, bis sie die Büffelherden fanden. Nach einer erfolgreichen Jagd wurden dann zwei oder drei Büffel gehäutet, zerlegt und auf dem Pferd oder im Kanu heimgebracht. So haben wir das gemacht. Erinnert ihr euch, *ina*?«

»Jetzt kommt alles Fleisch aus dem Schlachthof und wird in Papier eingewickelt«, sagte D-Day kopfschüttelnd. »Gestempeltes Papier im Country Market. So etwas müssen die Indianer heute essen.«

Der Sommer war langsam in den Herbst übergegangen. Warme Tage hielten sich noch, so lange sie konnten, bis schließlich ein frischer, feuchter Wind aufzog und, wie immer, Nieselregen auf das Land fiel. Dann kehrte nochmals ein letzter Tanz des Sommers um dieser letzten, süßesten Erinnerung willen zurück, eine Woche des Südwinds, der Sonne und des sanften Regens.

Es war schon spät am Abend, als Willie Schneider in seinem Großraumtaxi mit offener Ladefläche, einem Pickup, zusammen mit Alanis Nordstrom vorbeikam. Die Alten saßen immer noch auf der Veranda und diskutierten immer noch den Geschmack von Bison. Mesabe winkte und machte ihnen Zeichen, zu halten. Als der Wagen zum Stehen kam, waren die Alten bereits reisefertig. »*Equay, Ambe maajaa weesnik biziki*? Fahrt ihr uns?« fragte D-Day, während er die Wagentür aufmachte. Bevor der überraschte Willie nicken konnte, hatten es sich die Alten schon auf dem Rücksitz bequem gemacht. Der Geruch von Aftershave, Kautabak und Zigaretten verbreitete sich im Innenraum. Alanis fiel auf, daß D-Day, halb versteckt unter seiner Jacke, eine Flinte trug und Mesabe hinter seinem Rücken einen Bolzenschneider verbarg. John Browns Jackentasche war von einer Lampe ausgebeult.

»Was zieht Sie denn wieder hierher in die Gegend?« fragte Mesabe Alanis.

»Ich bin nur zu Besuch«, antwortete Alanis. »Ich war urlaubsreif und wollte euch alle wiedersehen.«

Darauf kicherten die alten Männer auf der Rückbank des Pickups. Willie blickte schüchtern geradeaus auf die Straße.

»Also, wo fahren wir hin, *Mishom*?« fragte Alanis mit einem Blick in den Rückspiegel in ihre Gesichter.

»Fahren wir nach Mahnomen hinaus; dort gibt's einen ganzen Haufen«, dirigierte D-Day die angeheuerten Chauffeure.

»Einen Haufen was?« fragte ihn Willie.

Aber die Alten schwiegen, als ob sie ihn nicht gehört hätten. Sie sahen alle wie gebannt durch die Windschutzscheibe.

»Was habt ihr denn heute abend so getrieben?« fragte Mesabe so schlau wie ein Fuchs.

Willie und Alanis erklärten abwechselnd, daß sie gerade auf dem Rückweg von einer späten Versammlung der Landbehörde waren. Mit der kräftigen Finanzspritze von Claire St. Clair hätte das Landprogramm des Stammes eine Anzahl Farmen erwerben können. Nun zögen Indianerfamilien aus der HUD-Siedlung in Minneapolis und aus dem Reservat dorthin. Willie arbeitete beim Landausschuß mit, und Alanis war vorbeigekommen, um an der Sitzung teilzunehmen. Willie, hoch erfreut, sie dort zu treffen, hatte ihr angeboten, sie nach Hause zu fahren.

»Weißt du, Alanis, dieses ganze Land gehört uns«, erklärte Mesabe vom Rücksitz. Wie gewöhnlich pochte er auf Indianerrechte.

»Sicher«, sagte Alanis. Dieses Land hatten die Alten schon immer gekannt, aber bis vor kurzem hatten es die Indianer nicht auf dem Papier besessen.

»Nein, ich meine, dieses Land gehört wirklich uns. Egal, was auf dem Papier steht«, sagte Mesabe.

Während Willie fuhr, sah Alanis in den Rückspiegel. Ihre Augen begegneten denen von Mesabe, und sie sah sogar im Dunkeln, wie sie vor Wildheit glühten.

Die Veränderungen im Bereich des Landrechts im Zuge der Reformen veränderten auch die Rohstoffverteilung. Vorher hatten die Stammesräte Holzabbaurechte praktisch unbefristet an Firmen außerhalb des Reservats vergeben, und an die Indianer war kaum Geld zurückgeflossen. Jetzt richtete ein Rohstoffverwaltungsausschuß ein Projekt ein, um den Holzeinschlag zu begrenzen und Wiederaufforstung zu betreiben. Der Ausschuß hatte außerdem Heilpflanzen angesät und wieder Tiere angesiedelt sowie die Jagd streng begrenzt. Noch vor zehn Jahren hatten nichtindianische Jäger und Sportangler einen Großteil des Wildes und der Fische des Reservats erlegt. Heute hatte sich das Verhältnis umgekehrt: Nicht-Indianer konnten im Reservat immer noch jagen, aber sie benötigten dafür eine Sondergenehmigung.

Willie Schneider und Moose Hanford hatten angeregt, daß die Vergabe der Jagdlizenzen an das Einkommen gebunden wurde. »Jagdsport ist ein Verbrechen gegen die Naturordnung und widerspricht den ethischen Grundsätzen der *Anishinaabeg*«, hatte Moose erklärt. »Aber die Menschen, die für ihre Ernährung wirklich auf das Jagen angewiesen sind, dürfen Tiere töten. Was das Einkommen angeht, wissen wir in etwa, wer diese Leute genau sind.« Selam Big Bear hatte diese Bindung an Volkszugehörigkeit und Einkommen ebenfalls gefordert. Big Bear saß im Ausschuß für Zugehörigkeit zu den *Anishinaabeg*.

Für die Stammeszugehörigkeit war jetzt die Hinwendung zur Sprache und Kultur das wichtigste Kriterium. »Es ist ja nicht so, daß man fließend Ojibwe sprechen muß«, erläuterte Selam, »man sollte sich nur aufrichtig dazu bekennen, daß man sich darum bemüht, sich an die eigene Kultur und Sprache zu erinnern.« Wenn er von Sprache und Kultur sprach, benutzte Big Bear immer wieder den Begriff des »Erinnerns«, denn in den letzten vier Generationen hatten die meisten Leute ihre Sprache verloren. »Hör mal, es ist ja nicht meine Schuld, daß ich nicht Ojibwe spreche«, sagte Big Bear immer. »Nachdem mich die Tagesschulen und der Mahnomen-Rektor in der Mangel gehabt hatten, war schon dafür gesorgt, daß ich mich nicht einmal mehr mit meinen Großeltern unterhalten konnte.«

Willie folgte D-Days bestimmendem Zeigefinger und bog in einen Feldweg ab.

Er ergriff endlich das Wort. »Also wollt ihr Kerle wohl heute nacht ein bißchen jagen, hmm?«

Er sah, wie D-Day mit seiner 36-06 unter der Jacke unruhig auf dem Sitz hin und her rutschte.

»Hmm, hmm«, kam als Antwort von der Rückbank.

Als ob es Teil des Gesprächs wäre, legte Willie unauffällig seinen Arm um die Schulter von Alanis.

Mesabe lächelte, als er die zielstrebigen Aktivitäten seines jungen Gegenübers bemerkte, und wünschte ihm innerlich alles Gute. Alanis war eine eigenwillige und kosmopolitische junge Frau, die nun mit ihren Erwartungen und Maßstäben ebenso kämpfte, wie mit allem, was sie liebte. Willie Schneiders Schweiß, seine großen Hände und die Sicherheit, die er ausstrahlte, all das erinnerte sie an ihren Vater. Nur daß Willie kein Frauenheld war, sondern das genaue Gegenteil. Er war schüchtern und Frauen gegenüber unsicher. Aber er war entschlossen. Er hatte ein Auge auf Alanis geworfen und würde irgendwie ihr Herz erobern. Vielleicht auch auf die simple Art.

»Haben Sie je eine Ojibwe-Flöte gehört?« fragte Mesabe vom Rücksitz des Pickups aus Alanis.

»Nein, glaube ich nicht.«

»Diese Ojibwe-Liebeslieder sind wirklich großartig.«

»Ohne Witz?« Alanis hatte ihre Stimme leicht angehoben, um ihr Interesse zu signalisieren und ihre Erheiterung zu verbergen. Sie hatte Willies Arm hinter ihren Schultern bemerkt und war ein Stück zur Seite gerutscht. »Haben Sie kürzlich Stunden gegeben, *Mishom*?«

Sie blickte in den Rückspiegel zu dem Mann, der nun kicherte. Mesabe stieß D-Day mit dem Ellbogen in die Rippen, flüsterte ihm etwas auf Ojibwe zu, und alle lachten. D-Day mit seiner lauten, rasselnden Lache. Alanis sah wieder zu dem Alten und lächelte Willie zu. Sie war sich nicht sicher, was sie für ihn empfand, aber jetzt war ihr sein Arm um die Schultern angenehm. Vielleicht würde sie auf die Flöte warten.

»Langsam jetzt!« rief John Brown, und Willie nahm erschrocken seinen Fuß vom Gas.

»Mach die Lichter aus«, fügte Mesabe hinzu.

Die Scheinwerfer gingen aus, und die Welt um sie herum versank im Dunkel.

»Was ist los?« fragte Alanis. Willie schwieg, doch er wußte plötzlich, wo sie sich befanden und weshalb ihn die Alten hierher dirigiert hatten.

Sie fuhren nun langsam auf das abgelegene Gebiet einer riesigen Rinderranch, die einer Frau aus Oklahoma gehörte. Die zwanzig Quadratkilometer grenzten an einigen Stellen an Stammesgebiet und waren in den vergangenen Jahren schon mehrmals Gegenstand heftiger Auseinandersetzungen gewesen. Die Eigentümerin hatte die Ranch mit dem Namen »Oxblood« selbst niemals betreten. Sie hatte sie von ihrem Großvater geerbt, der im großen Stil mit Land spekuliert und vor einigen Jahrzehnten ungefähr sechzig Parzellen eingesackt hatte. Heute führte sie die Ranch aus einer Entfernung von sechzehnhundert Kilometern von ihrem Firmensitz aus als Betrieb. In den letzten beiden Jahren hatte es vor allem zwischen ihren Angestellten und dem Stamm einige Scharmützel, vor allem wegen Umweltproblemen, gegeben. Eine Futterstelle im nordöstlichen Eck wurde ungeklärt in den Wild Rice River entwässert, und am Unterlauf des Flusses fand sich das Abwasser, angereichert mit Pestiziden, wieder. Obwohl die Umweltbehörde eine Reihe von Verwarnungen erteilt hatte und mehr als einmal versucht hatte, den Betrieb zu verklagen, hatten die Verwalter jedesmal einen Anwalt gefunden, der ihnen ein Schlupfloch gezeigt hatte, so daß sie ungehindert weitermachen konnten.

Dazu kam die Frage zur Nutzung des Präriegrases, das an vielen Stellen der Oxblood-Ranch wuchs und das der Stamm schützen wollte.

An vielen Stellen wuchsen außerdem sehr wertvolle Heilpflanzen. Wegen der Verbotsschilder konnten sie nur heimlich geerntet werden. Jedes Jahr meldeten die Sammler zurückgehende Pflanzenmengen, waren aber nicht in der Lage, dagegen einzuschreiten. Die Verwaltung der Ranch hatte deutlich gemacht, daß sie keine Betriebsauflagen duldete und Indianer dort nichts verloren hatten. Nach zwei Jahren waren alle Verhandlungen gescheitert und die Indianer mit ihrer Geduld am Ende.

Von diesem Ärger abgesehen wußten alle, daß die Familie von D-Day auf dem heutigen Gebiet der Oxblood-Ranch vier Weideabschnitte besessen hatte.

Der Mond war verdeckt, und es wehte ein leichter Südwind. Willie lenkte den Pickup vorsichtig einen Feldweg entlang, der am Rand der Ranch entlang führte. Die alten Männer hörten mit ihren Albernheiten auf und besannen sich auf die Bedeutung ihrer Mission. Nach etwa zwei Kilometern hielt Willie auf Mesabes geflüsterte Anweisung hin den Pickup an.

»Wo sind wir hier?« flüsterte Alanis. Keiner antwortete.

D-Day war als erster draußen, die anderen drei folgten. Der Alte nahm Tabak aus seinem Beutel und gab etwas davon an Willie weiter, der es annahm und grinste, als ihm klar wurde, daß er nun ihr Komplize war. Er war Vietnamveteran, nun würde er vielleicht zum Ehrenmitglied ihrer Jagdgesellschaft ernannt.

John Brown brach von einer Marlboro den Filter ab und gab eine weitere an Mesabe weiter. Jeder der Männer sprach einige Worte und streute Tabak unter eine große Weymouths-Kiefer unweit des Pickups. Erst dann holten sie ihre Flinte, den Bolzenschneider und die Lampe aus dem Wagen. Anschließend kehrte Mesabe zum Wagen zurück und klemmte sich umständlich hinters Lenkrad.

Solchermaßen gerüstet, brachen D-Day und John Brown auf und liefen in Richtung des Ranchgebietes durch den Wald. Mesabe, der die Nachhut bildete, kicherte hinter dem Steuer. Er beobachtete seine Freunde, wie sie sich durch den Wald in Richtung des Zauns vorarbeiteten. Als D-Day an der geplanten Stelle angelangt war, zog er den Bolzenschneider hervor.

»Was macht ihr Kerle denn?« flüsterte Alanis, die auch ausgestiegen war und deren aufgerissene Augen von D-Days Bolzenschneider zu den Lichtern des Ranchhauses wanderten. »Was geschieht denn hier?«

»Ich treibe ausstehende Miete ein«, sagte D-Day laut, und seine zwei Kumpane konnten sich vor Lachen kaum noch halten.

D-Day zwickte die vier Stacheldrahtreihen durch, und John Brown bog die Drähte zur Seite. Damit es schön regelmäßig aussah, ging D-Day am Zaun lang und zwickte den Draht etwa alle hundert Meter ab.

Auf dieser Weide standen Simmentaler, Rinder, deren Fleisch besonders schmackhaft war. Simmentaler ziehen gern umher, und in diese Freiheit war bei einem Erlös von fünfzehnhundert Dollar pro Stück gut investiert.

Nachdem sie die Ostweide versorgt hatten, schlenderten die alten Männer zu den Arbeitspferden hinüber. Die Besitzer von Oxblood züchteten Percherons, die Pferderasse, mit der D-Day und Mesabe von der Holzarbeit her vertraut waren. Diese Pferde waren ebenfalls immer gerne in Bewegung, und ein paar Lücken im Zaun machten es gar nicht so unwahrscheinlich, daß sie bis zum Morgen Mahnomen erreichten. Während Mesabe die zwei Alten beobachtete, flüsterte er Willie zu: »Bei den Pferden geht's nicht ums Essen, sondern nur ums Prinzip.«

»*Außerdem ist Pferdestehlen eine alte indianische Kriegslist, und das hier sind alte Indianer.*« Diese Überlegung ging Willie durch den Kopf.

Alanis flüsterte Mesabe ins Ohr: »Was macht ihr denn da? Was macht ihr, wenn uns irgend jemand sieht?«

Mesabe kicherte nur und sagte: »Paß auf, ob von der Farm Lichter rüberkommen.«

Nun konnte die Jagd beginnen. D-Day nahm auf der Seite des Zaunes Aufstellung, die zum Stammesgebiet gehörte, umarmte mit zittrigen Armen die schwere Flinte und wartete. John Brown ging hinein, auf die Herde zu. Er heftete seinen Blick auf eine Kuh, die fett, aber nicht zu alt oder zu schwer war. Und sie mußte zart sein. Er trieb die meisten der Tiere in Richtung des Zauns, indem er mit seinen Armen in der Luft herumfuchtelte, verlor dabei aber niemals die Kuh aus den Augen. Dabei leuchtete er ihnen mit der Taschenlampe den Fluchtweg aus.

Sobald die Tiere das Loch sahen, setzten sie sich in Trab. Ein Schwall von fünfzig Rindern galoppierte zwischen den Pfählen hindurch. Die Kuh verharrte auf ihrer Seite in Reichweite von D-Day. Sobald die Tiere das Stammesgebiet betraten, blendete Mesabe kurz die Scheinwerfer des Pickups auf. Das Licht verwirrte die Tiere so sehr, daß sie wie angewurzelt stehenblieben. John Brown gab D-Day das Zeichen zu schießen.

Der Schuß warf den Alten beinahe auf den Hosenboden. Die Kuh fiel um, wie von der Axt gefällt, und die anderen drei Männer stießen ein sich überschlagendes Jagdgeschrei aus.

»Hauah!« rief D-Day aus. Er war in Hochstimmung. »Ich habe einen Büffel erlegt.«

Der Rest der verängstigten Herde verstreute sich im Wald, bis auf ein paar der dümmeren Tiere, die mit leerem Blick auf die gestürzte Kuh und die alten Männer starrten. Er griff nach dem warmen Maul der Kuh, schob etwas Tabak zwischen ihre Lippen und kniete neben ihr nieder. Er legte seine Hand seitlich auf ihren Kopf und sprach leise zu ihr. Er dankte ihr für ihr Leben: »*Mashkode biizhiki, Mashkode biizhiki.*«

Alanis blickte nervös umher und versicherte sich, daß sie vom Ranchhaus aus niemand sehen konnte. Das Haus und der Wachhund waren so weit weg, daß wenig Gefahr bestand. Willie kniete sich auf das Dach des Pickups, um sich zu vergewissern: Die Alten waren vielleicht nicht die Schnellsten gewesen, aber sie waren vollendete Jäger. *Awakaanag*. Vollendete Jäger, besonders was Haustiere anbetraf.

Mesabe fuhr stotternd rückwärts an die Kuh heran. Unter anderen

Umständen hätten sie das Vieh an Ort und Stelle ausgenommen, aber vielleicht hatte die Wache den Schuß doch gehört. Willie hatte – die Alten wußten sehr wohl, welchen Pickup sie angeheuert hatten – eine Seilwinde auf der Ladefläche, die er an der Rückseite der Fahrerkabine befestigte. Dann spulte er einige Meter ab und warf das Seil den alten Männern zu. Die zwängten eine Decke unter der Kuh hindurch, so daß sie eingewickelt wurde, sobald sich das Seil um sie legte. Dann balancierten die Alten die Kuh aus, während Willie mit der Ratsche langsam das Seil aufwickelte. Als sich die Kuh hob, tauschten John Brown und Willie ihre Plätze. Schließlich rutschte das tote Rind mit einem Ächzen auf die Ladefläche.

Willie zurrte die Plane darüber, und alle kletterten wieder in den Wagen. John Brown ahmte D-Day nach und schrie: »Hauah!«

Mesabe kicherte. Jetzt, wo D-Day keuchend lachte und sich die vom Rückstoß schmerzende Schulter rieb, kamen sich sogar Willie und Alanis etwas albern vor. Der Wagen fuhr langsam den Feldweg zurück. Erst als sie auf dem Highway 200 waren, schaltete Willie die vorderen Scheinwerfer an.

DER LETZTE TANZ VON SHERIFF BENNERT

Der Mörder von Hawk Her Many Horses hatte es nicht anders verdient. Kevin Bennert hatte seine Spuren so gut verwischt, daß er nie vor ein Gericht gestellt wurde. Durch geschickte Deals mit den Richtern hatte er schon früher immer erreicht, daß er aus allen Prozessen wegen Vergewaltigung von Indianerinnen herausgehalten wurde. Dann machte Sheriff Bennert einen Fehler: Er ließ sich in einen Nachbarbezirk versetzen. Dort aber lag die Gerichtshoheit bei den Indianern.

Es begann ganz langsam. Bennert hatte eine Wagenladung Naytahwaush-Indianer auf einem Holzfuhrweg tief in den Wald hinein verfolgt. Rot- und Blaulicht tanzte über die Baumstämme am Straßenrand, und schließlich hielten die Indianer. »Nicht bewegen! Im Wagen bleiben!« schallte die Stimme der Autorität durch das Megaphon. Dann kletterte Sheriff Kevin Bennert aus seinem Streifenwagen und ging mit seinem bedeutungsschwangersten Amtsschritt, wie er ihn wahrscheinlich aus zahlreichen Fernsehserien gelernt hatte, auf den Lieferwagen voller »Rothäute« zu. Unvermittelt öffneten sich alle vier Türen, und der Sheriff sah sich plötzlich eingekreist. Die hinterlistigen Insassen des Fahrzeugs eskortierten ihn zum Streifenwagen zurück. Dort angekommen, nahmen sie ihm die Handschellen und die Schlüssel ab, fesselten ihn an die Fahrertür seines eigenen abgeschlossenen Wagens und warfen die Schlüssel tief in den Wald hinein. Die Indianer grinsten und winkten, als sie die fünf Meilen zur Stadt zurückfuhren.

Das war der Anfang des Kleinkriegs zwischen Sheriff Kevin Bennert und den Einwohnern von Naytahwaush. Über einen längeren Zeitraum hinweg war es eine Art langsamer, halböffentlicher Folter, die dem Sheriff ziemlich an die Nieren ging.

Nach Dienstschluß fand sich Bennert öfter in einer verruchten Kneipe mit einer Indianerin wieder. Beim Sex bevorzugte er eindeutig Indianerinnen, aber nur wenn er sie in Bars kennenlernte. Die Objekte seiner Begierde schienen wiederum einen Geheimpakt geschlossen zu haben, der auf wundersame Weise auch in größter Trunkenheit funktionierte, so daß Sheriff Bennert unweigerlich die übelsten Blessuren davontrug oder sich an einen Bettpfosten gefesselt wiederfand. Das eigenartigste daran war jedoch, daß es häufiger geschah, er aber daraus keine Lehren zu ziehen schien. Seiner blinden Arroganz wegen ging es immer weiter, und er kam in die peinlichsten Situationen.

Schließlich trieb Kway Dole die Sache nach drei Jahren auf die Spitze. Von da an trug Bennert seine Augenbinde für die Hinrichtung.

Kway hatte eine innere Seelenruhe und ein Selbstvertrauen, die es ihr erlaubten, auch in der schwierigsten Lage einen kühlen Kopf zu bewahren. Das kam ihr sehr zustatten.

Auf der Rotwildjagd an einer ihrer gewohnten und vertrauten Stelle erblickte sie Bennerts Streifenwagen, der in einem Waldweg geparkt war. Sei es, daß Sheriff Bennert ein neues Liebesnest ausspähte, sei es, daß er irgendwelche Beute suchte, er war einfach zur falschen Zeit am falschen Ort.

Hawk Her Many Horses war überhaupt nicht Kways Typ gewesen. Er hatte jedem Rock nachgejagt. Sein Sexualverhalten hatte gegen Kways Sinn für Anstand verstoßen. Aber in den rund zwanzig Jahren, in denen sie zusammengearbeitet und in derselben Gemeinde gelebt hatten, hatte sich zwischen ihnen ein gegenseitiges Einverständnis entwickelt. Sie hatten die Grenzen des jeweils anderen respektiert und so gemeinsam an diversen Projekten arbeiten können, hatten sich dabei gegenseitig aufgezogen und miteinander gelacht.

Kway ging ihre Erinnerung durch und befragte ihre Gefühle. Genaugenommen schuldete sie Hawk wenig. Aber im großen und ganzen schuldete sie ihm allerhand. Seine Menschlichkeit, seine Art, sein Charakter und sein Leben hatten der Gemeinschaft gutgetan. Sie war nicht kaltblütig, aber berechnend, das war sie schon.

Auf der Suche nach einer Rächerin für Hawk würde man nie als erste sie verdächtigen, da war sie sich sicher. Sie bat ihren Schöpfer um Vergebung und drückte den Abzug. Sie fällte Kevin Bennert mit einem sauberen Schuß durch die Schläfe. Dann holte sie tief Luft, packte ihr Gewehr in den Pickup und fuhr davon, ohne sich umzublicken.

DIE TRÖDELKÖNIGIN

Das Telefon läutete, und Danielle Wabun schreckte von den Morgennachrichten hoch. Am anderen Ende der Leitung floß eine Frau vor Dringlichkeit schier über.

»Es ist ein furchtbarer Irrtum passiert...«, begann die unbekannte Anruferin.

Danielle fing sich wieder. Es gefiel ihr nicht, wenn der Tag so begann. »Ja?« antwortete sie.

»Es ist entsetzlich«, fuhr die Stimme fort.

Danielle wurde ungeduldig und wartete.

»Es ist ganz einfach eine Tragödie«, stöhnte die Stimme.

Danielle bemerkte, wie sich ihr Puls beschleunigte.

»Ja?« wiederholte sie. »Was ist los? Worum geht's? Was ist passiert?«

Die Frau seufzte, holte tief Luft und erklärte dann langsam, Wort für Wort so eindringlich, das, was geschehen war, bis Danielle den Ernst der Lage begriff.

»Auf unserer Ranch hier in Wayzata war im letzten Monat eine Trödelsammlung für Ihr Reservat...« Plötzlich konnte sie sich nicht mehr beherrschen. »Ich habe aus Versehen meine gute Nerzstola gespendet.« Bei diesen Worten brach die Frau in lange zurückgehaltene Tränen aus.

Danielle verdrehte ihre Augen himmelwärts, wußte aber, daß es sich um eine ernste Sache handelte. Die Presbyterianer in Wayzata waren Verbündete, und dieses Verhältnis stand hier auf dem Spiel. Sie hielt einen Moment inne, um das Problem ganz zu erfassen und über eine Lösung nachzudenken.

»Wann wurden die Sachen abgeholt?« fragte Danielle im Geschäftston.

»Ich weiß gar nicht genau«, erfolgte jetzt etwas fester die Antwort aus dem Hörer, »aber es muß so vor ungefähr drei Wochen gewesen sein.«

Danielle seufzte, als ihr klar wurde, daß echte Profi-Detektivarbeit auf sie zukam.

»Es ist *wahnsinnig* wichtig«, wurde die Frau jetzt noch beschwörender und drängender. Mein Mann hat mir den Pelz zum zwanzigsten

Hochzeitstag geschenkt, und zum Wohlfahrtsball muß ich ihn jetzt einfach tragen!«

»Ist ja gut, ist ja gut«, sagte Danielle. »Ich werde mich darum kümmern, daß er wieder auftaucht. Beschreiben Sie mir die Stola, und ich rufe Sie heute nachmittag zurück.« Innerlich bereitete sie sich auf einen weiteren Tag des Krisenmanagements für das Recycling-Projekt des Reservats vor.

Während Danielle Wabun am Telefon geduldig die Details notierte, betrat Alanis Nordstrom das Wohnwagenhaus der Wabuns, das am Ufer des Rat Lake geparkt war, winkte Danielles Mann und steuerte zielstrebig auf die Kaffeemaschine zu. Alanis war seit einer Woche im Reservat, um über Warren Wabun, den alternden Patriarchen des *American Indian Movement,* Informationen zu sammeln. Während Alanis ihre Hände an der dampfenden Kaffeetasse aufwärmte, tasteten ihre Augen das Innere des Wohnwagenhauses ab und blieben an dem Aufkleber hängen, der über Danielles Schlafzimmertür angebracht war: *Wer vor dem Tod am meisten sammelt, hat gewonnen.*

Dem entsprechend hatte Danielle einen Weltklasse-Stoffvorrat angelegt. In ihre Schränke waren Stoffrollen gestopft, und aus fünf oder sechs Schachteln, unter ihrem Bett und im Zimmer verteilt, quollen gefaltete Stoffstücke hervor. Überall, wo Alanis hinsah, führten Köper, Samt, Druckstoffe und Paisley, getupfte und gestreifte Stoffe, solche mit afrikanischen und mit guatemaltekischen Mustern einen Regenbogentanz aus Form und Farbe auf. Ihr fiel wieder ein, wie ihr jemand erzählt hatte, daß die Liebe zu den Stoffen das Verhängnis der Ojibwe-Frauen war.

»Hortest du hier für den Weltuntergang?« frotzelte Alanis, als Danielle das Telefon auflegte.

Danielle dirigierte Alanis hinter sich her und gab über die Schulter hinweg zurück: »Wenn du glaubst, daß das hier viel ist, solltest das Haus meiner Oma besichtigen. Die hat nicht nur einen Einbauschranken neben dem anderen voll Stoffe. Dort liegen auch noch überall angefangene Näharbeiten herum.«

»Deshalb brauchte die alte Dame also ein neues Haus«, zog Alanis ihre Schlüsse.

»Oh ja, sie kam ziemlich in Platznöte.«

Danielle ging um den Nähtisch herum, um ihren Zweijährigen, Meegwun, einzusammeln und ihn zusammen mit einem Mantel und Schuhen an Alanis weiterzureichen.

»Hier hast du schon einmal was zum Üben«, sagte sie und fügte hinzu: »Du solltest es auch versuchen.«

Während Alanis den Jungen in seine Klamotten fädelte, sortierte Danielle geschwind die Spielsachen am Boden und verteilte die besseren Stücke auf ihre festen Plätze im Zimmer. Als sie damit fertig war, griff sie sich ihre Aktentasche und ging ins Wohnzimmer, wo Chris Thunder, ihr Ehemann, mit ihrem sechsjährigen Sohn an einem Fischernetz arbeitete und sich die Morgennachrichten ansah.

Danielle erklärte vor allen Anwesenden: »Wir haben einen Notfall. Wir müssen einen verschollenen Nerz finden. Alanis, du kannst ab morgen wieder Journalistin spielen. Mein Vater kann noch auf seinen Propaganda-Artikel warten. Heute arbeitest du für mich. Also los, auf geht's.«

Alanis schaute noch hilflos und nach Unterstützung heischend zu Chris hinüber, da marschierte Danielle schon aus dem Wohnhaus. Meegwun rannte hinter seiner Mutter her, und Alanis folgte ihnen und kletterte zu Danielle in den Pickup.

Alanis beobachtete Danielle mit Verwunderung. Die hielt in ihrer Linken eine Tasse Kaffee und das Lenkrad, während sie gleichzeitig mit der Rechten nach einem Sender suchte und Meegwun unter ihre Bluse kroch, um nach *toodoosh* zu suchen, nach ihrer milchgefüllten Brust.

»Wie zum Teufel schaffst du das nur?« fragte Alanis bewundernd.

»Schaffe ich was?«

»Mit den Kindern zurechtzukommen, mit der Arbeit, mit allem.«

»Was sollte ich denn sonst tun?«

»Wahrscheinlich geht es nicht anders, aber wenn ich dir so zusehe, scheint es, als ob es gar keine Probleme gäbe und alles geregelt werden könnte, als ob dich nichts aus der Ruhe bringen könnte.«

»Na ja, während meines kurzen Lebens hier im Reservat habe ich eines gelernt: Es gibt einen Haufen zu tun, und das kann man auch schaffen«, sagte Danielle. »Außerdem müssen wir eine Menge Trödel wegschaffen, und wenn wir die Laster nicht selber in die Stadt bringen, wird's teuer.«

Wie für die meisten Frauen im Reservat waren Trödelverkäufe auch für Danielle Teil ihres Lebens. Obwohl ihr Vater zuerst als Ansager im Radio und dann als Politiker ziemlich erfolgreich war, hatten sie, wie die meisten Leute von White Earth, nie viel Geld.

Trödelsammlungen im Reservat brachten viel ein, aber der beste Trödel stammte aus den Vororten von Minneapolis und anderen großen

Städten, in denen die Mittelklasse an jedem Sommerwochenende ihre Schränke und Garagen ausmistete. Danielle erinnerte sich an die vielen Wochenendabstecher in die Städte, die sie seit frühester Jugend auf die dortigen Flohmärkte gemacht hatte. Ihr Vater titulierte diese Ausflüge immer als »White-Earth-Raubzüge«, aber Danielle, ihre Mutter und ihre Kumpaninnen ließen sich nicht von ihnen abbringen.

Dabei profitierte auch Warren von Danielles Einfallsreichtum. Warren Wabun hielt einen zurückweichenden Haaransatz für eines der schlimmsten Resultate des Einflusses des weißen Mannes auf die Indianer. Er war schon immer um sein Aussehen besorgt gewesen, und während seiner jahrelangen Tätigkeit als Sprecher des American Indian Movement hatte sich sein Drang danach, gut auszusehen, noch verstärkt. Mochten andere seine Neidung zur Glatzenbildung als Ergebnis der Vermischung von Indianern mit Franzosen und einer Vielzahl anderer Völker ansehen und einfach hinnehmen, so machte sich Warren um das Schicksal seiner Haartracht große Sorgen. Danielle versicherte ihm immer wieder, wie unbegründet das war. »Setz doch eine Baseballmütze auf«, schalt sie ihn. »Und außerdem bist du nicht im Fernsehen, sondern im Radio.«

Damit gab sich Warren Wabun aber nicht zufrieden. Er war davon überzeugt, daß nur echtes indianisches Haar sein Haupt bedecken durfte. Es kostete zwar große Mühen, aber zur allgemeinen Überraschung kehrte Danielle eines Tages mit ihrem Vater von einem Creedorf im Norden Manitobas zurück, wo sie langes Indianerhaar aufgetrieben hatte, das zu seinem Kopf paßte. Seine Augen leuchteten angesichts dieser sorgfältig ausgewählten Ergänzung, die in ein Haarteil eingearbeitet wurde, das genau zu seinen Strähnen paßte. Seine Tochter freute sich sehr über sein wiedergewonnenes Selbstvertrauen und leitete es in die Wege, daß über ihren Vater und seinen Reservatssender ein Bericht im *Minnesota Monthly* erschien, in einer Zeitschrift, die in ganz Minnesota gelesen wurde. Warren Wabun sicherte sich seinen Platz in der Mediengeschichte, indem er sicherstellte, daß er in seiner ganzen neuen Pracht auf dem Titelblatt erschien.

Heute wurde von Danielle wieder einmal nichts Geringeres als so ein Wunder erwartet.

Danielle leitete das »Three R Program« des Reservats mit dem Motto »Reduzieren, Reparieren und Recyceln«. Es zielte darauf ab, den Müllausstoß des Reservats zu verringern und für diejenigen Produkte, die dafür in Frage kamen, alternative Verwertungsmethoden zu entwickeln. Dabei spielten Altkleidersammlungen eine große Rolle. Die Textilien wurden an Familien und ausgewählte Projektgruppen verteilt, die daraus Teppiche, Decken und Matratzen herstellten. Unter Danielles Management lieferte das Projekt auch wiederverwertete Rohstoffe an verschiedene Firmen, die daraus Haushaltsbedarf herstellten. So kam es, daß man Danielle Rummage Queen nannte – die Trödelkönigin.

Private Spender und Wohlfahrts- und Kirchengruppen sorgten dafür, daß die Reservatscontainer mit abgelegter Kleidung und anderem Trödel gefüllt wurden. Sobald die Spenden im Verteilungszentrum in Pine Point ankamen, nahm sich Danielle ihrer an. Jedes Dorf im Reservat forderte mit einem Formular Babybedarf, Autositze, Dosen, Schlittschuhe und viele andere ausgewählte Gegenstände an, und so gut sie konnte erfüllte Danielle mit ihren Lieferungen alle Wünsche. Was übrigblieb, wurde jeden Monat möglichst gleichmäßig auf die Trödelzentren in den einzelnen Dörfern verteilt. Das Altenheim und die Textilkooperative erhielten Sonderzuteilungen, obwohl Danielle zu Ohren gekommen war, daß einige alte Damen auch in andere Verteilungszentren einfielen, um sich aus dem Trödel die Filetstückchen herauszupicken.

Es war vor allem Danielles untadeliger Ordnungs- und Gerechtigkeitssinn, der das Projekt so erfolgreich sein ließ. Der Trödel wurde nicht nur verteilt, sondern brachte auch etwas ein. Die Trödelmärkte unterstützten das Recycling-Projekt und einige andere Dorfprojekte finanziell. Die Textilkooperativen mußten für ihre Rohstoffe einen Obolus entrichten, der auch in der Gemeinschaftskasse landete. Dazu kam noch das Geld aus dem Rückverkauf an die Städter, die ihre Kleider offenbar mehr schätzten, wenn sie zerschnitten und zu Teppichen verarbeitet waren.

Mit dem Umschlagen des politischen Windes nahm auch das Trödelgeschäft einen Aufschwung. Aus ungeklärten Gründen schien es, als ob die Leute, die sich am meisten für indianische Belange interessierten, auch am meisten Kleidung übrig hatten. Vielleicht drückten sie ihre Sympathie für die Ureinwohner auch einfach in Form alter Kleidung aus. Sicher hatte es auch mit den Auftritten von Warren Wabun, Jim Vanoss, Elaine Mandamin und anderer *Anishinaabeg* in den Twin Cities (Minneapolis-St.Paul) zu tun, daß die Warenmenge, die nach White Earth geschickt wurde, stetig anstieg.

»Wir sind ja nicht gerade ein Krähenschwarm«, spöttelte Danielle gegenüber Alanis mit bestimmtem Unterton, »aber ich versichere dir, daß wir ohne dieses System der Trödelverteilung ein Riesenproblem hätten. Wir würden vom Trödel überflutet, und wegen der Verteilung würde ein Bürgerkrieg drohen.«

»Aber wie zum Teufel sollen wir dann diese eine Stola finden?« fragte Alanis, während Danielle den Wagen ins Verteilungszentrum in Pine Point lenkte. Lastwagen aus Rice Lake und Elbow Lake warteten bereits auf ihre Zuweisungen. Danielle schaltete den Motor ab und sagte in die entstehende Stille hinein: »Es gibt nur einen Weg. Wir finden die Kartons dieser Kirchengruppe, graben sie aus und wühlen sie durch.«

Danielle kletterte aus dem Pickup und schloß auf. Mit ihrem Notizbuch in der Hand und Meegwun im Schlepptau betrat sie das Zentrum, setzte sofort die Kaffeemaschine in Gang, schaltete ein paar Lichter an und begutachtete die Haufen für Rice Lake und Elbow Lake, bevor sie verteilt wurden. »Okay, die sind soweit in Ordnung!« rief Danielle zu Alanis hinüber, die gerade gemäß Danielles genauer Beschreibung versuchte, die Kartons aus Wayzata zu finden. »Sag Rice Lake, sie können ihr Zeug mitnehmen.«

Alanis winkte Rose Ahnib zu. Sie saß in dem Windeldienst-Transporter, der an zwei Freitagen im Monat beim Trödelgeschäft half, aber in der restlichen Zeit die Babys in den drei Dörfern versorgte.

»Und, wie sieht's aus?« fragte Rose, während sie über ungefähr zehn Möbelstücke kletterte und über einen Stapel von etwa zwanzig Kartons, die aussahen, als seien sie mit Altkleidern gefüllt. Genauso wie Danielle hatte auch Rose schon ältere Kinder, für die der Windeldienst nicht mehr nötig war, aber sie hatte auch einen unersättlichen Appetit auf »le rummage«.

»Heute kommen die Lutheraner aus White Bear Lake«, berichtete Danielle. »Ein paar tolle Sachen, *enit*?«

»Oh ja, es ist schon beinah Frühjahrsputz«, sagte Rose und beäugte die Kartons wie ein Jagdhund auf der Fasanenjagd. »Und diese *Chimookomaanag* gewöhnen sich an ihre neuen Weihnachtsgeschenke und schmeißen die Vorjahresmodelle raus.«

»Verdammt, jetzt würde ich nicht anfangen zu suchen«, warnte Danielle. »Wenn du jetzt ein paar Kartons aufmachst, überfallen dich die Elbow Laker, sobald sie ein paar schöne Sachen sehen.«

»In Ordnung«, sagte Rose enttäuscht, »hilf mir mal.«

Alanis, der Sohn von Rose und der andere Fahrer waren ihr bei der Beladung des Transporters behilflich. Danielle sah wohlwollend zu.

»Puh, das war knapp«, sagte Danielle erleichtert, als Rose wieder in den Windelwagen stieg. »Ich hasse solches Gezänk. Diese Frauen benehmen sich so lange anständig, bis ein paar anfangen, sich reinzuwühlen. Dann bricht plötzlich Krieg aus. Ramsch ist heilig.«

Gerade als die zwei Transporter den Parkplatz verließen, entdeckte Alanis die Spende der Kirchengruppe aus Wayzata. Es waren ungefähr siebzig Kartons, und Alanis schüttelte den Kopf bei dem Gedanken daran, daß sie nun den Inhalt auf den Boden leeren mußten, um inmitten Hunderter Hemden, T-Shirts, Kleider, Vorhänge nach einem Pelz zu suchen. Entschlossen kippte Danielle mit ihrer Geschäftsmiene die Schachteln auf den Boden, kniete nieder und grub sich wie ein Maulwurf durch den Stoffhaufen.

Es war der zweijährige Meegwun, der schließlich fündig wurde.

»Puppy, puppy«, sagte er und umarmte den kurzen Nerz wie ein Hündchen.

»Ein Wunder«, sagte Danielle, und Alanis ließ einen Seufzer der Erleichterung hören.

Danielle jagte ihrem Sohn den Pelz ab, aber als sie ihn endlich hatte, fiel ihr etwas auf. Sie trug die Nerzstola nach draußen, so daß sie sie im Tageslicht begutachten konnte. Dann reichte sie den Pelz an Alanis weiter.

»Was hältst du davon«, fragte sie Alanis, die mit der Hand über die Haare strich.

»Nicht ganz mein Geschmack«, gab Alanis zurück.

»Nein, ich meine den Pelz«, fuhr Danielle fort. »Was hältst du von dem Pelz?«

»Na ja, er fühlt sich gröber an, als ich erwartet hätte, und die Haare sind ziemlich lang ...«, sagte Alanis, während sie abwechselnd auf die Stola und zu Danielle blickte.

»Biber«, sagte Danielle voll Überzeugung. »Ich habe eine Menge davon gehäutet. Ich kenne meine Biber.«

DER INDIANISCHE BALL FÜR DEN WEISSEN VATER

1997

Sanft wiegten sich Chi Makwas und Philomene St. Clairs Nachfahren zu den Klängen der Big-Band-Musik, dann war indianischer Country and Western dran, zwischendurch wurden mit alkoholfreiem Sekt Toasts auf den wiedergewählten Weißen Vater ausgebracht. Jener, ein Mann namens Bill, hatte versprochen, die Indianer wie seine eigene Familie zu behandeln und ein für allemal ihre Lebensbedingungen zu verbessern. Obwohl der Große Weiße Vater nicht persönlich anwesend sein konnte, sandte er einen jüngeren Bruder, seinen Innenminister, der errötete und lächelte, wenn er den herausgeputzten braunhäutigen Menschen aus dem Hinterland die Hände schüttelte.

Choctaw-, Anishinaabeg-, Dine- und Lakota-Frauen hatten ihre prächtigsten Ballkleider angelegt, um den neuen Wahlsieg des Präsidenten zu feiern. Zusammen mit ihren Partnern in ungewohnten Smokings gaben sie sich der Musik hin. Lucy St. Clair und Kway Dole hatten beschlossen, als Vertreterinnen von White Earth daran teilzunehmen, erstere in einem marineblauen Samtkleid, das mit einem schlichten, aber geschmackvoll angeordneten Blumenbukett aus Perlen geschmückt war, und Kway mit einem unbequemen Anzughemd unter einer perlenverzierten Weste. Kway stand am Rand der Tanzfläche, wippte sacht mit dem Fuß im Takt und wunderte sich über die allgegenwärtige Pracht. Aber Lucy betrat immer wieder die Tanzfläche mit gutaussehenden jungen Männern anderer Stämme, die dann sanft in ihr immer noch erstaunlich rabenschwarzes Haar flüsterten und sich der Gefahren der Ojibwe-Liebesmedizin nicht bewußt waren.

Das geordnete Bild änderte sich schlagartig, als Keith Secola und seine »Wild Band of Indians« die Bühne betraten. Die Ballkleider begannen jetzt zu zucken, Keith Secola pendelte zwischen Rock'n' Roll und Powwow. Mit dem Sound, aus dem der Widerstand herauszuhören war, begann der neue Tag, und die teiggesichtigen BIA-Beamten taten noch bis zuletzt so, als ob es ihnen wirklich gefiele. Am Ende des Abends setzten sich die Frauen, die sich bei einem so vornehmen Ereignis keine teuren Sitzplätze leisten konnten, in ihren Ballkleidern aufs Parkett und fielen immer wieder in den Tanz ein, wenn die Musik nach ihrem Geschmack war.

Moose Hanford war nicht gekommen. In der klirrenden Kälte dieser Winternacht in Nord-Minnesota zog er seine Schneeschuhe an und wanderte um den Round Lake herum, während der *Mishinameginebig*, der Großhornstör, tief unter der Oberfläche des Sees schlief.

GIIWEDAHN

HEIMKEHR DER AHNEN

Sommer 2000

Die Ahnen lärmten und wurden immer lauter. Moose Hanford bemerkte, daß sie sogar die Musik aus seinem Radiorekorder übertönten und auch das Dröhnen des Interstate Highway. Hinten in seinem fensterlosen Kleinbus, einem ehemaligen UPS-Lieferwagen, reisten 45 Ahnen. Sie waren auf dem Heimweg. Manchmal hörte er sie singen, und dann wieder schrien sie auf. Jetzt gerade schienen sie nur zu rumpeln.

Die Kassette mit Little Otter, der Stammeslieder sang, begleitete Moose auf seiner Fahrt. Jedesmal wenn Little Otters Trommel zwischen den Liedern innehielt, schwiegen auch die Ahnen, aber das Dröhnen ging weiter. Moose merkte, daß der Lärm aus seinem Wagen kam. Er drehte das Radio herunter und lauschte aufmerksam der mechanischen Kakophonie.

Ein UPS-Fahrer hatte den Wagen mehr oder minder gespendet. Er hatte das Pech gehabt, daß White Earth auf seiner Lieferroute gelegen hatte. Als Moose sich des Wagens annahm, war er schon sehr viel gefahren worden, und mittlerweile zeigte sein Tacho schon mehr als 350.000 Kilometer, und mehr würden es auch nicht mehr werden, weil die Anzeige kaputtgegangen war. Moose ging im Geiste einige Geräusche durch, verwarf verschiedene Arten von Quietschen, Klappern und Schleifen, die er von dem Wagen her kannte, und überlegte sich, was für ein neues Gebrechen die Ursache sein könnte.

Er lenkte den Wagen auf die rechte Spur und hörte weiter andächtig zu. Als er aus Versehen über ein Schlagloch fuhr, verwandelte sich das Dröhnen in ein schabendes Geräusch, das vom gutturalen Röhren des Motors begleitet wurde. Für einen solchen Sound gab es nur eine Ursache.

Moose suchte den Horizont geschwind nach einem Platz zu Anhalten ab. *Das allerletzte, was ich brauche,* sagte er sich, *ist, daß mich ein Cop kontrolliert, sieht, daß ich eine Rothaut bin, mir einen Strafzettel für Fahren mit kaputtem Auspuff ausstellt – und dann anfängt, mir Fragen zu stellen.* Einige Kilometer voraus machte er eine Raststelle aus. Er sah in den Außenspiegel, um zu sehen, ob er einbiegen konnte und ob er irgendwelche relevanten Teile seines Wagens verloren hatte. Er trommelte mit den Fingern auf die Tür. Dann bremste er den Wagen auf 50 Stundenkilometer herunter, fixierte die Raststelle und näherte sich mit dem Wagen dem Rastplatz auf den letzten hundert Metern gleichsam auf Zehenspitzen.

Moose bog in die Raststelle ein und schaltete den Motor ab. Er nahm die Zigaretten vom Armaturenbrett, öffnete die Tür und stieg aus. Er schüttelte seinen Pferdeschwanz und den Rücken seines Hemdes, um es durchzulüften. *Ein Waldindianer sollte im Sommer nicht im Südland herumfahren. Es sollte kühler als achtundzwanzig Grad Celsius sein, und windstill. Zu warm für Ojibwe.* Er hielt einen Moment inne und sah sich die Stelle an. Der Rastplatz war verlassen.

Moose zündete sich eine Zigarette an und ging zur Wagenrückseite. Er beugte sich nach unten, um den Dämpfer zu untersuchen, und griff mit der Hand danach. »Scheiße! Autsch, ist der heiß!« schrie er. Kein Zweifel, die Aufhängung war gebrochen, und der größte Teil der Auspuffanlage baumelte lose herum und wurde nur noch von einer einzigen Schelle gehalten. Mit Isolierband war hier nicht viel auszurichten.

Die Verantwortung lastete schwer auf Moose. Die Leute von White Earth witzelten immer, daß Moose eigentlich zum Mole Clan, zum Clan der Maulwürfe, gehören müßte, wenn man von seiner beinahe unheimlichen Fähigkeit ausging, Sachen auszugraben. Die einzige Crux daran war, daß es in White Earth keinen Clan der Maulwürfe gab und deshalb seine Marder-Clan-Eigenschaften als Beleg für sein Verhalten herangezogen würden. Moose hatte als erster etwas über die Exhumierungen herausgefunden. Und dann hatte er mit Elaine und Danielle Wabuns Hilfe eine erstaunliche Aufstellung der Menschen und Dinge zusammengetragen, die über die Jahre im Reservat abhanden gekommen waren.

Wo waren die Ahnen? Sie wetteten darauf, daß man zuerst im Smithsonian in Washington, D.C., im Peabody Museum in Harvard, bei der *Historical Society of Minnesota* und der Universität Minnesota nachforschen mußte, um sicherzugehen. Die Liste mit den Vermißten und deren Besitz war fünfzig maschinenbeschriebene Seiten lang und umfaßte rund zweihundertfünfzig Ahnen.

Bei ihren eigenen Recherchen war Elaine auf die Arbeit eines Smithsonian-Forschers gestoßen, eines Dr. Ales Hrdlicka, der im zweiten Jahrzehnt des zwanzigsten Jahrhunderts mehrere »wissenschaftliche« Streifzüge nach White Earth unternommen hatte. Dabei hatte er in White Earth die sterblichen Überreste von fünfundvierzig Ahnen ausgegraben, sie mit Etiketten versehen, in Holzkisten verpackt und über fünfzehnhundert Kilometer weit nach Washington abtransportiert, wo sie dann vermessen, katalogisiert und untersucht worden waren. Und dort waren sie geblieben.

Die Regierung von White Earth hatte im Einvernehmen mit der *Midewiwin*-Vereinigung an das Smithsonian einige höfliche Briefe geschickt. Zusammen mit allen anderen Stammesgegenständen der *Anishinaabeg*, und zwar besonders aus White Earth – so hatten die religiösen Führer gefordert –, sollten auch die *aanikoobijigan*, die Ahnen, nach Hause zurückkehren.

Das Smithsonian war dafür bekannt, daß es die umfangreichste Sammlung an indianischen Schädeln und Knochen besaß. Neben den Überresten von 32.000 Indianern lagerten dort in einer Unmenge von Kartons, Schubladen und Lagerräumen rund eine Million indianischer »Artefakte« – die Ausbeute des Sammlerfleißes von Ethnologen und Sozialanthropologen.

Das Peabody-Museum in Harvard besaß eine ähnlich große Anzahl von »Proben«. Auch das Peabody hatte seit einigen Jahren damit begonnen, sterbliche Überreste und Gegenstände an US-amerikanische Stämme zurückzugeben, und in geringerem Umfang auch an ausländische Stämme. Die Maori Neuseelands und die Ureinwohner Tasmaniens kämpften schon seit fünfundzwanzig Jahren um die Rückgabe ihrer Relikte.

Der Kurator des Smithsonian war höflich gewesen, fast könnte man sagen: hilfreich. Dieses Museum schien als Lagerstätte aller kolonialen und militärischen Plünderungen angelegt worden zu sein. In einer Epoche, als die Sammlung von Indianderköpfen durch das Militär und durch Wissenschaftler zum Alltag gehörte, hatte das Smithsonian über Jahre hinweg die Beute von eifrigen Militaristen und Wissenschaftlern erhalten – von Männern, die buchstäblich die aufgebahrten Leichen eingesammelt und sie zur wissenschaftlichen Untersuchung und zu ihrer Ausstellung in den Osten geschickt hatten.

Ihrem journalistischen Forschungsdrang nachgebend, hatte sich Alanis Nordstrom in Denver bereit erklärt, die Archive nach Überresten aus White Earth durchzuforsten. Sie hatte mit ihren angesammelten Flug-Bonuspunkten einige Abstecher nach Washington unternommen und, so gut sie konnte, Stämme, Archivnachweise und Kultgegenstände einander zugeordnet. Nach neuer Rechtslage mußten Grabbeigaben, menschliche Überreste und Zeremonialgegenstände dem jeweiligen Volk zugänglich gemacht werden.

Moose und George Agawaateshkan machten sich auf die Fahrt nach Washington. Die Schränke des Großen Weißen Vaters waren prall gefüllt. Im »Office of Repatriation«, der Abteilung für Zurückführung, am Smithsonian arbeiteten zwanzig Vollzeitangestellte daran, herauszufinden, welcher Oberschenkelknochen zu welchem Schädel gehörte und welcher Schädel zu welchem Stamm. Zu Zehntausenden warteten die Kisten aufs Sortieren.

Moose und George folgten dem schlaksigen Smithsonian-Anthropologen durch den Irrgarten der Magazine und Archive. In den feuerfesten und luftdichten Bereichen schlug eine Tür nach der anderen in den Rahmen. Der Mann mit dem Notizbrett führte sie immer weiter, während die Luft immer wertvoller und knapper zu werden schien. Tausende grüner Kisten säumten die Regale, die vom Boden bis zur Decke reichten und Knochen, hinter Glas geklemmte Vögel, Reptilien, Insekten und Teile von Dinosauriern enthielten. Moose und George liefen durch die Räume, in denen Ahnen in kleinen Schachteln schmachteten, deren Abmessungen sich nach den Maßen und der Länge eines Oberschenkelknochens richteten, dem größten Knochen des menschlichen Skeletts.

Es hatte als Summen irgendwo weit hinten in Mooses Kopf begonnen. Langsam entstand aus Totengesängen, Wiegenliedern und aus Liebesliedern ein Musik- und Gesangsgespinst in seinem Kopf und seinen Ohren, das sich zu einem Crescendo steigerte. Ein gewaltiger Friedhof von unfreiwilligen Toten in Aufruhr. Ihm brach der kalte Schweiß aus. Während er dem Anthropologen und George Agawaateshkan durch die Gruft folgte, rann ihm der Schweiß über Gesicht und Rücken.

George ging zielstrebig vor. Er summte ein Lied vor sich hin und hielt sich damit die Musik der anderen vom Leib. Mooses Augen überflogen die Namen auf den Schachteln: Inuit, Kiowa, Pawnee, Oklahoma, New Mexico, Florida, Florida, Florida. Aber George starrte so lange geradeaus, bis der Anthropologe anhielt. Auf den Schachteln stand »Minnesota, White Earth Chippewa.« Während der Mann vom Smithsonian mit den Fingern über die Zahlen am Gang fuhr, sah er auf sein Notizbrett und schlug die Seiten seiner Inventarliste um.

»Das sind jetzt alle«, verkündete der Anthropologe schließlich. »Sie können das gerne nachprüfen, und morgen bringen wir sie für Sie raus.«

George nickte. »*Miigwech*«, flüsterte er, »vielen Dank.«

»Jetzt lasse ich sie allein«, sagte der Anthropologe mit einem Blick auf seine Uhr. »Soll ich Sie in etwa einer Stunde wieder abholen?«

»Okay, gut.«

In diesem ausgedehnten Lagerhaus mit den gesammelten sterblichen Überresten von Völkern aus der ganzen Welt verfaßte George Agawaateshkan mit zitternder Stimme und zittrigen Händen das erste Inventar der Ahnen von White Earth. Moose sortierte vorsichtig die Knochen, und George ordnete den Ahnen sorgfältig Medizinbeutel, Clanabzeichen und Mokassins zu. Anschließend notierte George so gut er konnte die Namen und die unvollständigen anderen Angaben, wie zum Beispiel die Dörfer oder Grabstätten, aus denen die jeweiligen Knochen stammten.

Die Männer arbeiteten an den fünfundvierzig Ahnen zwei volle Tage lang, und als sie fertig waren, verpackten sie jede der oberschenkellangen Schachteln in eine größere Versandkiste. Danach gingen sie zu einem Mann vom Stamm der Piscataway, der hinter seinem Haus eine Schwitzhütte hatte. Dort vergossen sie Tränen, die sich mit ihrem Schweiß vermengten, und beteten darum, daß ihre Körper vor ihrer Heimfahrt von dem Totengeruch befreit würden.

Moose fiel die Aufgabe zu, die Ahnen nach Hause zu bringen.

George flog zurück, um in White Earth die aufwendigen Vorbereitungen zu treffen. Er bereitete nicht nur die Feierlichkeiten zur Wiederbestattung vor, sondern mußte auch entscheiden, welche der Gegenstände im White-Earth-Museum ausgestellt werden sollten.

Das Museum war in der alten St.-Benedikts-Mission auf dem Gelände der Gemeinschaftshochschule untergebracht. Die Ausstellung umfaßte Objekte aus der Geschichte von White Earth, Kultgegenstände, Duplikate von Schriftrollen aus Birkenrinde und andere Erinnerungsgegenstände der *Anishinaabeg* von White Earth. Die meisten heiligen Dinge waren jedoch aus der Ausstellung ausgegliedert worden und wurden nun entweder bei Zeremonien benutzt oder waren in der Obhut verschiedener Familien.

Wie die Pfeifen, so hatte man auch die *Midewiwin*-Wassertrommeln und die großen Trommeln aus den Ausstellungsräumen und dem Fundus des Museums entfernt und wieder dem rituellen Gebrauch zugeführt. Seitdem Priester oder Indianerhändler sie vor etwa fünfzig Jahren entwendet hatten, waren die meisten dieser Trommeln eingelagert gewesen. In den vergangenen Jahren hatten die Museumskuratoren sie dann auch ausgestellt; sie waren aber nie benutzt worden. Die Familien, die für die zwölf an White Earth zurückgegebenen Trommeln die Verantwortung übernommen hatten, setzten sie nun instand.

Das White-Earth-Museum spielte eine neue Rolle: So war nun beispielsweise die alte Pelzpresse ausgestellt, die die Northwest-Gesellschaft beim Handel mit den Indianern eingesetzt hatte. Die Maschine hatte die Pelze gepreßt, so daß die Händler die Indianer betrügen konnten. Teil der Ausstellung waren auch die schwarzen Hüte und einige Spielstöcke für ein früheres White-Earth-Mokassinspiel.

Das Museum besaß ein perlenbesetztes Gewand, das Bugonaygeeshig getragen hatte, als er mit einer Delegation von White-Earth-Häuptlingen zu Verhandlungen nach Washington gereist war, um über die bessere Behandlung des Stammes zu verhandeln. Bugonaygeeshigs Kleidung wurde neben Selam Big Bears Streifenhemd und Blue Jeans ausgestellt, die dieser beinahe hundert Jahre später getragen hatte, als er nach Washington gefahren war, um in den achtziger Jahren im Zuge des White Earth Settlement Act Einspruch gegen die Landenteignungen zu erheben. Tatsächlich war es einfacher gewesen, das reich mit Perlen verzierte Gewand des alten Häuptlings zu erhalten, als die Hose und das Hemd. Moose hatte Selams Frau, Georgette, dazu überredet, Selam ein neues, noch schickeres Streifenhemd zu nähen, und als Ersatz für die alten hatte ihm das Museum ein neues Paar Levi's 501 besorgt.

Ein Teil der Ausstellung zeigte traditionelle Mokassins und Alltagsschuhe und dokumentierte so die Unterschiede zwischen verschiedenen Generationen. Als Georgette dies der Historical Society von White Earth vorgeschlagen hatte, hatten alle nur gelacht und sie bezichtigt, Fußfetischistin zu sein. Nachdem sie die Sammlung gesehen hatten, gaben sie aber zu, daß dieser Vergleich der Indianerschuhe, die über einen Zeitraum von rund hundertfünfzig Jahren getragen worden waren, verdammt interessant war. Mit den Ausstellungsstücken erspürte das Volk von White Earth einen Teil seiner Geschichte, und zwar nicht so, als ob ihre *aanikoobijiganag* »Objekte« wären, die man sich ansah, oder »Dinge«, die man zerlegte.

George Agawaateshkan war also nach Hause geflogen und hatte Moose mit der Verantwortung zurückgelassen, die Ahnen heimzuholen. Moose hatte seinen alten UPS-Transporter für diese Fahrt ideal vorbereitet und innen Regale angebracht, die genau auf die Kisten zugeschnitten waren. Er wickelte die Behälter dann zuerst in Wolldecken und verzurrte sie dann mit Seilen, so daß sie sicher befestigt waren. Wenn er anhielt, legte er sich im Wagen schlafen und ließ die Ahnen keinen Moment aus den Augen. Er mußte sicherstellen, daß ihnen nichts geschah. Aber in seiner Aufmerksamkeit drückte sich auch sein Respekt ihnen gegenüber aus. Wenn er einmal selbst den Seelenpfad entlang wandelte und die Ahnen wiedersah, wollte er wenigstens guten Gewissens sagen können, daß er versucht hatte, ihnen ihre lange Heimreise so bequem wie möglich zu machen.

Moose zog noch einmal an seiner Zigarette und konzentrierte sich dann auf die Reparatur des Auspuffs. Da das Gefährt dazu neigte, eigenartige Geräusche von sich zu geben, umstandslos Teile auf der Straße zurückzulassen und gelegentlich einfach den Dienst zu quittieren, hatte er immer seinen Werkzeugkasten dabei. Aber jetzt benötigte er ein langes Stück starken Drahtes zur Befestigung des Auspuffs. Er sah hinter die Sitzbank. Nichts. Er drückte seine Zigarette aus und begann, langsam um den Transporter herumzugehen. Dabei tastete er mit seinen Augen den Boden ab, um dort irgendein Drahtstück zu finden, oder, im Idealfall, einen Drahtkleiderbügel. Wieder nichts. Der Rastplatz war ungewöhnlich sauber. Er begann in Richtung der Toiletten zu gehen und erhoffte sich von den Abfalleimern ein paar brauchbare Utensilien. Als er den Platz überquerte, blickte er beim Geräusch eines sich nähernden Fahrzeugs auf.

Als ob ein geheimnisvolles Radar Hippies zu Indianern hinzöge, schwenkte ein alter VW-Bus in den Rastplatz ein. Von der vorderen Stoßstange bis zum Auspuffrohr war er leuchtendviolett lackiert, auf den Seitenfenstern prangten Regenbogen-Mandalas, US-Fahnen dienten als Vorhänge, und neben dem Nummernschild aus Colorado war die Stoßstange mit Aufklebern verziert: »Free Leonard Peltier« und »Garcia Lives«. Rock 'n' Roll-Musik wehte aus dem Seitenfenster heraus wie eine Wolke Marihuana-Rauch. Moose nahm den Auftritt dieses *Deadhead** aus dem Augenwinkel wahr und begann, den Abfall zu durchwühlen. Als der Bus stand, fuhr Moose mit seiner Suchaktion fort, war sich aber bewußt, daß er beobachtet wurde. Dieser Parkplatz war kein Ort der Kleiderbügel. Er wandte dem Bus den Rücken zu und begab sich in der Herrentoilette auf die Suche. Nichts. Nach einem kurzen Blick zu dem Bus ging er geschäftig zur Damentoilette, öffnete die Tür und sah dort nach. Erfolglos.

Als Moose gerade die Toilette verließ, um langsam zu seinem Transporter zurückzugehen, stieg ein kräftiger, haariger Typ mit dem grellen Batikhemd der Deadheads, das sich über seinen Bierbauch spannte, aus dem Bus. Es regte sich kein Lüftchen, aber seine rötlichen Haare standen in alle Richtungen vom Kopf ab. Der Mann reckte seine Arme und schwenkte seine Hüften etwas zur Entspannung. Sogar wenn er ruhig dastand, schwabbelte ein Großteil seines Körpers weiter. Mit seinen immer noch ausgestreckten Armen sah er aus, als ob er gleich abheben wollte. Moose duckte sich leicht, hielt inne und spielte im Kopf seine Handlungsmöglichkeiten durch.

Mit angeschaltetem Radar und einer Freundlichkeit, die nur echte Deadheads vollkommen fremden Menschen gegenüber an den Tag legen, bewegte er sich auf Moose zu. »Wie läuft's denn so, *brother?*«, grüßte er.

Moose zuckte zusammen und schätzte ab, wie dringend er diesen Drahtbügel wirklich brauchte. Außerdem sah der Typ nicht gerade so aus, als hange er seine Klamotten auf Bügel.

»Na ja«, sagte Moose, »mir fällt gerade der Auspuff ab, aber sonst ist alles okay.«

»Hmmmm ... Wo kommst'n her?« Der Deadhead war offenbar weniger am aktuellen Teil der Geschichte als vielmehr an der ganzen interessiert.

»White Earth«, sagte Moose, »Minnesota.«

»'n Stück von daheim weg, wie.«

»Tja.«

Eine Pause.

»Das wär dann Ojibwe, wie?«

»Tja.« Bei dieser Feststellung kam sich Moose billig vor.

Eine weitere Pause, in der der Deadhead aus der Ferne zu Mooses siechem Transporter hinübersah. Da platzte Moose mit der Frage heraus: »Du hättest wohl nicht zufällig ein Stück Draht, so in der Art eines Kleiderbügels, hm?« Er war erwartungsvoll und zugleich skeptisch.

»Laß mich mal nachseh'n«, erbot sich der Mann. »Übrigens, ich heiße Mike«, und bot Moose dazu einen Handschlag unter Brüdern an.

»Moose«, sagte Moose.

Mit einer Wendigkeit, die Moose seiner massigen Figur kaum zugetraut hätte, verschwand Mike in der Tiefe seines Busses. Batik-T-Shirts wirbelten durch die Luft, und Kassettenboxen wurden herumgeworfen. Schließlich jaulte Mike in der Tiefe seines Busses auf: »Hey, ich hab's!«

Dabei zerrte er ein langes Stück Lautsprecherkabel heraus. Voller Vorfreude darauf, daß er einem indianischen Bruder helfen konnte, erschien er wieder in der Schiebetür.

»Aber deine Anlage ...«, warf Moose ein.

»Verzage nicht, *brother*. In dem Bus habe ich sechs Boxen. Fünf tun's auch.«

Moose lächelte, bedankte sich und überlegte sich, wie er damit den Auspuff befestigen könnte. Mit Mike im Schlepptau, der sich offenbar einen Krümel indianischer Zuneigung erhoffte, ging Moose zu seinem Transporter zurück. Dort legte er sich auf den Asphalt und robbte unter das Fahrzeug, um den Schaden zu begutachten. Der Duft von Patschuliöl informierte ihn darüber, daß Mike ihm unter dem Transporter zu Hilfe robbte.

»Was hast'n in der Karre?« fragte Mike, als sie gemeinsam die Auspuffanlage an ihren Platz bugsierten. »Falls ich dir damit nicht zu nahe trete, meine ich.«

Moose hatte auf diese Frage schon gewartet und überlegte nun, welche Antwort er geben sollte, entweder Kartoffeln oder Knochen. Er spürte Mikes ernsthaftes Bemühen und gab nach.

»Knochen«, sagte er stöhnend, während er das Lautsprecherkabel um den Auspufftopf wickelte.

Mikes Augen blickten erwartungsvoll.

»Aber hallo, wie das denn?« fragte er.

»Die Knochen unserer Ahnen«, erläuterte Moose.

»Wahnsinn!« gab der Deadhead zurück. »Wo hast'n die her?«

»Wir sind auf der Rückfahrt von Washington. Sie waren dort in einem Museum eingelagert, und wir wollten sie zurückhaben.« Großzügig gab Moose die Informationen an seinen Verbündeten weiter.

Genau in diesem Moment schwenkte ein weiteres Auto in den Rastplatz ein und hielt neben Mooses Transporter, und zwar viel zu nahe daneben. Eine Tür öffnete sich und fiel wieder ins Schloß. Moose und Mike hörten, wie sich auf dem Asphalt Fußtritte näherten. Unter dem Transporter hervor sahen sie auf zwei schwarze, polierte Stiefel.

»Au weia«, sagte Mike.

Moose hielt den Atem an.

Die Stiefel bogen sich, als sich ihr Besitzer nach unten beugte. Moose und Mike blickten geradewegs in das umgekehrte Gesicht eines Highway-Streifenpolizisten. In dessen verspiegelter Sonnenbrille konnten sie sich selbst sehen, zwei rußige Männer mit unsicherem Gesichtsausdruck.

»Was treibt ihr denn hier, Jungs?« fragte der Polizist in jenem ausdruckslosen Tonfall, den Staatsbeamte bis zur Perfektion beherrschen.

Moose sah zu Mike hinüber, und Mike blickte zurück zu Moose. »Ich erkläre es«, flüsterte Mike zu Moose hinüber, und während er sich unter dem Transporter heraus zwängte, sagte er dasselbe noch einmal zu dem Beamten.

Moose konnte hören, wie sie sich unterhielten, verstand aber von seiner Position aus kein Wort von dem, was sie sprachen. Darauf hörte er, wie der Kofferraum des Streifenwagens geöffnet wurde und wieder zuschlug. *Der Bulle hat ihn verhaftet und in den Kofferraum gesperrt*, befürchtete Moose im stillen, und fragte sich, ob er seinem neuen Verbündeten zu Hilfe eilen sollte.

Plötzlich ertönte ein schrilles Quietschen von ungeölten Rollen, und das nächste, was Moose registrierte, war, daß sich der Streifenpolizist neben ihn unter den Transporter zwängte, während Mike wieder von der anderen Seite heranrobbte. Der Beamte hatte seinen Hut abgesetzt und die Sonnenbrille abgenommen und hielt nun in den Händen, an denen er Handschuhe trug, eine Kombi- und eine Beißzange. Mit dem Rücken lag er auf einem Automechaniker-Rollbrett, das er aus dem Kofferraum genommen haben mußte.

»Ich habe über dieses ganze Thema der Umbettung gelesen«, sagte der Streifenpolizist. »Mal sehen, ob ich Ihnen hier ein wenig zur Hand gehen kann.«

Während Mike das Endrohr nach oben hielt, wickelte der Beamte das Lautsprecherkabel darum und dann um einen Teil der Bodenplatte. Moose fühlte sich wie das fünfte Rad am Wagen.

»Haben Sie zufällig Isolierband dabei?« fragte der Beamte.

»Klar doch«, sagte Moose, sichtlich durcheinander dadurch, daß er beinahe überflüssig war. Er kroch unter dem Transporter hervor.

Als er das Isolierband aus seinem Werkzeugkasten holte, steuerte ein Kombi mit Nummernschildern aus Pennsylvania den Rastplatz an und parkte auf der Seite des Platzes, die dem Transporter gegenüberlag. Die fünf Türen, alle mit der imitierten Holzmaserung, öffneten sich, und ein Mann, eine Frau, vier Kinder und ein Golden Retriever quollen daraus hervor. Der Mann streckte sich, die Frau gähnte und die Kinder rannten zu den Toiletten, der Hund hinter ihnen her.

»Howdie!« sagte der Mann im besten Pionierstonfall, als er Moose erblickte. Er besah sich Mooses Transporter, den Streifenwagen und den leuchtendvioletten VW-Bus. »Was ist denn das für ein Aufmarsch?«

»Na ja, der Auspuff von meinem Transporter ist locker, und wir versuchen, ihn zu reparieren ...«, begann Moose, wurde aber von dem Streifenpolizisten unterbrochen, der plötzlich neben ihm stand und sich mit der Rückseite seines Handschuhs den Schweiß von der Stirn wischte.

»Er transportiert eine wichtige Fracht«, erklärte der Beamte der Familie nachdrücklich. »Er bringt die sterblichen Überreste seiner Ahnen zurück an ihren Herkunftsort, damit sie wieder beerdigt werden können.«

Der Mann und die Frau wirkten überrascht, und dann sagte die Frau: »Ich wette, die sind aus dem Smithsonian.«

Der Mann sah seine Frau fragend an, während sie erklärte: »Sie haben das alles im Radio gebracht.«

Moose sah die beiden überrascht an. »Klar, da sind sie her.«

»Können wir Ihnen dabei irgendwie helfen?« erbot sich der Mann.

»Nein, vielen Dank«, sagte der Beamte. »Wir sind beinahe fertig. Besser wird der Auspuff mit Draht und Isolierband nicht mehr.«

Alle standen einen Augenblick lang da, ohne zu wissen, was sie sagen sollten. Dann zwitscherte die Frau in die Runde: »Hat irgend jemand Hunger?« Dabei zog sie vom Rücksitz des Kombiwagens einen Picknickkorb und fing an, Sandwiches herumzureichen, die säuberlichst in Klarsichtfolie eingewickelt waren. »Das hier ist mit Thunfisch«, sagte sie zu Moose und drückte ihm das Sandwich in die Hand. Gerade als er ihr sagen wollte, daß er gar nicht hungrig sei, wurde ihm plötzlich klar, daß er an dem Tag noch gar nichts gegessen hatte.

Bevor er wußte, wie ihm geschah, saß er an einem Campingtisch mit rotkarierter Tischdecke und aß Sandwiches mit Deadhead Mike, dem Streifenpolizisten, der wollte, daß man ihn Craig nannte, und der Familie Walker aus Harrisburg in Pennsylvania, die zum Grand Canyon unterwegs war. Der Beamte und Frau Walker diskutierten die Zurückführung der Skelette, während der begeisterte Mike ein Thunfischsandwich nach dem anderen verschlang. Die Kinder der Walkers krochen gerade wieder unter dem Transporter hervor, wo sie die Reparatur inspiziert hatten. Den Auspuffruß hatten sie sich zu Schnurrbärten verschmiert.

»Hm«, sagte Moose. »Jetzt muß ich langsam los.«

»Ja, das wird das beste sein«, pflichtete ihm der Streifenpolizist bei.

»*Miigwech* euch allen«, sagte Moose.

Der ganze Picknicktisch antwortete im Chor *Miigwech*, und Mike lud Moose dazu ein, ihn zu besuchen, wann immer er nach Colorado käme.

Der kräftige Indianer reichte ihm die Hand und ging um den Transporter herum. Er erklomm den Fahrersitz und ließ den Wagen an. Alles klang prächtig. Als er in den Rückspiegel blickte, sah er, daß die Leute ihm vom Picknicktisch her zuwinkten, und als Antwort streckte er die Hand aus dem Fenster. Er lenkte den Transporter die Auffahrt hoch und dann in Richtung Champaign. »*Jetzt wird's eine entspannte Fahrt*«, sagte er sich. »*Außerdem ist dies hier Ojibwe-Land, und das wird den Alten gefallen.*«

Als er auf der Straße war und ordentlich vorankam, schien es Moose, als ob er aus dem Laderaum wieder eine Menge Lärm hörte. Lärm und sogar etwas Gesang. Dieses Mal fiel ihm auf, daß das neue Rappeln von den Alten herrührte und nicht vom Transporter. Die Ahnen wurden noch einmal laut und immer lauter.

Deshalb beschloß er, seinen Rekorder nach hinten in den Laderaum zu stellen. Moose hatte ein hervorragendes Boombox-Kassettengerät und eine ausgezeichnete Musiksammlung. Auf seiner Reise hatte er die meisten seiner Country & Western- und Rockkassetten weggeräumt und statt dessen Stammesmusik laufen lassen. Für die Alten schien das genau das richtige zu sein.

Auf einem Teil der Heimfahrt spielte er Grastanz-Lieder, und dann legte er einige besondere Kassetten ein, auf die er »Reiselieder« aus den Großtrommel-Zeremonien aufgenommen hatte. Es war jetzt an der Zeit, ein Band mit »Reiseliedern« aus White Earth. »*Das wird die Alten glücklich machen*!« dachte er, während er den Rekorder im Laderaum des Transporters lauter drehte. Dann legte er den höchsten Gang ein und überquerte die Grenze nach Wisconsin.

* Anhänger der Rock-Band »The Greatful Dead«

NAAS'AAB MAA JII'IWE WIN

DAS WIEDERBEGRÄBNIS

Herbst 2000

Die Gräber waren aus dem Lehmboden ausgehoben, der White Earth seinen Namen gab. Es waren keine tiefen Gräber. Überraschenderweise waren die von dem Museum zurückgegebenen Skelette vollständig, so daß es möglich war, sie einzeln zu beerdigen. George Agawaateshkan hatte viele der *aanikoobijiganag* identifiziert, und die zugehörigen Familien hatten Clanabzeichen und Medizinbeutel für sie vorbereitet. Georgette Big Bear, Kway Dole und einige andere Frauen hatten die Ahnen in Pendelton-Decken und Sternenquilts gewickelt. Nun waren die Ahnen für die lange Reise ausgerüstet, die vor ihnen lag. Zur Zeremonie kehrte auch Alanis nach White Earth zurück und half Elaine bei den Vorbereitungen für das Fest.

Mesabe, George Agawaateshkan und Selam Big Bear begannen mit der Zeremonie. Sie beteten auf Anishinaabe in alle vier Himmelsrichtungen, zur Erde und zum Schöpfer. Sie beteten darum, daß diese Zeremonie alles ins Lot bringen würde und die Geister die *Anishinaabeg* noch einmal nach Hause brachten.

Als Vertreter der *Midewiwin*-Vereinigung erklärte George anschließend sein Vorgehen:

»*Wir werden hier geboren, und uns steht eine bestimmte Zeit zu, in der wir auf der Erde verweilen dürfen. Während wir auf unserer Mutter Erde sind, ernten wir vieles und sind Nutznießer von vielen Dingen. Wir werden mit Leben gesegnet und streben nach einem guten Leben. Dafür tragen wir auf der Erde Verantwortung. Wenn unsere Zeit kommt, kehren wir zur Erde und zu unserem Schöpfer zurück. Unsere Seele wandert zu dem Schöpfer, und unser Körper wandert zu unserer Mutter. So kehren wir zu unserer Mutter zurück und revanchieren uns für die Lebensgaben, die wir während unserer Zeit auf der Erde erhielten. Wir geben unser Leben zurück.*«

Als er innehielt, nickten die Köpfe zustimmend. Bei dieser Zeremonie ging es nicht um Leid, sondern darum, Dinge ins Lot zu bringen.

»*Wir müssen den Erdgeist und den Schöpfergeist um dieser* aanikoobijiganag *willen anbeten. Wir bitten um die Wiederherstellung des Naturzyklus, durch Gebet, die Zeremonie und Gesang.*«

Und dann begann George, für das *Midewiwin*-Volk zu singen.

Nachdem sie mit den Gebeten fertig waren, setzten einige Männer die Zeremonie und die Gesänge fort. Die Zeremonie war als das »Wegwischen« bekannt oder als die »Tränenzeremonie«. An einigen Stellen, an denen es angebracht war, stimmten Elaine und Claire und Lucy St. Clair mit ihrem *zhaabowe* ein.

Sie führten die Zeremonie auf einem Felsvorsprung in den Buckboard Hills durch, von dem aus man die Quellflüsse des Mississippi überblickte. Die Begräbnisstätte war Mesabe in einem Traum erschienen. Die Gräber waren von den Elementen isoliert, aber sie blickten trotzdem über den Mississippi. »*Am Anfang waren hier die Alten. Sie sollten wieder hier am Anfang dieses Flusses sein. So können sie über alles wachen*«, erklärte der Alte.

Es hatte Monate gedauert, bis die Beteiligten all die Lieder und den Ablauf der Zeremonie beherrschten. Unter dem Zwang der Missionare hatten die Bewohner von White Earth viele der ältesten Lieder und Zeremonien vergessen, so daß sie das ehemalige »Allgemeinwissen« erst wieder aus anderen Reservaten, aus Büchern und aus dem Gedächtnis der Ältesten hatten zusammentragen müssen. Jedes Lied folgte einer festen Anordnung, und jeder Clan besaß bestimmte Lieder und Zeremonien, um die Ahnen auf ihrer Reise zu unterstützen.

Was die Männer anging, so hatte George Agawaateshkan sie bei der Arbeit angeleitet und ihnen haargenau jedes Lied und jeden Teil der Zeremonie der jeweiligen Clans beigebracht. Die Frauen hatten einen Ältesten aus Red Lake darum gebeten, ihnen beizubringen, wie sie die Leichen herrichten mußten, eine Aufgabe, die nur Frauen übernehmen durften, die keine Kinder mehr bekommen würden.

Moose Hanford und Willie Schneider sahen es so, daß das Wiederbegräbnis diejenigen Toten zur Ruhe kommen ließ, die sie seit Vietnam verfolgt hatten. Willie wußte nur zu genau, daß die meisten, die er dort getötet hatte, niemals gefunden, geschweige denn ordentlich begraben worden waren. Und während er mit dem Schwitzen und den Zeremonien, an denen er seitdem teilgenommen hatte, mit ihren Geistern und seinem eigenen Schutzgeist Kontakt aufgenommen hatte, sprach sie die *Naas'aab-Maa-Jii'iwe-Win*-Zeremonie nun direkt an und ermöglichte es ihnen, endgültig Ruhe zu finden.

Nach Selam Big Bears und Mooses Auffassung ging es bei der Zeremonie darum, die Welt neu zu ordnen. Unter den Zurückgeführten waren ihre direkten Vorfahren, die vor vier Generationen im Dorf White Earth mit der Trommelzeremonie begonnen hatten. Sie stammten aus Familien, die von Doktor Hrdlicka und seinen Assistenten vom Smithsonian vierzig Jahre danach aus der Erde gerissen worden waren, und seitdem nicht mehr zu Hause gewesen waren. Selams Großmutter hatte geschrien, als sie die Anthropologen neben ihrem Haus in der Erde graben sah, und war als Bestrafung dafür wie eine Kuh abtransportiert und in die Irrenanstalt für Indianer in South Dakota verschleppt worden. Über die Generationen hinweg hatte diese Vergewaltigung des Heiligen die Seele der Familie Big Bear verletzt und einen Schmerz bewirkt, der durch kein christliches Gebet hatte gelindert werden können. Diese Familie konnte jetzt erst heilen; dies Volk konnte jetzt erst heilen.

Was wiederum Moose anging – er hatte besondere Anstrengungen unternommen, um die sterblichen Überreste seiner Vorfahren Ishkwegaabawiikwe und Situpiwin zu finden. Sie waren auch verschleppt worden, aber nicht ins Smithsonian. Dank Warren Danielson waren sie noch in der jüngsten Vergangenheit, nämlich 1980, zur University of Minnesota gelangt. Jetzt waren sie in Kisten in einen Lagerraum gestapelt, Ishkwegaabawiikwe mit ihrem Häutungsmesser und Situpiwin mit den langen Zöpfen, die Ishkwegaabawiikwe ihr geflochten hatte, an ihrer Seite.

Während der gesamten Vorbereitungen zu dem Fest flüsterte Alanis Gebete. In den Ahnenkisten lagen auch ihre entfernten Verwandten, aber für sie ging es vor allem darum, wieder mit sich selbst eins zu werden. Eine Familiengeschichte spiegelt die Geschichte eines Volkes wider. Die Sehnsucht danach, wieder eins zu sein, bleibt so lange ungestillt, wie man verstreut und vergewaltigt lebt. Ihr war eines klargeworden: ihr eigener Heimweg war nur eine Faser in einem Gewebe der Generationen, die umherstreiften und nach ihren Clanabzeichen suchten.

Mehrere Männer ließen die *aanikoobijiganag* in ihre Gräber hinab. Jedem Körper wurde in das Grab ein Medizinbeutel mitgegeben, der einige unentbehrliche Reiseutensilien enthielt. Während die Körper mit Erde bedeckt wurden, streuten abwechselnd George und Selam Tabak auf die Knochen. Danach vervollständigten Willie Schneider und Moose Hanford die *jiibegamig*, die kleinen hölzernen Grabhäuser, und stellten sie über den Körper derjenigen *aanikoobijiganag* auf, die der *Midewiwin*-Vereinigung angehört hatten. Willie, George Ahnib und einige junge Männer aus Rice Lake hatten das Holz dafür auf den Grabhügel getragen. Neben den Grabhäusern, die über denjenigen Körpern standen, die sie eindeutig einem Stammbaum hatten zuordnen können, brachten sie Clanabzeichen an.

Alle, die an der Zeremonie teilnahmen, waren in ihre feierlichsten Gewänder gehüllt, und die anwesenden Weißen trugen ihre Kirchenkleidung. Pfarrer Swensons Gattin Jane und eine Anzahl anderer Frauen hatten für das Fest Salate angerichtet. Sie ergänzten die traditionellen Speisen: Hirsch, Elch, Wildreis, Beeren und Maisbrei.

Alle versammelten sich in einem großen Kreis um die Alten und um diejenigen, die die Zeremonie abhielten. Unter den Feiernden war eine ansehnliche Zahl von Nicht-Indianern, darunter auch einige aus Pfarrer Swensons Gemeinde.

Die Gesänge und die Feier dauerten vier Tage lang. Viele Familien hatten ihre Zelte bei den Gräbern aufgeschlagen, so daß sie die Toten und die Zeremonie nicht verlassen mußten. Die meisten der nichtindianischen Gäste blieben nur einen Tag lang, mit der Ausnahme von Swenson, der die ganzen vier Tage lang dort zeltete und feierte. Am letzten Tag beendete die Trommel die Reisegesänge, mit denen die *Chi-Anishinaabeg* auf ihren Weg geschickt wurden.

Charlotte Oshkinnah, die jetzt achtzig Jahre alt war, blieb jede Nacht lange auf, um von früher zu erzählen und ihren Enkelkindern und den übrigen die tanzenden Seelen in den Nordlichtern zu zeigen. Die Lichter schienen so hell zu strahlen wie niemals zuvor. Sie konnte ihren Blick nicht von ihnen wenden.

DAS DRITTE WUNDER

2000

Es gibt wenige Menschen, die während ihrer kurzen Zeit auf der Erde ein Wunder erfahren. Aber Claire St. Clair war eine dieser besonderen Menschen, und sie erlebte in ihrem Leben nicht nur eine solche göttliche Handlung, sondern drei.

Claire war 1991 Zeugin der Rückkehr der Rehfrau geworden, und dieses Erlebnis hatte ihr Leben entscheidend verändert. Aus einer der gläubigsten Katholikinnen der jüngeren Reservatsgeschichte war, in Selam Big Bears Worten, »die heidnischste Frau im Reservat« geworden. Sie war der Großtrommel-Gesellschaft beigetreten und hatte begonnen, sich *jiisakiiwigamig*, dem »Shaking Tent«*, zu widmen.

Claire wurde zum dritten Mal geboren – denn darum ging es im wesentlichen –, als sie als fünfundzwanzigste Bewohnerin in der Geschichte von Minnesota in der Staatslotterie mehr als zehn Millionen Dollar gewann: das zweite Wunder. Da die Lotterie vorwiegend Umweltprojekte finanzierte, interessierte sich deren Vorstand besonders dafür, daß eine ältere Indianerin aus White Earth gewonnen hatte. Miss Dodd aus der Public-Relations-Abteilung sah eine besondere Gelegenheit darin, daß der Gewinn den Staat Minnesota, die Indianer und die Umweltfrage miteinander so eng in Verbindung brachte. Miss Dodd plante sogar, an Stelle der vorherigen geistlosen Plakate künftig mit einem Bild von Claire für die Lotterie zu werben.

Aber Claire hatte von der Bedeutung des Bildes in der Werbung keine große Ahnung. Auf den Rat ihrer Cousine zweiten Grades, Alanis, hin investierte sie ihre Lotterieeinkünfte in eine Dauerwelle. Sowohl nach ihrer eigenen Ansicht als auch nach der des Friseurs war das Ergebnis toll. Mit ihrer neuen Frisur sah Claire sehr gut aus. Sie hatte mit dem Bienenkorb, der sich nun auf ihrem Kopf türmte, wie Dolly Parton aussehen wollen. Auf ihrem etwas dunkleren Körper und bei ihren etwas fülligeren Maßen wirkte die Frisur allerdings etwas anders. Claire ähnelte nun sehr einer der Sängerinnen der Supremes, aber großzügig geschätzte dreißig Jahre älter. Ihr neuer geblümter Overall und ihre unglaublich hohen Absätze unterstrichen diesen Eindruck .

Nachdem sich der Trubel um die vierzehn Millionen Dollar gelegt hatte, entwickelten Claire und Elaine das Modell eines Treuhänderfonds und einen Investitionsplan, um die Zinsen aus dem Lotteriegewinn für den Landkauf zu verwenden, aber das Kapital selbst unangetastet zu lassen. Diese Idee wurde von einem staatlichen Programm ergänzt, das den Rückkauf von Land durch Reservate unterstützte, und von den Maßnahmen zur Rückgabe von Staatsland an Indianer. Bis zum Jahr 2000 hatte die Regierung die Zurückführung von mehr als vierzigtausend Quadratkilometern Indianerland quer über das ganze Land finanziert.

White Earth hatte von diesem Programm ebenfalls sehr profitiert und mehr als zweihundert Quadratkilometer zurückerwerben können. Zusammen mit anderen Neuerwerbungen und Zukäufen belief sich der gesamte Landzugewinn auf etwas mehr als sechshundert Quadratkilometer und bedeutete, daß White Earth nun im Besitz von mehr als der Hälfte des Reservats war. Das allein hatte das Machtgleichgewicht im Reservat schon verschoben.

Während sich einiges änderte, blieb aber vieles gleich. Ungeachtet der neuen Landverteilung beharrten einige verbohrte Teilnehmer der alten Siedler-Belagerung auf ihrem Bleiberecht. Viele Nicht-Indianer waren scharf genug darauf gewesen, ihr Land an die Indianer zurückzuverkaufen und in sonnigere und fruchtbarere Gebiete zu ziehen, wo sie sich wohler fühlten. Andere hatten sich aber zum Bleiben und Ausharren entschlossen. Diese einzelnen schienen zu bemerken, daß sich die Verhältnisse änderten. Tatsächlich registrierten viele von ihnen nicht nur die Veränderungen. Es ging ihnen in der neuen Wirtschaft und Kultur außerordentlich gut.

Dann gab es noch die dritte Sorte, widerspenstige Individuen auf Einsiedlerhöfen, die daran glaubten, daß sie im »Verheißenen Land« lebten. Sie hatte sich im Reservat angesiedelt wie Holzböcke auf einem warmen Hund. Das Land war billig gewesen, und die Indianer waren ihnen unterwürfig erschienen. So hatten sie das Land gründlich in Besitz genommen und lebten von ihrer Umgebung isoliert. Größtenteils weigerten sie sich, irgendwelche Beziehungen zu den Indianern einzugehen, in deren Mitte sie sich angesiedelt hatten. Statt dessen verschanzten sie sich hinter Schildern, auf denen »Privatgrund« stand und »Betreten verboten«.

Und bis zur Mitte der neunziger Jahre hatte scheinbar fast jede erdenkliche Religions- oder Sportgruppe und jeder Verein von »Wohltätern« der Staaten im Reservat ein Sommerlager eingerichtet. Viele der charismatischen Kirchengruppen erschienen als die eifrigsten Anhänger dieser Entwicklung. Sie schienen jedem Sturm und jeder Welle ebenso zu trotzen wie Ringelgänse. Für sie war das Reservat ein privates Rückzugsgebiet, und die Indianer waren kaum mehr als ein Teil der Landschaft. Nicht einmal Claire, die sich deren Weltbild als eine der wenigen angeeignet hatte, konnte mit ihnen darüber ins Gespräch kommen. Sie waren wie ein unerschütterlicher Fels.

Am Frühjahrsanfang im Jahr 2000 erlebte Claire das dritte Wunder. Sie fuhr gerade vom Nordufer des White-Earth-Sees auf den Round Lake zu, als der Wirbelsturm begann. Claire war keineswegs unvorsichtig, aber seit ihrer Hinwendung zur Tradition zog sie es vor, die meisten Bereiche der US-amerikanischen Gesellschaft zu meiden, und dazu gehörten nun einmal Zeitungen, Fernsehen und Städte, ausgenommen die Lotterie – und natürlich Indianerbingo. Dort spielte sie nach wie vor mit religiöser Hingabe, um ihre ungebrochene Hinwendung zu den, wie sie es nannte, »zwei Pfaden der *Anishinaabeg*« unter Beweis zu stellen, zum Christentum und zu der Stammesreligion.

Wegen dieser grundlegenden Entscheidungen hatte sie den Wetterbericht und die Tornado-Warnung nicht gehört. Ihr Fahrtweg verlief glücklicherweise geschützt durch die Bäume und Hügel, aber als sie an der Maple-Grove-Stadthalle vorbeifuhr, bemerkte sie, daß ihr Wagen immer weiter nach rechts wegdriftete und daß dies kein gewöhnlicher Sturm war. Sie hielt an und stürzte in das Gebäude.

»*Aaniin, aanikoobijiganag, aaniin Ningaabii'anong*«, begann sie ihr Gebet zu den Mächten der Ahnen und des Westens. Sie betete zu den Donnerwesen und zu dem Großen Wind. Dann griff Claire nach ihrem Meßumhang, den sie aus Ehrfurcht vor Pfarrer Ginney noch immer unter ihrer Bluse trug. Sie betete gründlich und inbrünstig zu allen Heiligen, die an diesem Sturm aus den Dakotas teilhaben mochten. Nach fünfzehn Minuten von *Anishinaabeg*-Gebeten und zehn Minuten katholischen setzte sie sich und ruhte sich auf einem Stuhl in der alten Stadthalle aus. Zufrieden, daß sie alles in ihren Kräften Stehende getan hatte, spähte sie aus dem Fenster Richtung Westen.

Während die sogenannte Zivilisation aus dem Osten zu den *Anishinaabe* gekommen war, kam dieser Wind aus dem Westen. *Wabun*, der Osten, bedeutete Anfang, und *Ningaabii'anong*, die Macht des Westens, bedeutete »das Ende des Tages« und verwies auf die damit einhergehenden Veränderungen. *Wabun* war das Entstehen und *Ningaabii'anong* das Vergehen. Diejenigen mit weniger Hoffnung bevorzugten das erstere Prinzip, aber die *Anishinaabeg* verstanden, daß Entstehen und Vergehen wesentliche Bestandteile des menschlichen Lebens waren. Sie waren dazu nötig, das Gleichgewicht zu bewahren. Was war schließlich der Sonnenaufgang ohne Sonnenuntergang, und was das Leben ohne immerwährende Veränderung?

Genau aus diesem Grund betete Claire und bedankte sich für die Gewalt, ohne freilich die Bitte darum zu vergessen, daß niemandem Schaden zugefügt würde. Der Wirbelsturm war irgendwo südöstlich der St.-Benedikts-Mission entstanden und begann nun, sich langsam nach Osten voranzuarbeiten. Als seine Gewalt die Stadthalle schüttelte, umklammerte Claire ihren Medizinbeutel mit der Linken und ihren Meßumhang mit der Rechten und flüsterte auf beide abwechselnd ein. Aber sie hatte keine Angst.

Claire war der einzige Mensch, der Zeuge der Verwüstung wurde. Es schien, als ob der *Oditibitidoodi,* »der Wind, der stürzt«, gezielt auf das Christliche Meditationscamp Kurs nähme. Beinahe wie ein kleines Kind, das beim Abendessen wählerisch war, suchte sich der Wirbelsturm die Kirche aus, das Haus des Lagerverwalters, den großen Versammlungssaal, die Schlafbaracke und die Unterrichtsräume, und zertrümmerte sie vollständig. Nur ein Toilettenhäuschen blieb stehen.

Als sich der Wirbelsturm Richtung Osten wandte, verstand Claire genau das Prinzip des »Vergehens«. Der Sturm steuerte geradewegs auf die abgetrennte Christliche Meditationsstätte zu, die nach Claires Vermutung für ältere Gäste reserviert war. Dort wurde nur ein Haus vernichtet, und zwar der penetranteste und anmaßendste Landsitz im Stil eines Blockhauses auf dem Gelände. Die anderen zwanzig Gebäude wurden geschüttelt, blieben aber unversehrt.

So schnell, wie er gekommen war, stieg der *Oditibitidoodi* anschließend auf, und es wehten nur noch die üblichen starken Winde des *Ningaabii'anong* weiter und bewirkten Veränderungen, die keine andere Gewalt verursachen konnte. Als der Wind nach fünfzehn Minuten nachließ, stieg Claire in ihr Auto und fuhr zum Lager. Der Wille Gottes mochte den Wind zum Reservat gebracht haben, aber es war eindeutig, daß nur der Wille Gottes ihn wieder vertrieben haben konnte.

* Die Zeremonie des »bebenden Zelts« ist in der Subarktis verbreitet und dient dem Sehen in die Ferne (zeitlich und örtlich)

ISHKWEGAABAWIIKWE

LAST STANDING WOMAN

2001

Im Alter von 57 war Lucy St. Clair immer noch eine unerschrockene Schönheit und dabei schon mehrfache Großmutter. Alle ihre sechs Söhne hatten weitere Früchte gezeugt, und viele Kinder im Dorf trugen die typischen St.-Clair-Züge. In ihren Nachkommen sah sie sich außerordentlich bestätigt und freute sich über jede neue Niederkunft. Aber vor allem war sie immer noch von der Liebe und von Babys begeistert.

Ihre Tochter war jedoch ein ganz anderer Fall. Sie war in einem Krankenhaus der Gesundheitsverwaltung für Indianer in South Dakota zur Welt gekommen, und der Alptraum dieser Geburt hatte sie fürs Leben gezeichnet.

Es war im Winter 1970 gewesen. Weil der Vater des Kindes zu dieser Zeit in Nebraska arbeitete, hatte Lucy sich nach dem Platzen der Fruchtblase selbst in das Krankenhaus chauffiert. Auf sich allein gestellt, aber unerschrocken, begann sie ihre Geburt auf eine Art, die für eine Mutter von drei Kindern typisch war. Die Geburt verlief zielstrebig und dauerte nur zweieinhalb Stunden. Einige Minuten vor der Geburt stieß die Gesundheitsverwaltung für Indianer zufällig auf ihr Krankenblatt, war aber unfähig, einen Arzt für sie ausfindig zu machen. Der Gynäkologe war auf einer Konferenz in Rapid City. Zwei Schwestern wechselten sich damit ab, Lucy zu beobachten, andere Patienten zu versorgen und auf die Rückkehr des Arztes zu warten.

Obwohl sie beteuerte, daß es ihr bessergehe, wenn sie herumlief, hatten die Schwestern darauf bestanden, sie auf dem Entbindungstisch festzugurten, während die Wehen anhielten. Sie nahmen keine Rücksicht darauf, daß die Indianerin über ihren eigenen Zustand und ihre Reaktionen genau Bescheid wußte. Als Lucy sagte, daß das Kind nun käme, glaubten sie ihr nicht, und gefesselt, wie sie war, hatte sie keine Möglichkeit, dem Kind zu helfen. Sie schrie, als das Baby kam, aber die Krankenschwester wandte ihr gerade den Rücken zu und griff erst nach dem Baby, als es bereits auf den Boden gestürzt war.

Sarah, das Kind, sollte überleben, aber in Folge des Sturzes ihr ganzes Leben lang mit der Lähmung ihrer linken Körperhälfte und durchdringenden Kopfschmerzen gepeinigt werden. Sarah war ihre einzige Tochter, und von da an verzieh Lucy der Regierung nie mehr, daß sie die Gesundheit der Indianer so mit Füßen trat. Sie trug einen gewaltigen Haß in sich, der immer wieder ausbrach.

So war es nicht weiter überraschend, daß sie die erste war, die sich meldete, als in White Earth ein neues Ammenprojekt ins Leben gerufen wurde. Die Bewohner von White Earth waren der Gesundheitsverwaltung für Indianer und der weitgehend gleichgültigen Behandlung der Indianer durch weiße Ärzte aus den angrenzenden Städten müde. Daher gründeten sie 1996 am White Earth Lake das *Anishinaabeg*-Gesundheitszentrum.

Für das Hebammenprojekt gab es einen ebenso großen Bedarf wie für das Traditionsprojekt für geistige Gesundheit und das Zeremonienprojekt, das Gebräuche wie die Schwitzhütte, die traditionelle Medizin und *Midewiwin* unter einer Federführung vereinte. In den beiden anderen Projekten wurden Mißhandelte und Mißbrauchte behandelt, aber auch Geisteskranke und Patienten, die an anderen Formen von *giiwanaadizi* oder Wahnsinn litten oder an chronischen Krankheiten von Asthma bis hin zu Krebs. Westliche und traditionelle Medizin wurden dabei miteinander verbunden.

Auf dem Schild über den großen Schwingtüren stand »*Gigis Akaajigewigamig*«, und an diesem »Ort, an dem sie schwanger sind«, waren glücklicherweise viele Schwangere. Das war tagsüber Lucy St. Clairs Revier.

Aber nachts gab es andere Arten der Medizin.

Niemand hatte Lucy zum Amor des Reservats ernannt, doch diese Rolle hätte ihr auch niemand abgesprochen. Sie machte ihre Arbeit nicht nur gut, sondern war auch immer noch unerschrocken. Bei der Erneuerungs-Zeremonie, die in dem Sommer nach dem *Oditibitidoodi*, dem Tornado, abgehalten wurde, wurde Lucy ein neuer Name verliehen, Ishkwegaabawiikwe oder »Last Standing Woman«. Ganz wie es beabsichtigt war, unterstrich der Name ihre Ausdauer und Entschiedenheit, und einige pflegten auch zu sagen, daß es ihr eine Lizenz dafür gab, Liebesmedizin anzuwenden.

Es hatte ein Warentausch stattgefunden. Mit gesenktem Haupt hatte Willie Schneider Lucy Tuch und Tabak übergeben. Nach reiflicher Überlegung hatte sie sich dazu bereit erklärt. Lucy schloß sorgfältig alle

Vorhänge ihres Hauses und ließ die Rolläden herunter. Zufrieden damit, daß niemand sie sehen konnte, setzte sie sich an den Tisch und dachte über die Ordnung der Dinge nach. Sie zündete zuerst Salbei und dann Zedernholz an, ging in der Küche umher und dachte nach. Als sie zufrieden über das Ergebnis war, nahm sie eine kleine Handtrommel und begann dazu zu singen. In ihren Worten und dem Lied beschwor sie Geister und Helfer, und in anderen Liedern die generationenüberspannende Liebe der Ojibwe.

Während die Kraft der Medizin anwuchs, starrte Lucy auf einen kleinen, braunen Pulverhügel, den sie sorgfältig auf dem Tisch aufgehäuft hatte. Singend und rufend nahm sie ihre gesamten Kräfte zusammen, um ihre eigene Macht mit der der Medizin zu verschmelzen, und vervielfältigte so die Kraft der Substanz. Schließlich nahm sie einen kleinen Knochen und schickte die Medizin an den vorgesehenen Ort, weit vom Reservat entfernt. Weit entfernt von zu Hause. Während die Medizin in die Elemente einging, sang Lucy so lange weiter, bis die ganze Medizin ihr Haus verlassen hatte. Schließlich war sie erschöpft, aber euphorisch.

Es begann langsam. Die Liebesmedizin übte ihren Zauber auf Alanis aus. In manchen Nächten im Traum, manchmal wenn sie nach unruhigem Schlaf in Denver in ihrem Bett erwachte, war sie von Willies Namen erfüllt, oder sein Bild stand vor ihrem inneren Auge. Alanis war sehr von Willie angetan, und er hatte nicht vor, daran etwas zu ändern.

Alanis wiederum sah die Welt mit leicht verdutztem Blick an. Als Frau, die stolz darauf war, alles im Griff zu haben, fühlte sie sich von dieser neuen Gefühlsaufwallung und der wachsenden Begeisterung für den Reservatsburschen bestürmt. Während sie immer wieder »nur zu Besuch« ins Reservat zurückkam, wie sie den Leuten erzählte, erlag sie immer mehr Willies stiller Anziehungskraft. Willie schaute immer herein, wenn es dazu eine Gelegenheit gab, lud sie zum Mittagessen ein, ging mit ihr ins Kino und zeigte ihr sogar einmal seine Blutegelfallen. Die Medizin tat ihre Wirkung. Willie ließ nicht locker, und Alanis hatte sich in ihn verliebt.

Das Dilemma der Liebesmedizin liegt in ihrer Dauer. Ein Herz, das unter einer Wolke von Gesängen und mit einer Medizin gefangen wird, die mit der Hilfe von unsichtbaren Mächten wirkt, ist schwer zu halten. Die Medizin muß erneuert werden. Auch wenn die Umstände äußerst günstig sind, beseitigt sie nur Hindernisse gegen die Zuneigung und

Liebe. Mit sorgfältiger und feuriger Werbung können listige Liebende dann das Objekt ihres Begehrens umwerben und sich die begehrte Liebe sichern.

Wenn Willie Schneider auch in der Werbung um Frauen keine Erfahrung besaß, hatte er darin doch ein paar Stunden Unterricht genommen. Am Anfang hatte er mit Lucy St. Clair Waren ausgetauscht. Das sicherte ihm Lucys Unterstützung. Bei einem späteren Tausch erhielt er Unterricht darin, wie man sich verhielt, bevor man miteinander ins Bett ging. Willies ältester Freund, Moose Hanford, gab ihm auch noch einige Tips. »Du könntest einen Hirsch auf ihre Türschwelle legen«, schlug er vor, sann darüber selbst noch einmal nach und varriierte seinen Vorschlag dann etwas. »Oder vielleicht nur eine Hirschkeule.«

So umwarb Willie Schneider Alanis Nordstrom etwas schwerfällig, aber beharrlich. Er war erfolgreich. Und wie es bei Werbungen in White Earth regelmäßig der Fall war, wurde Alanis in froher Erwartung von Willie Schneider schwanger.

In ihrem Haus in Denver warf sich Alanis so lange hin und her, bis sie schließlich nach Hause zurückkehrte. *Giiwe.* Sie fuhr in ihrem Saab über die Prärien, über die Grenze und zu den Wäldern. Sie kehrte heim nach White Earth. Aber nicht nur wegen Willie, wenn er auch bestimmt ein sehr überzeugender und unermüdlicher Kerl war, sondern auch sich selbst zuliebe. Der Wanderungen müde, ließen sie der Duft der Kiefern und das Glitzern tiefer Seen leichter atmen und friedlich werden. *Giiwe.* Heimat.

Lucy St. Clair lächelte, als sie dem Kind einen Namen gab. Es war ihr gut gelungen, und sie fühlte, daß sie für ihren Teil der Abfolge eine Lösung gefunden hatte. Das war der Grund dafür, daß sie ihren Namen weitergab. *Ishkwegaabawiikwe,* »Last Standing Woman«, war ihr eigener Name, und es war ein guter Name, der nun ebenso wie sie selbst in ein neues Leben eingehen konnte.

Sie gab noch andere Geschenke an ihre *wen'enh* weiter, an die Person, der man einen Namen gibt. Sie gab auch ihr Häutungsmesser und dessen Scheide weiter, die aus gelben und blauen Bändern geflochten war. Sie sagte, daß es zu dem Namen gehörte, und es war genauso gut.

Es war ein Jahr danach, als Alanis beim Powwow neben Elaine saß. Sie trug ihre Tochter eng am Körper und hielt sie so, daß sie die Leute beobachten konnte, die zum Klang der Trommel tanzten.

EPILOG

AUS ISHKWEGAABAWIIKWES TAGEBUCH

Emiwak mewinzha gii-aawan gaa ako-ishwaasobiboonagak giiwan gii-saa-gijiwidood aw George Ahnib iniw aabajichiganan gaa-izhi-abajitoowaad imaa anaamakamig endazhi-biiwaabikokeng iko gaa-tazhi-anokiiwaad ingiw biiwaabikokewininiwag. Miki sa gwayak wayaabang gii-pi-izhi-niigi-yaan niin.

Mii dash igo miinawaa dash iwapii gaa-ako-nizizho-anamie-giizhig gii-pi-izhi-niigiyaan, minnawaa dash bezigh giiwen inini, akiwenzil, Mesabe gii-izhinikaazo, aw dash igo gayewiin gii-nibo.

Gii-pi-nitaawigiyaanmoozhag apane ko ingii-ni-zoongide'e. Mii dash igo iw zoongide'ewin geget igo gii-pi-izhi-giiginiigiyaan. Ow dash idog zooni-gide' ewin ingii-miinigoo gii-ondinigeyaan imaa inga omakwaman odoodemi-waag, ingiw dash igo indinawemaaganibaniig imaa ko giiwen gaa-tazhi-ayindaawaad jiigi-gizhi-ziibiing mewinzha.

Mii sa iw indizhinikaazowin Ishkwegaabawiikwe

ezhininikaanigoziyaan, iw dash gaa-pi-izhinikaazhid aw niiyawan-en Lucy St. Clair ezhinikaazod.

Ow dash ingii-pi-ozhibii'ige aanagonaa wnji-nandamikwendamaan iw gaa-pi-izhiigikinoo'amaagooyaan niin sa go. Gii-agaashiinyiyaan anooj igo aw ingo ingii-tadibaajimotaagoo igo gaye ingiw indinawemaaganag. Geget sa debwewin omaa atemagad.

Giishpin wiin igo wiikwajitoowad egindar jig wewani ji-gikenindizo-waad, anooj igo ingii-atoon omaa ozhibii'iganing ji-gikendamoozhiwewimag-waa ingiw gwayak ezhi-gikendamaan gayeniin iw sa gaa-pizhi-gikinoo'a-maagooyaan. Mi sa iw Zhawenimigoowin gii-izhi-bagami'ayaamagak imaa wayeshkad, bekish dash igo niigaan kayaa da-ayaamagad iw zhawenimigoo-win gaaginig apane go gaaginig. Mii iw keyaa ge-izhiwebakiban.

Mii gawiin igo indaa-debwetanziimin iw sa ezhi-nibide-ayaamagak, mii sa imbimaadiziwininaanin, danaasag ingoji go keyaa eni-inikaag ahisha, mii sa gaawin ingoji. Dawaaj dash igo ji-debwetamingiban iniw imbimaadi-zim-wininaanin ji-izhi-inikaag imaa biindig wayaawiwiyaminagak, mii sa anishinabe-bimaadiziwining, ji-wiikwajitooyaang iw sa anooj anaasing wii tagoshkaagozigang.

Aanish mii sa iw wenji-ganawendamaang iniw anishinaabewinikaazowinan igo gaye ikodowinan. Mii imaa go gaye ge-onji-nisidotamaang imbimaadiziwininaanin ji-gwayakoseyaang imaa anishinaabe-miikanaang. Mii go gayeniiawind iw wenji-naanaagaadawenindizoyaang geoo ji-wanendanziwaang aw anishinaabe iw gaa-izhi-bagidinind ji-iahi-gaagiigidod mewinzha sa go. Awegwen ge-mamoogwen gefoo ji-aabajitood ga-izhi-gaagiigidod mewinzha sa go.

Awegwen ge-mamoogwen gegoo ji-aabajitood ga-izhi-mino-bimaadizid, mii iw neyaab aanind minik igo ge-wi-bagidinang imaa sa go. Giishpin igo gashkitooyaang gegoo, mii akawe booch igo gidaa-miigwechiwendaamin iw sa gi-miinigooyang.

Aaniish mii sa iw keyaa ezhiwebiziwaagobanen ingiw ishkweyaang keyaa indaanikobijiganinaanig, mii iw gaa-izhi-gikendamoogobanenag, mii iw gaa-ni-dowaagobanen ingiw anishinaabed mewinzha. Mii sa go iw minik.

Ich wurde genau acht Jahre nach dem Tag geboren, an dem George Ahnib dem Maschinenpark der Holzfäller den Garaus machte. Ich wurde zwei Wochen nach dem Tag geboren, an dem der alte Mann Mesabe auf dem Pfad der Seelen zur nächsten Welt ging.

Als Kind war ich wagemutig – ein Charakterzug, den ich, glaube ich, vom Clan meiner Mutter geerbt habe, dem *Makwa Doodem*, dem Bärclan der Mississippi. Mein offizieller Clan ist jedoch der meines Vaters, Eistaucher. Er paßte prächtig zu ihm, der Eistaucher. Mein Vater war ein Mann, der über Wörter stolperte und respektlos mit ihnen umging, wenn er sie doch benutzte. Doch gelegentlich folgte er seiner Bestimmung, und seine Stimme hallte dann laut wider und trug weit.

Die Angehörigen des Bärclans sind anders. In der Vergangenheit waren sie Krieger, die *ogichidaa*, die Verteidiger unseres Volkes. Manchmal sind sie das immer noch. Wir sind, was wir sein sollen, wenn wir die drei Dinge haben, die uns die Richtung weisen – unser Name, unser Clan und unsere Religion.

Ich habe dies geschrieben, weil ich zum Schreiben berufen bin. Ich habe mein Bestmögliches getan und versucht, einige unserer Geschichten zu erzählen, wie ich sie von meiner Mutter und meinen Verwandten gehört habe. Auch wenn ich vieles davon weglassen mußte, versuchte ich die Erinnerungen und Prinzipien immer redlich wiederzugeben.

Es gibt hier viele Geschichten. Und viele Lehren für die Zukunft. Für all den Schmerz und Kummer, den wir gefühlt haben, gab es ebensoviel Freude, und wird es Freude geben. Das ist der Lauf der Dinge. Es stellt sich immer wieder ein Gleichgewicht her.

Ich glaube nicht, daß Zeit linear ist. Meiner Überzeugung nach bewegt sich Zeit in Zyklen, ist die Zukunft Teil unserer Vergangenheit und die Vergangenheit Teil unserer Zukunft. Wir befinden uns jedoch immer in neuen Zyklen. In jedem Zyklus fehlen manche Stücke unserer Geschichten und unseres Lebens, während andere hinzukommen.

Aus diesem Grund behalten wir die Namen, und aus diesem Grund behalten wir die Worte. Um unsere Beziehung zum Ganzen und unsere Rolle im Pfad des Lebens zu verstehen. Wir verstehen dabei auch unsere Verantwortung. Wir nehmen uns nur, was wir brauchen, und lassen alles andere in Frieden. Wir danken immer für das, was wir bekommen. Was uns trägt, ist die Beziehung zur Schöpfung und der Mut, den wir aus der Erfahrung unserer *aanikoobijigan*, unserer Ahnen, und unserer *oshkaabewisag*, unserer Helfer, gewinnen.

Ishkwegaabawiikwe
2018

GLOSSAR VON ANISHINAABE-WÖRTERN

Vorbemerkung

Die Ojibwe-Sprache in diesem Buch ist der Dialekt der White Earth Reservation, in der Schriftform des Doppelvokal-Systems. Es gibt im Text ein paar wenige Ausnahmen, darunter einige gebräuchliche Namen, historische Namen, und die Auszüge aus Kirchenliedern der St.-Columba- Episkopalkirche.

aababishkaw: von innen nach außen, wie beim Häuten eines Kaninchens
Aabita Niibino Giizis: Mittsommermond, Juli
aanikoobijigan: Vorfahre
aanikoobijiganag: Älteste
Agwajiing: wörtlich »draußen«, der *Anishinaabe*-Name für das Staatssanatorium von Minnesota in Walker, Minnesota
Anishinaabe: wörtlich »die Menschen, das Volk«, auch verwendet für eine Einzelperson, einen Indianer, Ojibwe. Plural: *Anishinaabeg*
Anishinaabeg Akiing: das Land der *Anishinaabeg*
Anishinaabekwe: *Anishinaabe*-Frau
asabikenhshii: wörtlich die »Spinne«, Bezeichnung für Krebs
asemaa: Tabak
awakaanag: Haustiere
bawa'iganaak oog: Stock zum Ernten von Wildreis
biboon: Winter
biidaaban: Morgendämmerung
boozhoo: Hallo, grüß dich
Bwaan Akiing: Land der Dakota
Bwaanag: die Dakota
bwaanikwe: Dakota-Frau
chi-anishinaabeg: die Verstorbenen
Chimookomaanag: Weiße, (Nord-)Amerikaner
Chippewa: US-amerikanische Version des Worts Ojibwe
dakoniwewinini: wörtlich »die Männer, die jemanden festhalten« – die Stammespolizei

dewe'igan: Trommel
dibaajimokwe: eine Frau, die Geschichten erzählt
dikinaagan: Wiegenbrett
doodem: Clan, Totem
enit: indianische Slangform für »isn't it?« oder »ain't it?«
Gaawaawaabiganikaag: White Earth (Weiße Erde), benannt nach dem weißen Ton, den man in diesem Gebiet findet
Gashkadino Giizis: Frost-Mond, November
giga-waabamin miinawaa: auf Wiedersehen
Gichimookomaanag: wörtlich »Große Messer« – die Weißen
giimooj: Heimlichkeit
giiwe: heimkommen
giiwedahn: zu Hause, nach Hause
giiwanaadizi: verrückt, geisteskrank
Gichi Manidoo Giizis: Großer Geist-Mond, Januar
ina: leitet eine Frage ein
innaatig: Zuckerahornbäume
jiibay: Geist, Gespenst
jiibayag niimi'idiwag: Nordlicht
jiibegamig: Grabhaus
jiisakiiwigamig: ein kleines dreieckiges Wigwam aus Tierhäuten, das für die Zeremonie des »Shaking Tent« (Bebendes Zelt) benutzt wird.
jiisakiiwinini: der Mann, der im »Shaking Tent« in die Zukunft sehen kann
maajaan: aufbrechen, woanders hingehen
maajaa'ind: Abschiedszeremonie
makakoons: Birkenrindenkorb
makwa: Bär
manidoo: Geist
Manidoo Giizisoons: Kleiner-Geist-Mond, Dezember
manoomin: Wildreis
Manoominike Giizis: Reiserntemond, September
mazinaakizigan: Fotokamera
Makadewikonayewinini: wörtlich »die Männer, die sich in Schwarz kleiden«, Name für die frühen Missionare
Midewiwin: Große Medizingesellschaft (engl. Grand Medicine Society)
miigwech: danke
miiniingwaan: eye boogers (die Schleimabsonderungen, die man sich morgens aus den Augenwinkeln reibt – Sandmännchens Spuren)

mindawe: unzufrieden sein mit dem, was man bekommt
mishinameginebig: der Große Stör (engl. Horned Sturgeon)
mishom: Großvater
mishtadim: Pferd, von den *Anishinaabeg* »großer Hund« genannt
mooka'ang: Tagesanbruch, Sonnenaufgang
ma'iingan: Wolf
Namebini Giizis: (Weißer) Sauger-Mond, Februar
niij: Freund
niimiidiwin: Powwow
Ningaabii'anong: das Land des Westens
nookomis: Großmutter
nooji'ikwewe: sich bemühen, eine Frau zu bekommen
Ode'imini Giizis: Erdbeermond, Januar
oditibitidoodi: wörtlich »der Wind, der herumwirbelt«, ein Tornado
ogimaa: Häuptling, Anführer
ogichidaa (Plural *ogichidaaweg*): Krieger; jene, die das Volk / die Menschen verteidigen
ogichidaa ikwewag: Frauen, die ihr Volk, ihre Familie verteidigen
Kogichidaakwe: weiblicher Häuptling, Führerin
Ojibwe (auch *Ojibwa* oder *Ojibway*): falsche Wiedergabe des Wortes *Anishinaabe*; in Kanada gebräuchlich
Onaabani Giizis: Schneekruste-Mond, März
oshkabewis: Helfer
Oshki Anishinaabeg: die neuen Menschen
waawiyaasenagweyaab: wörtlich »ein runder heller Regenbogen«; ein kleiner Regenbogen dicht über dem Horizont oder eine Nebensonne
Waabigwanii Giizis: Blumenmond, Mai
waabooz: Kaninchen
waaban aki: das Land des Ostens
waawaashkeshi: Hirsch
wemitigoozhi: Franzose, Missionar
wen 'enh: Namensgeber
Wiindigoo (Plural *Wiindigooweeg*): Kannibale oder Ungeheuer. Wird manchmal auch als Begriff für Weiße verwendet.
wiiyaas: Fleisch
zagimeg: Stechmücken
zhaabowe: Singstil von Frauen, Rufe mit hoher Stimme
ziigwan: Frühling